Zu diesem Buch

«Rita Mae Brown beweist auf jeder Seite dieses spannenden Buches, daß Unterhaltungsliteratur – entgegen einem Vorurteil, das sich hierzulande hartnäckig hält – keineswegs seicht und schon gar nicht unkritisch zu sein braucht. Sensibilität und ein waches Bewußtsein für soziale Probleme halten sich in ‹Wie du mir, so ich dir› die Waage.» («Mannheimer Morgen»)

«Das ist ungemein unterhaltsam zu lesen, nicht nur, weil einem diese klugen Frauen ans Herz wachsen, sondern vor allem, weil man erfährt, was man vorher noch nicht wußte: über Blumen oder Sex oder Schauspieler-Badegewohnheiten. Und ganz am Ende der Geschichte gibt es dann noch eine Überraschung, die diesem Unterhaltungsroman gut zu Gesicht steht: Eine Pointe, die diese Geschichte, in der alles erlaubt ist, was Spaß macht, bereichert um die Einsicht, daß die Unterschiede zwischen Frau und Mann wohl nicht der Natur, sondern der Kultur geschuldet sind.» (Manuela Reichart im Sender Freies Berlin)

Rita Mae Brown, geboren in Hanover / Pennsylvania, wuchs bei Adoptiveltern in Florida auf. Sie studierte in New York Anglistik und Kinematographie und veröffentlichte Gedichte. Sie war nacheinander aktives Mitglied von NOW (National Organization of Women) und der «Furien» sowie Mitbegründerin der «Rotstrümpfe» und der «Radicalesbians».
In der Reihe der rororo-Taschenbücher erschienen außerdem: «Rubinroter Dschungel» (Nr. 12158), «Jacke wie Hose» (Nr. 12195), «Die Tennisspielerin» (Nr. 12394) und «Herzgetümmel» (Nr. 12797) vor. Im Rowohlt Verlag erschien 1990 ihr Roman «Bingo».

Rita Mae Brown

WIE DU MIR, SO ICH DIR

Roman

Aus dem Amerikanischen
von Margarete Längsfeld

Rowohlt

Die Originalausgabe erschien 1982 unter dem Titel
«Southern Discomfort» bei Harper & Row, Publishers, New York

61.–75. Tausend Oktober 1991

Veröffentlicht im Rowohlt Taschenbuch Verlag GmbH,
Reinbek bei Hamburg, Dezember 1990
Copyright © 1983 by Rowohlt Verlag GmbH, Reinbek bei Hamburg
«Southern Discomfort» Copyright © 1982 by Rita Mae Brown
Umschlagillustration Gerd Huss
Umschlagtypographie Büro Hamburg / Peter Wippermann
Alle deutschen Rechte vorbehalten
Gesamtherstellung Clausen & Bosse, Leck
Printed in Germany
980-ISBN 3 499 12862 4

Elaine Spaulding gewidmet

Ich schreibe ein Buch allein, aber ich lebe nicht allein auf dieser Welt. Viele Menschen tragen auf verschiedene Weise dazu bei, daß ich arbeiten kann. Folgende Leute haben mir geholfen, und ich danke ihnen: Linda Damico, Colleen Moreland, Patricia Neal sowie ihre verstorbenen Eltern William und Marion Neal, Julie Florence, Betty Burns, Rebecca Brown, Catherine Ordway und meine Agentin Wendy Weil. Außerdem danke ich den Katzen für ihre Hilfe: Baby Jesus, am 14. Juli 1981 sechzehn Jahre alt, sowie Cazenovia Kitty und Louise. Die Hunde haben sehr wenig zu diesem Buch beigetragen, aber falls sie jemals gescheit genug zum Lesen sein werden, will ich ihre Namen nennen, um ihre Gefühle nicht zu verletzen: Tetsuo und Ruby. Dank euch allen.

Eine Bemerkung vorweg

Falls Ihnen mein Buch nicht gefällt, schreiben Sie selbst eins. Wenn Sie glauben, Sie können keinen Roman schreiben, sollte Ihnen das zu denken geben. Wenn Sie glauben, daß Sie es können, dann tun Sie's. Keine Ausflüchte. Wenn Ihnen meine Romane immer noch nicht gefallen, suchen Sie sich ein Buch, das Sie mögen. Das Leben ist zu kurz, um unglücklich zu sein. Wenn Ihnen meine Romane doch gefallen, gratuliere ich Ihnen zu Ihrem guten Geschmack.

PROLOG

Blue Rhonda Latrec war achtzehn Jahre alt und auf der Höhe ihrer Laufbahn. Sie war eine Nutte erster Klasse. An diesem heißen Tag ließ sie sich mit dem Hintern auf die Veranda ihres kleinen Holzhauses an der Water Street plumpsen. Blue Rhondas Wohnung lag günstig, denn der Bahnhof war nur ein paar Schritte die Straße hinunter entfernt, aus jenem stattlichen Gebäude ergoß sich ein ständiger Strom neuer Freier, die ihre Stammkundschaft ergänzten. Blue Rhonda betrieb das Gewerbe mit einer Partnerin, Banana Mae Parker. Banana Mae konnte kaum älter als zwanzig sein, aber sie weigerte sich, ihren Geburtstag zu verraten. «Eine Frau, die ihr Alter ausplaudert, plaudert alles aus», war eine ständige Redensart von Banana Mae.

Blue Rhonda hatte sich auf orale Bravourstücke spezialisiert, während Banana Mae sich auf andere Formen der Fleischeslust verstand. Diese Aufteilung der Liebesdienste schuf keine Probleme zwischen ihnen, und wenn, dann behielt es jede Partnerin für sich.

Obgleich sie schon über zwei Jahre zusammenarbeiteten, hatte Banana Mae Blue Rhonda noch nie nackt gesehen. Immer wenn sie ihre Partnerin wegen ihrer Prüderie hänselte, lautete Blue Rhondas prompte Antwort: «Mutter hat mir beigebracht, daß man sittsam sein muß.» Ansonsten hatte Mutter ihr nicht viel beigebracht, denn Blue Rhonda schnupfte rund um die Uhr Kokain, fluchte phantastisch, soff, wann sie Lust hatte, und war in ihrem Gewerbe so gut, daß sie ständig gefragt war. Banana Mae war dagegen eine richtige Dame.

Jeder Bewohner betrachtet eine Stadt nach besonderen Gesichtspunkten. Blue Rhonda und Banana Mae betrachteten Montgomery, Alabama, unter sexuellem Aspekt. Die Stadt ähnelte einer Zuchtfarm, obgleich alle nach Strich und Faden logen, wenn es ums Vögeln ging. Vielleicht unterschieden sich Blue Rhonda und Banana Mae dadurch von den übrigen Bewohnern, daß sie die Wahrheit sagten. Lügen, Hurerei und Diebstahl sind in dieser Welt Vorrechte der Normalen. Kein Wunder, daß man die beiden oder vielmehr alle Prostituierten, für übergeschnappt hielt.

1918

«Bunny Turnbull hat wieder mal losgelegt, was?» Banana Mae eröffnete die Konversation.

«Die rasselt ihr Gejammer runter wie 'n Sündenbekenntnis.» Blue Rhonda seufzte genüßlich bei der Vorstellung, wie die kleine Bunny die juwelengeschmückten Hände rang. Obgleich Miss Turnbull Montgomerys bestes Freudenhaus führte, hinderte sie dies doch niemals daran, sich wie eine Herzogin zu benehmen. Oder vielleicht benahm sie sich gerade deswegen so. «Erstens, das Haus kostet zu viel Geld. Ihre Köchin verlangt einen freien Sonntagmorgen oder Lohnerhöhung. Der Klavierspieler ist teuer, eins von ihren Mädchen ist auf und davon und hat geheiratet, und eine gute Kraft ist weiß Gott schwer zu finden.»

«Immerhin hat sie noch Lotowana. Das allein reicht für jeden Mann.» Banana Mae lachte.

«Und ob, mit ihren 300 Pfund.»

«Ab und zu denke ich, wir sollten vergrößern, ein Haus eröffnen, aber die Sorgen –»

Blue Rhonda unterbrach sie. «Wir sind so besser dran. Ach herrje, da kommt Linton Ray.»

Hochwürden Linton Ray hielt es für seine Pflicht, diese elenden Frauen zu retten. Die Tatsache, daß sie sich nicht elend fühlten, tat seinen Bemühungen keinen Abbruch. Tief im Innern waren sie bestimmt von Abscheu erfüllt, das konnte gar nicht anders sein. In all den Jahren der Hetzerei hatte er zwei Prostituierte bekehrt; ansonsten vertrieb er die Kunden. Zum Glück machte er nur zweimal wöchentlich die Runde. In der übrigen Zeit widmete er seine ungeheure Energie seiner Methodistenherde aus Krämern, Kurzwarenhändlern und Anstreichern. Alles dieselbe Sorte. Er stelzte zu den graugestrichenen Stufen hinüber.

«Guten Abend, Miss Latrec und Miss Parker.»

«Guten Abend, Hochwürden.» Banana Mae hielt auf Manieren.

«Soll das ein längerer Besuch werden?» Blue Rhonda vergaß ihre Manieren.

«Weiset den Boten des Herrn nicht ab, denn ich verkünde große Freude.»

«Ich dachte, den Spruch hätten Sie für Weihnachten reserviert.» Blue Rhonda zog die Stirn kraus.

«Miss Latrec, warum widersetzen Sie sich unserem Herrn und seinem eingeborenen Sohn, welcher starb, auf daß Sie leben?»

«Ich lebe ja, oder etwa nicht?» Blue Rhonda starrte ihn an.

«Ja», erwiderte Hochwürden Linton Ray mit honigsüßer Stimme.

«Na also, dann kann Jesus doch zufrieden sein. Er hat nicht gesagt, *wie* ich leben soll. Das ist meine Sache.»

«Aber Sie führen ein Leben in Sünde», tönte Linton Ray salbungsvoll.

Banana Mae fächelte sich und blickte die Straße hinunter. In fünf Minuten war ein Freier fällig.

«Bereuet. Bereuet, und Gott wird euch alle Sünden vergeben.» Linton ließ das Wort «bereuet» genüßlich auf der Zunge rollen.

«Fein. Soll Gott mir meine Sünden vergeben, denn ich habe keine Lust, mich lange damit zu beschäftigen.» Blue Rhonda sprach mit fester Stimme.

«Eines Tages werden Sie der Hilfe des Herrn bedürfen, Miss Latrec. Dann werden Sie zu mir kommen.» Linton genehmigte sich die Vision einer winselnden Blue Rhonda; lächelnd steuerte er sodann auf Bunny Turnbulls Haus zu. Von weitem konnte man dort die Fensterläden zuschlagen hören.

«Wenn Gott so mächtig schlau wäre, sollte man meinen, er hätte jemand Besseren angeheuert», erklärte Blue Rhonda.

«Amen», bekräftigte Banana Mae.

Ein robust gebauter Mann schlüpfte von dem schmalen Gehweg in den Hof.

«Ist er weg?» fragte Karel Sokol mit starkem tschechischem Akzent.

«Auf dem Weg zu seinem gerechten Lohn, hoffe ich.» Blue Rhonda winkte Karel näher zu sich.

«Nett, dich zu sehen, Karel», begrüßte ihn Banana Mae.

Karel nickte, stieß die Fliegentür auf und ging hinein. Blue Rhonda folgte ihm und machte sich rasch daran, die nächste Generation zu verspeisen.

Auf der anderen Seite der Gleise, wo das Blut blauer floß, hatte Hortensia Banastre ihre eigenen Probleme mit der nächsten Generation. Das pulsierende Rot des Herz-As beflügelte sie, als sie die

Karte befingerte. Sie gewann gern, und sie war im Begriff, dieses Pokerspiel zu gewinnen.

«Was hast du, Paris?» wollte Hortensia wissen.

Paris legte erwartungsvoll zwei Könige und zwei Zehnen hin. Edward legte drei Buben auf den Tisch. Triumphierend warf Hortensia mit einer Hand vier funkelnde Asse hin, während sie mit der anderen die roten, weißen und blauen Chips einsammelte. Paris fing an zu weinen.

«Mutter, du gewinnst immer», beklagte sich Edward.

Paris, neun Jahre alt, gab sich große Mühe. Edward, zwei Jahre älter, mischte die Karten für eine neue demütigende Runde. Mutters Kinderstündchen brach jeden Tag wie eine Verurteilung zur Bastille über sie herein. Wenn ich mal Kinder habe, dachte Edward, lasse ich sie in Ruhe. Sie sollen glücklich aufwachsen.

Ihre Gegner und Kinder staunten Hortensia mit täuschend echt gespielter Zuneigung an. Falls sie den deutlichen Mangel an Wärme gewahr wurde, ließ sich Hortensia das nie anmerken. Überdies stand Wärme auf Hortensias Prioritätenliste nicht gerade obenan.

Zum Unglück der Kinder schien sie auch auf der Liste ihres Vaters nicht obenan zu stehen. Carwyn Banastre verwaltete das Vermögen der Familie, und das war beträchtlich. Die Ehe mit Hortensia Reedmuller, eine glänzende Partie, bescherte ihm keine Liebe, wenig Sex und zwei als Söhne verkleidete Fremde. Er verlegte sich darauf, noch mehr Geld zu verdienen, und auf die Politik. Carwyn war nicht lieblos, nur unaufmerksam und zurückhaltend. Er war ein nutzloses Anhängsel seiner Familie, überflüssig wie ein Hühnerauge.

Hortensia offenbarte keinerlei Zeichen von Unzufriedenheit mit ihrer Ehe. Sie genoß ihre einflußreiche gesellschaftliche Stellung und focht gelegentlich harte Kämpfe mit ihrer noch einflußreicheren Mutter Lila Reedmuller um die Herrschaft über Montgomerys Oberschicht aus. Hortensia war wie ein Stilett – schmal, dünn und scharf. Ihr blaßblondes Haar, die eisblauen Augen und der sinnliche Mund erregten Aufsehen bei den Herren. Sie würde vorteilhaft altern wie ihre Mutter, aber mit 27 Jahren verschwendete Hortensia keinen Gedanken aufs Altern. Mit ihrem Ehemann teilte sie die besessene Liebe zur Macht. Hortensia wollte über alle und alles herrschen. Wenn sie mit Charme nichts erreichte, griff sie zum Prügel. Frauen, die vor Liebe schmachteten, waren für Hortensia alberne Weibsbilder. Wenn jemand in seinem Benehmen Anzeichen von Liebe zeigte, sah sie darin ein zeitweiliges Aussetzen des Verstandes, einen vorübergehenden Wahn. Wenn die Dummköpfe heirateten, würde die Zeit, welche die Tage zu feinem Staub zermahlt, diese Passion abschleifen. Liebe – nein, danke.

Als die Liebe schließlich in Hortensias Dasein sickerte, kam sie von einer so unvermuteten Seite, daß deren verbotene Macht sie um ein Haar zugrunde richtete.

Der makellose Butler hastete in die getäfelte Bibliothek. Ehe seinem Mund noch die Worte «Ihre Frau Mutter ist hier» entsprungen waren, rauschte Lila Reedmuller schon an ihm vorbei.

«Danke.» Lila sprach zu ihm wie zu einem Wasserfloh.

«Großmama!» Paris stürmte herbei und küßte Lila auf die seidige Wange. Edward küßte sie ebenfalls.

«Ihr werdet von Tag zu Tag größer.» Lila tätschelte ihnen die Köpfe. «Schon wieder bei den Karten, Hortensia? Du weißt doch, was ich von kartenspielenden Frauen halte.»

«Schon, Mutter, aber dich hat keiner gefragt.» Hortensias bissiger Ton wurde milder. «Ihr Jungen lauft in die Küche und fragt Leone, ob sie Plätzchen für euch hat.»

Paris legte seinen Kopf in Hortensias Schoß. «Mutter, darf ich hier bei euch bleiben?»

Sie schob seinen Kopf fort. «Nein.»

Er faßte sie am Arm. «Ich bin auch ganz still.»

«Du gehst mit deinem Bruder. Kinder soll man sehen und nicht hören.»

Er trollte sich und ging mit Edward. Als sie die Tür öffneten, drehten sich beide um und sagten: «Wiedersehen, Großmama.»

«Ätsch, das gibt 'ne Coca!» Edward schlug Paris auf den Rücken, als sie den Raum verließen.

Draußen, vor der Bibliothek, meinte Paris zu seinem älteren Bruder: «Immer gewinnst du, wenn wir dasselbe zur selben Zeit sagen.»

«Man muß eben fix sein, Paris.»

«Aber zu Großmama auf Wiedersehen sagen ist eigentlich nicht dasselbe wie dasselbe zur selben Zeit sagen.»

Edward schwenkte die Arme wie ein Soldat. «Wieso nicht?»

«Weil's selbstverständlich ist, daß man jemandem auf Wiedersehen sagt. Das ist höflich. ‹Ätsch, das gibt 'ne Coca›, gilt nur, wenn was nicht selbstverständlich ist.»

«Du willst dich ja bloß davor drücken, daß du mir 'ne Coca schuldest, ist doch klar.»

Paris wechselte das Thema. «Im Kartenspiel – was würde Mutter sein und was Großmama?»

«Gute Frage.» Edward hüpfte zur Küche, seinem Lieblingsplatz im Haus.

«Weißt du, was ich denke?» Paris vertiefte sich in sein Thema. «Ich denke, Großmama ist das Karo-As und Mutter ist der Karo-König.»

«Und Mutter möchte das As sein.» Edward bemerkte dies als Beobachtung, nicht als Kritik.

«Kann eine Dame König sein?»

«Mutter sagt ja.» Paris schlitterte seinem Bruder voran über den glattgebohnerten Flur und stieß die Küchentür auf.

«Paris hängt sehr an dir», bemerkte Lila.

«Er geht mir auf die Nerven.»

«Er ist noch klein. Das verliert sich, wenn er größer wird, und dann bekommst du ihn kaum noch zu sehen.»

«Ich dachte immer, kleine Jungen spielen draußen und murksen irgendwas ab.»

Lila neigte den Kopf. Man wußte nie, ob Hortensia es ernst oder witzig meinte. «Hoffentlich nicht. Gibst du Samstag einen Tanztee?» Sie hielt inne und schnupperte. «Was ist das?»

«Narcisse Noir. Das benutze ich schon seit fünf Jahren, Mutter.»

«Und ich kann es seit fünf Jahren nicht ausstehen. Riecht wie Katzenpisse.»

Hortensia hob die dunkelgrünen Karten mit dem goldenen Rand auf.

Lila starrte mißbilligend auf die Karten. «Du gibst Bälle, zu denen Damen – und ich gebrauche das Wort im weiteren Sinn – in durchsichtiger Kleidung erscheinen, das heißt, sie kommen halbnackt. Du wirfst dich jedem gutaussehenden Mann an den Hals, der dir vor die Augen kommt. Du reitest im Herrensitz. Du bringst deinen Söhnen Kartenspielen bei. Du –»

«Auf mein Sündenregister kann ich verzichten.»

«Du bist nicht in Paris, Hortensia. Und in Anbetracht des Krieges ist das auch gut so. Montgomery ist kein Pflaster für unsittliche Marotten, meine Liebe. Dein Hang zu allem, was modern ist, läßt dich oberflächlich erscheinen.»

«In Montgomery sagen sich Fuchs und Hase gute Nacht, und ich erscheine lieber oberflächlich als aufgeblasen.»

«Ein Vermögen zu verschwenden, um sich das Wohlwollen von Leuten zu erringen, die nicht zur ersten Garnitur gehören, das halte ich für töricht.»

«Ich habe nie bemerkt, daß du dich zurückhälst, wenn es um Geld geht.»

«Ich bin nicht hier, um über mich zu sprechen, ich bin hier, um über dich zu sprechen. Gibst du nun diesen Tanztee?»

«Sicher. Möchtest du gern kommen?» Hortensia lächelte.

«Ist Jamison Chappell eingeladen?»

«Er will auf seinem großen Grauschimmel über die Pfingstrosen springen, um das Fest zu eröffnen.»

«Gib ihn auf.» Lila faltete die Hände.

«Da gibt's nichts aufzugeben. Wir sind Freunde – Freunde.»

«Hortensia, ich weiß sehr gut, daß es deiner Ehe mit Carwyn an –» sie hielt inne, suchte nach dem am wenigsten anstößigen Ausdruck – «Erregung fehlt.»

«Was weißt du schon von Erregung?» Hortensia betonte das heikle Wort.

«Ich liebe deinen Vater sehr, und wenn es sich für dich auch komisch anhört, wir sind einmal jung gewesen.»

«Mutter, ich lasse mich auf keine körperliche Beziehung mit Jamison Chappell oder sonst wem ein, außer mit meinem Mann – und das selten. Ich habe deine ewigen Behauptungen satt, daß ich es mit jedem Mann treibe, den ich kenne!» Die für Hortensia untypische Grobheit klang echt.

«Das freut mich zu hören.» Lilas Antwort kam automatisch.

Trotz Hortensias vielen Fehlern liebte Lila ihre Tochter. Sie wünschte, Hortensia könnte einen Mann lieben, auch wenn es nicht ihr Ehemann war, aber wie konnte eine Mutter so etwas zu ihrer Tochter sagen? Lila hatte Hortensia 27 Jahre beobachtet – ein kluges Mädchen, ein schönes Mädchen, unberührt von Gefühlsregungen. Hortensia lebte vom Hals aufwärts. Der Rest war tot. So sehr Lila sich bemühte, ihrer Tochter nahezukommen, ihr Mitgefühl zu zeigen – was immer sie sagte hörte sich wie Kritik an. Und Lila war mit sich selbst im Widerstreit. Ihre eine Hälfte sehnte sich, ihre Tochter der Menschheit zuzuführen, und ihre andere Hälfte kämpfte um die Erhaltung der engstirnigen Gesellschaftsordnung, über welche sie, Lila, den Vorsitz hatte.

Die Küche waberte vor Hitze. Amelie, die Köchin, tranchierte ein Huhn, während Leone Sokol den Jungen Limonade in die Gläser füllte.

«Findest du nicht auch, daß Großmama das Karo-As ist?» fragte Paris Leone.

«Was?» Sie nahm zwei Pfirsiche aus einem Weidenkorb und legte sie vor die Jungen hin.

«Eure Großmutter hat mit Karten nichts im Sinn.» Amelie zerteilte eine Keule.

«Nein, ich meine, sie *ist* das Karo-As», erklärte Paris.

Leone stemmte die Hand in die Hüfte. «Ein reiches As ist sie, wenn du das meinst.»

Edward kam seinem Bruder zu Hilfe. «Paris spricht von Mutters Einteilung der Leute. Sie hat es uns heute beigebracht. Ein Kartenspiel hat vier Farben, nicht?»

«Herz, Karo, Pik, Kreuz», tönte Amelie.

«Ich denke, du spielst nicht Karten, Amelie.» Leone wischte sich die Hände an ihrer Schürze ab.

«Ach, bewahre. Mein Mann spielt den ganzen Tag. Der legt die Karten nie aus der Hand.» Amelie senkte das Messer mit frischem Schwung in die nächste Hühnerbrust.

«Also, man teilt die Menschen nach Farben ein», fuhr Edward fort. «Die ganz unten, die sind Kreuz.»

«Der schlechteste Mensch auf der Welt ist die Kreuz-Zwei.» Paris machte runde Augen.

«Pik, das kommt von Pike. Oder Schippe. Das sind die Leute, die arbeiten, um Geld zu verdienen. Ein Mann gräbt einen Graben. Oder so was. Karo oder Eckstein, das sind die klugen und reichen, aber die besten, die allerbesten Menschen auf der Welt, die sind Herz.» Edward schlug die Hände zusammen und beklatschte die Tatsache, daß er alles behalten hatte.

«Ein As ist also was Hohes? Was für ein Mensch wäre dann das Kreuz-As?» fragte Leone.

«Ein Mann, der Mut hat», sagte Paris.

«Ja, aber sonst nicht viel. Er steht oben, weil er stark ist, aber nicht, weil er gut ist», fügte Edward hinzu.

«Sind Generale Kreuz?» Das Gespräch machte Amelie Spaß.

«Ich wette, General Cluster war ein Kreuz-As», rief Edward.

«Na, und was bist du, Edward?» Leone lachte.

«Ich bin noch zu klein, da kann man's noch nicht wissen.»

«Aha.» Leone ging zum Spülstein.

«Aber meint ihr nicht, daß Mutter und Großmama Karo sind?»

Amelie sagte diplomatisch: «Ach, ich weiß nicht.»

Diese neue Weltsicht verwirrte Leone. «Meint ihr nicht, eure Mutter ist ein Herz?»

Paris schnitt seinen Pfirsich durch und begann eine Hälfte zu essen. Edward guckte die andere Hälfte an, dann nahm er sie in die Hand.

«Mutter ist der Stein im Pfirsichherz», sagte er überlegt und ruhig.

Die beiden Frauen gingen über diese Feststellung hinweg. Der Jammer dabei war, daß sie stimmte.

«Hilfe! Hilfe!» Lotowana rannte, ein Triumph über die Schwerkraft, aus vollen Lungen kreischend und gleichzeitig lachend, die Water Street entlang.

Blue Rhonda rief zum oberen Schlafzimmer hinaus: «Obacht, Lotowana. Die Straße hat 'n Haufen Schlaglöcher.»

«Komm runter, damit ich dir 'nen Tritt verpassen kann», rief Lotowana fröhlich zurück, während sie ihrem ungestümen Verfolger entwich.

Blue Rhonda trampelte die Treppe hinunter, um Banana Mae auf der Veranda Gesellschaft zu leisten.

«Schon fertig?» Banana Mae beobachtete Lotowana in voller Fahrt.

«Press Tugwell war nicht von der Natur gesegnet», flüsterte Blue Rhonda. Sie konnten die Hosenträger ihres Kunden schnappen hören.

«Rette mich! Rette mich, Banana Mae.» Lotowana schnaufte. Sie warf sich auf die Stufen, und das ganze Haus bebte. Dad-eye Steelman hüpfte auf sie und rollte herunter. Lotowana gab ihm gutmütig einen Klaps. «Laß das, du Strolch.»

«Lottie, laß uns wieder in dein Zimmer gehen», flehte er.

«Eine Minute. Ich möchte mich mit meinen Freundinnen unterhalten.»

Während sie schwatzte, begnügte sich Dad-eye damit, ihre riesigen, zuckrigen Gummidrops von Brüsten zu liebkosen.

«Nanner, gib mir 'n Whiskey, damit ich Kopfweh kriege», lud Lotowana sich zu einer Erfrischung ein.

«Nur, wenn du mir alles erzählst.» Banana Mae eilte nach drinnen und tauchte mit Whiskey und Gläsern wieder auf.

Blue Rhonda beugte sich vor. «Dad-eye, schnapp dir lieber alles, was du kannst. Wenn die Armee-Anwerber dich besoffen zu fassen kriegen, biste weg. Brauchst nix weiter zu tun, als dich mit deinen Freunden zu besaufen.»

«Pst.» Lotowanas Stimme war reinster Alt. Als sie sich an Dad-eye wandte, hellte sie sich zum Sopran auf. «Jetzt reicht's aber.»

«Ist mir scheißegal, was der Kaiser macht.» Dad-eyes Blick war lüstern.

«Wart's nur ab, biste dabei bist.» Blue Rhonda ließ nicht locker.

«Wieso? Sollen diese Verrückten auf der anderen Seite vom Ozean sich doch gegenseitig umbringen. Ich hab nix damit zu tun.» Dad-eye knabberte an Lotowanas Ohr.

«Tja, was haben wir damit zu tun?» echote Lotowana.

«Karel sagt, es ist ein Strudel, und wir werden alle reingesogen.» Blue Rhonda brachte aus ihrem spärlichen Busen ein winziges silbernes Döschen zum Vorschein.

«Der ist doch bloß 'n dämlicher Immigrant.» Dad-eye spuckte auf den Boden.

«Kann schon sein, aber er kommt aus der Gegend, da müßte er Bescheid wissen.» Banana Mae hatte Karel gern.

«Abgehauen ist er, meinst du.» Dad-eye kicherte.

Lotowana stieß ihm ihren Ellbogen in die Rippen. «Sei brav, sonst kriegst du nicht, was du dir am meisten wünschst.» Er setzte sich sofort aufrecht hin. Dad-eye war geil auf Lotowana und wollte nichts zwischen sich und diesen rundlichen Fleischkoloß kommen lassen, schon gar nicht den Ersten Weltkrieg.

«Amerika ist alles, was Europa ausscheidet.» Blue Rhonda tauchte ihren Fingernagel in das Kokain, das sie in dem silbernen Döschen aufbewahrte. «Einige von uns sind eben eher hier gewesen, das ist alles.» Sie schnupfte – «Eine Wohltat für die Nasenhöhle» – und atmete genüßlich aus.

Dad-eye schlürfte seinen Whiskey. «Eine Wohltat für die Verdauung.»

«Huhu.» Eine dünne Stimme ließ sie aufhorchen. Die knauserige Bunny Turnbull winkte Lotowana, sie solle ihren Posten wieder einnehmen.

«Sekunde», schrie Lotowana. «Leuteschinderin», murmelte sie.

«Was ich schon immer wissen wollte, Lottie –» Blue Rhonda beugte sich verschwörerisch vor – «bedient Bunny eigentlich manche ihrer Kunden selbst?»

«Bunny? Ha!» brüllte Lotowana.

«Jeder braucht es ab und zu.» Banana Mae konnte sich Abstinenz nicht vorstellen.

«Vielleicht ist sie kastriert.» Dad-eye kicherte.

«Ich wette, sie hat eine heimliche Leidenschaft, und du hast es nie gemerkt, Lotti. Die ist gerissen, diese Bunny», gluckste Blue Rhonda.

Lotowanas Augenbrauen schossen krampfartig in die Höhe. «Schlau ist sie, das muß man ihr lassen. Ich werde die Augen aufhalten.» Für eine dicke Frau war Lotowana recht behende. Sie erhob sich von den Stufen, dankte Blue Rhonda und Banana Mae für die Erfrischung und eilte gehorsam zu ihrer Arbeitsstätte. Dad-eye trottete wie ein Hündchen hinterdrein.

«Der mag fette Frauen wie eine Ratte Kürbisse mag.» Banana Mae gluckste. «Aber die Lotti ist 'ne gute Seele.»

«Hoho. Kommt Carwyn heut abend vorbei?»

«Ich denke schon.»

«Weißt du, wenn er nicht verheiratet wäre, ich wette, dann würde er dich heiraten.»

«Verdammt, Blue Rhonda, kein Mensch heiratet 'ne Hure.» Ein Anflug von Zorn schlich sich in ihre Stimme. Die Leute der feinen Gesellschaft heiraten untereinander, und damit hat sich's.

«Diese Banastres sind oben hui und unten pfui. Du bist zu gut für ihn.» Blue Rhonda tappte mit dem Fuß.

Ein eleganter, von zwei identischen Braunen gezogener Zweispänner glitt die Straße entlang. Die Kutsche hielt vor dem kleinen Haus an der Water Street. Carwyn Banastre sprang heraus.

«Ich geh zum Bahnhof und seh zu, ob ich Placide Jinks finden kann. Wir brauchen wieder Holz.» Blue Rhonda tippte Banana Mae auf die Schulter. «'n Abend, Mr. Banastre.»

«Du verläßt uns?» Carwyns pechschwarzer Schnurrbart war nach oben gezwirbelt. Das verlieh ihm ein ewiges Lächeln.

«Nur auf einen Sprung.»

«Guten Abend.» Mit seinem Ebenholz-Spazierstock berührte er seinen Hut.

Als Blue Rhondas aufrechte Gestalt entschwand, gingen Banana Mae und Carwyn ins Haus. Die Tür war kaum geschlossen, als er Banana Mae an sich riß. Bei Carwyn fackelte sie nicht lange. Sie liebte ihn, ohne es zu wollen.

Der Bahnhof beherrschte die ganze Water Street. 1898 fertiggestellt, gehörte er architektonisch irgendwo zwischen viktorianische Gotik und Romantik. Bartholomew Reedmuller, Hortensias Vater, hatte an der Planung des Gebäudes mitgewirkt, damals allerdings nur als zweiter Architekt. In der achtzehnjährigen Zwischenzeit war Bartholomew zum Liebling der Freimaurer aufgestiegen. Wenn irgendwo ein neues Logengebäude errichtet wurde, so meistens nach Plänen von Bartholomew. Jeder Bau stellte eine Huldigung an Ägypten, die Sphinx und etliche Pharaonengräber dar. Beim Anblick des Bahnhofs, Water Street Nr. 250, regte sich in Bartholomew immer noch heftiger Unmut. Er träumte von Bahnhofsportalen so groß wie assyrische Tore, die sich zur Verkehrswüste auftaten. Öffentliche Gebäude müßten Stätten der Träume sein, nicht bloß Funktionen erfüllen. Bartholomew meinte, Gebäude übten einen heimlichen, mächtigen Einfluß aus, und ihr Geheimnis müsse hervorgehoben und nicht verschleiert werden. Die einzigen Amerikaner, die mit seiner Philosophie übereinstimmten, waren offenbar die Freimaurer. Mit halb geschlossenen Augen eilte Bartholomew von seinem Zug durch die Halle zum Bahnhofsvorplatz. Der industrielle Aufstieg Birminghams schrie förmlich nach Bauten, Bauten und nochmals Bauten; Mr. Reedmuller verbrachte inzwischen die Hälfte seiner Zeit in dieser aufstrebenden Stadt und kehrte soeben zurück. Lila wollte nichts davon wissen. Für sie war jedermann und alles, was mit Birmingham zu tun hatte, unsagbar gewöhnlich.

Gerade als Bartholomew durch die Tür nach draußen trat, trat Blue Rhonda herein. Sie hatte eine Vorliebe für den Bahnhof. Die Passagiere ergossen sich wie Wolfsmilch aus den Waggons. Der Widerhall des Stimmengewirrs in den verschiedenen Warteräumen gab ihr das Gefühl, Teil einer Bewegung, Teil der Zukunft zu sein. Besonders gern rauschte sie durch die Halle, wo die Herren versammelt waren. Blue Rhondas Anblick löste Bemerkungen aus. Anschließend schlenderte sie in den Wartesaal für Damen, vornehmlich wegen des Aufruhrs. Die ehrenwerten Matronen der Stadt plusterten sich auf und glucksten, dann sanken sie wieder auf ihr Hinterteil.

«Ruckt und zuckt nur, ihr verdammten Bruthennen», sagte sie zu sich. «Der einzige Unterschied zwischen euch und mir ist ein Stück Papier.»

Sie ging zur Tür hinaus und ein paar Schritte hinter dem Damenwartesaal entlang zum Wartesaal für Farbige. Sie steckte den Kopf zur Tür hinein. Placide Jinks war nicht da.

«Ist Placide hier irgendwo?» rief sie der Versammlung von Sitzenden, Stehenden, Wartenden zu.

«Hinten beim Gepäck, Miss Blue», antwortete eine Stimme.

Auf der Bahnsteigseite des Gebäudes wuchtete Placide riesige Schrankkoffer von einem Holzkarren mit großen Eisenrädern.

«Placide.» Blue Rhonda winkte ihm.

«Miss Latrec.» Placide lächelte. Sie war anders als alle Frauen, die er je gekannt hatte, und er mochte sie.

«Kann Ihr Junge ein bißchen Holz vorbeibringen?»

«Na klar.» Er hievte den nächsten Koffer herunter. Dank seiner Erbmasse und seiner Arbeit wirkte Placide wie ein Miniatur-Atlas.

«Alle sprechen heutzutage vom Krieg.»

«Ist Wilson nicht sonderlich gelungen, uns da rauszuhalten», erwiderte Placide.

«Ich achte nie darauf, was die Politiker sagen. Wenn ich nicht wählen kann, warum soll ich dann zuhören?»

Placide grinste sie an. «Sie treffen den Nagel auf den Kopf, Miss Latrec.»

«Oh, danke, Mr. Jinks.»

«Ich schicke Hercules vorbei. Hab heute abend lange zu tun.» Er lud den nächsten Koffer ab. Apollo, sein ältester Sohn, gerade im richtigen Alter für einen Krieg, drohte die Einberufung, sobald er aus der Schule war. Placide hatte den Spanisch-Amerikanischen Krieg mitgemacht. Von Schwarzen wurde nicht erwartet, daß sie kämpfen, deshalb kümmerte er als Soldat in den Ställen dahin. An einem furchtbar heißen Tag wurde er von einem weißen Lieutenant mit glänzenden Stiefeln angebrüllt. Eine gewaltige Explosion schleuderte Placide wie eine Stoffpuppe in die Luft. Als er die Augen aufmachte, war er von Kopf bis Fuß mit Blut bedeckt, aber unverletzt. Er blickte dahin, wo der Lieutenant gestanden hatte. Sein linkes Bein von der Kniescheibe abwärts war alles, was von ihm übrig war. Es stand wie in den Boden gepflanzt, der Stiefel glänzte noch.

Gedanken an den Krieg beunruhigten Blue Rhonda nicht. Sie war zu jung, um zu wissen, was Krieg wirklich bedeutete; sie dachte ans Geschäft. Die Truppen, die auf dem Weg nach Mobile durch ihre Bahnstation zogen, bedeuteten Hochbetrieb. Sie ging noch einmal im Bahnhof herum, bevor sie heimwärts schlenderte. Die Vorstellung, in einen üppig ausgestatteten Waggon zu steigen, begeisterte sie. Atlanta, New Orleans, Chicago, Richmond, Philadelphia, New York – die Namen auf dem Fahrplan beflügelten ihre Phantasie. Wenn sie genug Geld verdiente, wollte sie diese Städte besuchen. In Montgomery zu leben, bedeutete schon einen Sieg. Sie war in einem winzigen Nest aufgewachsen, Hatchechubbee im Osten von Alabama, nicht weit von Columbus, Georgia.

Mit vierzehn ging sie von zu Hause weg und verschmähte die Textilfabriken von Columbus zugunsten des vermeintlichen Glanzes von Montgomery. Die schöne Hauptstadt von Alabama, das weiße Haus der Konföderation, der Court Square-Brunnen, bescherten ihr Visionen von einer Zeit, die unwiederbringlich vergangen war. Sie wußte, selbst wenn sie die anderen Städte besuchte, würde sie nach Montgomery zurückkehren, denn hier fühlte sie sich frei. Sie trödelte auf dem Heimweg. Bis sie ankäme, würde Carwyn hoffentlich gegangen sein.

Hortensia ritt auf Bellerophon, ihrem temperamentvollen Braunen. Paris und Edward hielten sich auf ihren Ponies dicht neben ihr. Angetan mit einer lavendelfarbenen Reitjacke, rehbrauner Reithose, schwarzen Stiefeln und rehbrauner Melone mit Schleier rief Hortensia Bewunderung oder Erschrecken hervor, je nachdem, wer hinsah.

«Fersen tiefer, Paris. Ja, so ist es besser.»

«Und wie mach ich's, Mutter?» fragte Edward eifrig.

«Leg die Hand ganz leicht auf den Zügel.»

«Guten Abend, Mrs. Banastre.» Richard Bosworth, ein Rechtsanwalt, grüßte sie, als er sein Kontor verließ.

«Mr. Bosworth! Gehen Sie heute abend in den *Horatio Club*?»

«Ja, Ma'am. Ich hoffe, Mr. Banastre dort zu treffen.»

«Dessen bin ich sicher.» Sie bedachte ihn mit einem Lächeln; ihre Zähne schimmerten.

Sobald sie außer Hörweite waren, platzte Paris heraus: «Großmama sagt, du sollst zu solchen Leuten nicht so freundlich sein.»

«Zu Rechtsanwälten?» Hortensia wußte, was Großmama meinte, aber sie wollte es gern aus dem Mund ihres Sohnes hören.

«Die Mittelklasse», sagte er verächtlich.

«Wen kümmert's?» Edward war bereits ein Verfechter der Gleichheit, ein Triumph in Anbetracht seiner Familie.

«Die haben Zylinderhüte, aber keine Familie», nörgelte Paris.

«Haben sie wohl.» Edward hatte es mißfallen, seinem jüngeren Bruder nachzugeben, als der geboren wurde, und jetzt, neun Jahre später mißfiel es ihm nicht minder.

«Abstammung», verkündete Paris. «Und Großmama sagt auch, die haben einen komischen Geiz.»

Hortensia seufzte. «Ich glaube, die Worte meiner lieben Mutter lauteten: ‹Die Mittelklasse erträgt alles, solange es Geld einbringt und man sie ihren komischen gesellschaftlichen Ehrgeiz befriedigen läßt.›»

«Genau», johlte Paris in dem Glauben, in seiner Mutter eine Verbündete gefunden zu haben.

Hortensia hegte keine besondere Vorliebe für die Mittelklasse. Die Leute waren schließlich in der Mitte und somit gemäß der Gesellschaftsgeographie langweilig, aber sie waren politisch von Nutzen. Der *Horatio Club* war Carwyns Idee – er sollte engere Verbindungen zwischen Montgomerys Oberschicht und den Männern der Mittelklasse knüpfen. Carwyn war ein Verfechter der 1901 erfolgten Rücknahme bereits zugestandener Rechte, wodurch die armen Weißen und alle Schwarzen von jeglichem politischem Stimmrecht ausgeschlossen wurden. Besser, Anwälte, Schneider und Apotheker waren mit denen verbunden, welche die Macht hatten, als daß sie sich mit denen vereinigten, die keine hatten. Carwyn wußte ganz genau, ein Zusammenschluß der Leute, die ihre Nasen in Rechnungsbücher steckten, mit den Habenichtsen konnte seine Herrschaft und die Herrschaft von seinesgleichen beenden. Er wußte auch, daß ein Versicherungskaufmann sich lieber mit ihm, Carwyn Banastre, sehen ließ als mit den Armen, gleichgültig, von welcher Farbe. Die Mittelklasse zu bestechen erwies sich als lächerlich einfach. Es kostete keinen Cent. Hortensia unterstützte die Läden der Männer vom *Horatio Club* und lud ihre Frauen gelegentlich zum Tee oder zu einem Ball ein, wo sie sich unter die ganz Reichen mischen konnten. Lila Reedmuller verabscheute eine solche Verwässerung von gutem Wein, wie sie es nannte, aber Lila legte ja auch Kränze auf die Gräber der Gefallenen der Konföderierten.

«Paris, behalte in Zukunft deine Meinung für dich», fauchte Hortensia.

Edward richtete sich jauchzend in seinen Steigbügeln auf. «Da ist Vater!»

Vom anderen Ende der Straße rollten ihnen Carwyn und Banana Mae in einer prachtvollen burgunderroten offenen Kutsche entgegen. Carwyn war sich seiner Stellung so sicher, daß er es wagte, sich mit Banana Mae zu zeigen. Überdies hatte er innerhalb von 90 Minuten zwei Orgasmen genossen. Für ihn war das ein sexuelles Wunder. Er fühlte sich beschwingt, und eine kleine Geste wie eine Ausfahrt erfreute Banana Mae mehr, als seine Geschenke in Form von Vierzigtausend-Dollar-Smaragd-Halsbändern seine Frau erfreuten.

«Das ist allerdings euer Vater.» Es war Hortensia zuwider, in dieser Situation überrascht zu werden. Besser, sie ging zum Angriff über. Sie gab ihrem Pferd die Sporen und preschte auf das noch ahnungslose Paar zu. Edward und Paris galoppierten hinterdrein.

Banana Mae sah eine hinreißende Frau herankommen. Sie hatte Carwyns Frau nie gesehen. Ehe sie etwas sagen konnte, war Hortensia, glühend vor Zorn und von dem Ritt, an ihrer Seite.

«Mein Mann, wenn ich richtig vermute?»

Banana Maes Mund klappte auf.

«Tag, Liebling. Du siehst großartig aus.» Carwyn verschlug es niemals die Sprache. «Darf ich dir eine Bekannte von mir vorstellen, Miss Parker.»

Hortensia tippte mit der Reitgerte an ihre Melone. «Angenehm, Miss Parker.»

Banana Maes Mund stand immer noch offen. Die Jungen kamen heran und wurden sogleich ganz still.

«Sind Sie stumm, Miss Parker?» Hortensia lächelte ihr strahlendes Lächeln.

Banana Mae wurde rot und stammelte: «Freut mich, Sie kennenzulernen, Mrs. Banastre.»

«Haben Sie einen Sprachfehler, meine Liebe?» Hortensia erfand eine neue Auslegung des Wortes «Mitleid». Ihr bewundernder Blick fiel auf das stählerne Gesicht ihres Gatten. «Mr. Banastre, deine Sorge um das Wohl derer, die nicht so vom Glück begünstigt sind wie du, ist wahrhaft rührend.» Sie wandte sich wieder an Banana Mae. «Ich hoffe, daß Sie sich rasch erholen, Miss Parker.» Hortensia wendete ihr Pferd und trabte davon. Die Jungen folgten ihr verdutzt.

«Mutter, wer war die hübsche Dame?» fragte Edward arglos.

«Eine von deines Vaters Huren.»

«Sie ist die schönste Frau, die ich je gesehen habe», bemerkte Banana Mae leise.

«Fein, dann heirate sie doch.» Carwyn seufzte.

Statt ihre Wut zu zügeln, beschloß Hortensia, sie lieber beim Reiten auszulassen. Sie schlug Bellerophon die Peitsche in die Flanken und stachelte die Jungen an. «Fangt mich, wenn ihr könnt.»

Hortensia hatte keinen Anlaß, durch die Straßen und Gassen zu galoppieren, aber als sie erst die kräftigen Muskeln unter sich und den Wind auf ihrem Gesicht fühlte, war sie nicht mehr zu halten. Ein niedriger weißer Zaun lockte sie. Sie setzte hinüber und stieß mit Hercules Jinks, Placides jüngstem Sohn, zusammen. Der Karren, den Hercules zog, zerstreute seine Holzladung über die staubige Gasse. Der verdatterte Hercules sah gar nicht, was ihn niedergeworfen hatte.

Hortensia stieg ab, band Bellerophon rasch am Zaun fest, und eilte zu dem hingestreckten Jungen. «Bist du verletzt?»

Hercules stützte sich keuchend auf die Ellbogen. Hortensia kniete nieder, doch er winkte ab und setzte sich auf.

«Puh», flüsterte er, tief Atem holend.

«Es tut mir so leid. Ich habe nicht nur dich umgeworfen, sondern auch noch deinen Karren umgestürzt.»

Lachend holte Paris seine Mutter ein. Sie schlug ihm mit der Peitsche auf die Knie. «Laß das, junger Mann.»

Edward kam in einer Staubwolke zum Stehen. «Ist er noch heil?»

Paris öffnete den Mund, besann sich jedoch anders.

Hortensia erwiderte: «Das will ich hoffen.»

Wieder gleichmäßig atmend, musterte Hercules seine Angreiferin.

«Du bist einer von den Jinks, nicht?» fragte sie.

«Ja, Ma'am.»

«Ich möchte meinen Fehler wiedergutmachen. Von jetzt an kannst du uns jeden Freitag ein Klafter Hartholz liefern.»

«Ist das Ihr Haus, das mit den korinthischen Säulen?»

Hortensia war erstaunt, daß er sich in den architektonischen Stilen auskannte. «Ja. Woher weißt du das?»

«Ihr Vater hat's meinem Vater beigebracht, und mein Vater hat's mir beigebracht.» Hercules stand auf. Er überragte Hortensia, die eine überaus großgewachsene Frau war.

«Das muß lange her sein.»

«Als der Bahnhof gebaut wurde. Papa hat vom Keller bis zum Dach mitgearbeitet, bis er in den Krieg ging. Seitdem beschäftigt er sich immerzu mit Architektur.» Hercules wischte sich den Staub von der Hose.

Hortensia starrte ihn an. «Hercules, der Name paßt zu dir. Wie alt bist du?»

«Fünfzehn. Im Dezember werde ich sechzehn.»

«Aha. Also nochmals. Entschuldigung. Freitags.» Sie schien in den Sattel zu schweben.

«Freitags», bestätigte Hercules, dann sammelte er das Durcheinander auf.

Mit fünfzehn war er einen Meter achtzig groß und sehr muskulös. Er sah viel älter aus, hatte aber noch diesen besonderen Liebreiz, den Knaben auf der Schwelle zur Männlichkeit häufig besitzen.

Die Fliegentür klappte hinter ihr zu. Banana Mae fand Blue Rhonda in der Küche. Sie trank gespritzten Kaffee.

«Willste einen?»

«Nein, danke», erwiderte Banana Mae. «Carwyn Banastre sagt, die Abstinenzler werden immer stärker. Da steckt natürlich Linton Ray dahinter.»

«Fickzahn.» Das war Blue Rhondas Spezialausdruck für Oberarschlöcher. Linton Ray hatte ihn verdient.

«Es heißt, Camden County soll schon trocken sein.»

Blue Rhonda nahm noch einen feurigen Schluck. «Wenn Camden County trocken ist, dann nur, weil sie alles ausgesoffen haben.»

Banana Mae trommelte auf die Tischplatte.

«Na?» Blue Rhonda goß noch mehr Whiskey in ihren Kaffee.

«Was, na?» Banana Mae wich Blue Rhondas Blick aus.

«Auf was brütest du, *Missy*?»

«Auf meinem Arsch.»

«Du weißt, was ich meine.»

«Nee.»

Blue Rhonda zog die Nase kraus. «Na, dann eben nicht.»

«Ach, ich hab Hortensia Banastre gesehen, das ist alles.»

«Das reicht.»

«Hast du sie mal aus der Nähe gesehen?»

«Nur von weitem.»

«Ihre Augen sind eisblau. Wirklich, Rhonda, eisblau. Sie sind so klar, daß man fast glatt durchgucken kann.»

«Und sonst?»

«Sie ist ein Luder.»

«Das wundert mich. Wieso ist sie so ekelhaft? Sie hat doch alles.»

Banana Mae wurde schwach und goß sich etwas Kaffee mit einem Schuß Whiskey ein. «Die Menschen brauchen mehr als Geld, Schönheit und Verstand, nehme ich an.»

«Was zum Beispiel?»

«Liebe.»

«Banana Mae, Liebe! Das letzte, was Männer und Frauen schaffen, ist miteinander auskommen. Und wenn sie's könnten, wär's mit unserem Geschäft vorbei.»

Banana Mae rührte ihren Trank um. «Du glaubst nicht an die Liebe?»

«Nicht in dieser Form.»

«Manchmal klappt es bestimmt. Manche Ehemänner müssen manche Ehefrauen lieben und andersrum.»

«Ich schätze, sein Andersrum ist ihre Form von Liebe.» Blue Rhonda fand sich geistreich.

«Hast du nie geliebt?» Banana Mae beugte sich zu ihrer Freundin vor.

«Ich liebe dich.»

«Romantisch, meine ich», präzisierte Banana Mae.

«Ach was. Außerdem, was wir haben, ist besser. Du kommst mit mir aus, und ich komm mit dir aus. Was wollen wir mehr? Sex? Sex hält die Menschen nicht zusammen. Wir sind ohne besser dran – unter uns, meine ich.»

«Ich könnte brüllen.» Banana Mae genoß den Whiskey.

«Wieso?»

«Deshalb bin ich zu diesem Beruf gekommen – aus Liebe.»

«Irgend so 'n Kleinstadtfurzer in Hissop, Alabama, der dich

31

vögelt und dann fallenläßt, das ist nicht ganz meine Vorstellung von Liebe.»

«Meine auch nicht. Ach, warum reden wir davon? Das ändert doch nichts. Komm, gehen wir zu Bunny rüber. Lotowana singt heute abend. Wir machen den Laden dicht. Montags ist ohnehin nicht viel los.» Banana Maes Miene hellte sich auf.

«Klingt nicht schlecht.» Blue Rhonda stand auf. «Banana, du weißt, mir kannst du alles sagen.»

«Ich weiß. Und du kannst mir auch alles sagen.»

Rhonda blickte auf Bananas glänzendes Haar hinab und fragte sich, ob sie ihr wirklich alles sagen könnte.

Am folgenden Freitag lieferte Hercules das Hartholz bei der Villa der Banastres ab. Amelie empfing ihn an der Hintertür und zeigte ihm, wo er es stapeln sollte. Nach getaner Arbeit gab ihm Amelie ein Buch über die Bauten von Palladio.

«Die Missus sagt, das ist für dich.»

Hercules nahm das Buch. «Ich werd's lesen und bring's nächsten Freitag wieder mit.»

«Von zurückgeben hat sie nix gesagt.»

«Ich bring's auf alle Fälle wieder mit.»

Amelie nickte.

Am Freitag darauf tauschte er mit Amelie Bücher. Das nächste Architekturwerk enthielt Kupferstiche. Von da an bekam Hercules jedesmal, wenn er eine Ladung Holz ablieferte oder auf Bitten von Amelie, Leone oder Hortensia persönlich, eine Gelegenheitsarbeit verrichtete, ein anderes Buch. Ohne sein Wissen beobachtete Hortensia ihn häufig, wenn er das nächste Buch in Empfang nahm. Es bedurfte so wenig, ihn glücklich zu machen. Ein Buch aus den Tausenden in der Bibliothek der Banastres machte ihn schwindeln. Fast beneidete sie ihn. Hortensia wußte, daß Bildung für seinesgleichen nicht erwünscht war, aber sie sah nicht ein, wie Architekturstudien einen neuen Rebellen wie Nat Turner hervorbringen sollten. Außerdem wußte ja bis auf Amelie und Leone niemand, daß er ihre Bücher las, und sie fühlte sich ein wenig für ihn verantwortlich, seit sie ihn in der Gasse zu Boden geworfen hatte.

Linton Ray schlenderte über den Friedhof hinter der freundlichen Backsteinkirche mit dem Methodistenkreuz auf dem Turm. Den Toten widmete er nur kurze Gebete; seine scharfen Geschosse behielt er den Lebenden vor. Die Friedlichkeit des Kirchhofs zog ihn an; hier lauerten keine Versuchungen. Alljährlich an Halloween, dem Vorabend von Allerheiligen, teilten sich die Kinder von Montgomery in zwei Mannschaften zur Großen Hexenjagd. Kreischen, umgeworfene Grabsteine und Farbe entweihten dann sein Refugium, doch er fand sich damit ab, weil die Große Hexenjagd städtische Tradition war. Es war eine erweiterte Schnitzeljagd, aber viel aufregender, und für die Mannschaft, welche die Gegenstände auf ihrer Liste ausfindig machte, den Hinweisen folgte und die Große Hexe fand, gab es Preise. Als Kind hatte Linton mitgespielt, falls er sich so weit zurückerinnern konnte. Es fiel schwer, sich Linton bei irgendeinem Spiel vorzustellen. Eines Tages hatte er seinen Küster Cecil Romble überrascht, als der *Hello, My Baby* sang. Linton ließ sich hinreißen und stimmte mit ein. Schon möglich, daß Cecil Romble deswegen nie wieder sang.

Nicht trinken, nicht rauchen, nicht tanzen, gar nichts – das war Lintons Credo. Ungleich anderen guten Hirten, die ihre Herden schröpften, glaubte Linton jedes gefaselte Wort, das er ausspie. Hätte er seine Gemeinde bestohlen und in Saus und Braus gelebt, wäre er für die Bürger von Montgomery faßbarer gewesen. Aufrecht, selbstgerecht und freudlos hütete Linton die rund einhundert ihm anvertrauten Seelen. In seiner Gemeinde galt der Mangel an Gefühl erklärtermaßen als Befreiung von der Versuchung; Leere war geistiger Triumph. Diese armen Seelen waren hohl wie Trommeln; wenn sie ihren eigenen Widerhall hörten, fühlten sie sich jedermann in ihrer Umgebung überlegen.

«Wollen Sie zur Water Street, Hochwürden?» fragte Cecil hinterhältig, um Linton einen Stich zu versetzen. «Diese verruchten Weiber woll'n anscheinend einfach nix mit unserem Herrn zu schaffen haben.»

«Die Zeit wird kommen, Cecil, die Zeit wird kommen. Wir sind auf Erden, um zwei große Übel auszumerzen, den Mißbrauch des Alkohols und den Mißbrauch des Leibes. Unser Leib ist nach Gottes Ebenbild geschaffen und muß rein gehalten werden!» Linton war in seinem Element.

«Wohl wahr.» Cecil machte sich wieder daran, den Friedhofsweg zu kehren.

«Wir machen Fortschritte.»

«Der Herr sei gepriesen.» Cecil fegte emsiger.

«Einige unter den vornehmen Bürgern unserer Stadt suchen diese Lasterhöhlen in der Water Street häufig auf.»

«Das ist nicht Ihr Ernst, Hochwürden.» Cecil hatte längst gelernt, sich dumm zu stellen, damit Linton sich schlau vorkommen konnte.

«Ich denke, wenn ich denen ihre Sünden vorhalten kann –» er atmete heftiger – «werden sie es für geziemend halten, sich unserem Abstinenz-Programm anzuschließen. Der Alkohol muß gesetzlich verboten werden.»

«Sie denken an eine Art Handel?»

Geschäftliche Vergleiche stießen Linton ab. «Keineswegs. Eines nach dem andern. Zuerst merzen wir das eine Übel aus, danach sind wir gerüstet, das andere auszumerzen.»

«Klug, Hochwürden, sehr klug.»

«Danke, Cecil.» Durch die falsche Bewunderung gestärkt, machte sich Linton schließlich zur Water Street auf und ließ Cecil in Frieden.

Der Küster stützte sich auf seinen Besen und tappte mit dem Fuß. Er sang nicht laut, aber er sang innerlich. Dabei fragte er sich, wenn der Mensch nach Gottes Ebenbild geschaffen war, ob Gott dann Geschlechtsorgane hatte? Einen Augenblick erschreckte ihn die Vision von einem gigantischen über dem Mond schwebenden Penis. Dann kehrte er weiter.

Auch das Dasein von Ada Jinks, geborene Ada Goodwater, wurde von der Religion bestimmt. Die Holy Rollers-Sekte, die Pfingstgemeinde und alle anderen Formen geistlichen Überschwangs brachten Ada in Rage. Sie gehörte der Episkopalkirche an. Als Tochter eines Leichenbestatters der schwarzen Gemeinde wuchs Ada mit strengen Vorstellungen darüber auf, welcher Stand einem im Leben zukam. Sie bedauerte zutiefst, daß es das Palmersche Institut noch nicht gegeben hatte, als sie ein Schulmädchen war. Ihre Kinder schickte sie jedoch nach Sedalia, North Carolina, wo Charlotte Hawkins Brown sie knetete wie feuchten Lehm. Ada war streng, unnachsichtig und würdevoll. Als Placide Jinks sie vor Jahren kennenlernte, sah er nur die Würde; der Rest kam später. Dennoch war sie eine warmherzige Frau, wenn man sie zu nehmen wußte, und ihren Mann und ihre Familie liebte sie verbissen.

Sie gebar Placide fünf Kinder – von denen drei am Leben blieben – und arbeitete weiter in ihrem Beruf als Lehrerin in Montgomery. Adas Spezialfach war Latein, aber sie unterrichtete auch Englisch und erteilte bereitwillig jedem Kind Privatstunden, das zu Hoffnungen Anlaß gab. Die Religion war Adas inneres Anliegen; die Bildung war ihr äußeres Anliegen. Sie sah darin die Rettung ihrer Rasse. Ihre Kinder hatten ihre Leidenschaft für das Lernen geerbt, wenngleich bei Hercules bislang noch nichts auf eine intellektuelle Laufbahn hinwies. Athena, ihre älteste, hatte am Palmerschen Institut ihren Abschluß gemacht und studierte jetzt am Vassar College. Apollo, achtzehn, würde dieses Jahr am Palmerschen abschließen und hatte einen guten Draht nach Yale; sollte das fehlschlagen, wollte er sich an der Universität von Atlanta immatrikulieren, falls er nicht vorher eingezogen wurde.

Ada hatte unter ihrem Stand geheiratet, und Placide wurde als Emporkömmling abgestempelt; aber er machte sich gut. Er schuftete sich bei der Bahn halb tot und investierte geschickt, zumeist in Grundstücken. Damit und mit dem bescheidenen Erbe, das Adas Vater ihr hinterlassen hatte, finanzierten sie die kostspielige Ausbildung der Kinder. Die Jinks lebten bescheiden und legten ihr Geld lieber in ihren Kindern als in irdischen Dingen an. Und was für Kinder sie hatten: Hübsch, intelligent, mit guten Manieren. Kein Elternpaar hätte stolzer auf seine Nachkommenschaft sein können als Ada und Placide. Ihr einziger «Versager» war Hercules. Der Junge träumte vom Sport. Er liebte die Architektur, aber er wollte nicht Architekt werden. Football, Baseball, Leichtathletik – welche Sportart auch immer, Hercules übertraf alle anderen darin. Er hatte sogar zu boxen begonnen, zum Schrecken Adas, die das für wahrhaft primitiv hielt. Doch die gelegentlichen Kämpfe brachten Geld, und ohne einen Gedanken an sich selbst schickte Hercules seine Einnahmen ganz selbstverständlich an Athena. Einmal riß ein Mann, doppelt so alt wie er, in einem Kampf Hercules' Lippe auf. Ada fiel in Ohnmacht, als ihr Sohn an diesem Abend nach Hause geschlichen kam. Er kaufte ihr ein sündhaft teures Parfum, und sie verzieh ihm halbwegs. Mit seinem gutmütigen Naturell und seiner Großzügigkeit eroberte Hercules alle, sogar Ada. Das hinderte sie jedoch nicht daran, über Sport zu nörgeln, insbesondere über Boxen. So etwas schickte sich nicht für «unsereins». Ada wiederholte das so oft, daß Hercules ihre Stimme noch im Schlaf hörte. Aber deswegen gab er es nicht auf. Das Leben hatte ihm Hindernisse in den Weg gelegt, die nicht einmal überwunden werden könnten, wenn er Arzt würde. Wenn er einem Mann einen Schlag ans Kinn knallte, wenn er einen Angriff durchzog oder einen zischenden «Roller» zurückwarf, hatte Hercules das Gefühl, ihm gehöre die Welt. Mehr wollte er nicht vom Leben. In Anbetracht der Zeiten und der Lage der Dinge verlangte er zuviel.

Die Sonne glitzerte als goldenes Monokel am blaßblauen Himmel. Lila Reedmuller beschnitt ihre Rosen. Ihre Blumenpracht übertraf diejenige in den städtischen Anlagen. Das Knien und Bücken bei der Gartenarbeit hielt sie in Form, aber am meisten liebte sie es, die Dinge wachsen zu sehen. Bartholomew hatte an den Salon ihres georgianischen Hauses ein prächtiges Gewächshaus angebaut. Man konnte zwischen Möbeln aus dem 18. Jahrhundert sitzen und in einen Dschungel aus Sämlingen, Orchideen und Begonien blicken. Wenn der kurze Winter vorbei war, verlegte Lila sich aufs Beschneiden, Pflanzen, Planen. Vom ersten Krokus bis zur letzten Winteraster sog sie Kraft aus dem stillen Wachstum der Blumen. Ihre Tochter Hortensia zeigte kein Interesse für die Leidenschaft der Mutter. Icellee Deltaven, eine Freundin seit der Kinderzeit, leistete Lila heute Gesellschaft, wenngleich ihre Klatschkünste ihre gärtnerischen Künste übertrafen.

«Die jüngste Bankhead-Tochter ist ein richtiger Wildfang. Ihr Vater schickt sie nach Washington zur Schule.»

«Ein Vater mit zwei Töchtern ist nicht zu beneiden, auch wenn er im Kongreß ist.» Lila streichelte zärtlich eine pfirsichfarbene Rose.

«Tallulah könnte die Geduld sämtlicher Schutzheiligen auf die Probe stellen, nach dem, was ich so höre.» Icey rückte ihren breitkrempigen Strohhut zurecht.

«Wo bekommst du solche Sachen zu hören?»

«Grace geht mit Eugenia, der älteren Bankhead-Tochter, in Miss Marthas Klasse.»

«Und was macht Grace?» Lila glitt anmutig zu ihren Spalierrosen hinüber, denn Icellees Verdruß über ihre einzige Tochter war ein abgedroschenes Thema.

«Nimmt Bunky mit zur Schule und träumt davon, Schauspielerin zu werden.» Icey fächelte sich mit einem Taschentuch. «Eine Deltaven auf der Bühne! Mich trifft wegen diesem Mädchen noch mal der Schlag, das schwöre ich dir. Weißt du, daß sie mit diesem gräßlichen kleinen Köter schläft?»

«Mit Bunky?» Lila lachte. «Sei froh, daß sie sonst mit nichts schläft.» Sitte und Anstand hatten Lilas Humor noch nie getrübt.

Icey gab ihr einen Klaps mit dem parfümierten Taschentuch. «Gemeines Stück.» Sie ließ sich auf eine kleine, schmiedeeiserne Bank fallen und klopfte auf den Platz neben sich. «Setz dich ein bißchen her, Lila. Die Rosen können warten.»

Zögernd ließ sich Lila neben ihr nieder. Alles sprach dafür, daß Icellee in der Vergangenheit schwelgen wollte.

«Wie gut kann ich mich an unsere Schulzeit erinnern! Wo ist die Zeit geblieben, Lila, wo ist sie geblieben?»

«Mmm.» Lila beobachtete mit scharfen Blick einen schillernden Käfer, der eine kostbare weiße Rose attackierte. Sie schnippte ihn fort.

«Bartholomew verbringt viel Zeit in Birmingham. Fehlt er dir nicht?» Iceys Stimme tönte in reinstem Sopran.

«Du mußt aber auch immer bohren. Mein Gott, ich bewundere deine Ausdauer. Du warst in der zweiten Klasse ein Naseweis und bist es noch heute.»

Icey tat eingeschnappt. «Wir wollen uns doch nicht streiten, Lila. Wozu hat man denn Freundinnen, wenn wir uns nicht gegenseitig ausspionieren können?»

«Und es in die Welt posaunen.»

Icey wedelte mit ihrem Taschentuch. «Lila! Lila Duplessis Reedmuller, wie kannst du so etwas auch nur denken? Seit 39 Jahren sind wir Busenfreundinnen, und ich habe niemals einer Menschenseele auch nur eine Silbe über dich angedeutet.»

«Seit 33 Jahren, Icey.»

«Na gut, wenn du meinst.»

Lila lächelte.

Icellee fand ihre Fassung wieder und fuhr fort: «Und ich posaune nichts in die Welt – bloß nach Montgomery.»

Lila lachte laut heraus und ergriff Iceys Hand. «Das ist unsere Welt, meine Liebe.»

Icey wand sich auf ihrem Sitz; das Schmiedeeisen war nicht eben bequem. «Also, vermißt du nun Bartholomew oder nicht, und warum gehst du nicht mit ihm nach Birmingham?»

«Meinen Garten im Stich lassen? Im übrigen sind 25 Jahre mit einem Mann lange genug, um mich nicht um ihn zu sorgen, wenn er von zu Hause weg ist.»

«Er sieht noch immer sehr gut aus.»

«Ich auch», erwiderte Lila keck.

«Ich weiß nicht, wie du das machst. Nach Graces Geburt bin ich aufgequollen wie ein vergifteter Hund. Du bleibst immer schlank – und maßvoll.»

«Du könntest versuchen, dich bei den Mahlzeiten einzuschränken, Icey.»

«Ich weiß, ich weiß, aber das ist eines der wenigen Vergnügen in meinem Leben – und ich habe die beste Köchin von Alabama, darf ich wohl behaupten.»

«Das stimmt.»

Sie blieben ein paar Minuten schweigend sitzen, geborgen im Schoß der Jahre engen Beisammenseins. Lila, die nie lange stillsitzen konnte, stand auf und kehrte zu ihren Rosen zurück.

«Bleib du sitzen, Icey. Luzena soll dir etwas zu trinken bringen.» Sie trat an einen kleinen Brunnen und läutete eine winzige Glocke. Luzena, eine Frau in Lilas Alter, spähte aus der Hintertür.

«Miss Lila?»

«Luzena, könntest du Miss Deltaven eine Limonade bringen?»

Luzenas Kopf verschwand hinter der Küchentür.

«Ich behaupte nach wie vor, Luzena ist ein Viertel weiß.» Icey hielt sich für eine Abstammungs-Expertin und Rassenmischung war ihre Spezialität, aber das vertraute sie nur guten Freunden an. Das Streunen der weißen Männer in den Wohnbezirken der Schwarzen war für die meisten besseren Damen von Montgomery eine Quelle bitteren Schmerzes. Hätten sie es doch nur gewußt: Es war auch in den Wohnbezirken der Schwarzen eine Quelle bitteren Schmerzes.

«Pst, Icey. Darüber ist längst Gras gewachsen, wie man so sagt.»

«Ha!» Sittlichkeitsdramen begeisterten Icey, einerlei, wie alt die Neuigkeit war. Icey fand Luzenas mit dem Hauch der Verruchtheit behaftete Abstammung berauschend.

«Bist du dieses Jahr Aufsicht bei der Großen Hexenjagd?» fragte Lila.

«Ja. Du auch?»

Lila warf den Kopf zurück. «Ich bin die Große Hexe.»

«Was du nicht sagst!» Icey klatschte in die Hände.

«Hab's heute morgen erfahren.»

«O Lila, wie aufregend!»

«Das finde ich auch. Ich kann's nicht erwarten, bis wir uns zusammensetzen und die Hinweise ausdenken.»

Icey sagte wehmütig: «Ich möchte wissen, ob ich es noch jemals schaffe, die Große Hexe zu sein.»

«Du weißt, wie das vor sich geht. Es müssen so viele Gruppen zufriedengestellt, so viele Ärgernisse beschwichtigt werden. Wir müssen die Ehre turnusmäßig vergeben. Da sie jetzt einer von uns zufiel, wird es wohl fünf Jahre dauern, bis es wieder soweit ist.»

«Wahrscheinlich. Aber es freut mich, daß du die Hexe bist. Warte nur, bis deine Enkel es erfahren.»

«Die erfahren es erst, wenn die Jagd zu Ende ist.» Lila wischte sich die Stirn. Luzena brachte die Limonade in einem silbernen Krug auf einem kleinen Silbertablett. «Danke, Luzena. Das sieht aber hübsch aus.»

«Ja, Ma'am.» Luzena zog sich wieder in die Küche zurück.

«Streiten die zwei sich immer noch wie die Kampfhähne?» Icey schlürfte ihren Trunk.

«Luzena und ihr Mann?»

«Was, davon wußte ich ja gar nichts.» Icey machte große Augen.

«Ach, wem willst du denn das weismachen?»

«Ich meine Edward und Paris.»

«Brüder streiten sich immer. Schwestern auch.»

«Natürlich.» Icey nahm ihren Hut ab und fächelte sich damit.

«Erstaunlich, wie Paris seiner Mutter gleicht. Ihr reinstes Ebenbild.» Ihre Stimme senkte sich zur Tonlage «Geheimnisse». «Weißt du, man hat Carwyn mit diesem Freudenmädchen gesehen. In aller Öffentlichkeit! In seinem vornehmen Zweispänner!»

Lila hatte gehofft, Icey würde das nicht zur Sprache bringen. «Ich weiß.»

«Lila, will Bartholomew denn nichts unternehmen? Schließlich kannst ja nicht du deinen Schwiegersohn wegen eines solchen Betragens zur Rede stellen. Das ist wirklich Bartholomews Sache.»

Lila trank und trank.

«Lila!»

«Ja, Icey?»

«Was gedenkst du zu tun?»

«Gar nichts. Die Männer von Montgomery genießen eben beide Seiten.»

«Wie kannst du so etwas sagen?»

«Es ist wahr, und du weißt, daß es wahr ist.»

«Bartholomew muß mit Carwyn sprechen. Schlimm genug, daß er ständig in der Water Street herumkreist wie eine Schmeißfliege überm Fleisch, aber Jesus, Maria und Joseph, er kann sie doch nicht auf die ehrbare Seite der Stadt bringen!»

«Bartholomew wird mit ihm reden, aber ich will nichts davon wissen.»

«Aber ich, also kannst du's für mich herausbekommen.» Iceys Ausbruch von Ehrlichkeit ließ sie einen Augenblick verstummen, dann mußte sie über sich selbst lachen. Lila lachte mit.

«O Icey, du bist schon 'ne Marke – Gott sei Dank, denn eine andere könnte ich nicht aushalten.»

Icey beruhigte sich. «Was macht Hortensia?»

«Immer dasselbe.»

Icey nickte. Sie kannte Hortensia seit dem ersten Tag ihres Erdendaseins.

Lila legte ihre Schere hin und sagte, als spräche sie zu den Rosen: «Immer, wenn ich zum Essen zu Hortensia gehe, habe ich das Gefühl, der Tisch sei für jemand anderen gedeckt.»

Icellee hielt mit Fächeln inne. Sie hatte ihre Querelen mit Grace. Sie fragte sich, ob Mütter und Töchter einander je verstünden. Oder kamen sie erst miteinander aus, wenn es zu spät war?

Karel Sokol besuchte Blue Rhonda einmal wöchentlich. Seine Frau Leone verabscheute den Geschlechtsakt, ansonsten war sie eine gute Ehefrau. Schon auf halbem Weg zur Water Street stand Karels unterbeanspruchter Stengel in Habachtstellung.

Banana Mae, Blue Rhonda und Lotowana lümmelten auf der Veranda.

«Da kommt dein Sechs-Uhr-Freier», verkündete Banana Mae.

«Geil wie 'n brünstiger Kater.» Lotowana kicherte.

Karel polterte die Stufen hinauf, grüßte die Damen und verschwand durch die Tür. Blue Rhonda flüsterte Banana Mae zu: «Halbe Stunde.» Banana Mae zwinkerte.

In ihrem sauberen Schlafzimmer setzte sich Blue Rhonda auf die Bettkante. «Komm, laß mich diesen häßlichen Klumpen aus deiner Brieftasche nehmen.» Sie fuhr mit der Hand in seine Tasche, holte seine Brieftasche heraus und streifte seinen steifen Schwanz. Karel grunzte. Blue Rhonda warf die Brieftasche auf ihr Bett, dann knöpfte sie Karels Hose auf. Gewöhnlich blieb er stehen, und heute war keine Ausnahme. Blue Rhonda streichelte seinen Penis und ging dann ernsthaft ans Werk. Karel war so reif, daß sie keine fünf Minuten brauchte. Erleichtert plumpste er aufs Bett.

«Meine Beine fühlen sich an wie Gelee.»

«Leg dich das nächste Mal hin», riet Blue Rhonda.

«Wenn ich so lange warten kann.» Er kniff sie in die Wange.

Sie angelte sich ihr Geld aus seiner Brieftasche und und gab sie ihm zurück. Sie hatte Karel gern. Er war ein anständiger Kerl.

«Wir haben's nicht eilig, Karel. Ruh dich aus. Vielleicht kriegen wir dich noch mal soweit.»

«Ach, ich bin nicht mehr der Jüngste.» Er legte sich die Hand auf die Stirn.

Blue Rhonda ließ das Thema taktvoll fallen. Sie fand, daß sie saubere Arbeit leistete. Banana Mae verschränkte sich wie eine Brezel, und die Männer schwitzten auf ihr. Das einzige, was Blue Rhonda zu schaffen machte, war die Frage, ob sie es hinunterschlucken oder ausspucken sollte. Karel kam wieder auf die Beine, machte seine Knöpfe zu und verschwand rasch. Blue Rhonda gesellte sich wieder zu ihren Freundinnen auf der Veranda.

«Du hast was verpaßt.» Banana Mae kippte ein Gläschen Whiskey hinunter.

«Was?»

Lottie bebte vor Vorfreude.

«Sag du's ihr.» Banana Mae stieß Lotti an.

Die Worte sprudelten heraus. «Bunny war so fuchtig, die hat Gift und Galle gespuckt, sag ich dir, Gift und Galle!»

«So?» Blue Rhonda war neugierig.

«Linton Ray hätte sie fast zu kaltblütigem Mord getrieben. Hihi.»

«Was hat dieser Giftzahn denn jetzt schon wieder vor?» Blue Rhonda schnaubte buchstäblich.

«Er hat ihr gesagt, wenn sie seiner Abstinenzler-Liga beitritt, will er ihr das Geschäft nicht vermasseln.»

«Das kriegt er nie hin.» Banana Mae bot Lottie einen Schluck Schnaps an, doch Lottie hielt sich lieber an Blue Rhondas Koks, den sie bereitwillig mit ihr teilte.

«Kann schon sein, aber er hat gesagt, er sucht Unterstützung bei ihrer Kundschaft – das heißt, wenn Bunny sich ihm nicht anschließt.»

«Verdammt», schnaubte Banana Mae.

«Das sagt Linton auch», fügte Lotowana arglos hinzu.

«Die läßt sich doch nicht etwa kleinkriegen?» Blue Rhonda war gespannt.

«Nein, aber dieser Pfaffe ist 'n Schlaumeier. Der macht 'nen Aufstand, wartet's nur ab.» Damit hatte Lottie recht. Sie faßte Blue Rhonda ans Knie. «He, Rhondie, wo kriegst du den guten Stoff her?»

«Von Press Tugwell, dem Apotheker. Stammkunde, weißt du.»

«Besorgst du mir was?»

«Klar.» Mit zusammengezogenen Brauen dachte Blue Rhonda über Hochwürden Linton Ray nach. Wenn der mit seiner Drohung ernst machte, mußte man mit diesem Kerl was unternehmen.

Den Veranstaltern war eine klare Nacht beschieden. Die meisten männlichen Bewohner von Montgomery, schwarze wie weiße, drängten sich auf den improvisierten Holztribünen. Faustkämpfe mit bloßen Händen waren bestenfalls brutal und schlimmstenfalls mörderisch. Cedrenus Shackleford, der Polizeichef, drückte bei den Veranstaltungen geflissentlich ein Auge zu. Beraubte er die Stadt solcher blutrünstiger Zerstreuungen, würde die Stadt ihn gewiß seines Postens berauben. Cedrenus nahm stillschweigend Schmiergelder an und beschäftigte sich am Abend eines Kampfes angelegentlich damit, Betrunkene ins Kittchen zu werfen.

Placide Jinks begleitete seinen Sohn in den Ring. Auf der anderen Seite des Rings nahm Sneaky Pie Wetten an. Hercules wurden keine großen Siegeschancen eingeräumt, denn sein Gegner war der beste mit bloßen Fäusten kämpfende Boxer von Chicago. Sneaky Pie hatte ihn eigens hergebracht, um diesem Aufsteiger, diesem Wunderknaben, eins auszuwischen. Sneaky hatte sich seinen Namen in den Bandenkriegen im ersten Jahrzehnt des Jahrhunderts verdient, als jede Gruppe von Immigranten grimmig um ihr eigenes Gebiet stritt. Sobald sich ein Stadtteil unter der Herrschaft eines Bandenführers befand, drang er mit seinen Leuten in den nächsten Bezirk vor. Untergrundimperialismus. Das Profit verheißende Schwarzenviertel von Chicago lockte so manchen geldgierigen Mann. Sneaky Pie hörte, daß die Anführer ein großes Bankett planten, um das Territorium aufzuteilen und zu versuchen, die Differenzen auf weniger gewaltsame Weise beizulegen. Als Kellner verkleidet gelang es Sneaky und seinen Leuten, den Gästen vergiftete Pasteten vorzusetzen, daher sein Name. Von da an ließen die weißen Banden die schwarze Seite der Stadt in Ruhe, schworen sich aber, Sneaky eines Tages zu schnappen. Er rechnete ohnehin nicht damit, daß er lange leben würde, und die Gefahr steigerte seinen Appetit auf alle möglichen Vergnügungen. Sneakys Gesicht glich einem alten Weinkorken, und die leuchtenden Augen hatten ständig einen prüfenden Blick.

Hercules musterte seinen Gegner, einen Mann Ende Zwanzig, mit einem Brustkasten wie ein Faß und kurzgeschorenem, lockigem Haar. Er war ebenholzschwarz, seine Haut schien das Licht der Fackeln zu verschlucken.

Placide stellte in Hercules' Ecke Handtücher, Wassereimer und

Riechsalz bereit. «Hierfür wird uns deine Mutter beide umbringen. Gegen sie ist Balthazar ein kleiner Fisch.»

Hercules lächelte. In der ersten Reihe erkannte er Carwyn inmitten seiner Freunde. Hercules fragte sich, ob er wohl Mrs. Banastre von dem Kampf erzählt hatte.

Bunny Turnbull, unfähig, ihre Mädchen angesichts dieses Ereignisses im Zaum zu halten, brachte sie zum Ergötzen der Männer alle mit zum Kampf. Lotowana trug ein monatsbindenrosa Kleid. Bunny, konservativ gekleidet, stieß einen Mann vor sich an. Sie gab ihm Geld, und er schloß für sie bei Sneaky Pie eine Wette ab.

Banana Mae hatte eine Erkältung, und Blue Rhonda war zu Hause geblieben, um sie zu pflegen.

Die zwei Männer trafen sich in der Mitte des Rings. Der Ringrichter, Jake Rill aus Birmingham, erklärte, daß Schläge unter die Gürtellinie, Treten und Kopfstöße verboten seien. Wenn er einen Mann auf die Schulter klopfe, müsse der unterbrechen. Wenn die Glocke läutet, geht in eure Ecken. Hercules und Balthazar nickten. Der Kampf würde dauern, bis ein Mann durch k. o. besiegt war oder das Handtuch warf.

Als die Glocke ertönte, sprang Balthazar quer durch den Ring. Er bombardierte Hercules mit Hieben, die alle mühelos abgewehrt wurden. Hin und wieder gelang es Hercules, eine schnelle linke Gerade durch Balthazars Deckung zu landen. Viel war das nicht.

Die nächsten fünf Runden verliefen wie die erste. Balthazar versuchte Hercules einzuschüchtern, indem er ihn mit Hieben eindeckte, und Hercules wehrte ihn ab und landete immer wieder mal eine leichte Gerade. Beide Männer waren in glänzender Kondition.

In der siebten Runde ließ Hercules nach, und Balthazar fiel wie ein Puma über ihn her. Er schlitzte Hercules' Backe auf. Die Menge brüllte. Hercules riß sich taumelnd zusammen.

Nach diesem Augenblick der Spannung entwickelte sich der Kampf zu einem gewaltigen Schlagabtausch. Daß die beiden solche Hiebe wechseln und dabei auf den Beinen bleiben konnten, war erstaunlich. Sneaky Pie sah beifällig zu. Als er diesen Kampf annahm, hatte er diesem Bürschchen aus Montgomery auch nicht die Chance von einem Schneeball in der Hölle gegeben. Mit dem Jinks-Jungen könnte man einen Haufen Geld machen, wenn er in die richtigen Hände käme. Sneaky hoffte nur, daß er bei diesem Kampf kein Geld verlieren würde.

Lotowana schnellte wie ein Stehaufmännchen auf ihrem Sitz auf und ab. Bunny zerrte sie herunter. «Sitz still, Lotti. Hinter dir kann ja keiner was sehen.» Sogar Bunny zeigte Erregung. Ihre Wangen glühten, und sie rang unentwegt die Hände.

Balthazar war ein Mann, der sich auf seine Kunst verstand. Wenn Hercules die Beherrschung verlöre, würde der ältere zum Vernichtungsschlag ansetzen.

In der zwanzigsten Runde war die Brust beider Männer von Blut bedeckt. Ein Auge von Hercules war zugeschwollen. Balthazars Ohr füllte sich ständig mit Blut aus einer Wunde in seiner Kopfhaut. Immer wieder schüttelte er den Kopf, um das Blut aus dem Ohr zu bekommen. Die Ausdauer der beiden war ungeheuerlich. Balthazar holte alles aus sich heraus, um die Kraft zum Angriff aufzubringen. Wie Thors Hammer hieb er auf den jüngeren Mann ein. Er trieb Hercules durch die ganze Länge des Rings zurück. Hercules fühlte, wie die Seile in sein Fleisch schnitten. Balthazar drückte ihn mit der linken Schulter fest und fiel über ihn her. Hercules sackte zusammen, als die Glocke läutete. Langsam schleppte er sich in die Ecke.

Placide tupfte ihm Riechsalz unter die Nase, während ein Sekundant ihm einen Eimer kaltes Wasser ins Gesicht schüttete.

«Alles in Ordnung? Alles in Ordnung?» Placide kniete sich in Augenhöhe vor ihm hin.

Hercules schlug sein Auge weit auf. «Ja.»

«Willst du aufhören?»

«Ich kann ihn fertigmachen.»

«Du weißt es am besten», meinte Placide.

Hercules nickte.

Die Glocke läutete, und er schoß aus seiner Ecke. Balthazar wehrte eine auf sein Kinn gezielte gerade Rechte ab, aber die Linke hakte nach, was ihn irritierte und erschütterte. Inzwischen waren beide Männer verrückt vor Erschöpfung und besessen von dem Wunsch zu siegen. Hercules machte einen Rückzieher und täuschte Schwäche vor. Voll von sich überzeugt, sprang Balthazar seinen Gegner wie in der siebten Runde an. Als Balthazar seine Deckung aufgab, um Hercules aus dem Ring zu schmettern, knallte ihm Hercules eine kräftige Rechte an den Kopf. Balthazar ging auf die Matte. Er taumelte auf allen vieren. Jake beugte sich über ihn und begann zu zählen. Balthazar richtete sich schwankend auf, genau rechtzeitig, daß Hercules ihm mit einem gewaltigen Aufwärtshaken den Rest geben konnte. Die Menge explodierte. Hercules schaffte es gerade noch, in seine Ecke zurückzugehen.

Sneaky Pie bahnte sich einen Weg zu dem jungen Mann. «Jinks, du brauchst Schliff, aber verdammt, alles andere hast du!»

Hercules konnte nur «Danke» nicken.

«Komm zu mir nach Chicago. Ich kann dich reich machen, Junge.»

Hercules versuchte, Sneaky die weißbehandschuhte Hand zu schütteln. «Mr. Pie –»

Sneaky prustete. «Sneaky, Sneaky. Kein Mensch sagt Mr. Pie zu mir.»

Als Placide und sein Sohn an diesem Abend nach Hause kamen, kreischte Ada. Als sie jedoch das Geld zählten, ließ ihr Kreischen beträchtlich nach.

«Was willst du mit all dem Geld anfangen, mein Sohn?» fragte Placide.

Hercules sprach mühsam, weil sein Mund geschwollen war. «Athena will nach ihrem Examen in Vassar auf die Rechtsakademie. Das Geld ist für sie.»

Hercules behielt nicht einen Penny für sich.

Carwyn und seine Freunde unterhielten sich lebhaft über den Kampf, als sie in Richtung Water Street fuhren. Sie versprachen sich eine Nacht verderbten Amüsements. Ein paar Häuserzeilen vom Bahnhof entfernt sah Carwyn seinen Schwiegervater auf seine Kutsche zukommen. Bartholomew rief ihm einen Gruß zu. Zögernd schickte Carwyn seine Freunde ihres Weges und gesellte sich zu Bartholomew.

«Dem Spektakel auf den Straßen nach muß es ein toller Kampf gewesen sein.»

46

«Hercules Jinks hat sich als Kreuz-König entpuppt.» Carwyn lüftete seinen Hut.

«Was?»

«Du weißt doch, Hortensias Karten-Rangordnung.»

«Ach so – das hatte ich fast vergessen. Sie liebt Spiele. Lila auch. Für mich sind die Jinks immer Herz.» Bartholomew zog zaudernd an seiner Pfeife.

«Wie geht es Lila?» erkundigte sich Carwyn.

«Gut, gut.»

«Wie ich höre, hast du wieder mit Smith diniert?»

«Die Verbindung zwischen der Louisville- und Nashville-Eisenbahngesellschaft und mir reicht weit zurück.» Bartholomew lachte vergnügt in sich hinein. Er und Morton Smith, der Präsident der Eisenbahngesellschaft, hatten schon zusammengehalten, als der Gouverneur von Alabama 1903 den Frachtraten den Kampf ansagte.

«Ein weitsichtiger Mann», bemerkte Carwyn.

«Ja, das ist er.»

«Hat er etwas vom Krieg in Europa gesagt?»

«Er meint, wir werden ihn für die alle beenden.» Bartholomew zündete seine Pfeife wieder an.

«Wir sind auf der falschen Seite eingestiegen.» Carwyn spielte mit seinem Schnurrbart.

«So?»

«Sollen England und Frankreich sich doch zugrunde richten. Deutschland ist die kommende Macht. Das solltest du als erster zu schätzen wissen.»

«Wieso?» Bartholomew hatte der europäischen Auseinandersetzung nicht viel Beachtung geschenkt.

«Du bist es doch, der sagt, der Süden darf nicht zurückblicken. ‹Die Vergangenheit soll man den Toten überlassen.›» Carwyn zitierte Bartholomews Lieblingsspruch. «Soweit ich sehe ist Deutschland auf dem Weg, zu *dem* Industriestaat in Europa zu werden. Frankreichs und Englands Tage sind vorbei. Deutschland gehört die Zukunft, wie Birmingham.»

«Ich weiß nicht, ob ich dir da ganz folge, Carwyn, aber es ist ein interessanter Gedanke.» Bartholomew platzte heraus: «Hör mal, du kannst Freudenmädchen nicht öffentlich ausführen.»

Carwyn hatte damit gerechnet, daß dies früher oder später zur Sprache kommen würde. «Das war ein Fehler. Es wird nicht wieder vorkommen, Sir.»

Bartholomew seufzte. «Ich weiß, wie es manchmal zugeht. Ich – Hortensia bedeutet mir sehr viel. Als ich sie dir zur Frau gab, nahm ich an, du würdest sie achten. Du kannst mich nicht enttäuschen oder sie demütigen.» Er stieß die Luft aus. «Im übrigen ist es deine Sache, was du in der Water Street treibst.»

«Jawohl, Sir.» Carwyn erfreute sich gesellschaftlichen Ruhms, aber er war noch zu jung, um den starken Einfluß anzufechten, den Bartholomews Generation auf die Gesellschaft von Montgomery ausübte. Er wußte, seine Zeit würde kommen.

«Fein.»

Die Neugier siegte über Carwyn. «Hattest du nie den Eindruck, daß deine Frau, hm . . . hast du dich nie mit anderen Frauen vergnügt?»

«Nie.» Bartholomew bellte das Wort wie einen Befehl.

Zwei messingglänzende Automobile nahmen im Stall viel Platz weg. In ihrer Begeisterung für alles Neue hatte Hortensia sie gekauft; sie kutschierte eine Woche damit herum und war es dann leid, weil die neumodischen Maschinen dauernd kaputtgingen. Sie brachte Bellerophon regelmäßig Äpfel. Sie überschüttete das Tier mit einer Zuneigung, die einem Menschen zugestanden hätte, aber Menschen lieben nicht so anhänglich wie Tiere. Sie hatte entdeckt, daß auch Kinder ihre Sehnsucht nicht erfüllten. All das Gefasel, daß Kinder ihre Mutter lieben – sie mochten nicht geben, nur nehmen. Sie wollten Dinge oder Beachtung. Wenn sie kein Spielzeug wollten, mußte Hortensia einmal mehr in einen Geschwisterkampf eingreifen. Ihre rastlose Energie nährte ihre Unzufriedenheit. Wenn sie gewußt hätte, was mit ihr nicht stimmte, hätte sie vielleicht versucht, es zu ändern. Aber Hortensia war keine Frau, die ihr Inneres erforschte. Statt dessen ritt sie noch schneller, kaufte noch mehr Schmuck, ging auf Reisen, veranstaltete aufsehenerregende Feste und war am Ende jedesmal mehr oder weniger gelangweilt und hatte Angst, etwas zu versäumen.

Bellerophon, frisch gestriegelt, glänzte noch mehr als die Automobile. Ein Geräusch hinter ihr erschreckte Hortensia. Es war Hercules. Sein Gesicht sah aus wie eine zerquetschte Pflaume.

«Guten Tag, Mrs. Banastre.»

«Hercules, du siehst ja furchtbar aus.»

«Ja, Ma'am.»

«Tut es weh?»

«Nicht sehr.» Er blickte an seinem Hemd hinunter, das mit Holzspänen übersät war.

«Mein Mann hat mir von dem Kampf erzählt. Er ist sehr sportbegeistert. In der Stadt heißt es, ein paar Leute aus Chicago wollen, daß du Karriere damit machst, daß du dich zusammenschlagen läßt.»

«Ja, Ma'am.»

«Und wirst du es tun?»

«Ich überleg's mir noch.»

Hortensia fütterte Bellerophon noch einen Apfel. «Ferne Städte und Ruhm sind verführerisch, aber nicht sehr befriedigend, glaube ich.»

«Ich weiß nicht.»

«Welcher Wahnsinn treibt dich nur dazu, solche Schmerzen auszuhalten?»

«Ich gewinne gern.»

«Ist das alles?» Hortensia mochte es nicht glauben.

«Das Geld ist nicht übel.»

«Das überzeugt mich schon eher.» Sie streichelte den Hals des Pferdes. «Glaubst du, es macht dich glücklich?»

«Macht es Sie glücklich?» erkundigte sich Hercules schlicht.

Hortensia war nicht darauf gefaßt, ausgefragt zu werden. Hercules hatte sie überrumpelt. Doch es war etwas Gewisses an ihm. Er war höflich, aber nicht unterwürfig. Die Jinks waren alle so; das konnte einem an den Nerven zerren.

«Nein.»

Hercules war beigebracht worden, hochgeborenen Herrschaften wie Hortensia nachzueifern. Aus der Ferne sahen sie wie Götter aus. Aus der Nähe lagen die Dinge anders. Erstaunt und beunruhigt fragte sich Hercules zum erstenmal, was jemanden glücklich machte. Wenn nicht weiß und reich zu sein, was dann?

«Sie haben alles.»

«Du bist sehr jung, Hercules. Ich habe nichts.»

Ein Teil von ihm war wütend auf sie. Sie hatte leicht reden, daß Geld sie nicht glücklich mache. Sie konnte ohne weiteres außer acht lassen, daß sie weiß war, eben weil sie weiß war. Aber sie sollte wissen, wo ihr Platz war, nämlich an der Spitze. Von ihr wurde erwartet, daß sie das System aufrechterhielt, Befehle erteilte, ein Beispiel gab. Wie konnte sie das in Zweifel ziehen? Wenn Hercules sich auch Fragen stellte, so durfte Hortensia das noch lange nicht. Sie über sich zu haben, überhaupt jemanden über sich zu haben, eine weiße Person, Vater oder Mutter, das befreite ihn von bestimmten Verantwortlichkeiten. Der Gedanke, daß er diese Verantwortlichkeiten selbst übernehmen könne, warf ihn aus dem Gleichgewicht, selbst wenn die Gesellschaft es zuließ. Doch in diesem Augenblick wollte sein anderes Ich eine gewisse Verantwortung für Hortensia übernehmen. Unter all ihrem Glanz war sie wund. Er wollte sie beschützen.

«Lieben Sie Ihren Mann?» Die Worte sprudelten ganz von selbst aus seinem Mund.

Hortensia erstarrte. Wie konnte er es wagen? Dann betrachtete sie sein zerschundenes Gesicht und dachte, er sei eine hitzige Mischung aus Neugier und Unschuld. Er war schließlich noch ein Junge.

«Nein.» Sie verließ den Stall.

Blue Rhonda und Banana Mae waren auf einer Versammlung bei Bunny, um sich über Hochwürden Linton Ray zu beraten. Seine Kampagne, ihre Kunden zu bestechen, damit sie seinem Antialkohol-Verein beiträten, erfreute sich bislang nur mäßigen Erfolgs. Bunny, die geborene Planerin, wollte sich vergewissern, daß sie alle zusammenhielten, falls es schlimmer käme. Ihr Etablissement war von viktorianischem Geist geschwängert. Darüber hinaus trug jedes Zimmer einen Blumennamen und war entsprechend dekoriert: Rose, Iris, Stiefmütterchen, Petunie, Orchidee.

«Also sind wir uns einig, daß wir dieses Subjekt von unseren Kunden fernhalten?» Bunny führte den Vorsitz.

«Ja», bestätigten alle.

«Gut. Ich glaube nicht, daß es irgendwem gefällt, wie Linton sich hier aufführt. Der schaufelt sich sein eigenes Grab.» Bunnys leichter Akzent erfüllte das Zimmer.

Bunny gab sich als Engländerin aus, aber das glaubten die wenigsten. Sie kam aus einer der Kolonien: Australien, Südafrika oder Kanada. Immerhin, ihr zurückhaltendes Wesen und ihre abgehackte Sprechweise sonderten sie von den anderen Frauen ab, und das war ihre Absicht. Lotowana bespitzelte sie nach Strich und Faden, konnte aber keinerlei Affären aufspüren. Bunny beaufsichtigte ihre Mädchen, zählte ihr Geld und hatte großes Vergnügen daran, es anzuhäufen. Trotzdem vermuteten Banana Mae und Blue Rhonda irgendwo einen heimlichen Liebhaber.

Nach Beendigung der Versammlung atmeten Blue Rhonda und Banana Mae auf dem Nachhauseweg die frische Herbstluft ein.

«Wenn man vom Teufel spricht!» schimpfte Banana Mae.

«Ich glaub, ich muß kotzen.» Blue Rhonda verdrehte die Augen.

Linton schlurfte über die Straße. Es gab kein Entrinnen. «Miss Parker, Miss Latrec, es ist Gottes Wille, daß ich Sie heute treffe.»

«Den hat Gott beschissen», flüsterte Blue Rhonda.

Linton verlor keine Zeit. «Sie wissen von meinem großen Vorhaben. Wollen Sie sich meinem Kreuzzug zur Beendigung des Alkoholmißbrauchs nicht anschließen?»

«Nein», lautete Blue Rhondas prompte Antwort. «Wenn die Leute nicht trinken, tun sie was anderes. So ist nun mal die menschliche Natur.»

«Wegen eben dieser Natur wurden wir aus dem Garten Eden vertrieben.» Linton, ganz Schulmeister, faltete die Hände.

«Wer will schon mit 'ner Schlange leben, die an 'nem Baum hängt?» Blue Rhonda haßte Linton.

«Was ist so schlimm an einem Schlückchen Brandy, Hochwürden?» stichelte Banana Mae.

«Wir müssen klaren Geistes und reinen Herzens sein, damit wir Gott und einander verstehen.»

«Eben darum trinke ich, Hochwürden.» Banana Maes Lippen versuchten zu lächeln, aber es wurde mehr ein Zähnefletschen.

«Ich kann Ihnen nicht ganz folgen, Miss Parker.»

«Ich sehe die Menschen ganz deutlich und verstehe sie ganz klar, und ich wüßte lieber nicht, was ich weiß.»

«Aber, aber, so finster dürfen Sie die Natur des Menschen nicht sehen.»

«Tun Sie doch auch. Sind Sie es nicht, der dauernd über Mißbrauch und den ganzen Scheiß meckert?»

«Was?»

«Himmel, Linton, wenn man Sie so hört, ist die Menschheit ein Sündenpfuhl.»

«Sie haben mich mißverstanden, Miss Parker, aber ich glaube allerdings, daß Alkohol uns in den Sündenpfuhl führt.»

«Ha! Sie betrügen die Nation, indem Sie Wasser trinken; Sie legen nämlich den Weinbauern rein, bescheißen den Steuereintreiber und beklauen den Händler. Ich unterstütze den Staat, indem ich mich besaufe.» Banana machte auf dem Absatz kehrt und ging davon.

Blue Rhonda stand starr vor Bewunderung. Ehe sie sich davonmachen konnte, hatte Linton sie am Schlafittchen.

«Und Sie, Miss Latrec – nehmen Sie alkoholische Getränke zu sich?»

«Nein, Hochwürden. Ich halt mich an Kokain.» Sie rannte hinter Banana Mae her.

«Von dieser Furzvisage krieg ich 'n Geistesgeschwür. Engstirnig, scheinheilig . . .» Die Wut raubte ihr die Worte.

«Banana, dem hast du den Marsch geblasen. Du warst fabelhaft.»

«Danke.» Sie schwieg einen Moment. «Der gibt nicht so schnell klein bei. Mit dem kriegen wir noch Ärger. Der ist wie Wasser. Wenn er durch ein Problem nicht durchkann, sucht er sich einen Weg drumrum oder schleift es einfach ab wie 'nen Stein.»

«Dann machen wir ihm die Hölle heiß.» Blue Rhonda leckte sich die Lippen.

Paris und Edward zappelten vor Aufregung. Halloween war endlich da. Die zwei Brüder wurden getrennt, denn die Große Hexenjagd verlangte, daß Kinder aus einer Familie auf beide Mannschaften aufgeteilt wurden. Die Begründung dafür war, daß es gut sei, wenn Kinder lernten, sich anderen anzupassen, insbesondere die Kleinen, die vielleicht dazu neigten, sich an ein älteres anzulehnen.

Jede Mannschaft erhielt zehn Hinweise. Der erste mußte von Kindern der ersten und zweiten Klasse enträtselt werden. Der zweite Hinweis war für Dritt- und Viertkläßler. Der dritte Hinweis war für die fünfte und sechste, und der vierte Hinweis für die siebte und achte Klasse. Die restlichen Hinweise galten für alle. Ältere Kinder durften jüngeren nicht bei der Entschlüsselung ihrer Hinweise helfen, aber jüngere durften älteren helfen. Das Alter der Teilnehmer reichte von sechs bis achtzehn Jahren. Überall in der Stadt waren Aufpasser postiert. Diese Persönlichkeiten aus der Bürgerschaft, mit schwarz-orangenen Schärpen dekoriert, überwachten den Verlauf. Die Aufpasser waren sorgfältig verteilt, damit sie die Kinder nicht zu den Hinweisen führten.

Die Legende sagte, daß dieses Spiel so alt war wie Montgomery, das 1819 gegründet wurde. Ein Vater hatte es sich ausgedacht, um die Angst seines Töchterchens vor den Geistern zu beschwichtigen, die sich an diesem Abend herumtreiben. Wann immer es auch angefangen hatte, kein Erwachsener konnte sich entsinnen, daß es das Spiel nicht gegeben hätte. Seltsam, wie man sich an die kleinen Dinge erinnert. Sechzigjährige Bürger besannen sich lebhaft auf ihre Zugehörigkeit zu einer siegreichen Mannschaft. Natürlich behaupteten die Alten, ihre Hinweise seien die reinsten Kopfzerbrecher gewesen. «Heutzutage haben die Kinder es leicht.» In Wahrheit blieben die Aufgaben immer gleich schwierig, natürlich nach Alter gestaffelt.

Auf der anderen Seite der Stadt machten sich Blue Rhonda und Banana Mae bereit. Sie streiften Laken über, schnitten Augenlöcher hinein und quietschten wie die Kinder, die unten am Kapitolsgebäude in Mannschaften aufgeteilt wurden. Blue Rhonda und Banana Mae waren nicht zur Großen Hexenjagd eingeladen, aber sie hatten eigene Pläne ausgeheckt.

«Hast du den Schnaps?»

«Ja.» Banana Mae betrachtete sich im Spiegel. Die Augenlöcher in dem Laken waren zu klein. Sie nahm eine Schere und vergrößerte sie, wobei sie gleichzeitig ihre Augenbrauen stutzte.

Blue Rhonda prüfte ebenfalls ihr Spiegelbild. «He, auf dem Laken sind Blutflecken. Verdammt, wenn ich diese Euthabelle erwische.»

«Sie kann nicht zaubern. Blutflecken sind verflucht schwer rauszukriegen.»

«Sie ist Wäscherin. Das ist ihr Handwerk.» Blue Rhonda zog einen Flunsch.

«Ein gutes Laken willst du doch ohnehin nicht nehmen. Jetzt halt den Mund und komm.» Banana Mae zog sich ihr Laken wieder über den Kopf.

Blue Rhonda folgte ihr, einen Polizeiknüppel in der Hand. «Wir können uns ja mit dem Schnaps abwechseln, wenn er zu schwer wird.»

«Da gibt's noch 'ne andere Möglichkeit, die Last leichter zu machen», fand Banana.

«Amen, Schwester.»

Edward tänzelte in der frischen Abendluft. Er war bei der Mannschaft der Schwarzen, Paris bei den orangefarbenen. Bevor jede Mannschaft ihren ersten Hinweis erhielt, mußte sie einen Führer wählen. Diese Ehre fiel immer jemand von den Achtzehnjährigen zu, meist einem Jungen. Die Leute erzählten sich, daß ein Mannschaftsführer der Orangefarbenen von 1835 später Colonel bei den Konföderierten wurde oder daß ein Führer der Schwarzen von 1852 bei der Eisenbahn ein Vermögen verdient hatte. Wie sich herausstellte, hatten es die meisten Mannschaftsführer in der Welt zu etwas gebracht; einige entarteten zu Trinkern oder Schurken, aber das waren nicht viele. Lila Reedmuller war 1891 Mannschaftsführerin der Orangefarbenen gewesen – eines von den insgesamt vier Mädchen, die jemals für diese Ehre erkoren wurden, und seither, so wurde geklatscht, hatte Lila Montgomerys Gesellschaft beherrscht und nebenbei ein bißchen in derPolitik mitgemischt. Zur Belustigung von Bartholomew und guten Freunden huschte sie heute abend im schwarzen Hexencape durch ihre Kirschbaum-Bibliothek. Binnen einer halben Stunde mußte sie durch Montgomerys Straßen zu ihrem Versteck schleichen. Von der Mannschaftsführerin der Orangefarbenen zur Großen Hexe – ihre beiden Kindheitswünsche waren erfüllt. Vom Standpunkt der Vierundvierzigjährigen war das nichts Heroisches, aber es machte trotzdem Spaß, die Große Hexe zu sein.

Die Orange-Mannschaft wählte Charles Scott Venable zum

Führer. Mit seinem methodischen Verstand bürgte der gutausse-hende junge Mann für zuverlässige Führerschaft. Die Schwarzen stimmten für Alexander Fleet; phantasievoll und lebhaft veran-lagt, war er das genaue Gegenteil von Charles. Der rundliche Oberaufpasser gab Hinweis Nummer eins aus.

Charles las ihn seiner orangefarbenen Mannschaft vor. «Hier ist die Kirche, der Turm steht daneben, die Türen sind offen, darin ist kein Leben.»

Alexander las seinen schwarzen Babies, wie er sie nannte, den ersten Hinweis vor. «Hei diedel diedel, die Katz und die Fiedel. Sucht die kleine Katz, und aus ist die Hatz.»

Die Große Hexenjagd erstreckte sich über ein Gebiet von fünf Quadratkilometern. Das Spiel wagte sich selten über diese Ab-grenzungen hinaus, weil es für die Kinder wichtig war, die Gren-zen zu kennen. Das machte die Rätsel für die Kleinen leichter und verhinderte, daß sie allzu müde wurden. Je schwieriger die Hin-weise wurden, um so hinderlicher waren die geographischen Grenzen. Mehr als eine Mannschaft hatte sich zum Abschweifen verleiten lassen, aber das kostete so viel Zeit, daß sie meistens das Spiel verlor.

«Wir müssen zu einer Kirche, aber zu welcher?» eröffnete Paris seinen Mannschaftskameraden.

Ein anderes kleines Kind erriet: «Eine, wo die Türen offen sind.»

Mary Bland Love, das Herzblatt unter den Siebenjährigen, quiekte: «Sankt Matthew. Die katholische Kirche läßt immer die Türen offen.»

Als ein paar von den Kleinen sich in Richtung der Kirche in Bewegung setzten, rief Charles sie zurück. «Sind alle Erst- und Zweitkläßler einverstanden? Laßt uns nicht loslaufen, wenn je-mand meint, daß es falsch ist.»

Keine Hand erhob sich.

«Okay, auf nach Sankt Matthew.» Charles setzte sich an die Spitze seiner kleinen Schar.

Die Innenstadt von Montgomery erbebte unter dem Getrappel kleiner Füße. Die Mannschaft der Schwarzen zog ungefähr zur gleichen Zeit los wie die Orangefarbenen. So fing das Spiel ge-wöhnlich an. Die Mannschaften blieben ebenbürtig, bis sie zu den schwierigeren Hinweisen kamen. Danach mußten alle zusammen raten. Die Schwarzen bogen um eine Ecke und fanden ihren Hinweis an die Tür vom Café *Mother Goose* geheftet. Das Schild mit Katze und Fiedel knarrte in der leichten Abendbrise.

Alexander las Hinweis Nummer zwei. «Ein altes Weib lebte einst in einem Schuh. Find ich sie, weiß ich, was ich tu.»

Während die Dritt- und Viertkläßler hierüber berieten, hörten die Schwarzen ein Gebrüll.

«Die haben den zweiten Hinweis rausgekriegt.» Ein größeres Mädchen beugte sich über ein Kind der dritten Klasse. «Beeilt euch.»

Der zweite Hinweis für die Orangefarbenen lautete: «Was Leckres und ein Fäßchen Rum. Wer das nicht findet, der ist dumm.» Ein gewitzter, pummeliger Bursche schrie: «Masons Bonbonladen.» Er erinnerte sich an den riesigen Rumtopf im Schaufenster.

Die Schwarzen, nun schon in Zeitnot, sausten gespannt zum Schuhsalon Regenbogen. Ein kleines Reklameschild in der Ecke des Fensters zeigte die alte Frau in ihrem Schuh, umgeben von Kindern, die alle die neuesten Kreationen trugen. Hinweis Nummer drei hing an der Tür.

«Der starke Samson mied diesen Ort. Kommst du zu uns, gehst du verschönert fort», las Alexander.

Fast zur gleichen Zeit schnappten die Orangefarbenen ihren Hinweis Nummer drei, der genau dort war, wo der dicke Junge gesagt hatte.

«In einer schlief Jesus, sagen die Leut. Doch die hier ist meistens nur voll Heu», ertönte Charles' tiefe Stimme.

Blue Rhonda und Banana Mae stelzten in ihren hohen Knöpfstiefeln durch die Stadt. Der Krug wechselte zwischen ihnen hin und her, wann immer er zu schwer wurde. Banana Mae setzte sich über den Ruf der Pflicht hinweg, um ihre Last leichter zu machen.

«Jetzt halt dich mal zurück, Nanner. Sonst schaffst du's nie bis zum Aufsichtsposten Nummer 30.»

«Ich trinke jeden untern Tisch.»

«Darum geht's jetzt nicht. Heute abend mußt du auf Draht sein.»

«Na gut, dann gib mir 'n Schniff.»

Blue Rhonda angelte ihr mit Koks gefülltes Silberdöschen hervor. «Halt mal 'ne Sekunde. Hier.» Banana beugte sich vor und schnupfte ein wenig Pulver von Blue Rhondas langem Fingernagel.

«Zufrieden? Ich bin putzmunter und verspreche, daß ich –» Banana hob den rechten Arm, das Laken rutschte hoch und enthüllte ihr Kleid – «mindestens fünf Häuserblocks lang keinen Schluck mehr trinke.»

Die Orangefarbenen und Schwarzen knackten ihren dritten Hinweis ohne allzu große Schwierigkeiten. Die Schwarzen standen vor Philpotts Barbierstube, und die Orangefarbenen drängten sich in Bazemores Pferdemietstall. Die nächsten Hinweise führten eine Gruppe zu einer Pfandleihe und die andere zum Hospital. Die fünften Hinweise erwiesen sich als etwas schwieriger, doch «Wo ich sitz, kann ich euch sehen, doch meine Füße können nicht gehen» führte die Orangefarbenen zum Jefferson Davis-Denkmal. Die Schwarzen entschieden ebenso fix, daß der Ort, wo «Leute kommen und gehen, nur ich bleib immer stehen» nur der Bahnhof sein konnte. Selbst die sechsten und siebten Hinweise hielten sie nicht auf. Der achte jedoch wurde für alle eine Prüfung.

«Lies noch mal vor, Alex», rief die Schar der Schwarzen.

Alexander vertiefte sich in den Hinweis und las ihn zum drittenmal vor. «Verwandte kommen fromm ins Haus. Sie kaufen ihm Kleider, aber er geht nicht darin aus.»

Die Mannschaft versuchte es mit Bekleidungsgeschäften, aber das ergab wenig Sinn. Warum kaufte man Kleider, wenn man sie nicht trug? Oder warum trug der sie nicht, der sie kaufte? Jemand tippte auf verkleidete Tiere. Ein paar aus der Mannschaft hockten sich auf die Erde.

Die Orangefarbenen brüteten über ihrem Hinweis. «Ich sag die Wahrheit, man bezahlt mich dafür. Sucht mich, und ein Stück weiter seid ihr.»

Ein kleiner Junge schrie: «Was ist das?»

Die Gruppe hatte eine Vision von zwei weißen Gespenstern, die über eine Gasse flatterten.

«Ich will zu meiner Mutter», piepste ein dünnes Stimmchen.

«Keine Angst, Schätzchen. An Halloween sind immer Gespenster unterwegs», meinte ein älteres Kind beruhigend.

«Komm, wir erschrecken die kleinen Kröten!» Banana kicherte.

«Keine Zeit. Wenn wir nicht zum Aufsichtsposten Nummer 30 kommen, bevor das Spiel aus ist, haben wir keine Chance mehr.»

«Du hättest 'nen prima Kommandeur abgegeben, Rhonda», schnappte Banana. «Schade, daß du vor dem Krieg geboren wurdest.»

Sie stelzten weiter. Plötzlich blieb Blue Rhonda ruckartig stehen, und Banana Mae, die nicht achtgegeben hatte, rannte in sie hinein.

«He», maulte Banana.

«Halt den Rand», zischte Blue Rhonda. «Da ist er.»

Einen Häuserblock entfernt schritt Hochwürden Linton Ray wie ein Wachsoldat seine Runde ab. Beide Mannschaften kamen auf ihrer Suche an ihm vorbei. Wie alle anderen Aufpasser kannte er die Hinweise nicht, daher würde er erst erfahren, daß das Spiel gewonnen war, wenn die Oberaufsicht zu jedem Posten ritt und verkündete, daß alle sich großartig vergnügt hatten. Geistesabwesend umklammerte er die Bibel in seinen Händen.

«Halt dich ran», flüsterte Blue Rhonda.

Banana Mae nickte und steuerte auf Hochwürden zu. Sie tänzelte vor ihm herum und stieß schaurige Laute aus. Unterdessen schlich Blue Rhonda von hinten an ihn heran.

«Warum bist du nicht bei den anderen Kindern?» fragte Linton.

«Wuh, wuh», heulte Banana mit hoher Stimme.

«Geh weiter, sonst erschreckst du noch –»

Er sackte zu Boden. Blue Rhonda hatte ihm mit ihrem Polizeiknüppel eins aufs Dach gegeben.

«Jesses, das hat aber gekracht», sorgte sich Banana.

«Wenn man jemand auf den Kopf schlägt, gibt's immer 'nen Bums. Komm schon, an die Arbeit, Mädchen.»

Banana nahm ihren Whiskey und goß ihn über Linton aus.

«Schütt 'n bißchen auf die Bibel, Neues Testament», riet Blue Rhonda.

«Okay.»

«Die Jünger hatten bloß Wein. Das hier dürfte sie aufwecken.»

«Rhonda.» Banana Mae schüttelte den Kopf.

Als der Krug leer war, drückte sie ihn Linton vorsichtig in die Hand.

«Komm, wir verduften.» Blue Rhonda packte ihre Partnerin. Sie spurteten im Eiltempo nach Hause.

Die Orangefarbenen knackten ihren neunten Hinweis und kamen zum Zeitungskontor. Der letzte Hinweis, der für beide Mannschaften gleich war, wurde Charles Venable vom Lokalredakteur übergeben. Er lautete: «Einst war es hell, einst hat man gelacht. Jetzt steh ich allein in finsterer Nacht.»

Der zehnte Hinweis, der zur Hexe führte, war traditionsgemäß der schwierigste. Der heutige bildete keine Ausnahme. Ein paar Häuserblocks entfernt hörten die Orangefarbenen ein Gebrüll. Die Mannschaft der Schwarzen hatte endlich ihren achten Hinweis herausgefunden, der sie zum Bestattungsinstitut Sonneborn führte. Sie waren wie besessen, ihren neunten Hinweis zu entdecken. Sie wußten, daß die Orangefarbenen ihnen voraus waren; jede Mannschaft schickte einen Späher aus, der über den Fortschritt der Gegner berichtete.

Der neunte Hinweis für die schwarze Mannschaft war ganz im Geiste von Halloween: «Ich sag nichts und red allerhand. Der nächste Hinweis steht an der Wand.» Alexander bewies seinen Wert als Mannschaftsführer. In einem Augenblick der Erleuchtung rief er: «Das Ritz-Theater!» Die Mannschaft stürmte wie besessen zu dem Filmtheater und fand den letzten Hinweis. Das Rennen stand jetzt Kopf an Kopf. Wer die Hexe zuerst fand, hatte das Spiel gewonnen.

«Hat einer 'ne Idee?» fragte Alexander.

«Ein Kaufhaus kann es nicht sein, denn die sind nachts immer dunkel», meinte ein älterer Junge.

«Man hat gelacht – ein altes Theater», rief ein Mädchen.

«Das Capitol-Theater ist letztes Jahr abgerissen worden», gab Edward laut von sich. «Was steht hier in der Gegend leer?»

«Die Bainbridge Villa!» Alexander sprang in die Luft.

Drei schöne Töchter lebten einst vor dem Krieg auf dem Anwesen der Bainbridges, einer hübschen Villa im griechischen Stil. Jede Tochter fand ein schlimmes Ende. Die eine starb an Typhus.

Die zweite beging Selbstmord, als ihr Mann in Gettysburg fiel, und die dritte lebte bis in die 1880er Jahre und wurde dann von ihrem Anwalt in ihrem Bett ermordet. Nicht eine Tochter brachte einen Erben hervor, wenngleich das Gerücht ging, daß Vicky schwanger gewesen war und sich geweigert hatte, ihren Anwalt und Liebhaber zu heiraten, und daß der sie deshalb erwürgte. Sie hatte immer zu ihren engsten Freundinnen gesagt, er sei gut zum Schlafen, aber nicht für den Hafen. Sie hatte den Verdacht, daß er sie um ihres Geldes willen wollte, und sie zu schwängern schien ein sicherer Weg zum Altar. Niemand wußte, was wirklich passiert war und das verfallene Haus blieb ein Fragezeichen, ein Symbol für ein Doppelleben: Das eine für die Straße, das andere hinter verschlossenen Türen.

Die Schwarzen flitzten zu dem großen Haus. Lila, den Besen in der Hand, trat ihnen unter den Säulen entgegen. Zum Anlaß passend schossen Fledermäuse zu den Dachtraufen aus und ein. Ungefähr zehn Minuten später trafen die Orangefarbenen auf dem Rasen ein. Die Sieger bekamen einen kleinen silbernen Hexenhut an einem orange-schwarzen Band. Auf der anderen Seite war die Jahreszahl eingraviert. Alle erhielten Süßigkeiten. Die Kinder verglichen die Hinweise, und die Verlierer erklärten selbstverständlich, daß ihre viel schwieriger gewesen waren. Der Wettstreit verblaßte über kandierten Äpfeln und Zuckerwatte.

«Wart's nur ab, Edward, ich gewinn auch mal.» Paris betrachtete mit Tränen in den Augen das glänzende Abzeichen seines Bruders.

Der wahre Schock des Abends kam, als der Oberaufpasser zu Lintons hingestrecktem Körper geritten kam. Von dem Alkoholdunst fiel er fast vom Pferd. Vor dem ersten Hahnenschrei am 1. November raunte die ganze Stadt die Neuigkeit vom Umfall des Predigers.

«Woher sollte ich wissen, daß der Schuß nach hinten losgeht?»

«Rhonda hat recht, Bunny; damals schien es eine prima Idee zu sein.» Wacker verteidigte Banana Mae ihre Freundin.

Lotowana zappelte hin und her. «Wär ich bloß dabei gewesen. Diese vertrocknete Rosine. Hätt'ste ihm doch bloß den Schädel eingeschlagen.»

«Ich dachte, der hätte seine Lektion gelernt», sagte Blue Rhonda.

Das hatte er auch. Von nun an wollte sich Linton Ray auf die Ehefrauen der Männer konzentrieren, die häufig die Water Street oder die Trinklokale aufsuchten. Endlich hatte der Schuster seinen Leisten gefunden. Das Bemühen, einzelne Prostituierte und Trunkenbolde zu bekehren, hatte sich als wenig erfolgreich erwiesen. Jetzt wollte er ein Häuflein Unzufriedener zusammenscharen und Druck auf seine Feinde, die Sünder, ausüben.

«Wer will schon aufhören zu saufen?» fragte Banana. «Selbst wenn es jemand könnte – ist es nicht mein unveräußerliches Recht als amerikanische Bürgerin, mich zu besäuseln?»

«Es gibt eine Menge Amerikaner, die dir das Recht mit Freuden nehmen würden», bemerkte Bunny.

Lotowanas struppige Augenbrauen zogen sich zusammen wie zwei Raupen. «Soviel ich weiß, hat Hochwürden Ray überhaupt keine Männer hinter sich. Bloß ihre Frauen.»

«Er hat ein paar Männer», klärte Bunny sie auf.

«Das sind keine Männer, das sind männliche Lebewesen, die ihre Frauen ‹Mutter› rufen.» Banana feixte.

«Was ist bloß in die Menschen gefahren? Ich meine, was geht ’n bißchen Saufen und Pimpern die andern an?» wunderte sich Blue Rhonda.

«Ja, was geht das irgendwen an außer den, der’s tut?» Lotowana griff den Faden auf.

«Für Linton ist es offenbar wichtig.» Bunny seufzte.

«Vielleicht, weil er von beidem nichts mitkriegt.» Blue Rhonda lachte.

«Wißt ihr, das ist unnatürlich, ausgesprochen unnatürlich», sagte Banana. «Gott hat die Tiere zum Vögeln geschaffen, und uns auch. Wenn wir nicht zum Vögeln bestimmt wären, hätte uns Gott nicht mit konformen Teilen ausgestattet.»

«Konform?» Lottie beugte sich vor.

Banana Mae formte mit einer Hand einen Kreis und stieß mit dem Zeigefinger der anderen Hand hindurch.

«Ach das.» Lottie nickte zustimmend.

«Es geht nicht bloß um Lintons Säuberungskampagne. Einigen geht es wirklich um die Moral, aber anderen geht es um Macht. Sie wollen sehen, ob sie jemanden zwingen können, sich ihnen zu fügen, statt seine eigenen Wege zu gehen.» Blue Rhonda preßte die Lippen zusammen.

«Die sind so gierig, die würden uns glatt noch unseren Anteil am Sonnenschein klauen», pflichtete Bunny bei.

«Den werden wir jedenfalls nicht los.» Lotowana faltete die Hände.

«Diese verdammten Abstinenzlervereine schießen wie Pilze aus dem Boden. Wie kommt das bloß, daß sich so viele Menschen über was ärgern, das so ... substanzlos ist?» Blue Rhonda brauchte eine Weile, bis sie den Ausdruck «substanzlos» fand.

«Ich glaube, das hat was mit dem Krieg zu tun», meinte Bunny.

«Der ist drüben in Europa, und wen kümmert es, wenn ein Haufen Tommys, Krautfresser und Franzmänner sich gegenseitig umbringt?» Lotowana hatte für Kriegsgeschwätz nichts übrig.

«Ich geb nicht viel drum, was die machen. Wenn sie sich nicht vertragen können, sollen sie sich doch gegenseitig töten. Um die ist es nicht schade, sage ich.» Banana Mae schien fest davon überzeugt.

«Bloß, wir stecken mit drin. Das gibt für mich keinen Sinn.» Blue Rhonda senkte die Stimme.

Bunny griff ihren Gedanken auf. «Das meine ich ja. Seht ihr nicht? Wenn was Großes wie ein Wolf vor deiner Tür lauert, und du kannst ihn nicht töten oder vertreiben, dann knöpfst du dir was vor, das kleiner ist als du. Wenn einer sein Kind oder seine Frau zusammenschlägt, kann er sich siegreich fühlen.»

«Bis der Wolf durch die Tür kommt.» Lotowana kramte in ihrem Beutel nach Tabak.

«Genau», trompetete Bunny.

Die kleine Schar schwieg eine Weile; der Gedanke war beunruhigend. Schließlich brach Blue Rhonda das Schweigen. «Wißt ihr, als sie Linton fanden, hat er was von einem Engelschor gefaselt. Die dachten nicht nur, der ist besoffen; sie dachten, er ist übergeschnappt.»

«Alles hätte geklappt, wenn er nicht die dicke Beule am Kopf gehabt hätte.» Banana zog die Stirn kraus.

«Die einen denken, er ist besoffen hingefallen, und die anderen denken, er hat eins übern Schädel gekriegt.» Blue Rhonda nahm einen Schniff.

«Um Himmels willen, das nächste Mal macht so was nicht allein. Laßt uns das zusammen besprechen.» Bunnys Ton klang herrisch.

«Seit wann bist du der liebe Gott?» Blue Rhonda, die Autorität nicht ausstehen konnte, ging auf die Palme.

«He.» Banana Mae kniff Blue Rhonda in den Arm. Das ließ sie für eine Minute verstummen.

«Ich habe nicht gesagt, daß ich was befehlen will. Ich habe nur gesagt, wir sollten diese Dinge gemeinsam besprechen. Schließlich sind wir im selben Geschäft.» Bunny war in der Tat die eigentliche Führerin der Frauen von der Water Street. Immerhin stand für sie das meiste auf dem Spiel, weil sie das größte Etablissement besaß.

«Eine gute Idee, Bunny.» Banana glättete die Wogen.

Rhonda überwand ihr Schmollen schnell. «Ich hab mir was überlegt.»

Ein schriller Pfiff von Lotowana unterbrach sie. Lottie spähte an ihrem mächtigen Busen herab und wischte einen vermeintlichen Tabakkrümel weg, um dem starrenden Blick auszuweichen.

Rhonda fuhr fort: «Uns ist es egal, was alle über uns sagen, sonst wären wir nicht, was wir sind. Anderen Leuten scheint es aber nicht egal zu sein. Es ist mir unbegreiflich, daß es irgendwen kümmert, was wer anders über ihn denkt.»

«Die Menschen sind schwach», sagte Banana. «Sie gehen mit der Masse.»

«Denkt doch nur an die Französische Revolution.» Bunny breitete ihre Bildung aus.

«Die Französische Revolution geht mich 'nen feuchten Kehricht an.» Für Blue Rhonda war Geschichte, was vor zwei Stunden passiert war. Alles, was davor lag, verdiente keine Beachtung.

«So oder so, die Politik schwenkte in die eine Richtung, dann in die andere, Tausende Menschen wurden ermordet, alle im Namen der öffentlichen Sicherheit, und am Ende standen sie da mit einem neuen Diktator. Da waren sie mit dem König genausogut dran. Und die große Masse des Volkes, die, deren Sicherheit in Gefahr war, ließ alles wie ein begossener Pudel über sich ergehen.»

«Wo hast du das alles gelernt, Bunny?» Lotowana war beeindruckt.

«Ja, weißt du, ich habe die High School abgeschlossen. Geschichte war mein Lieblingsfach.» Sie lächelte.

«Wo?» Blue Rhonda machte sich an sie heran.

«In Bri – na, in Sussex natürlich.»

Rhonda plumpste auf ihren Sitz zurück. «Wie gesagt, jeder, dem's was ausmacht, was jemand anders denkt, ist dämlich.»

«Richtig.» Lotowana liebte solche Gespräche.

«Ich meine, habt ihr jemals auf einem Grabstein geschrieben gesehen: ‹Alle hatten sie gern?›» fuhr Rhonda aufgebracht fort.

«Nein.» Banana Mae klopfte Blue Rhonda auf die Hand. «Zeit zu gehen.»

Wenn Blue Rhonda sich erst für ein Thema erwärmt hatte, konnte sie es bis zur Erschöpfung auswalzen. Banana Mae bot ihre ganze Überredungskunst auf, um Rhonda aus Bunnys Wohnzimmer zu locken. Blue Rhonda verbreitete sich nun darüber, warum Schnüffelei grausam war. Ihrer Meinung nach hing das mit der Besorgnis zusammen, wie die Leute über einen dachten. Schließlich versuchte es Banana Mae mit Bestechung. Sie lockte Rhonda mit dem Versprechen nach Hause, einen Auflauf zu backen.

Carwyn beobachtete seine Söhne, die sich um einen Baseball zankten. Er gab Hortensia die Schuld an den Fehlern der Jungen. Edward hatte er gern; mit ihm konnte er reden und ein vernünftiges Gespräch führen. Paris, der ganz in seinem Verlangen nach Hortensias Zuwendung aufging, nahm seinen Vater kaum wahr. Carwyn konnte seinen eigenen Sohn nicht leiden. Er behielt es für sich, aber es äußerte sich auf andere Weise.

Hortensia und er lebten wie Unterzeichner eines Waffenstillstandsabkommens. Es kam ihm nie in den Sinn, sich zu fragen, ob sie ein Leben jenseits ihrer gesellschaftlichen und familiären Verpflichtungen hatte, ein inneres Leben. Es kam ihm nie in den Sinn, daß auch er womöglich ein inneres Leben hatte. Carwyns Weltbild war direkt; er wollte einfach seinen Willen haben. Er machte sich kaum Gedanken über irgendwas oder irgendwen. Seine politischen Verbindungen dienten der Erhaltung seiner Macht und darüber hinaus der Macht seiner Klasse, seiner Rasse und seines

Geschlechts. Er nahm an, jeder, der war wie er, denke auch wie er. Im großen und ganzen hatte er recht, aber es gab ein paar Rebellen, und mehr noch, er schuf die Bedingungen für die Rebellion seiner Söhne. Jeder Sohn würde einen anderen Weg wählen, aber der Würfel war gefallen: Sie würden sich von der Welt ihres Vaters abwenden.

Hortensia schlüpfte leise in die Bibliothek, um ein Buch herauszusuchen.

«Tag, meine Liebe.»

«Ich wußte nicht, daß du hier bist.»

«Ich habe die Jungen beim Streiten beobachtet. Kannst du nichts dagegen unternehmen?»

«Nein.»

«Wieso nicht? Meine Mutter hat mir Disziplin beigebracht.»

«Ich bin nicht deine Mutter.»

«Das kann man wohl sagen.»

Sie knallte das Buch auf den Tisch. Sie hatte ohnehin einen schlimmen Tag. Die Jungen waren unausstehlich; ein Hausmädchen war krank; sie hatte das Gefühl, daß sie selbst krank würde. Chronos schliff seine Sense an ihrem Geist.

«Du bist ihr Vater. Mach du was dagegen.»

Dieses Argument prallte an Carwyn ab. Er ignorierte es. Hortensia wurde wütend. «Du hast diese Kinder in einem Akt der Unachtsamkeit gezeugt.»

«Im Gegenteil, ich erinnere mich sehr gut daran.»

Wenn er auch keine Zuneigung für seine Frau empfand, so ging er doch gern mit ihr ins Bett. Carwyn blieb anfällig für ihre Schönheit.

«Du bist unverschämt.» Sie nahm ihr Buch.

«Wir wissen eine Menge voneinander, meine Liebe, und was wir wissen, gefällt uns nicht.» Er strich über seinen Schnurrbart. Er haßte sie, aber er begehrte sie. Sein Vater hatte recht, als er sagte: «Frauen – du kannst nicht mit ihnen leben, und du kannst nicht ohne sie leben.»

«Ja.» Sie musterte ihn. Er war ein gutaussehender Mann, aber sie empfand nichts als Abscheu. Als sie kehrtmachte und den Raum verlassen wollte, faßte er sie um die Taille und küßte sie. Das Gerangel gefiel ihm. Es schärfte seinen Appetit, wenn er sie nach einem Kampf ins Bett bekommen konnte, auch wenn sie offenbar nicht dafür zu haben war. Das machte ihm nicht viel aus; ihm ging es um sein Vergnügen.

«Deine Eunuchenküsse kannst du für dich behalten», fauchte sie.

Wütend gab Carwyn zurück: «Du hättest als Mann auf die Welt kommen sollen, meine Liebe.»

Sie parierte: «Das ist offensichtlich ein Mißgeschick, das uns beide trifft.»

Sie hatte selten über sich und ihre Ehe nachgegrübelt. Sie lebte damit. Jetzt aber begriff sie, daß ihre Ehe ein Nerv war, der in einer abgestorbenen Hand endete.

Ada Jinks kratzte mit einem Schälmesser in der Ecke des Fußbodens herum. Ihr Hintern stand hoch wie der Vollmond. Hercules hatte an diesem Morgen wie geheißen den Boden geschrubbt, aber das genügte Ada nicht. Samstags, wenn sie nicht zur Arbeit ging, verwandte sie ihre gigantische Energie darauf, alles und jeden sauber zu halten. Als ihre Kinder noch klein waren, wusch sie ihnen so oft die Hände, daß es ein Wunder war, wenn ihnen nicht die Haut abging. Mit dem Älterwerden steigerte sich ihr Reinlichkeitsfimmel. Sie wußte, daß Flusenbällchen in den Ecken lauerten, und bei Gott, sie würde ihnen beikommen. Placide hatte den ganzen Tag draußen zu tun gehabt. Das Ächzen und Stöhnen seiner Angetrauten hielt ihn davon ab, das von ihr zu genießen, wozu er sich berechtigt fühlte.

«Ada, beruhige dich.»

«Ich kann mich nicht darauf verlassen, daß Hercules sich die Ecken vornimmt. Wenn man in diesem Haus was richtig gemacht haben will, muß man es selbst tun.» Sie hob zwei Fusselstränge auf und warf sie in den Abfalleimer.

«Der Boden blinkt wie Glas. Komm schon, Schatz.»

«Placide, ich kann ein schmutziges Haus nicht ausstehen.»

Sie war nicht rumzukriegen. Athena, für eine Woche aus der Schule daheim, kam die Stiege herunter.

«Wo willst du hin?» fragte Ada streng.

«Zu India Overton.»

«Warum läßt du die arme alte Frau nicht in Ruhe?» wollte ihre Mutter wissen.

«Ich mag sie gern. Sie weiß so viel.»

«Papperlapapp, das weiß sie.» Ada rückte der Ecke zu Leibe.

«Sie kennt sich in der Heilkunst aus.»

Ada funkelte ihre Älteste an. «Eine Handvoll Kräuter und Löwenzahn macht noch keine Heilkunst.»

«Mutter, nicht alles kommt aus Büchern.»

«Willst deine Mutter wohl über die Welt aufklären, was?»

«Du weißt auch nicht alles.»

«Ich befaß mich nicht gern mit Schwachsinnigen, Miss», brummte Ada.

«Ich weiß nicht, warum ich überhaupt nach Hause gekommen bin», stöhnte Athena.

«Sprich nicht so mit deiner Mutter, auch wenn sie unrecht hat.» Placide raschelte vernehmlich mit seiner Zeitung. Im Nu war Athena zur Haustür hinausgestürzt.

«Unrecht!» nörgelte Ada.

«Laß sie doch. India Overton ist harmlos. Wenn Athena Löwenzahn essen will, dann hat sie ihn verdient.» Placide faltete seine Zeitung zusammen.

«Neunmalklug.»

«Ich glaube, wir haben sie verwöhnt.» Placide lächelte. «Aber, Schatz, was nützt es, Kinder zu haben, wenn man sie nicht nach Strich und Faden verwöhnen kann?»

«Darüber waren wir uns nie einig, mein lieber Mann.»

«Ich weiß. Ich habe einen verkappten preußischen General geheiratet.»

Ada stemmte die Hände in die Hüften. «Red nur weiter so, Mr. Jinks.»

Hercules sauste zur Hintertür herein. «Hallo, Mom, hallo, Dad.»

«Nun mal langsam!» herrschte Ada ihn an, als er über den Fußboden schlitterte.

«'tschuldigung. Es ist heute so schön draußen, da bin ich den ganzen Heimweg gerannt. Hab wohl vergessen anzuhalten.»

«Ein neues Architektur-Buch?» Placide beäugte neugierig ein Buch in der Hand seines Sohnes.

Hercules zeigte es seinem Vater.

«Ist das nicht toll?»

«Lies du es zuerst, dann les ich es», schlug Placide seinem hünenhaften Sprößling vor.

«Wie wär's mit diesem System: Du benutzt ein rotes Lesezeichen und ich ein blaues. Dann können wir es beide lesen. Und wer für den betreffenden Tag fertig ist, legt es auf den Eßtisch.»

«Hercules, vielleicht wird trotz allem noch mal was aus dir.» Ada nahm eine neue Ecke in Angriff.

Er sagte nichts, zuckte nur die Achseln.

«Weißt du, was Athena bei India Overton macht?» wollte Ada wissen.

«India weiht sie in die Volksmedizin ein und erzählt ihr von der Sklavenzeit. Athena mag diesen historischen Kram.» Hercules machte sich nicht die Bohne daraus.

«Warum interessiert sie sich so dafür?»

«Sie will Anwältin werden.»

Adas Miene wechselte zu Glückseligkeit. «Das hat sie mir nie erzählt.»

«Sie hat Angst, du machst dich über sie lustig und sagst ihr, sie soll lieber heiraten», erklärte Hercules.

«Was?»

«Du hackst dauernd auf ihr rum, weil sie keinen richtigen Verehrer hat.»

«Tu ich das, Placide? Wo mir Bildung doch so wichtig ist! Zum Heiraten ist es immer noch früh genug. Tu ich das wirklich?»

Placide vergrub seine Nase in der Zeitung. «Ja.»

Sie machte sich verlegen in ihrer Ecke zu schaffen.

Placide lachte hinter seiner Zeitung. Hercules lachte auch.

«Hast du Mrs. Banastre heute gesehen?» fragte Placide.

«Nein», erwiderte Hercules.

«Siehst du sie gewöhnlich, wenn du die Bücher kriegst?»

«Sie läßt sie bei Amelie. Ich hab nur einmal mit ihr gesprochen. Das hab ich dir doch schon gesagt, Dad.»

«Gut.» Placide atmete hörbar aus. «Vor diesen Leuten mußt du dich in acht nehmen.»

«Vor den Banastres?»

«Vor denen und vor den anderen. Nimm dich bloß in acht.»

Grace Deltaven stemmte ihre Absätze in den Bürgersteig und nötigte somit ihre Mutter, sie zu packen und mit aller Kraft fortzuzerren.

«Grace, du kommst jetzt mit.»

«Nein.»

Bunky, Graces Hund, mit Ohren wie pochierte Eier, jaulte, weil sein Frauchen ihn unter ihrem linken Arm quetschte.

«Ich überleg's mir nicht anders. Ich will nicht. Ich will nicht!» kreischte Grace.

«Halt den Mund, freches Gör.» Icellee verlor die Beherrschung.

Aus Rache ließ Grace Bunky los. Das Tier schnappte nach Icellees Knöpfstiefeletten. Sie versuchte, ihn mit einem Tritt ins Jenseits zu befördern, doch er wich blitzschnell aus.

«Ruf ihn zurück.»

«Erst wenn du mich losläßt.»

«Nein.»

«Faß, Bunky. Beiß zu.»

Bunky tauchte zwischen Icellees sich langsam fortbewegende Beine und schlug seine scharfen kleinen Fänge in ihre Fessel. Icellee ließ ihre Tochter los und hopste auf einem Bein.

«Die Tollwut, ich kriege die Tollwut von dem abscheulichen Biest. Wie konntest du nur? Deine eigene Mutter!»

«Ich hab dir ja gesagt, du sollst mich loslassen.»

Auf diese freche Antwort schwenkte Icellee ihr ganzes Gewicht herum und verdrosch Grace mit ihrer vollgestopften Handtasche. Sie traf ihren Sprößling mitten auf die Backe. Grace schlug rückwärts hin. Bunky sauste zu seinem Frauchen und leckte ihr das Gesicht, wobei er zwischendurch Icellee grimmig anknurrte.

«Jetzt sind wir quitt, Miss.»

Weinend beharrte Grace: «Du kannst tun, was du willst, ich überleg's mir nicht anders.»

«Das werden wir sehen.» Wie eine Kobra neigte sich Icellee über ihre gefallene Tochter.

Grace schnappte sich Bunky, und widerstrebend folgte sie Icellee, die ihr nach dem Vorfall größer und mächtiger erschien.

Lila Reedmuller beobachtete den Kampf von ihrer Veranda aus. Sie erwog, den beiden zur Begrüßung entgegenzugehen, beschloß jedoch, ihnen eine Chance zu geben, sich abzukühlen.

Icellee beschleunigte ihren Schritt, als sie die Stufen zu der anmutigen Villa hinaufstieg. «Lila, tu was.»

«Hast du nicht schon genug getan?»

Grace, drei Meter zurück, rieb sich mit der freien Hand die Wange. Bunky knurrte unentwegt. Mit niedergeschlagenen Augen murmelte Grace «Hallo» zu Lila und setzte sich auf einen Gartenstuhl. «Ich überleg's mir nicht anders, auch wenn Sie sich mit Mutter verbünden.»

«Siehst du, was ich mir bieten lassen muß?» Icellee bemitleidete sich. «So ist sie seit September, und es wird immer schlimmer mit ihr.»

«Kommt, meine Damen. Gehen wir hinein. Es ist etwas kühl hier draußen.»

Als die Streitenden in den Salon traten, rangelte sich Bunky von Grace los und kuschelte sich vor den Kamin. Er behielt Icellee mißtrauisch im Auge.

«Es geht um mein Leben», beteuerte Grace.

«Ich bin deine Mutter. Ich bin für dieses Leben verantwortlich und lasse nicht zu, daß du es vergeudest.»

«Noch immer dasselbe Problem?» Lila bot Icellee einen Sherry an, den diese gern annahm.

«Allerdings. Sie hat sich völlig verändert, seit sie mit dieser Bankhead-Tochter zusammen ist.»

«Tallulah hat nichts damit zu tun», verteidigte Grace ihre Freundin.

«Ha. Diese feiste Göre ist so wild, daß man sie nur in den Ferien zu Hause duldet. Ich habe gleich gewußt, daß es Ärger gibt, als du dich mit ihrer Schwester angefreundet hast.»

«Ich wollte schon Schauspielerin werden, längst bevor ich jemanden aus Jasper, Alabama, kannte.» Grace zog das «Jasper» in die Länge, bis es zischte. Bunky legte die Ohren an.

Lila setzte sich zwischen die beiden Frauen. «Grace, das ist ein sehr mühsames Leben.»

«Das ist mir egal. Ich will was leisten. Ich will jemand sein.»

Icellee beugte sich hinter Lila vorbei und bedachte ihre Tochter mit ihrem berühmten eisigen Blick. «Eine gute Partie und ein Leben in Montgomery ist wohl nicht genug, wie?»

«Nein.»

«Für Lila und mich hat es sich als recht angenehm erwiesen.»

«Ich bin nicht Lila oder –» sie zögerte – «du.»

«Ist es denn so wichtig, daß ein Tischler in Chicago oder ein Schuhputzer in New Orleans deinen Namen kennt?» fragte Lila mit mildem Tadel.

«Ja – nein. Das ist es nicht, weshalb ich Theater spielen will.» Grace wünschte, daß Lila sie verstünde. Sie hatte sie immer gern gemocht. «Ich möchte etwas tun, das aus meinem Innern kommt, das mich nicht langweilt. Langweilen Sie sich nie, Mrs. Reedmuller?»

Icellee richtete sich auf ihren Pobacken auf, um Grace eine zu schmieren. Lila griff ein, und Bunky entblößte seine Fänge. «Höhergestellten Leuten stellt man keine persönlichen Fragen, Miss.»

«Schon gut, Icey.» Lila klopfte ihre Freundin auf die Schulter. «Grace, es gab Momente in meinem Leben, da dachte ich, ich würde vor Langeweile sterben.»

Icellees Augen klappten weit auf. «Lila.»

«Hast du dich nie gelangweilt?» fragte Lila sie.

«Darauf antworte ich nicht in Gegenwart eines ungezogenen und undankbaren Kindes.»

Lila fuhr fort: «Vor allem als ich jünger war, bin ich manchmal morgens aufgewacht, habe aus dem Fenster geschaut und mich gefragt: Das soll alles sein? Das ist das Leben?»

«Und deshalb möchte ich Theater spielen.»

«Was bringt dich auf die Idee, daß du auf der Bühne nicht leiden oder dich langweilen wirst?» Lila lächelte.

Dieser Gedanke war dem rebellischen Mädchen nie gekommen. «Nun ja, weil's eben nicht sein kann. Es ist einfach unmöglich. Ich stelle verschiedene Charaktere dar, und ich wäre so damit beschäftigt, meine Rollen zu lernen, daß ich mich einfach nicht langweilen könnte.»

«Vielleicht.» Lila faltete die Hände.

Icellee starrte ins Feuer. Sie hatte sich in ihrem Leben reichlich gelangweilt, und wenn Grace auch nicht zur Langeweile beitrug, so machte sie ihr doch das Leben schwer.

«Selbst wenn ich mich langweile, es ist und bleibt mein Leben.» Grace preßte die Kinnbacken zusammen.

Lila nahm Icellees Hand. «Es ist ihr Leben.»

Icellee wand sich auf ihrem Sitz.

«Icey.»

«Ich weiß. Ich will nicht, daß sie es vergeudet. Du kennst die Sorte von Leuten, die das Theater bevölkern.»

«Du kennst die Sorte von Leuten, die Montgomery bevölkern.» Lila lächelte wieder.

«Es hat sich viel verändert, seit ich ein Mädchen war. Mein Vater hätte mich eingesperrt. Es gibt keine Disziplin mehr, Lila. Ihre Mitschülerinnen sind genauso schlimm. Die haben alle eigene Vorstellungen.»

«Und wenn schon. Ich sehe nicht, wie du Grace daran hindern könntest.»

Die drei saßen wie versteinert. Icellee wußte, daß sie nachgeben mußte. Grace strahlte still vor sich hin. Lila fragte sich, warum man bei seinen eigenen Kindern lauter Fehler machte, wenn man so klar sah, wie man den Kindern anderer Leute helfen konnte.

«Die Halloween-Hexe trinkt Menschenblut und zermalmt Knochen.» Edwards Stimme gackerte.

«Für so was bin ich zu alt.» Paris heuchelte Gleichgültigkeit.

Edward gackerte weiter. Paris baute eine kleine Lokomotive zusammen.

«He, he, he, he.» Edward stürzte sich auf seinen Bruder und stieß ihn rückwärts.

Paris knallte ihm eine. «Hör auf.»

Edward gackerte lauter. Was ihn rasend machte war die Tatsache, daß Paris entdeckt hatte, wo er sein Geld versteckte. Sparschweine waren für seinen kleinen Bruder kein Hindernis mehr. Edward versteckte Münzen in einem Schuhkarton hinten in seiner Spielzeugkiste und legte die wenigen Dollar-Noten, die er besaß, zwischen die Seiten eines Wörterbuchs. Er hatte angenommen, sein Bruder würde, da er Bücher verabscheute, das Geld nicht finden. Paris fand es, und als Edward wie ein Geizhals sein Versteck überprüfte, fand er nichts mehr. Auf seine Beschuldigung folgte das übliche Leugnen. Vielleicht würde der Trick mit der Hexe Paris so ängstigen, daß er ein Geständnis ablegte.

«Huuhuuh, Blut und Knochen. Hmm!»

«Ich hasse dich.» Paris' Unterlippe zitterte. Ältere Freunde hatten ihm von Dr. Jekyll und Mr. Hyde erzählt. Wer konnte wissen, ob Edward sich nicht vielleicht verwandelte.

Das anschließende Geschrei und das Möbelgepolter veranlaßten Hortensia, sich ins Kinderzimmer zu begeben. Paris flüchtete sich zu ihr, und Edward, immer noch wütend, hielt sich dicht hinter ihm.

«Er hat mein Geld geklaut, Mutter.»

Paris lief um den Rock seiner Mutter herum, und Edward jagte ihm nach. Hortensia packte Edward an den Schultern, als er ein Haarbüschel seines Bruders erwischte. Er ließ los, und Paris verschwand unter Hortensias langem Rock.

«Mammakind, Mammakind», sang Edward.

«Schluß jetzt!»

Edward verstummte.

Unter dem Rock hervor rief Paris zurück: «Bin kein Mammakind.»

«Paris, komm da raus.»

«Nein, dann bringt er mich um. Er hat gesagt, daß er mich umbringt.» Paris hatte sich zusammengekauert und blickte nun hoch, um den gewaltigen Unterbau der Weiblichkeit zu erspähen. Er konnte nichts sehen außer etwas, das wie ein gerüschter Schlüpfer aussah, aber der Geruch war süßlich und warm.

«Er hat das ganze Geld genommen, das ich im Wörterbuch versteckt hab.» Edward hörte sich an wie ein Ankläger.

Hortensia ließ ihren älteren Sohn los und sprach zu dem jüngeren: «Raus!»

«Nein.» Paris umklammerte ein durch jahrelanges Reiten gestähltes Bein.

Nun selbst in Wut geratend, verdrosch sie ihn durch ihren Rock. «Wenn ich sage ‹rauskommen›, dann meine ich rauskommen.»

Sein Kopf schnellte hervor, und ein leichter Tritt seiner Mutter beschleunigte seinen Abzug. Beim Anblick eines finster dreinschauenden Bruders und einer zornigen Mutter sprang er wieder zu Hortensia und legte seinen Arm um ihre Taille. Hortensia machte sich los.

«Ich hab sein Geld nicht geklaut. Ich hab's nicht. Ich hab's nicht.»

Edward, sich windend, aber entschlossen, vor seiner Mutter nicht wieder hitzköpfig zu werden, griff nach unten und hob die zerbeulte Lokomotive auf. «Woher hast du dann das Geld für dieses Modell?»

Paris schluckte, dann antwortete er ruhig: «Das hat Großmama mir geliehen.»

«Gegen Zinsen?» Hortensias Lippe zuckte in die Höhe.

«O ja, genau.» Paris strahlte.

«Liebling, du weißt, daß Großmutter regelmäßig zur Kirche geht?»

Paris erwiderte: «Sicher weiß ich das.»

«In der Bibel steht, man darf nicht raffgierig sein. Deine Großmutter würde dir niemals Geld gegen Zinsen leihen.» Hortensia kämpfte gegen das Lachen an. Er war ja so leicht bei einer Lüge zu ertappen.

«Ich hab nichts gerafft!» kreischte Paris.

«Doch, mein Geld.» Edward gelangte in Schlagweite, und Paris klammerte sich wieder an Hortensia. Diesmal schlug sie ihn auf die Hände.

«Laß mich los, Paris. Ich habe genug von diesem Betragen. Du wirst deinem Bruder jeden Penny zurückzahlen.»

«Ich hab's nicht gestohlen.»

«Du zahlst es ihm trotzdem zurück und wirst der Hüter deines Bruders.»

«Uff.» Seine hübsche Lippe kräuselte sich über seinen Zähnen.

«Das ist gut für die Disziplin. Du fängst damit an, daß du den Speicher aufräumst. Ich komme später nachsehen.»

Paris meinte listig: «Darf ich mir die alten Uniformen und das ganze Zeug angucken?»

«Aber erst, wenn du das Gerümpel draußen hast.»

Edward bedachte dies. «Wenn du mit dem Gerümpel fertig bist, helf ich dir bei den Uniformen.»

«Kommt nicht in Frage.» Paris lächelte boshaft. «Das ist *meine* Strafe.»

Wieder flogen Funken. Hortensia, gelangweilt und ungeduldig, erklärte: «Noch einen Streit, einen einzigen, und es gibt diese

Woche keine Reitstunden, kein Fechten. Wenn ihr euch nicht vertragen könnt, dann verabscheut euch für heute wenigstens leise.» Edward senkte den Kopf. «Edward, während Paris oben beschäftigt ist, könntest du zu Großpapas Büro gehen. Er sagt, er hat da ein paar alte Sachen, die kannst du dir ansehen, bevor er sie wegwirft.»

«Wirklich, Mutter?»

«Ja, wirklich. Nun geh schon.»

Edward flitzte aus dem Zimmer. Auf eine letzte Umarmung erpicht, wandte sich Paris wieder seiner Mutter zu. «Du bist gemein.»

«Nächstes Mal nimmst du deinem Bruder kein Geld weg. Und daß du mich nie wieder anlügst.»

«Was ist so schlimm an meiner Lokomotive? Er kann ja auch damit spielen.»

«Darum geht es nicht. Es war sein Geld. Wenn du lernen würdest zu sparen, könntest du dir eine Menge Sachen kaufen.»

Eine Lektion in Sparsamkeit war schlimmer, als Speicher aufräumen. Unter großem Getue, mit Schniefen und allem Drum und Dran, verließ er das Zimmer und trollte sich ein Stockwerk höher.

Hortensia kehrte in das kleine Lesezimmer neben ihrem Schlafzimmer zurück und versuchte ein paar Minuten Ruhe zu finden.

Paris glich seiner Mutter, nur war sein blaßblondes Haar gelockt. Er sah aus wie ein kleiner Engel. Schon in der Wiege hatte er die Damen zu Ohs und Ahs hingerissen.

Edward, gleichsam das Salz, wenn Paris der Pfeffer war, war dunkel wie sein Vater. Gewöhnlich nahm er Paris in Schutz. Nicht so sehr aus Liebe, aber bei so unnahbaren Eltern bot ein Bruder einen Gefühlsmittelpunkt.

Hortensia bemerkte das und folgerte daraus, daß die beiden keiner Einmischung von Erwachsenen bedurften, außer wenn sie sich stritten wie heute. Sie war froh, daß sie gegenseitig aufeinander aufpaßten und ließ es dabei bewenden. Für Edward empfand sie eine gewisse Zuneigung, aber Paris gegenüber war sie sonderbar leer. Sie fühlte sich ihm schon fremd, als er noch im Mutterleib war. Falls sie den Wunsch hatte, mit jemandem darüber zu

75

sprechen, so tat sie es nie; es gab niemanden, mit dem sie hätte reden können oder wollen.

Sie saß in ihrem großen Ohrensessel vor dem Kamin, eine karierte Decke aus Schottland über die Beine gebreitet. Sie erholte sich von der letzten Nacht, die ein gesellschaftlicher Triumph gewesen war. Sie hatte ein Fest unter dem Motto «Zukunft» gegeben. Betty Stove, ihre schärfste Rivalin um die Führerschaft der jüngeren Generation, kam als Elektrizität. Die Glühbirnen in ihrem Haar waren eine Sensation, besonders als sie einen Kurzschluß auslösten.

Hortensia schloß daraus, daß die Elektrizität noch der Verbesserung bedurfte – genau wie Betty Stove.

Das Fest war vorbei, und sie fand keine Ruhe in ihrem Sessel, suchte nach einem neuen Spielzeug, einem neuen Irgendwas. Ein Tag ohne Ziel, sei es auch noch so unbedeutend, machte sie nervös. Ein leises Klopfen an der Tür schreckte sie auf.

«Miss Hortensia?»

«Ja, Leone?»

«Hercules Jinks hat die ganzen Architekturbücher ausgelesen. Soll er was anderes anfangen?»

Hortensia öffnete die Tür. «Wieso? Hat er darum gebeten?»

«O nein, Ma'am. Er hat bloß das Buch zurückgebracht. Es war das letzte im Regal.»

«Gib ihm, was er will.» Hortensia schloß die Tür und öffnete sie wieder. «Laß nur, Leone. Ich spreche mit ihm.»

Die Stufen knarrten kaum, als sie hinunterhuschte.

Hercules stand stocksteif mitten in der Bibliothek. Er war nie in dem großen Haus gewesen. Er hatte immer nur das Holz neben der Küche abgeladen. Leone hatte ihn in die Bibliothek gezerrt, und er wünschte, schon wieder draußen zu sein. Bei Hortensias Anblick erstarrte er.

«Hercules, du hast sämtliche Architekturbücher gelesen?»

«Scheint so, Miss Hortensia.»

«Und was kommt als nächstes?»

«Ich – es war sehr liebenswürdig von Ihnen, daß ich Ihre Bibliothek benutzen durfte.»

«Du hast noch nicht alles hier gelesen. Nun sag schon, was kommt als nächstes?»

«Schönen Dank, aber –» Er blickte an ihrer Schulter vorbei. Es fiel ihm schwer, in diese eisblauen Augen zu schauen.

«Wenn du dich nicht entschließen kannst, entscheide ich für dich.» Sie ging an eine Seite des Raums. «Deine Mutter unterrichtet Latein, nicht wahr?»

«Ja.»

«Dann fängst du am besten mit den Klassikern an, um ihr eine Freude zu machen.»

«Danke.» Er grinste. Ada würde die Bücher verschlingen wie Bonbons.

«Kannst du Latein lesen?» fragte sie.

«Kaum. Ich bin der Dumme in unserer Familie.»

«Wohl eher der Bescheidene.» Sie zog unbewußt das Buch zu sich heran. Hercules stand fest auf seinen Füßen, aber sie warf ihn aus dem Gleichgewicht. Verlegen ließ er schließlich das Buch los, und Hortensia taumelte rückwärts. Hercules fing sie auf. Im Fallen umklammerte sie seinen Hals. Instinktiv küßte Hercules sie. Als ihm bewußt wurde, was er getan hatte, wollte er sich abwenden, aber da küßte Hortensia ihn. Die beiden erschreckten sich gegenseitig und ein jeder sich selbst.

«Verzeihen Sie mir, bitte verzeihen Sie mir.» Er zitterte.

«Du hast nicht allein gesündigt, Hercules.» Sie gab ihm das Buch. Er nahm es und verschwand. Sie blieb danach noch lange mitten in der Bibliothek stehen.

Blue Rhonda und Banana Mae füllten ihre Tage mit der Befriedigung der Bedürfnisse ihrer Kunden. Die meisten Männer suchten bei ihnen bloße Erleichterung von starren, verwirrenden sexuellen Regeln. Ihre Vorstellungskraft ging über «einen blasen», die «Missionarsstellung» oder, in ganz seltenen Fällen, Analsex nicht hinaus. Selbst Carwyn gab sich mit diesem beschränkten Rahmen zufrieden. In Bunny Turnbulls Haus war natürlich mehr Betrieb, aber die Zusammenkünfte waren weniger sexuell als gesellig. Die Männer folgten den Frauen ihrer Wahl brav nach oben, ließen sich bedienen und zockelten wieder nach unten, um sich am Singen, Trinken und Fröhlichsein zu beteiligen. Alles, was von der Norm abwich, wurde von Lotowana fröhlich berichtet. Sie wurde mittlerweile von Dad-eye Steelman beschattet wie von einem Hündchen. Sein Interesse schmeichelte ihr, aber manchmal wurde er lästig.

Eine gelinde Sensation wogte durch die kleine Gemeinde, als Minnie Rue und Leafy Strayhorne ein Haus eröffneten, um mit Bunny zu konkurrieren. Sie dekorierten es als Restaurant und servierten sogar gute Kost, aber zum Entzücken der Männer von Montgomery war die *plat du jour* auf der Speisekarte eine neue Sex-Position. Im *Maxim*, wie es sich nannte, lernten die Männer verschiedene Tricks und verlangten dann von Bunnys Mädchen oder gar von Blue Rhonda und Banana Mae ähnliche Kunststücke. Angesichts dieser Konkurrenzkrise beschloß Bunny, den Teufel mit Beelzebub auszutreiben. Sie führte Dreiergruppen, verschiedene Preise für verschiedene neue Stellungen und rauschende Orgien an hohen Feiertagen ein. Der Wettbewerb mit dem *Maxim* schärfte ihren Geist. Sie genoß den Kampf. Wenn sie Minnie oder Leafy auf der Straße begegnete, strahlte sie Anstand und Würde aus. Insgeheim brandmarkte sie die zwei als degeneriert. Das Geschäft aber florierte.

Blue Rhonda und Banana Mae blieben bei ihrer Heimarbeit. Der Wildeste, mit dem sie es zu tun hatten, war Cedrenus Shackleford, der Polizeichef. Seine neueste Masche war es, sich von Blue Rhonda abschlecken zu lassen, während er seinen Kopf in Bananas Schamgestrüpp vergrub und drauflos lutschte. Die beiden hatten bis dahin nie als Tandem gearbeitet. Als Cedrenus seinen Erguß hatte, rekelten sich alle drei für eine Verschnaufpause auf dem Bett.

«Wir sollten unsere Zusammenarbeit zeitlich besser abstimmen.» Blue Rhonda sah Banana Mae an.

«Was?» fragte Cedrenus kaum hörbar.

«Ach nichts», erwiderte Blue Rhonda.

«Sag mal, wenn ich zum zweitenmal hochkomme, wie wär's, wenn ich dich dann ins Arschloch ficke, Blue Rhonda? Du kannst auf mir sitzen, während ich auf dem Rücken liege, und Banana Mae kann sich für 'ne neue Runde über mein Gesicht hocken.»

«Mein Mund ist mein Vermögen, Cedrenus. Alle anderen Freuden überlasse ich Banana.»

«Ach komm, Rhonda. Es wird dir gut tun», gurrte er.

«Nee.»

«Rhonda kriegt keiner auf den Rücken.» Banana setzte sich auf.

«Verflixt, Rhonda, das gibt doch keinen Sinn.» Cedrenus stützte sich auf seine Ellbogen.

«Ich bin zu jung, um schwanger zu werden.»

«Da gibt's Mittel und Wege», versicherte er.

«Tja, und nichts davon funktioniert.» Sie ließ ihre Beine über die Bettkante baumeln. Weihnachten ging ihr nicht aus dem Sinn. Sie hatte noch kein einziges Geschenk gekauft, und die Feiertage standen vor der Tür.

Banana wechselte das Thema. «Wie war Linton Rays Abstinenzler-Treffen gestern abend?»

«Die übliche Versammlung von alten Drachen und Halbidioten. Und zwar 'n ziemlicher Haufen.» Cedrenus bemühte sich, stets neutral zu bleiben. Er scheute sich nicht, die Bibel lauthals zu zitieren, wenn es seinem Fortkommen diente, aber Linton widerte ihn an. Cedrenus' Weltanschauung entsprach der der meisten Menschen: Man sagt etwas in der Öffentlichkeit, und privat tut man etwas anderes.

Ein lautes Klopfen an der Haustür scheuchte sie alle drei vom Bett. Ehe Banana Mae sich anziehen und öffnen konnte, ging die Tür auf, wurde zugeschlagen, und einer von Cedrenus' Leuten polterte die Treppe hinauf.

«Ärger im *Maxim*, Chef.»

Cedrenus knöpfte seine Hose falsch zu, warf sein Hemd über und zog seine Stiefel an. Die Socken vergaß er. Auf der Treppe mühte er sich mit seiner Uniformjacke ab. Blue Rhonda und Banana Mae stürzten, von glühender Neugier gepackt, hinterdrein.

«Wieviel Mann brauchen wir?» Cedrenus vermutete, es sei eine Rauferei ausgebrochen oder, schlimmer noch, Linton habe eine höchst unerwünschte Demonstration organisiert.

«Sie und ich genügen.» Der Schnurrbart des jungen Mannes zitterte.

Wie gerufen kamen Lotowana und Bunny gleichzeitig an der Haustür an und verkeilten sich fast in der Öffnung, als sie versuchten, zugleich hineinzustürmen.

«Zurück, Lottie», befahl Bunny.

Die Stimme ihrer Arbeitgeberin klang für Lotowana wie Gottes Wort; Lottie machte der winzigen Bunny Platz. Als sie durch die Tür huschte, sah sie Cedrenus und Dick Carver.

«Ach, ihr wißt es schon.» Bunny verlangsamte ihren Schritt.

«Wir wissen von gar nix. Sag's oder ich sterbe!» forderte Blue Rhonda.

Dick öffnete den Mund, brachte aber nichts heraus.

Lotowana, die endlich durch die Tür war, platzte heraus: «Richter O'Brian ist mausetot.»

«Wer hat ihn getötet?» Cedrenus wollte alle Tatumstände hören, bevor er sich ins *Maxim* wagte.

«Eigentlich keiner», stammelte Dick. Es würde schwierig werden, diese Sache zu erklären.

«Er starb auf dem Schlachtfeld.» Lotowana lachte.

Bunny stieß sie mit dem Ellbogen an. Alle führten sich auf wie total verdreht. Bunny beschloß, die Sache in die Hand zu nehmen.

«Das hat Minnie Rue nun von ihrem neuesten Spleen», begann Bunny. «Heute war die Nacht der Historie.»

«Wie bitte?» Blue Rhonda begriff nicht ganz.

«Ihr habt keine Ahnung», stellte Lotowana genüßlich fest.

Bunny fuhr ruhig fort: «Also, man mußte als berühmte historische Gestalt kommen, und gegen einen hohen Preis, denkt euch nur, durfte man tun und lassen was man wollte – falls ihr versteht, was ich meine –, solange kein richtiger Schaden an Leib und Leben entstand.»

«Offenbar ist aber Schaden entstanden.» Cedrenus nahm an, zwei Männer hätten um ein Mädchen gerauft.

«Hm.» Bunny machte eine Pause. «Seht ihr, der Richter war ein Bewunderer von Napoleon, deshalb trat er in voller Kampfmontur an. Jedes Mädchen stellte eine Schlacht dar. Als er bis Austerlitz gekommen war, erlitt er einen Herzanfall.»

«Im Gesicht blau wie 'n Krebs», ergänzte Lotowana.

«Chef, wir müssen seine Leiche da raus und in sein Amtszimmer schaffen.» Dick klang besorgt.

«Wenn wir einen Wagen holen, das würde Aufsehen erregen.» Cedrenus bemühte sich, die Information zu verdauen.

«Holt ihn lieber da raus, bevor er steif wird.» Lotowana bot mit lebhaften Details ihre Hilfe an.

«Bis dahin haben wir noch Zeit, Lottie», erklärte Cedrenus.

«Warum rollt ihr ihn nicht in einen Teppich wie Cleopatra?» schlug Bunny vor.

«Ja», stimmte Blue Rhonda zu.

Cedrenus sah Dick an, und Dick sah Cedrenus an.

«Hast du 'n Teppich, Bunny?» erkundigte sich der Polizeichef.

«Aber sicher. Wir treffen uns drüben beim *Maxim*. Komm, Lottie, hilf mir tragen.»

Cedrenus zog seine Jacke aus. «Die hol ich mir später.»

«Können wir nicht helfen?» Blue Rhonda wollte auf keinen Fall etwas verpassen.

«Ihr könnt auf der Straße Wache halten», sagte Cedrenus.

Banana Mae und Blue Rhonda zogen ihre Mäntel über und rannten zum *Maxim*. Minnie Rue schlotterte, selbst dem Herzstillstand nahe. Leafy, mager und dickfellig, behielt einen klaren Kopf. Als Bunny zur Tür hereinspazierte und Befehle erteilte, wurde Leafy grob.

«Verdammt, was bildest du dir ein, wer du bist, Turnbull?»

«Ich bin hier unter der Ägide von Polizeichef Shackleford.» Bunny schob sich an Leafy vorbei, die nicht wußte, was Ägide bedeutete.

«Was?»

«Tu was sie sagt.» Lotowana war stolzgeschwellt, weil ihre Chefin an einem so wichtigen Vorgang beteiligt war.

Die zwei Frauen legten den Teppich hin. Als sie ihn aufrollten, war der ganze Teppich voll Mäuseköttel und hatte keinen Flor mehr.

«Verdammte Scheißviecher», fluchte Lotowana.

«Da kann man nichts machen.» Bunny konzentrierte sich auf die Arbeit. «Wo ist die Leiche?»

Minnie wies unter Tränen auf einen zusammengekrümmten Klumpen im Zimmer nebenan. Seine schöne Uniform stank nach Pisse und Scheiße, und sein Gesicht war tatsächlich blau angelaufen. Weder Minnie noch Leafy machte sich die Mühe, seine Hose zuzuknöpfen, und sein Glied baumelte leblos heraus, als die Frauen ihn aufhoben und auf den Teppich legten.

«Ich hoffe, es hat sich gelohnt, Richter», brummte Bunny.

Lottie konnte sich kaum bücken, aber die vier schafften es, ihn in den Teppich zu rollen. Minnie erholte sich ein wenig.

Dreimaliges Klopfen an der Hintertür verkündete, daß der Chef und Dick bereit waren. Die beiden hatten Hercules Jinks abgefangen. Hercules hätte sich niemals mit dem Polizeichef angelegt. Er hatte vor kurzem einen robusten Grauschimmel angeschafft, um mehr Holz befördern zu können. Die Männer verstauten das Holz unter der hinteren Veranda, luden die Leiche in den Wagen und legten klugerweise ein paar Holzklötze obenauf. Blue Rhonda und Banana Mae patrouillierten wachsam auf der Gasse und vorn auf der Straße.

«Hercules, wir treffen uns am Gerichtsgebäude, Seiteneingang.» Cedrenus gab dem Pferd einen Klaps.

«Hast du schon mal 'nen Toten gesehen?» fragte Banana. Sie trat an den Wagen heran.

«Ja», antwortete Hercules.

«Warum machst du so ein langes Gesicht?» Banana fand den jungen Mann nett.

«Weil ich nicht sehen mag, wenn wer stirbt.» Das war gelogen, denn Hercules war schon seit Tagen schlecht gelaunt.

«Los jetzt», befahl Cedrenus.

Als das Klipp-klapp der Pferdehufe verhallte, gingen Blue Rhonda und Banana Mae mit Bunny und Lotowana zurück.

«Hat diese Leafy nicht eine sagenhaft weiße Haut?» meinte Lotowana bewundernd.

«Bestimmt von den ganzen Klunkern, mit denen sie sich behängt», fauchte Bunny. Es kam zwar selten vor, aber ab und zu entschlief einmal ein Mann in einem Freudenhaus. Bunny betete, daß es nicht durchsickerte. Sie fürchtete, Linton könne es hinterlistig in seiner Kampagne verwenden.

Hercules, Cedrenus und Dick trugen die Leiche ins Amtszimmer des Richters. Als sie ihm seine Uniform auszogen, drehte es ihnen ein wenig den Magen um, aber sie schafften es. Als sie das Gerichtsgebäude verließen, bedankte sich Cedrenus bei Hercules und sagte: «Jetzt stehe ich in deiner Schuld.» Hercules nickte und fuhr davon. Die Jinks waren wegen ihres Takts und ihrer Diskretion bei allen Leuten geachtet. Cedrenus wußte, daß Hercules es nicht einmal seinen Eltern erzählen würde. Wenn die Geschichte durchsickerte, konnte es nur aus dem *Maxim* kommen.

Am nächsten Morgen wurde Richter O'Brian von seiner Sekretärin an seinem Schreibtisch entdeckt. Sie gab zu Protokoll, daß er bis spätabends gearbeitet habe und an einem Herzanfall gestorben sei. Aber niemand konnte sich die Mäuseköttel in seinen Haaren erklären.

Stramme Sphinxen lächelten Bartholomew schläfrig an. Ein neuer Freimaurertempel war auf sein Reißbrett geheftet. Wenn Stanford White in eine Richtung strebte, stolperte Bartholomew in eine andere. Sein Verstand glaubte an den industriellen Fortschritt, in seinen Werken aber schimmerte ein verhaltener Mystizismus, ein geheimer Zug fort von der Maschine. Am 29. Juli hatte er seinen 50. Geburtstag gefeiert, und jetzt, in der Woche vor Weihnachten, saß ihm sein halbes Jahrhundert im Nacken. Die Vergangenheit hockte auf seinen Schultern wie ein Papagei auf dem Rücken eines Piraten. Obgleich er körperlich robust und vital war, fühlte er sich alt. Er mied die vier großen Narkotika des Westens: Alkohol, Frömmigkeit, Drogen und Sex.

O'Brians plötzlicher Tod hatte ihn betroffen gemacht. O ja, er kannte die Achillesferse des Richters, aber welcher Mann hat nicht irgendein Laster? Der Richter war ein Mann wie alle anderen. Bartholomew wußte, er würde ihn vermissen. In den letzten zehn Jahren hatte er vielen Freunden Lebewohl gesagt. Montgomery glich allmählich einem Friedhof mit Lichtern. Bartholomew betrachtete einen Auftrag, den er fertiggestellt hatte – ein großes Haus in Birmingham im Börsenmakler-Tudorstil. Plötzlich meinte er zu bersten vor Verachtung für alles, was er geschaffen, für alles, woran er geglaubt hatte. Seine Arbeit wurde stückweise gekauft und verkauft. Er hatte nie eine echte Chance, seiner Phantasie freien Lauf zu lassen, denn seine Generation wünschte keine Phantasie, sie wünschte angepaßten Komfort. Er fühlte sich nicht mehr wie ein Architekt; er fühlte sich wie ein Speichellecker. Der Neue Süden schien alles andere als neu; eher wie alter Wein in neuen Flaschen.

Der ganze Quatsch von Ehre, Idealen und Gefühl. Gefühl war die sanfte Außenhaut der Grausamkeit. Er hatte die gigantischen Städte des Nordens gesehen, Chicago, New York, Philadelphia. Dort war es nicht besser. Ihre Einwohner waren höchstens noch scheinheiliger. Wenn dich im Süden einer haßte wie die Pest, dann sagte er es dir meistens.

Bartholomew fegte mit dem Arm seine Reißschiene und Arbeitsutensilien vom Tisch. Das Poltern bewirkte nur, daß er sich noch kläglicher, noch unbedeutender vorkam.

Der einzige Triumph seines Lebens war seine Ehe mit Lila. Sie waren im Laufe der Jahre zusammengewachsen, hatten sich nicht entfremdet. Die Passion der Jugendjahre hatte sich in passionierte Zweisamkeit verwandelt. Sie fanden noch immer Gefallen an der fleischlichen Vereinigung, nicht mehr so oft zwar, aber Lila rührte ihn jedesmal auf zutiefst sinnliche Weise. Wenn er die Ehen seiner Freunde und Bekannten betrachtete, wußte er, daß die seine unschätzbar, daß seine Frau ein Wunder war. Er konnte mit Lila über alles sprechen, aber heute machte ihn etwas schamvoll verlegen – etwas, das er für Selbstmitleid hielt. In Bartholomews Charakter war wenig Platz für ehrliche Zweifel an sich selbst, und als sie ihn nun befielen, verwechselte er sie mit Selbstmitleid. Wäre es nicht eine Herabsetzung von Lilas Leben, wenn er ihr eröffnete, er habe das Gefühl, daß er allmählich nichts mehr tauge?

Er hatte als Vater versagt, wenngleich er sich insgeheim fragte, ob jemand anders bei Hortensia mehr Erfolg hätte haben können. Sie war von der Wiege an eigensinnig und distanziert. Er bedauerte, daß er keinen Sohn gezeugt hatte, aber wer konnte wissen, wie der Junge geworden wäre? Vielleicht war es so am besten.

Er trat ans Fenster seines Arbeitszimmers und blickte auf die Straße hinunter. Die Laternen waren mit Girlanden umwunden, und die Türen waren mit Fähnchen geschmückt. Eine dicke Frau mit einem Schal eilte vorüber; sie trug ein Päckchen in der Hand. Weihnachten 1918, dann folgte Neujahr 1919. Bartholomew schauderte. Er hatte sich immer in die Zukunft versetzen können, aber heute abend war 1919 leer. Er sah nichts.

Er lachte vor sich hin und dachte, die Menschen verstehen sich selbst nicht, bis es zu spät ist, etwas zu ändern.

An der Wand lockte ein zierlicher, exquisit gearbeiteter Dolch, den Hortensia ihm vor Jahren geschenkt hatte. Wie ein Kastenteufel sprang ihn der Gedanke an, daß er sich diesen Dolch ins Herz stoßen könnte. Selbstmord war ihm bis dahin nie im entferntesten in den Sinn gekommen. Wie von diesem entsetzlichen Gedanken in Trance versetzt, schritt er zu dem Dolch hinüber und berührte die grausame Spitze. Warum nicht einfach alles beenden? Bartholomew war nicht unglücklich, er konnte nur nichts finden, wofür es sich zu leben lohnte, und schlimmer noch, er kam sich vor wie ein Scharlatan. Er stand da und betrachtete den Dolch. Er hatte die Macht, sein Leben zu beenden. Es war beinahe berauschend.

Tränen schossen ihm über die Wangen. Er hatte nicht mehr geweint, seit seine Mutter vor zwanzig Jahren gestorben war. Das Schluchzen erschütterte ihn so sehr, daß er sich an die Wand lehnen mußte, und schließlich glitt er hinab, setzte sich hin und weinte, als sei er wieder vier Jahre alt und fände sein geliebtes Hündchen von einem Wagen zerquetscht. Er weinte, um dem Selbst zu entfliehen, das nicht in die Finsternis führt. Er weinte, weil er verloren war, weil er begriff, daß sein Leben endlich und sein Körper begrenzt war. Er weinte, weil er ein Leben der Vernunft gelebt und weil die Vernunft versagt hatte.

Er wußte nicht, wie lange er geweint hatte. Sein Kopf schmerzte, und er wurde ein wenig ruhiger. Er dachte an seine Frau. Wie konnte er sie allein lassen? Er dachte an seine Tochter. Eines Tages würde sie ihn vielleicht brauchen. Er dachte an seine Freunde. Wie konnte er ihr Dasein zurückweisen, indem er seinem ein Ende setzte? Er dachte an die armen Scheißkerle, die an den Thermopylen gestanden und gefallen waren, weil sie an ihr Athen geglaubt hatten. Durfte er einfach sterben, nur weil er Angst hatte? Er dachte an die armen Teufel, die im Mittelalter in Europa an tückischen Seuchen zugrunde gegangen waren. Er dachte an die Menschen, die diese Schrecken überlebten und an die Schmerzen, die sie aushielten und für die es keine Linderung gab. Wenn sie ausgeharrt hatten, ungebildet, verängstigt, unterdrückt – wer war er, daß er seinem Dasein den Rücken kehren dürfte?

Er stand auf, zog ein Taschentuch aus seiner Tasche und putzte sich die Nase. Er hob seine Reißschiene und das andere Werkzeug auf und legte alles sorgfältig an seinen Platz; dann warf er seinen Mantel über und ging nach Hause.

Als er durch die Stadt wanderte, in der er seine ganzen 50 Jahre verbracht hatte, wurde ihm mit einemmal bewußt, daß es nicht die Freiheiten sind, die einen am Leben erhalten; es sind die Verpflichtungen.

Betty Stove präsidierte beim jährlichen Heiligabendball, der von ihrer Familie mütterlicherseits organisiert wurde, seit diese kurz vor 1819, dem Jahr der Stadtgründung, nach Montgomery gekommen war. Von der Aussicht auf Wohlstand, Land und Abenteuer gelockt, war eine kleine Gruppe von Holländern aus New York, wo viele ihrer Familien seit Peter Stuyvesant ansässig waren, hierher übersiedelt. Bettys Mutter, Beukema Toe Water-Van Aken, eine energische Sechzigerin, traf gemeinsam mit ihrer Tochter die Vorbereitungen für den Ball. Die gesamte feine Gesellschaft von Montgomery kam, in Zylinder und Frack die Herren, in kostspieligen Roben und sagenhaften Juwelen die Damen. Hier und da blitzte eine Militäruniform.

Betty trug ein blaßblaues Gewand von Poiret, den ihr Gatte immer «Porös» nannte. Sie sah blendend aus, und ausnahmsweise vergaß Hortensia ihre Rivalität. Sie hatte andere Dinge im Kopf. Sie hatte Amelie mit einem Weihnachtsgeschenk zu Herkules Jinks geschickt. Sie war sich noch immer nicht im klaren, ob sie richtig gehandelt hatte, aber sie wollte ihm etwas schenken, um ihm zu zeigen, daß sie ihm nicht böse war. Doch vielleicht hatte er es ohnehin vergessen; er war ja noch so jung. Sie fand ein Buch mit Darstellungen berühmter Boxkämpfe. Nun fragte sie sich, ob es ihm gefiel oder ob er das Geschenk vielleicht noch gar nicht ausgepackt hatte.

Carwyn tanzte mit sämtlichen Damen, einschließlich seiner Schwiegermutter, die bei weitem die schönste unter den Frauen ihres Alters war und so manche jüngere in den Schatten stellte. Auch Bartholomew verließ die Tanzfläche nicht, oder nur, um einer Partnerin ein Glas Champagner zu holen.

Der Ballsaal in der Villa der Stoves war ganz in Weiß gehalten. Rote Draperien an den Säulen und Türrahmen verliehen ihm einen Hauch leuchtender Farbigkeit. Von dem Kristallkronleuchter in der Mitte des Raums hingen Mistelzweige herab. Ein kleines Orchester spielte auf dem Podium, das eigens zu diesem Zweck errichtet war. Beukema und Betty verteilten sinnreiche Gaben an ihre Gäste: Ein silberner Pfeifenreiniger für die Herren und ein hübsches silbernes Lesezeichen für jede Dame. In die Geschenke war das Datum eingraviert.

Grace Deltaven beeindruckte jedermann mit ihrem kurzen Solovortrag, als sie mit einem Damenchor Weihnachtslieder sang. Wie um Icellees nagende Besorgnis zu lindern, wurde ihr von einer Menge Leute versichert, ihre Tochter sei so schön und kultiviert, daß die ganze Welt sie sehen müßte. Natürlich sagte niemand offen, daß Grace zur Bühne gehen sollte, aber die Bemerkungen halfen Icellee ein wenig.

Alle waren sich einig, daß Betty eine der glanzvollsten Gastgeberinnen von Montgomery war, und falls Beukema sich jemals von den anstrengenden gesellschaftlichen Pflichten zurückzöge, würden sie reibungslos in Bettys Hände übergehen. Der unterschwellige Wettstreit der Gastgeberinnen sicherte Montgomery eine lebhafte Saison. Peter Stove, ein freundlicher großer Blonder, für seinen Mut auf dem Polofeld berühmt, sonnte sich im Erfolg seiner Gattin.

Tanzen, Schmausen und Lachen dauerten bis Sonnenaufgang. Diejenigen, die nicht an der Mitternachtsmette teilgenommen hatten, enteilten in ihren Kutschen zum Frühgottesdienst.

Auf der Heimfahrt im milden Schein des Sonnenaufgangs tauschten Lila und Bartholomew Histörchen aus. Peregrine Cranmer war vor drei Uhr umgekippt; Grace war beim ausgelassenen Tanzen ein Absatz abgebrochen; Vera Fetterolf und ihr Mann sprachen mit den Alton Riddlebergers noch immer nicht über das Pferderennen im Sommer. Ihr Pferd hatte verloren, und sie schworen, Riddlebergers Currier sei zu früh gestartet. Der übliche Klatsch.

Lila küßte ihren Mann auf die Wange. «Bart, ich habe dich lange nicht so glücklich erlebt.»

«Es ist die Jahreszeit zum Fröhlichsein, nicht wahr?» Er küßte sie auf den Mund.

«Gott segne den Tag, an dem ich dir begegnet bin, Bartholomew Reedmuller.» Lilas Augen leuchteten.

Er legte seinen Arm um sie und flüsterte: «Ich habe dich damals geliebt, ich liebe dich heute, ich liebe dich bis zu dem Tag meines Todes. Und wenn es einen Weg zur Liebe nach dem Tode gibt, so werde ich ihn finden.»

Sie umarmte ihn und küßte seinen Hals, seine Hände, sein Gesicht.

«Lila, ich habe 50 Jahre dazu gebraucht, aber endlich bin ich dahintergekommen, daß der einzige Grund zum Leben ist, daß man es genießt.»

Sie lachte und küßte ihn noch einmal. «Fröhliche Weihnachten.»

Während Hortensias und Carwyns Heimfahrt herrschte alles andere als eheliches Glück. Er hatte ihr ein Hals- und ein Armband aus rechteckigen Saphiren gekauft, die mit ebenfalls rechteckigen Diamanten von derselben Größe gesäumt waren. Die Steine waren so erlesen gefaßt, daß zwischen ihnen keine Lücke zu sehen war. Carwyn überreichte ihr den Schmuck vor dem Ball, damit sie ihn tragen konnte. Er hatte Hortensia gegenüber ein undefinierbares Schuldgefühl, und die Geschenke halfen ihm, es zu überwinden. Und natürlich wünschte er nicht, daß seine Frau von einer anderen in den Schatten gestellt wurde. Ihre Juwelen riefen bewundernde Bemerkungen hervor. Sie schenkte ihm ein Gewehr mit eingelegtem Schaft und ein aufsehenerregendes braunes Vollblutpferd. Hortensia hatte sich irgendwie verändert, und er konnte es sich nicht erklären. Früher war sie kalt gewesen; jetzt erschien sie ihm nachdenklich, ja beinahe abgeklärt. Er konnte sich keinen Reim darauf machen. Sie plauderten darüber, daß Bartholomew die ganze Nacht getanzt hatte. Sie waren sich einig, daß Grace Deltaven eine phantastische Stimme hatte; aber diese Idee, Schauspielerin zu werden, war beunruhigend. Betty Stove dachte einfach an alles; ja, dieses Kleid mußte soviel gekostet haben wie ein Schlachtschiff. Sehr höflich bemühten sich beide, die Form zu wahren.

Als sie nach Hause kamen, waren die Jungen hellwach unter dem Weihnachtsbaum. Edward freute sich über seine Bleisoldaten, und Paris hatte eine Spielzeug-Feuerspritze mit richtig funktionierenden Pumpen und Schläuchen bekommen. Er richtete sie prompt gegen Edwards Soldaten. Bezeichnenderweise bedankten sie sich nur flüchtig für die Kleidungsstücke und weniger aufwendigen Geschenke.

Später brach zwischen ihnen ein Kampf aus. Paris warf die Hälfte von Edwards Soldaten ins Feuer. Fuchsteufelswild schlug Edward seinen Bruder mit einem Soldaten. Ein tiefer, 10 Zentimeter langer Schnitt brachte Paris ins Wanken, hinderte ihn jedoch nicht daran, sein Taschenmesser aufzuklappen und in Edwards Hand zu bohren. Die Spitze der Klinge fuhr glatt neben dem Daumen ins Fleisch.

Als die Wunden der Jungen genäht waren, steckten ihre entsetzten Eltern sie ergrimmt in ihre Zimmer. Carwyn setzte sich in die Bibliothek, Hortensia in ihr Lesezimmer. Es wurde wieder einmal ein stiller Tag.

Zimtsterne, rote Perlen und Puffmais schmückten den Baum der Familie Jinks. Alle waren zu Weihnachten nach Hause gekommen. Athena spielte sich als die große Schwester auf und trieb ihre Brüder zum Aufstand. Als sie sich beruhigt hatte, war die gute Laune wiederhergestellt. In der Küche schmorte ein fetter Weihnachtsschinken, und der Duft von Apfelsinen und Rum erfüllte jeden Raum im Haus. Athena reihte ihre Experimentiergefäße auf der Fensterbank in ihrem Zimmer auf, und Ada kreischte, als sie die Gläser sah. Kleine Frösche, die in Alkohol schwammen, entsprachen nicht ihrer Vorstellung von Zierat, wie er einer jungen Dame angemessen war. Athenas Hinweis auf die Kultivierung eines wissenschaftlichen Geistes, ihre Beteuerung, daß Strafrechtler bei Mordprozessen über Anatomie Bescheid wissen müßten – nichts konnte Ada umstimmen. Sie verlangte, daß Athena die eingelegten Kreaturen in den Schuppen am Ende des Grundstücks brachte.

Rufe, Kichern, Quieken hallten überall. Ada konnte ihre Familie immer im Zaum halten, aber nicht an Weihnachten. Die Hochstimmung der Kinder und Placides steckte schließlich auch «Madam Cato» an, wie die Familie sie nannte. Statt *Delenda est Carthago* lautete ihr Leitspruch: «Bildung ist die Hoffnung der Neger.» Placide traf es besser, wenn er sagte: «Steck dir dein Geld in den Kopf, da kann es dir keiner wegnehmen.»

Jedes Familienmitglied bekam ein praktisches Geschenk und ein wohlüberlegtes Geschenk. Adas praktisches Geschenk von der ganzen Familie war eine Schreibmaschine. Der neumodische Apparat wog eine Tonne. Placides unpraktisches Geschenk für Ada war eine kolorierte Handschrift. Placide hatte fast das ganze Jahr 1918 gebraucht, um aufzuspüren, was ihm vorschwebte. Stumm vor Überraschung, brach sie schließlich in Tränen aus.

Placide und die Kinder bemühten sich liebevoll um sie, bis sie sich beruhigte. Sie schwor, dies sei das allerschönste Weihnachtsfest ihres Lebens.

«Da liegt noch ein Geschenk unter dem Baum», bemerkte Placide. Er hob es auf. «Für dich, Hercules.»

«Das muß unter den ganzen Verpackungen begraben gewesen sein.» Ada nahm es Placide aus der Hand und reichte es Hercules.

Es war eindeutig ein Buch. Er packte es aus und lächelte, als er feststellte, daß es ein Buch über Boxen war.

«Eine Wucht», sagte Athena.

«Kein Jargon in diesem Haus, Miss.» Ada machte ein finsteres Gesicht.

«Von wem ist es?» Athena spähte über die massigen Schultern ihres Bruders, um die Widmung zu lesen.

«Da steht: ‹Wenn doch das Leben so einfach wäre wie der Sport›, unterschrieben ‹Hortensia Banastre› », las Hercules.

«Komische Widmung», meinte Athena.

«Das ist aber aufmerksam von ihr, daß sie an dich gedacht hat, Hercules. Du mußt ihr einen Dankesbrief schreiben.» Ada stand auf, um den Tisch zu decken.

«Ja, Ma'am», erwiderte Hercules.

«Du machst 'ne Menge Arbeit für die da drüben.» Placide stiebitzte Puffmais vom Baum. Er kaute schmatzend auf den Maiskörnern. «Mrs. Banastre ist mir nie als sonderlich philosophisch gesonnen aufgefallen.»

«Ich glaube, im stillen ist sie es aber», sagte Hercules.

«Wie kommst du darauf?» Ada arrangierte sorgfältig die Gedecke.

«Sie ist unglücklich, deshalb denkt sie nach.»

«Die Ehe ist nicht glücklich, das weiß ganz Montgomery», rief Athena aus der Küche.

«Sie schmeißt Parties und ist schön. Die sieht mir nicht so aus, als ob sie viel nachdächte. Solche Leute denken nicht.» Apollo, bis dahin schweigsam, gab zwei sarkastische Bissen von sich.

Hercules ereiferte sich. «Wie kannst du das von jemand behaupten, den du nicht kennst? Die Menschen tun äußerlich manchmal anders, als sie innerlich sind.»

«Ich denke, du hast sie kaum gesehen.» Athena faltete Servietten.

«Hab ich auch nicht, aber man kann bei den Menschen was spüren, nicht? Es ist wie Nebel; man sieht nicht richtig, aber man kann Umrisse erkennen.» Hercules' Mandelaugen öffneten sich weit.

«Das ist wahr, mein Sohn, das ist sehr wahr.» Placide ging in die Küche, um seiner Frau zu helfen.

Später am Weihnachtsabend sezierte Athena Hercules zuliebe eine Schlange. Athena und Hercules hatten eine starke Ähnlichkeit, obgleich sie schlank war und er breit. Athena faszinierte ihren Bruder mit ihren Kenntnissen. Apollo verzichtete auf die kleine Autopsie, zumal nach einem üppigen Mahl, wenngleich er gewöhnlich neugierig auf solche Dinge war.

«Erstaunlich, wie Lebewesen zusammengesetzt sind.» Hercules' Augen tränten von den Formaldehyd-Dämpfen.

«Wie ein Puzzlespiel.» Athena zeigte ihm, wo der Magen saß. «Ich würde gern eines Tages einen Menschen sezieren. Ich finde, man sollte die Ärzte bezahlen, wenn man gesund ist, und sie müßten einem etwas bezahlen, wenn man krank ist», sagte sie, während sie vorsichtig mit einer Pinzette das Hirn entfernte. «Ich möchte nicht Ärztin werden, aber ich glaube, daß Apollo Arzt wird. Ich diskutiere nur gern und nehme gern Dinge auseinander und setze sie wieder zusammen.»

«Warst du schon mal verliebt?» Hercules blickte auf das langgezogene Opfer statt auf seine Schwester.

«Am Palmerschen gab es einen Knaben, den hatte ich gern, aber ich glaube nicht, daß es Liebe war. Miese Aussichten, in Vassar einen kennenzulernen. Und auf Wochenendparties kann ich schließlich nicht gehen, oder?»

«Woran merken es die Menschen?»

«Keine Ahnung. Jedenfalls benehmen sie sich wie verrückt. Wieso?»

«Wollt's bloß mal wissen.»

«Bist du verknallt?»

«Ich glaube ja. Mir wird so komisch, wenn ich sie sehe. Ich habe Herzklopfen, und mir fällt nichts ein, was ich sagen könnte.»

«Vielleicht hast du Herzgeräusche oder 'ne Sprachhemmung.»

«Klugschwätzerin. Wart nur, bis es dich erwischt.»

«Mich? Niemals. Ich verliebe mich nicht.»

«Ich merke mir jedes Wort in meinem Spatzenhirn.» Hercules ächzte vor Konzentration.

Athena stocherte in der Schlange herum. «Tut mir leid, Hercules. Mir hat noch nie jemand Herzklopfen gemacht.»

«Sie ist so klug, und sie ist so . . . so vornehm. Und sie ist verheiratet.»

Athena blickte von ihrem Tun auf. «Hercules!»

«Keine Angst. Ich hab nicht die Chance von 'nem Schneeball in der Hölle, aber ich liebe sie trotzdem. Ich hab es in den letzten Monaten dauernd vor mir selbst verheimlicht. Ich kann's ebensogut eingestehen und irgendwie drüber wegkommen.»

«Gib dich bloß nicht mit verheirateten Frauen ab.»

«Ihr Mann macht sich nichts aus ihr. Wie jemand eine Frau nicht beachten kann, die so schön ist, das geht über meinen Verstand. Sie liebt ihn nicht. Ich weiß todsicher, daß sie ihn nicht liebt.»

«Okay, aber das heißt noch lange nicht, daß sie dich liebt.»

«Ich weiß. Ich glaube nicht, daß sie mich jemals lieben könnte. Außerdem bin ich zu jung.»

«Jetzt mal raus mit der Sprache. Hast du ihr gesagt, was du für sie empfindest?»

«Natürlich nicht.» Er zögerte. «Ich hab sie einmal aus Versehen geküßt.»

«Aus Versehen?»

«Das ist 'ne lange Geschichte. Aber sie hat mich wiedergeküßt. Es war ein ganz richtiger Kuß.»

«Du bist verrückt, Hercules.»

«Das Schlimmste weißt du ja noch gar nicht.» Er holte tief Luft. «Sie ist eine Weiße.»

«O Gott!» Athena ließ ihr Skalpell fallen.

Die Frauen von der Water Street legten sich Weihnachten alle mächtig ins Zeug. Lotowana bekam von Bunny ein grünes Samtkleid. Hinter der Hand ließ Bunny durchblicken, daß es sie eine

Stange Geld gekostet hatte, weil unzählige Meter Stoff darin steckten.

Linton Ray erschien und hielt diesen verdorbenen Seelen einen Vortrag über den wahren Sinn des Weihnachtsfestes. Wegen der Festtage nahmen sie es wohlwollend hin, ausgenommen Blue Rhonda, die meinte, Linton sei ein solcher Schlappschwanz, daß er nicht mal im Traum einen Erguß kriegte.

Banana Mae schenkte Blue Rhonda einen silbernen Art Nouveau-Spiegel, um dessen Rahmen sich eine Dame wand. Rhonda bedachte Banana Mae mit einem hübschen Pelzcape aus Rotfuchs, das zu ihrem Haar paßte. Für den Rest des Tages konnte niemand Banana Mae diesen Pelz entreißen.

Minnie Rue und Leafy Strayhorne schenkten Bunny Turnbull einen neuen Perserteppich als stummen Dank für den erwiesenen großen Dienst. Bunny war Minnie und Leafy von da an ein wenig freundlicher gesinnt.

Lotowana sang in Bunnys an Weihnachten geöffnetem Haus Weihnachtslieder, und alle, die Lust hatten, stimmten ein. Lotties Stimme klang wie Silber. Die Leute konnten nicht genug darüber staunen, daß aus einem solchen Koloß ein so reiner Ton kam.

Aber Blue Rhonda schoß Weihnachten den Vogel ab. Sie fand für jeden das passende Geschenk sowie die passende Bemerkung für den Anlaß. Vor allen, die bei Bunny zu einem Champagner-Umtrunk versammelt waren, trällerte Rhonda: «Auf meinen Geburtstag. Weihnachten muß man mit Jesus teilen.»

Banana Mae erneuerte nach einem Zusammensein mit Carwyn ihr Make-up. Er hatte sie gebeten, sich auf ihn zu setzen, mit dem Gesicht zu ihm, während er ebenfalls aufrecht saß. Banana glaubte, daß er sich drüben im *Maxim* umgesehen hatte. Blue Rhonda, die soeben Karel Sokol beglückt hatte, kam hereingeschlendert.

«Wie findest du mein neues Parfum?»

Banana Mae rümpfte die Nase. «Nicht gerade umwerfend. Ist das 'n nachträgliches Weihnachtsgeschenk? Zwei Wochen zu spät.»

«Ach.» Blue Rhonda verriet ihre Enttäuschung.

«Haste das neue Mädchen im *Maxim* gesehen?»

«Charlene?»

«Ist die nicht hübsch wie ein Schmetterling?»

«Und auch so flink», bemerkte Rhonda wohlwollend. «Komm, wir gehen ins Kino.»

«Ich hab mich noch nicht von *Kuß eines Vampirs* erholt.»

«Nanner, bloß wegen dem einen Gruselfilm. *Reporterinnen in Versuchung* hat dir doch gefallen.»

«Schon, aber ich hasse es, da so still rumzusitzen. Mit dem Theater kommt das nicht mit, weißt du.»

«Hoch und erhaben sind wir, wie?»

«Außerdem, ich denke, du bist pleite.»

Rhonda zwirbelte eine schwarze Locke. «Hab gerade Geld gekriegt.»

«Du lebst von der Hand in den Mund. Du mußt anfangen, Geld auf die Seite zu legen.»

«Jetzt hörst du dich an wie Bunny Turnbull.»

«So schlimm bin ich nicht.» Banana Mae prüfte den Sitz eines Strumpfes. «Aber du könntest was anlegen, oder Land kaufen oder –»

«Das ist mir schnurzpiepegal. Ich könnte morgen tot sein, was würde mir dann die ganze Vorsorge nützen?»

«Ich mein's doch nur gut mit dir.»

«Ja, Mutter.»

«Es ist zu kalt, um ins Kino zu gehen.»

«Wie wär's mit dem Bahnhof?» Rhonda fiel die Bude auf den Kopf.

«Hast du Pfeffer im Arsch, oder was ist los, Mädchen?»

«Ich muß Leute um mich haben.»

«Aber die wollen dich nicht um sich haben.»

«Ich hoffe, Lotowana stolpert und fällt auf dich drauf, du Rotznase.»

Banana zupfte an dem widerspenstigen Strumpf. «Ach laß mich. Ich hab schlechte Laune.»

«Periode?»

«Nein. Dabei fällt mir ein, du bist so peinlich sauber, ich seh dich nie was rauswaschen, keine blutigen Unterröcke – du machst mich staunen.»

«Reinlichkeit ist so gut wie Göttlichkeit.»

«Reinlichkeit ist so gut wie unmöglich. Ich versteh nicht, wie du das machst.»

«Tja, ich stamme von Merlin ab.»

«Ich hab dich nie ein Buch lesen sehen, nicht mal 'ne Zeitung. Woher kennst du Merlin?»

«Meine Mama hat mir immer vom Camelot vorgelesen», erklärte ihr Rhonda ohne eine Spur von Wehmut. «Jetzt mal raus mit der Sprache, warum bist du sauer?»

«Eigentlich eher bitter.» Banana Mae stützte sich mit den Ellbogen auf ihren Schminktisch. «Als Carwyn heute weg war, ist mir eingefallen, daß er mich nie was Persönliches fragt.»

«Worüber redet ihr denn?»

«Über ihn und Sex.»

«Mich laust der Affe. Das gibt höchstens Gesprächsstoff für zehn Minuten.»

«Vielen Dank, Rhonda.»

«Sag, was erwartest du eigentlich? Wenn du in einen Stall gehst, unterhältst du dich mit dem Knecht über Pferde. Geh zu einer Hure, und du redest über Sex. Ihre Frauen hören ihnen nicht zu, also tun wir's. Manchmal glaube ich, die Leute haben's nötiger, daß man ihnen zuhört, als zu vögeln.»

«Na, ich weiß nicht.» Banana klatschte sich noch etwas Puder ins Gesicht. «Du hast ja recht, ganz bestimmt, aber ich komme mir vor wie ein Nutzgegenstand, nicht wie ein Mensch.»

«Na so was.» Rhonda dachte wenig über ihren Beruf nach. Er brachte Geld. Falls sie sich eine Philosophie darüber zurechtgelegt hatte, behielt sie die für sich, und Rhonda behielt sonst selten etwas für sich.

«Hast du jemals Mitleid mit welchen von den Männern, die zu uns kommen? Ich schon, manchmal. Ich meine, fühlst du so etwas wie Sympathie für sie?»

«Sympathie steht im Wörterbuch zwischen Scheiße und Syphilis.»

«Rhonda, laß die Eissplitter in deinem Herzen schmelzen.»

Blue Rhonda lächelte. Sie genoß es, das ruppige Mädchen zu spielen.

Während sie sich im Spiegel betrachtete, sagte Banana Mae versonnen: «Eines Tages wird mein Prinz kommen.»

95

«Wer's glaubt, wird selig.»

Banana schüttelte den Kopf. «Ich geb's auf. Gehn wir ins Kino.»

Hercules klopfte sich die Füße ab, dann öffnete er die Hintertür. Er hatte erst einen Fuß drinnen, als seine Mutter und sein Vater auf ihn stürzten.

«Wo bist du gewesen?» wollte Ada wissen.

«Arbeiten.»

Placide reichte ihm ein Telegramm, ungeöffnet. «Für dich.»

Hercules nahm flink den gelben Umschlag.

«Mach's auf.» Ada war neugierig.

«Kann ich nicht erst mal Mantel und Stiefel ausziehen?» Er hängte seinen Mantel an den Kleiderhaken neben der Tür und zog gemächlich seine Stiefel aus. Dann öffnete er das Telegramm.

KAMPF IN CHICAGO STOP VIEL KIES STOP DRAHTE ANT-
WORT STOP WENN JA WEISEN WIR TELEGRAFISCH UN-
KOSTEN AN STOP ANKUNFT HIER 1. MÄRZ STOP KAMPF
15. MÄRZ STOP SNEAKY PIE.

Hercules las das Telegramm noch einmal für sich.

«Mir schwant Schlimmes.» Ada kreuzte die Arme über der Brust.

«Er muß selbst entscheiden», sagte Placide.

«Ich werde meinem Sohn wohl noch sagen dürfen, was ich vom Boxen halte.» Ada hielt dramatisch inne. «Und ausgerechnet an den Iden des März. Das ist der unglücklichste Tag im Jahr!»

«Mutter, du bist der einzige Mensch auf der Welt, der immer noch um Julius Caesar trauert.» Hercules küßte sie auf die Wange und sagte fest: «Ich möchte gern gehen.»

Ada stieß ein Geheul aus.

«Ada, jetzt ist's genug. Er ist sein eigener Herr.»

«Er ist im Dezember erst sechzehn geworden.»

«Bist du ganz sicher, mein Sohn?» fragte Placide liebevoll.

«Ja.»

Hercules mußte einfach fort. Hortensia ging ihm nicht aus dem Sinn, und jeder Tag hing wie ein Stein an seinem Hals. Die Aussicht, Geld zu verdienen, war ein guter Vorwand.

Amelie wünschte Hercules viel Glück. Er hatte ihr Bescheid gesagt, daß er die nächsten zwei Wochen kein Holz liefern könne, daß aber sein Vater es für ihn übernehmen würde. Er verließ die Küche und eilte über den Hinterhof. Ein Wiehern im Stall und Hortensias Stimme lockten ihn. Er wollte nicht mit ihr sprechen; er wollte sie sehen, ohne daß sie ihn sah. Sie war so schön. Er stellte sich in die Tür, konnte aber nichts erkennen; er konnte Hortensia nur mit Bellerophon schäkern hören. Er beugte sich vor, um sie zu beobachten, da fiel ihr Blick auf ihn.

«Hercules!»

«Guten Tag, Mrs. Banastre. Ich bin vorbeigekommen, um Amelie zu sagen, daß ich zwei Wochen weg bin.»

«Wohin?»

«Nach Chicago. Ich werd dort kämpfen.»

«Oh.»

Er konnte nicht erkennen, ob ihr Gesicht Unruhe oder Besorgnis zeigte oder ob ihr Ausdruck überhaupt etwas mit ihm zu tun hatte.

«Es war nett, Sie wiederzusehen.» Er ging rückwärts zur Tür.

«Hercules.»

«Ja, Ma'am.»

«Dein Dankesbrief hat mir gefallen.»

Ein Anflug von Hoffnung und Leidenschaft schlich sich in seine Stimme. «Das Buch ist fabelhaft. Ich hab mir jedes einzelne Bild genau angeguckt.»

«Komm, laß mich dir Glück wünschen.»

Sie winkte ihn zu sich heran. Sie zog eine silberne Pfeife aus ihrer Jackentasche. «Das ist alles, was ich hier habe, es sei denn, du möchtest einen Zügel –» sie lachte – «oder eines von den Pferden.»

Sie machte sich etwas aus ihm. Er wußte es. «Danke, Ma'am.» Hercules hielt die Pfeife in der offenen Hand.

Dann tat Hortensia etwas Unvorstellbares. Sie war wie außer sich. Sie konnte handeln, aber nicht denken. Sie wußte, daß sie etwas Falsches tat, aber sie konnte sich nicht zurückhalten. Sie begehrte Hercules, und sie hatte nie zuvor in ihrem Leben einen

Mann begehrt. Die Tatsache, daß es sie so spät traf, machte ihn nur unwiderstehlicher. Sie legte ihm ihre behandschuhten Hände aufs Gesicht und küßte ihn. Er wich zurück, doch sie küßte ihn trotzdem.

Hercules hatte noch nie mit einer Frau geschlafen. Er glaubte, sein Kopf würde platzen, und er hielt seinen Körper von ihr weg, weil er einen riesigen Steifen hatte und auf keinen Fall wollte, daß sie es merkte. Es wurde ein sehr langer Kuß. Schließlich küßte er sie wieder und drückte seinen Leib an ihren. Sie küßte ihn fester.

In einer lichten Sekunde schoß ihr etwas durch den Kopf. «Das könnte uns beide ruinieren.»

«Das ist mir egal», sagte er, und in diesem Augenblick war es das auch.

Sie kletterten auf den Heuboden, und Hortensia warf eine Decke auf das Heu. Es war kalt, aber sie zog sich aus. Hercules breitete noch eine Decke über sie. Er riß sich die Kleider vom Leib und kroch unter die Decke.

Hortensia entsprach allen Beschreibungen von Aphrodite, die seine Mutter ihm je vorgelesen hatte. Ihre Brüste waren voll und fest. Er konnte ihre Taille mit seinen Händen umspannen. Sie war kräftig vom Reiten, dennoch hatte er Angst, sie zu umarmen. Er dachte, sie würde zerbrechen wie ein Streichholz. Doch sie umfing ihn mit aller Kraft und biß ihn in den Hals, biß ihn in seine gewaltige Brust, und trieb ihn zum Wahnsinn. Er hatte allerhand über die körperliche Liebe gehört, aber hören und tun sind zweierlei. Ihm war, als sei alles Blut in seinem Körper in seinen Schwanz geschossen. Er fummelte ungeschickt herum.

«Langsam», flüsterte sie. «Es hat keine Eile.»

Sie küßte ihn noch einige Male, dann führte sie seinen Schwanz sanft in sich hinein. Er konnte nicht glauben, wie heiß und weich sie war. Er fürchtete, er würde auf der Stelle kommen, aber es gelang ihm, ein paar Minuten auszuhalten. Hortensia bewegte sich unter ihm, legte ihre Wange an seine und stieß rhythmisch zu. Er verlor die Beherrschung und explodierte.

Hinterher wußte er nicht, ob er wie der Teufel aus dem Stall rennen oder sie liebkosen sollte. Hortensia hielt ihn wie ein Baby.

«War es das erste Mal bei dir?»

«Ja», flüsterte er.

Sie sagte nichts, streichelte nur seinen Rücken und seinen Kopf. «Mrs. Banastre.»

Darauf stöhnte sie, «Um Gottes willen, Hercules, nenn mich Hortensia.»

Er berührte ihre Wange. «Hortensia, ich liebe dich.»

Sie küßte ihn abermals, als sei er ein Engel, und Hercules mochte sich noch so bemühen, er konnte nicht an sich halten: Er weinte.

Gerüche von brennendem Holz, Tabak und feiner Küche zogen durch Lilas Haus. Der Frühling ließ sich Zeit mit seiner Ankunft, und sie vermißte den Blumenduft. In ihrem Gewächshaus gediehen Orchideen, so daß sie wenigstens etwas farbige Natur genießen konnte.

Hortensias gute Laune in letzter Zeit war Lila aufgefallen. Ihre Tochter benahm sich wie ein normaler Mensch, liebevoll und umgänglich.

Icellee war voll von ihren eigenen Beobachtungen, Hortensia betreffend. Sie ging jeden zu habenden und nicht zu habenden Mann in der Stadt durch, aber keiner schien der Richtige. Icellee wußte, daß Hortensia eine Affäre haben mußte, aber mit wem? Lila stimmte ihr insgeheim zu; sie gönnte Icellee die Genugtuung nicht. Auch Lila fragte sich: wer konnte es nur sein?

An jedem Tag, bevor er nach Chicago fuhr, traf sich Hortensia mit Hercules im Stall. Am Tag seiner Abreise durchbohrte jedes Pfeifen eines Zuges, das sie hörte, ihr Herz. Die erste Woche seiner Abwesenheit war zu ertragen; die zweite Woche wurde die reinste Hölle. Ihr Magen führte sich auf, als hätte sie Schwefelpfannkuchen gegessen. Sie mußte ihn sehen. Sie konnte nicht leben, ohne ihn zu sehen. Sie heckte einen Plan aus, um nach Chicago zu reisen. Kein Mensch besuchte Chicago im März, aber sie hatte dort Verwandte mütterlicherseits, die an den Viehhöfen ein Vermögen gemacht hatten. Die Verwandtschaft traf sich hin und wieder bei großen Familienzusammenkünften. Sie erzählte ihrer Mutter, sie wolle Reuben und Martha Duplessis besuchen. Als Lilas Augenbraue bis zum Haaransatz hochschnellte, fügte Hortensia hinzu, sie müsse eine Zeitlang weg von den kabbelnden Jungen und – mehr noch – von Carwyn.

«Hortensia, ich bin nicht taub, stumm und blind», lautete Lilas prompte Antwort.

Hortensia erbleichte. Sie war so kribbelig, daß sie dachte, ihre Mutter hätte es vielleicht durch ein Wunder herausbekommen. «Wie meinst du das?»

«Ich meine, du hast dich verändert. Du benimmst dich, als hättest du Frühlingsgefühle, bevor der Frühling da ist. Wirklich, ich habe dich noch nie so glücklich oder so ... sprunghaft gesehen.»

Hortensia schluckte.

Lila nippte ein Schlückchen Sherry. «Das soll keine Kritik sein.»

«Ich weiß, Mutter.»

«Aber es ist schon komisch, daß du ausgerechnet jetzt nach Chicago willst.»

«Wäre es dir angenehmer, wenn ich mich nach Petersburg einschiffen würde?»

«Bei dem Krieg lieber nicht.»

«Ich würde gern den Palast besichtigen.»

«Hortensia, wir waren nie sehr vertraut, aber schließ mich jetzt nicht aus.» Dann platzte Lila heraus. «Ich weiß genau, daß du verliebt bist. Ich bin auch eine Frau, vergiß das nicht.»

Hortensia blinzelte erstaunt. Etwas in ihr wollte es ihrer Mutter erzählen, es irgendwem erzählen, aber diese Neuigkeit würde sich auf Montgomery auswirken wie der Weltkrieg auf Rußland. Ruhig sagte sie zu der besorgten Lila: «Mutter, ich frage mich, ob nicht zu viele Jahre des Schweigens zwischen uns stehen.»

«Ich war nie eine vollkommene Mutter. Ich kenne keine, die eine vollkommene Mutter war.»

Der Schmerz im Gesicht ihrer Mutter überraschte Hortensia. Erst seit sie Liebe empfangen und gegeben hatte, konnte sie erkennen, wer sie sonst noch liebte. Es erschreckte sie, wie sehr ihre Mutter sich sorgte.

«Du warst eine gute Mutter. Ich glaube, ich war von Geburt an von anderen Menschen abgeschnitten. Das hatte nichts mit dir zu tun. Jetzt finde ich den Weg zurück.» Ihre Stimme klang ruhig und klar.

Lila nahm Hortensias Hand in die ihren und drückte sie. «Wir sind alle unergründlich. Früher quälte mich der Gedanke, daß deine Zurückhaltung meine Schuld sei. Ich schrieb es meiner Förmlichkeit zu. Dann fragte ich mich, lag es an den Menschen in deiner Umgebung, oder war es etwas, das dir angeboren war – eine Art strenge, natürliche Verschlossenheit.» Sie hielt inne. «Es spielt keine Rolle. Es freut mich, dich aufblühen zu sehen. Er muß ein außergewöhnlicher Mann sein.»

«Ja, das ist er», bekannte Hortensia.

«Ahnt Carwyn etwas?»

«Nein.»

«Um Gottes willen, Liebes, laß es dabei. Er kann es noch so bunt treiben in der Stadt, aber wenn er jemals den Verdacht schöpft, daß du –»

«Verflixte Ungerechtigkeit.»

«Ich will nicht sagen, daß ich außereheliche – na du weißt schon – gutheiße. Aber du hast jung geheiratet, und dabei war wenig Liebe im Spiel.»

«Ich bin mir allerdings eher wie eine Kapitalgesellschaft bei einer Fusion vorgekommen.» Hortensia lachte.

Lilas Stirnrunzeln galt ihr selbst, nicht Hortensia. «Das ist zum Teil meine Schuld. Ich war von der Heirat so geblendet; es war von unserem Standpunkt eine sehr gute Partie, weißt du. Da habe ich einfach nicht darauf geachtet, ob du ihn liebst. Und ich wiederum hatte deinen Vater mit siebzehn geheiratet. Was war er für ein stattlicher Mann! Vielleicht habe ich mich in deiner Haut gesehen und angenommen, du empfändest dasselbe, was ich vor Jahren empfunden hatte.»

«Niemand hat mich gezwungen, Carwyn zu heiraten. Ich habe es aus freien Stücken getan.»

«Danke, Liebes, aber ich wollte, ich hätte besser aufgepaßt.»

«Ich habe dich immer um deine Ehe mit Daddy beneidet.»

Lila war verblüfft.

«Manchmal habe ich geglaubt, ihr zwei spielt bloß Theater, aber je älter ich wurde, desto klarer erkannte ich, daß es eine richtige Ehe war. Erst jetzt kann ich verstehen, was das bedeutet. Ach, Mutter, es ist hoffnungslos für mich. Ich liebe ihn so sehr, ich könnte für ihn sterben. Es gibt keinen Ausweg.»

Lila stand von ihrem Sessel auf und legte ihrem Kind einen Arm um die Schulter. «Behalte den Kopf oben; was auch geschieht, behalte den Kopf oben.»

«Ja, Mutter.»

«Ist er verheiratet?»

«Nein.»

«Möchte er dich heiraten?»

«Das ist unmöglich.»

Lila, die annahm, daß eine Scheidung undenkbar war, bekam den eigentlichen Sinn nicht mit. «Aber wenn es möglich wäre, würde er dich heiraten?»

«Ich glaube, ja.»

«Er ist natürlich in Chicago.»

«Ja.»

«Auf Reuben und Martha kannst du dich nicht verlassen. Das waren immer boshafte gesellschaftliche Streber.» Sie überlegte einen Augenblick. «Aber auf deine Großtante Narcissa kannst du dich verlassen. Sie hat dasselbe durchgemacht.»

«Tante Narcissa?» Die Vorstellung, daß die 80 Jahre alte Dame einst einen heimlichen Liebhaber gehabt hatte, brachte Hortensia aus der Fassung.

«Während des Krieges, als die Familie noch hier lebte. Ihr Mann war beim Militär, und sie lernte in Mobile einen Marineoffizier kennen.»

«Und was dann?» Wegen ihrer eigenen Lage verschlang Hortensia Berichte über andere verbotene Liebende.

«1863 ist er gefallen. Narcissa fand ihr Gleichgewicht wieder, aber nicht ihre Lebenslust. Jedenfalls behauptete das Großmutter, aber ich finde, Narcissa sprüht vor Lebenslust!»

«Hat ihr Mann es je erfahren?»

«Peregrine? Wenn er eine Ahnung hatte, behielt er sie für sich. Männer haben eine seltsame Art, nicht zu beachten, was sie nicht wissen wollen. Eigentlich –» Lilas Augen blinzelten – «glaube ich, daß die Frauen genauso schlimm sind. Ich schicke Narcissa heute ein Telegramm. Wann reist du ab?»

«Morgen.»

«Die Ärmste; wenn sie dich nicht aufnehmen will, läßt du ihr kaum eine Wahl.»

102

«Ich könnte in einem Hotel absteigen.»

«Hotels sind für Leute ohne Verwandtschaft.»

«Mutter, du wirst es ihr doch nicht sagen?»

«Bestimmt nicht. Ich teile ihr nur mit, daß sie sich nicht um dein Kommen und Gehen kümmern soll.»

«Apropos gehen. Ich muß jetzt weg. Ich habe Edward versprochen, ihm beim Fechtunterricht zuzuschauen.» Hortensia steuerte auf die Tür zu, dann drehte sie sich rasch um, lief zu Lila und gab ihr einen Kuß. «Mutter, ich danke dir.»

Lila küßte sie ebenfalls. «Vergiß nicht, Hortensia, einerlei was geschieht: Behalte einen kühlen Kopf.»

Wenn Sneaky Pie einen Raum betrat, war es, als schleiche er sich in die Zukunft ein. Irgendwie wußte man, daß dieser Mann immer da sein würde. Seine Manschettenknöpfe ruhten dick wie Hühnereier auf seinem Ärmel. Er trug ein sanftgelbes Jackett über einer graublauen Weste, darunter ein blaßrosa Hemd. Seine Hose war taubengrau, und er trug blütenreine Gamaschen. Sie trotz des Schlammes sauber zu halten war einfach: Er ging keinen Schritt zu Fuß. Sneaky Pie pflegte mit großem Pomp zu fahren. Er hatte so viele Gefolgsleute, daß eine kurze Fahrt, zwei Häuserblocks weit, wie eine Reise Heinrichs VIII. aussah. Wie Heinrich liebte Sneaky Juwelen, aber er ließ es bei drei Frauen bewenden. Sechs waren zuviel, als daß ein Mann mit ihnen fertig werden könnte. Sneaky brachte Hercules fürsorglich in einem hübschen Zimmer nicht weit von der Sporthalle unter. Sneaky war kein Trainer. Er war ein Spieler, ein Bonvivant und ein tüchtiger Mörder seiner Feinde. Er gab Hercules in die Obhut eines gewissen Roxy. Roxy hatte keinen Nachnamen. Er war schon vor den Bandenkriegen mit Sneaky befreundet gewesen. Roxy war loyal, und was noch wichtiger war, er verstand mehr vom Boxen als sonst irgend jemand im Mittelwesten.

Roxy war von Hercules begeistert. Noch nie hatte er so prächtiges Rohmaterial in die Finger bekommen. Roxy verpaßte dem Jungen die härteste Ausbildung, und Hercules überstand sie wie ein Kinderspiel. Die Arbeit im Ring war härter. Hier kam Hercules' mangelnde Erfahrung immer wieder zum Vorschein. Roxy stand in der Ecke, ein Handtuch um seinen schwitzenden Nakken, und bombardierte Hercules mit Anweisungen. Wie eine Klette hielt sich Sneaky in der Nähe, um die Trainingsstunden zu beobachten, und sein Maschinengewehr-Lachen übertönte sogar das Stöhnen der Boxer.

Jeden Abend sackte Hercules ins Bett und träumte von Hortensia. Manchmal konnte er nicht glauben, daß alles Wirklichkeit war. Warum sollte sie ihn lieben? Manchmal strengte er sich so an, sich an ihr Gesicht zu erinnern, daß er sich überhaupt nicht mehr an sie erinnern konnte. Dann wieder gab es Zeiten, da war sie in seinem Gedächtnis so lebendig, daß er ihr Parfum riechen und ihre weiche Haut fühlen konnte. Diese Zeiten waren die schlimmsten. Er durfte keine Briefe schreiben. Die Möglichkeit, daß ein Brief in falsche Hände geriet, war zu groß. Sie hatten sich vor seiner Abreise darüber verständigt. Manchmal dachte er, falls er den Kampf gewänne, würde er alles Geld nehmen und sie beide könnten irgendwohin durchbrennen. Er hatte gehört, Frankreich sei ein geeignetes Land für Leute wie sie, aber wie konnten sie im Krieg dorthin gelangen? Dann wieder dachte er, er könnte sich als ihr Kutscher oder sonst ein Bediensteter ausgeben, und sie würden nach Norden ziehen und sich verstecken, bis der Krieg in Europa zu Ende wäre. Dann wieder dachte er, er würde sich freiwillig als Soldat melden, um dem Dilemma ein Ende zu machen. Er liebte sie so verzweifelt, wie nur ein Sechzehnjähriger lieben kann.

Fackeln blinkten wie große Leuchtkäfer im Zwielicht. Wie von vielen befürchtet, wütete Linton mit seiner Bande rachsüchtiger Ehefrauen, durchsetzt von Männern mit stahlgeränderten Brillen und mit Hüten, die beginnende Glatzen verbergen sollten.

Anfangs begnügten sie sich damit, die Fenster von ein paar Schnapsläden zu zertrümmern. Sofern die Besitzer zu Hause waren, leisteten sie keinen Widerstand. Von diesem scheinbaren Beweis ihrer Unbesiegbarkeit unter dem Banner Unseres Herrn bestärkt, steuerte die Meute auf ihr nächstes Ziel zu, die Water Street.

Placide hatte am Bahnhof Nachtschicht. Das entfernte Poltern und die Lichtblitze lockten die Reisenden aus den Wartesälen; sie wollten sehen, was los war. Lintons Gewitter waren für die Stadtbewohner nichts Neues, aber heute wollte er es mit den Prostituierten aufnehmen.

Blue Rhonda und Banana Mae waren zuverlässige Kundinnen von Placide. Sie bezahlten pünktlich für ihr Holz und alle möglichen anfallenden Reparaturen. Auch Bunny zahlte, aber sie klebte am Geld wie Rinde am Baum. Die Frauen behandelten Placide und seine Söhne immer mit Anstand. Wenn er schnell lief, konnte er Blue Rhonda warnen und wieder bei der Arbeit sein, bevor er vermißt wurde.

Press Tugwell, der Drogist, wippte auf Banana auf und ab. Er teilte seine Zeit gleichmäßig zwischen den beiden Frauen auf.

Rhonda nahm beglückt eine Kostprobe von dem Kokain, das er ihr geschenkt hatte. Ein Hämmern an der Hintertür schreckte sie auf.

«Verdammt und zugenäht.» Sie verschüttete ein wenig Koks auf dem Fußboden. «Wer in drei Teufels Namen ist da?»

«Placide, Blue Rhonda.»

Auf den Klang der bekannten, besorgten Stimme öffnete sie hastig die Tür.

«Was gibt's?»

Keuchend legte er die Hand auf den Türpfosten. «Sieht so aus, als ob Linton mit 'ner Armee Bibeldrescher unterwegs ist.»

«Heiliger Bimbam!»

«Sag den anderen Bescheid. Ich muß wieder an die Arbeit.»

«Danke, Placide. Das werd ich dir nie vergessen.»

«Keine Ursache, Blue Rhonda.» Er verschwand so schnell wie er gekommen war.

Sie schloß die Tür und flog die Treppe hinauf. Ohne anzuklopfen raste sie in Bananas Zimmer. Press zuckte ekstatisch.

Banana hob den Kopf. «Das ist die Höhe.»

«Was?» Press hatte noch nicht gemerkt, daß Rhonda hereingekommen war. Er erstarrte mitten im Akt, als er schließlich gewahrte, daß noch jemand im Zimmer war.

«Hochwürden Ray ist mit 'ner Meute unterwegs. Tut mir leid, Press.»

«O nein!» Verwirrt versuchte Press, auf Banana liegend, seine Hose hochzuziehen.

«Wir müssen Bunny warnen.» Banana rutschte unter ihrer Last weg und kullerte vom Bett wie eine Stecknadel von einem Küchentisch.

Press plumpste auf den Boden. «Ich muß hier weg. Wenn meine Frau das rauskriegt, bringt sie mich um.»

«Himmel, Press, die ist wahrscheinlich bei der Meute.» Rhonda wieherte.

«Guck dir die Mutter einer Frau an, bevor du sie heiratest. So wird sie später mal.» Er spuckte aus, schnippte mit seinen Hosenträgern und kam zappelnd auf die Füße. «Mein Vater hat mich gewarnt, aber nein, ich wußte es ja besser. Himmel, Arsch und Zwirn.»

«Du gehst am besten zur Hintertür raus und haust durch die Gasse ab.» Banana reichte ihm seinen Mantel.

«Und wenn mich jemand sieht?»

«Versteck dich im Keller», schlug Banana vor.

«Nein, lieber nicht. Sie könnten eine Fackel ans Haus halten.»

Als er Rhonda so reden hörte, wurden Press Tugwells Augen so groß, daß sie ganz weiß aussahen. «O Gott!»

«Mach dich weg.» Blue Rhonda trug ihn praktisch zur Tür.

«An die Gewehre!» brüllte Banana, während sie ihre Kommodenschubladen nach ihrer alten 38er durchwühlte.

Rhonda riß eine Schrotflinte aus dem Wandschrank im Flur. Sie stopfte Patronen in ihre Handtasche, ihre Taschen und in den Hut, den sie sich auf den Kopf stülpte.

Etwa noch vier Häuserblocks war der Fackelschein entfernt, als die beiden Frauen durch Bunnys Haustür stürmten. Der Klavierspieler ließ keinen Takt aus. Bunny legte ihm ihre Hand auf die Schulter. Da hörte er auf.

«Linton hat 'ne Bande organisiert», keuchte Banana.

«Direkt unterwegs zu uns!» Zur Unterstreichung schob Blue Rhonda zwei Patronen in die Schrotflinte.

Die Männer sprangen aus dem Haus wie Flöhe von einem toten Hund. Ein Verrückter ließ sich kopfüber aus dem Fenster fallen.

Lotowana hob die Sitzfläche der Klavierbank samt dem noch darauf sitzenden Pianisten hoch und zog einen sechsschüssigen Revolver heraus. «Den Bastard bring ich um.»

Ehe Banana sich's versah, war jede Frau im Haus bewaffnet.

Bunny übernahm das Kommando. «Mabel, sag Minnie und Leafy Bescheid. Dann komm wieder her.»

«Ich bring ihn um.» Lotowana zitterte.

«Laß uns drum knobeln.» Rhonda haßte ihn genauso.

«Willst du nicht euer Haus schützen?» Lottie dachte sich, dann wäre Rhonda beschäftigt.

«Die sind auf die Großen aus. Wir sind nur kleine Fische.»

Lottie war verstimmt, weil sie Linton ganz für sich allein haben wollte, auch wenn sie dafür ins Kittchen käme.

«Wie wär's, wenn jede von uns ein Fenster übernimmt?» Banana Mae drückte sich flach an das Fenster neben der Tür.

«Vielleicht gibt's eine andere Lösung.» Bunny fuhr sich mit den Fingern durchs Haar. «Schnell, Blanche, geh rüber zu Minnie und hol sie alle her – und sag ihnen, sie sollen die Chorgewänder mitbringen.»

«Ich will ihn umbringen», quengelte Lottie.

«Halt's Maul, Fettsteiß», schimpfte Bunny.

Lotowana baute sich turmhoch vor Bunny auf. «Ich will ihn umbringen.»

«Und uns alle ruinieren? Das will er doch bloß.»

Der Lärm der Meute war jetzt deutlich zu hören. Sie waren keine zehn Minuten mehr entfernt.

«Nur ein verdammter Narr stirbt freiwillig.» Rhonda hielt zu Lottie. «Bring ihn um.»

«Wenn's zu Gewalt kommt, bleibt der Polizei nichts anderes übrig, als uns abzuknallen.» Bunny kniff die Lippen zusammen.

«Oh.» Banana Mae hatte verstanden.

Das Klicken von Stiefeletten auf Kopfsteinpflaster alarmierte Rhonda. Sie spähte aus dem Fenster. «Die Konkurrenz.»

Minnie und ihre Mädchen marschierten im Gänsemarsch zur Tür herein. Alle Mädchen trugen Chorgewänder über dem Arm.

«Guten Abend, Miss Turnbull.» Minnie vergaß bei dieser süßlichen Rivalität nie ihre Manieren.

«Gleichfalls, Miss Rue.»

«Ärger?» Minnie gab sich tapfer, um ihre Truppe bei der Stange zu halten. Leafy stand hinter ihr.

«Abwarten.» Bunny lächelte aus demselben Grund.

Die etwas verängstigten Frauen nahmen ihren Mut zusammen, aber sie murmelten verwirrt miteinander.

«Jedes Mädchen zieht ein Chorgewand an. Gebt die übrigen meinen Mädchen. Lottie muß unbedingt eins haben. Beeilt euch.»

Sie gehorchten.

«Wo habt ihr die bloß alle her?» Blue Rhonda knöpfte ihre purpurne Robe mit dem blaßblauen Besatz zu.

Eine von Minnies Belegschaft flüsterte: «Von der Nacht der Historie.»

«Wie?» Rhonda bauschte ihre Ärmel auf.

«Peter Stove kam als Bischof verkleidet. Wir mußten singen, während er den Altar entweihte – falls du kapierst, was ich meine.» Sie kicherte.

«Peter Stove?» rief Blue Rhonda aus.

«Die Wünsche der Geistlichkeit sind eindeutig», meinte Leafy naserümpfend.

«Los jetzt. Alle versammeln sich ums Klavier. Die keine Robe anhaben, bringen einen Stuhl her wie bei einer Versammlung.» Bunny war überall zugleich. «Lottie, du singst jede zweite Strophe solo.»

«Ich will ihn umbringen.»

«Die kürzeste Entfernung zwischen zwei Punkten ist nicht immer eine Gerade.» Bunny bugsierte sie zum Klavier.

Die Menge strömte in die Straße.

«Kennen alle *Beautiful Savior*?» rief Bunny.

Die meisten Köpfe nickten.

«Singt wie die Engel.» Sie klatschte in ihre winzigen Hände.

Der Pianist ließ seine Knöchel knacken, dann begann er zu spielen.

Unbekümmert um Linton, der eine flammende Rede an seine Herde hielt, sangen die Frauen drauflos.

Die schrillen Töne von draußen erstarben langsam. Lintons Anhänger starrten ihn an, als die Worte «Sodom und Gomorrha» von seinen Lippen rollten. Als er merkte, daß er seine Zuhörer verlor, schloß er für einen Augenblick den Mund. Auch er vernahm von drinnen den schönen Sologesang, dem ein harmonischer Chor folgte. Ein leises Klappern rüttelte ihn auf. Blue Rhonda hatte vergessen, ihren Hut abzunehmen, und als Banana ihn ihr vom Kopf riß, polterten die Schrotflintenpatronen auf den Fußboden.

Bunny öffnete genau zum richtigen Zeitpunkt die Tür. «Gefährten im Glauben an die Vergebung durch unseren Herrn und Erlöser Jesus Christus, der für unsere Sünden gestorben und von den Toten auferstanden ist, bitte kommt herein und leistet uns bei unserer wöchentlichen Andacht Gesellschaft.»

Als Banana Mae das hörte, beugte sie sich zu Blue Rhonda hinüber und flüsterte ihr ins Ohr: «Glaubst du, daß Jesus von den Toten auferstanden ist?»

«Vielleicht war er mit Hefe vollgepumpt.» Rhonda konzentrierte sich wieder auf ihren Gesang.

Die Menge drängte heran, um einen Blick auf den Chor in voller Ausstattung zu erhaschen. Als Lottie wieder eine Strophe sang, war ihre Stimme so betörend, daß manche Frau einen verschwommenen Blick bekam.

Wieder winkte Bunny sie heran. Die Sängerinnen schienen den ungewöhnlichen Auflauf an ihrer Tür nicht zu bemerken.

Wütend kreischte Linton: «Ein Trick des Teufels!»

«Wo kein Vertrauen ist, sind Teufel nötig.» Bunny schlug den richtigen Ton an.

Eine nach der anderen stahlen sich die Frauen aus der Meute davon. Binnen Minuten hatte sich die Menge aufgelöst, und Linton blieb mit zwei Unentwegten zurück. Maßlos enttäuscht, riß er sich den Mantel vom Leib und trampelte darauf herum.

Bunny schloß die Tür, und die Frauen sangen, bis sie gewiß waren, daß sie gerettet waren.

«Das muß gefeiert werden!» Rhonda warf ihre Arme um Lotowanas Hals. Verzückt gab sie sogar Bunny einen Kuß. Die Frauen gebärdeten sich wie toll; sie blieben bis zum Morgengrauen auf und sangen Lieder von ganz anderer Art.

Banana Mae schüttelte Bunny bewundernd die Hand. «Du bist ein Genie.»

«Ich habe ihnen bloß ein bißchen christlichen Sand in die Augen gestreut.» Bunny hob ihr Champagnerglas gen Himmel.

Großtante Narcissa schwirrte umher wie ein Kolibri. Außer ihren Händen zeugte nichts an ihr von ihrem hohen Alter. Narcissa glaubte, wenn ein Schlag einem nicht das Rückgrat brach, dann stärkte er einen. Sie bewahrte sich die Liebe zum Leben trotz seiner Ungerechtigkeiten, und sie bewahrte sich eine gesunde Mißachtung der Anpassung. Sie betrachtete Chicago als eine Stadt privaten Wohlstands und öffentlichen Schmutzes, genoß aber deren unleugbare Lebendigkeit. Ihre größte Verachtung galt den sogenannten Stützen der Gesellschaft; Hirten der heiligen Kühe nannte sie die. Narcissa war es, die in einem Sommer, als alle Welt sich auf der Insel Mount Desert vor der Küste von Maine rekelte, zusammen mit Hortensia das Karten-Rangsystem erfunden hatte. Ihre Hochachtung galt den Menschen, die sie beide als Herz bezeichneten.

«Es ist lieb von dir, mich nach einer so kurzfristigen Anmeldung zu empfangen.» Hortensia saß in der Bibliothek aus Kirschbaumholz.

Narcissa schürte das Feuer, obwohl ihre Dienstboten das gern für sie besorgt hätten.

«Eigentlich hatte ich den Kalifen von Bagdad erwartet, aber ich habe ihm gesagt, er soll an einem anderen Tag kommen.»

«Wo hättest du seinen Harem untergebracht?» Hortensia spielte mit.

«Nun, natürlich im Rathaus, wo er hingehört.» Narcissa spaltete einen Klotz. «Hungrig?»

«Nein. Ich möchte eine kleine Spazierfahrt machen, und zum Abendessen bin ich zurück, wenn es dir recht ist.»

«Tu, was dir paßt. Ich esse, wenn ich hungrig bin. Hungrig bin ich gewöhnlich um sechs. Aber ich setze mich zu dir an den Tisch, wenn du später kommst, und labe dich mit meinem Esprit.»

Die schwarze Droschke hielt vor Roxys Sporthalle. Hercules hatte die Halle vor seiner Abreise erwähnt, und er hatte auch von Sneaky Pie gesprochen. Hortensia hatte sich für eine Droschke entschieden, weil sie Narcissas Personal nicht traute. Der Kutscher brachte ihr Briefchen in die Halle.

Ein schwitzender Hercules kam heraus, dicht gefolgt von einem fluchenden Roxy, der versuchte, dem jungen Hünen einen Mantel über die Schulter zu werfen. Mit Lichtgeschwindigkeit lief Hercules zu der Droschke. Als Roxy ihn einholte und ihm den Mantel umlegte, erblickte er die schönste Frau, die er je gesehen hatte, und sein Lächeln war wie ein Riß in altem Gips. Weiße Frauen mit schwarzen Männern waren für Roxy nichts Neues. Er hatte alles gesehen, und das meiste davon fand er bedauerlich. Doch diese weiße Frau war vornehm und einfach umwerfend. Hercules funkelte ihn an, und Roxy verzog sich. Hortensia öffnete die Droschkentür, und Hercules stieg ein.

«Ich kann's nicht fassen, daß du hier bist! Ich kann's nicht fassen!» Er küßte sie überschwenglich.

«Ich hab's einfach nicht mehr ausgehalten.» Sie küßte ihn, während sie mit einer Hand die Vorhänge zuzog.

«Komm zum Kampf.» Er küßte sie wieder und wieder.

Sie entzog sich ihm, um ein wenig zu verschnaufen. «Liebling, ich glaube, ich kann nicht zuschauen, wie du verletzt wirst.»

«Wenn du da bist, kämpfe ich wie ein Titan, ich schwör's dir. Ach bitte, komm, Hortensia. Da sind alle möglichen Leute, du fällst gar nicht auf.» Er küßte sie leidenschaftlich, dann lehnte er sich zurück, die Hand auf der Stirn. «Nein.»

«Was ist?»

«Ich darf dich erst nach dem Kampf lieben.»

«Das macht mir nichts aus. Ich wollte dich nur sehen, deine Stimme hören, dein Gesicht anschauen. Es macht mir nichts aus.»

Er nahm sie in seine Arme. «Aber denk nur, welch ein Fest wir nach dem Kampf feiern werden.»

«Hercules, du wirst wahrscheinlich nicht mal imstande sein zu gehen.» Sie lachte ihn an. Er war die Sonne, dieser junge Mann.

«Wart's nur ab.»

Roxy kam zurück, um ihn voranzutreiben. Das Training ging weiter. Hortensia sagte ihm, wo sie wohnte, aber wenn möglich, wolle sie in sein Quartier kommen. Es würde höllisch sein, noch drei Tage zu warten, aber sie würden es überstehen. Sie versprach, ihm jeden Tag beim Training zuzusehen.

Beim Abendessen fiel Narcissa Hortensias fiebrigglühende Röte auf. Sie sagte nichts, sondern verzehrte eine weitere Scheibe Filet Wellington.

«Wann hast du das letzte Mal Karten gespielt, Hortensia?»

«Gewöhnlich spiele ich täglich mit den Jungen.»

«Erinnerst du dich noch an unser Spiel?»

«Ich hab's ihnen beigebracht.»

«Hm.» Narcissa wechselte das Thema um eine kleine Nuance. «Ich möchte behaupten, du hast deinen Herz-König gefunden.»

Verwegen zog Hortensia sie auf: «Traust du deiner weiblichen Intuition, Tantchen?»

«Intuition ist die Aufhebung der Logik auf Grund der Ungeduld. Ich praktiziere sie allezeit.» Narcissa lachte.

Hortensia gestand, daß sie endlich ihr Herz und auch ihr As gefunden hatte. Den Rest behielt sie für sich.

In ihrer ganzen Vielfalt drängte sich die Menschheit in die Sporthalle. Hercules vertraute Hortensia der Obhut von Sneaky Pie an. Sie saß auf einem Ringplatz, blendend angezogen und mit einem Schleier.

Als sich die beiden Männer in der Ringmitte trafen und ihre Handschuhe sich vor Beginn des Kampfes berührten, vergaß Hortensia ihre Besorgnis und ließ sich einfangen von der unglaublichen Erregung, die das Ereignis begleitete.

Roger Boatwright, der Gegner, tänzelte in seiner Ecke. Er war der beste Boxer im Mittelwesten. Nach diesem Sieg gedachte er den Schwergewichtstitel anzustreben. Der Name Roger Boatwright konnte die Phantasie nicht beflügeln, deshalb nannte sein Promoter ihn «Schlachter». Das entsprach seinem Ruf, daß er seine Gegner zerfleischte, zerrieb und entstellte. Niemand außer Sneaky, Roxy und Hercules' Sparringspartnern glaubte, daß Hercules eine Chance hatte.

Als die Glocke ertönte, droschen die zwei aufeinander los. Roger verachtete seinen Gegner und glaubte es nicht nötig zu haben, diesem Bürschchen auf den Zahn zu fühlen; den würde er glatt von der Matte pusten. Hortensia schauderte, als die Männer auf heißes Fleisch einschlugen. Fast rechnete sie damit, daß Funken fliegen würden. So sehr sie auch um ihren Geliebten bangte, war sie doch hingerissen von seiner Schönheit im Ring. Sie wußte, daß sein Körper vollkommen war, aber so hatte sie ihn noch nie gesehen. Hercules als Athlet war so ehrfurchtgebietend, daß er wie ein Werkzeug Gottes wirkte. Roger ging wie ein Stier auf ihn los. Hercules landete eine so gewaltige Rechte an seiner Schläfe, daß man Donner zu hören vermeinte. Roger kippte vornüber wie ein Klappmesser. Er sackte mit dem Gesicht nach unten auf die Matte und wurde bis zehn ausgezählt. Eiswasser erweckte ihn schließlich wieder zum Leben.

Die Menge, verblüfft und enttäuscht, weil sie mit einem langen Kampf gerechnet hatte, blieb ein paar Sekunden still, dann brach sie in Hochrufe aus. Dieser junge Boxer war ein Phänomen. Sneaky wußte, daß er einen großen Fang gemacht hatte. Dieser Bursche konnte sie alle fertigmachen, und er würde ihn durch ganz Amerika schleppen, durch die ganze Welt, um es zu beweisen und ein Vermögen zu verdienen.

In dieser Nacht bewies Hercules, daß er seinen Mann stehen konnte. Sie liebten sich die ganze Nacht. Sie taten Dinge, von denen sie nicht wußten, daß sie existierten. Sie trieben auf einem Strom aus übergroßer Lebenskraft und olympischer Liebe.

Als Hortensia um sieben Uhr morgens in ihr Zimmer schlich, hörte Narcissa, die schon seit einer Stunde auf war und in der Bibliothek Kaffee trank, sie auf Zehenspitzen nach oben gehen. Sie lächelte, dann schluckte sie zum Gedenken ein Gläschen puren Gin.

Ein bitterkalter Wind peitschte den See und heulte durch Chicago. Die Temperatur sank weiter unter Null. Der Schnee fiel in dichten Flocken, die zu mächtigen Schneewehen zusammengetrieben wurden. Hortensia und Hercules kuschelten sich unter vier Zudecken und eine schwere Tagesdecke.

«Guter Gott, wie halten die Menschen das aus?» Hortensia rieb ihre Füße an Hercules' Füßen.

«Jetzt weißt du, warum die Yankees so ekelhaft sind.»

«Kein Wunder. Und man kann nichts machen, wenn es so wird wie jetzt. Die Leute gehen Schlittschuhlaufen oder Rodeln, und das soll ein Vergnügen sein. Erfrorene Nasen und nasse Füße – schönes Vergnügen!»

«Skilaufen würde ich gern mal probieren.» Er schob seinen Arm unter ihr Kopfkissen.

«Fein. Das kannst du allein probieren. Ich rutsche nicht auf zwei Latten einen Berg runter.»

Hercules lachte.

Hortensia mußte am nächsten Tag nach Montgomery zurück. Hercules und Sneaky Pie berieten noch über seinen nächsten Kampf. In Chicago zu bleiben, reizte Hercules nicht. Die Stadt gefiel ihm ganz gut, abgesehen vom Wetter, doch er hing an Montgomery trotz all seiner Nachteile. Er war bereit, überallhin zu fahren, wo ein Kampf stattfand – aber wohnen würde er in Montgomery, das stand fest. Der Köder in Form von Pelzen, Frauen und elegantem Leben lockte fast jeden. Sneaky Pie war erstaunt, daß diese Reize auf Hercules keine Wirkung hatten. Roxy bekniete ihn, doch Hercules sagte, trainieren könne er auch zu Hause, und zwei Wochen vor jedem Kampf würde er kommen, damit Roxy mit ihm arbeiten könne. Daß Roxy nach Montgomery zog, kam nicht in Frage. Für ihn waren die Südstaatler «so dämlich, daß sie nicht mal ignorant sind».

«Hab ich dir schon erzählt, wie ich in der zweiten Klasse in eine Rauferei verwickelt wurde?» fragte Hortensia.

«Nein.»

«Ich führe immerfort Phantasiegespräche mit dir. Wenn ich dich dann sehe, weiß ich nicht mehr, was ich gesagt und was ich phantasiert habe. Ich hasse es, mich zu wiederholen; wenn ich dir dieselbe Geschichte zweimal erzähle, mußt du mich unterbrechen.»

«Du hast mir noch nie zweimal dieselbe Geschichte erzählt.»

«Gut.» Sie blies in seinen Nacken. «Denkst du dir Gespräche mit mir aus, wenn wir nicht zusammen sind?»

«Sicher.»

«Wirklich?»

Er lächelte. «Ich glaube, das tun alle Verliebten.»

«Oh. Ich war vorher noch nie verliebt.» Sie biß ihn ins Ohr. «Woher weißt du solche Sachen, du Rumtreiber?»

«Autsch!»

«Warst du schon mal verliebt?»

«Nein, aber meine Mutter ist die Meisterin der Liebe in unserer Familie.»

«Du kannst froh sein, daß du eine solche Familie hast.»

«Ich weiß. Du mußt meine Schwester kennenlernen. Sie will

Rechtsanwältin werden. Wirklich, ich wollte, du könntest sie alle kennenlernen. Sie sind so klug.»

«Du auch.»

«Aber nicht wie die anderen.»

«Liebster, du bist sehr klug.» Sie streichelte seinen Lockenkopf.

«Ich komm mir nicht besonders klug vor», sagte er. «Ich weiß, man muß vorausplanen, einen Beruf erlernen, aber ich hab dazu keine Lust. Ich bin mehr fürs Körperliche, und damit läßt sich nicht allzu viel anfangen. Ich werd eine Weile beim Boxen bleiben.»

«Dagegen ist nichts einzuwenden.»

«Ich weiß, aber guck dir die alten, verblödeten Boxer bei Roxy an. Wer möchte schon so enden?»

«Du wirst merken, wann du aufhören mußt.»

«Das macht mir keine Sorgen. Ich wollte nur, ich wüßte, was ich will, oder –»

«Das kommt schon noch.»

Er sah sie an. «Hast du das Gefühl, daß dein Leben ein Ziel hat?»

Solche Gespräche führte Hortensia sonst nie, aber mit Hercules sprach sie über alles und jedes. Sie stellte sich Fragen über ihre Person, die sie sich sonst nie gestellt hatte, und gemeinsam lachten sie über die albernsten Sachen.

«Nein. Ich habe geheiratet, Söhne geboren und glanzvolle Feste gegeben. Ich habe mich gelangweilt, aber – ach, ich weiß nicht. Ich tu nichts Nützliches auf dieser Welt, aber ich sehe auch nicht ein, warum ich es sollte.»

«Wie meinst du das?»

«Ich meine, es hat keinen Sinn.»

«Das Leben hat einen Sinn.»

«Für wen?»

Hercules erwiderte ernst: «Für uns, für Gott, für alle.»

«Ich beneide dich um deinen Glauben. Ich finde, wir sind alle wie Tiere, bloß daß wir ein bißchen intelligenter sind. Wenn wir ein Ziel haben, verfolgen wir es, aber eigentlich bedeutet es nichts.»

«Ich weiß nicht. Ich hasse die Vorstellung, daß ich wegen nichts auf der Welt bin.»

«Wo genau hat dieses nagende Bedürfnis, ein Ziel zu haben, angefangen?»

«In den Nächten.»

«Was?»

«Fürchtest du dich nicht in der Nacht?»

«Manchmal, aber was hat das damit zu tun?»

«Wenn man sich fürchtet, denkt man sich Sachen aus, die einem wieder Mut machen. Ich möchte wetten, die ganze Menschheit hat sich geängstigt, bis wir das Feuer entdeckten. Wir müssen Tausende von Jahren hindurch Geschichten erfunden haben, um die Nächte zu überstehen. Vielleicht haben wir aus dieser Furcht ein Ziel erdacht.»

«Hercules Jinks, du hast ein ewiges Dilemma gelöst.» Sie zupfte an einem Haar auf seinem Arm.

«Danke», sagte er.

«Die Erklärung ist so gut wie jede andere. Ich denke nie über diese Dinge nach.»

«Mußt du morgen zurück?»

«Ja.» Sie bettete ihren Kopf auf seine Brust.

«Was werden wir anfangen, wenn ich wieder zu Hause bin?»

«Umherschleichen und hoffen, daß wir nicht erwischt werden.»

«Warum brennen wir nicht durch? Wir könnten hier leben.»

«Carwyn könnte ich auf der Stelle verlassen, aber nicht die Kinder. Ich bin nicht mal sicher, daß ich sie liebe, aber ich fühle, daß ich zu ihnen gehöre.»

«Nimm sie mit.»

«Ach, Hercules, überleg doch mal. Carwyn würde eher mich gehen lassen, als daß er seine Söhne aufgäbe. Die Zukunft führt durch den Mutterleib, Carwyns Söhne sind seine Trumpfkarten; er wird diese Zukunft nicht aufgeben.»

«Wir können uns nicht dauernd im Stall treffen. Früher oder später wird uns jemand erwischen.» Er setzte sich auf und rutschte ganz schnell wieder unter die Decken, denn es war trotz des lodernden Feuers grimmig kalt. «Dad und ich liefern Holz an ein paar Leute in der Water Street. Die würden uns vielleicht ein Zimmer vermieten, oder wir könnten ein Haus mieten. Du könntest nachmittags hinkommen.»

«Im Rote-Laternen-Revier?»

«Was anderes fällt mir nicht ein.»

«Wie könnte ich da kommen und gehen, ohne erkannt zu werden?»

«Es sähe zwar komisch aus, aber was könnten die Leute schon sagen?»

«Ungeheure Sachen.» Sie kicherte.

«Hm?»

«Sie könnten sagen, ich kaufe eine von diesen Huren für mich selbst.»

Es dauerte einen Moment, bis er begriff. «Oh.» Dann hellte sich seine Miene auf. «Aber wer würde so was denken?»

«Hercules, in Montgomery ist alles möglich. Daß Frauen mit Frauen schlafen ist noch die geringste aller Sünden.»

«Wäre es dir nicht lieber, die Leute würden das denken, als daß sie über uns Bescheid wüßten?»

«Ehrlich gesagt, es ist mir egal, was die anderen denken, aber wenn mein Mann dahinterkommt, bringt er dich todsicher um und mich wahrscheinlich obendrein.»

Hercules war die Gefahr genauso bewußt wie ihr, aber es war beunruhigend, sie ausgesprochen zu hören. Sie lagen da und schwiegen.

Schließlich sprach Hercules. «Ich frage Blue Rhonda. Ihr fällt bestimmt was ein, und sie wird wissen, ob ein Haus zu vermieten ist.»

«Blue Rhonda?»

«Blue Rhonda Latrec. Die ist einmalig.»

«Wo haben die bloß diese Namen her?»

«Sie hat ihn wahrscheinlich erfunden. In Wirklichkeit heißt sie vermutlich Tillie Crouse oder Mary Lou Bumps.» Hercules wurde übermütig.

«Wie wär's mit Euthabelle Pitts?» Hortensia liebte ihre gemeinsamen Stegreif-Spiele.

«Beulah Sweitgart.»

«Vergie Armpreister.»

«Vida Scudder.» Hercules grinste.

«Sophonsiba Rill.»

«Ich hab ihn, Hortensia, den Namen aller Namen. Den kannst du nicht schlagen: Wilhelmina Charity Goodykoontz.»

«Yolanda Yukatan?» rief sie, völlig aus dem Häuschen.

Hercules senkte die Stimme und sagte triumphierend: «Jetzt weißt du, wie Blue Rhonda zu ihrem Namen gekommen ist.»

Hortensia sah ihn verblüfft an. «Du Teufel – und weißt du, du hast vermutlich recht.»

Quietschend wälzten sie sich im Bett wie zwei junge Hunde, die um einen Knochen balgen. Es endete schließlich damit, daß Hortensia unter den Decken in Hercules' großen Zeh biß. Als sie hervortauchte, um zu verschnaufen, mußten sie unaufhörlich kichern.

«So habe ich nicht gelacht, seit ich als Zehnjährige mit meiner Mutter in der Kirche war.» Hortensia schluckte, um Atem zu schöpfen. «Ich schlug ein Gesangbuch auf, und da fiel ein schrecklich schmutziges Taschentuch heraus, oder eine Rotzfahne, um es unfein auszudrücken. Ich konnte nicht aufhören zu lachen. Je fester meine Mutter mich anstieß, um so mehr mußte ich lachen. Alle Leute in den Bänken drehten sich um; der Prediger hob die Stimme, um mich zu übertönen, und schließlich war meine Mutter so fuchsteufelswild, daß sie mich aus der Kirche zerrte und verdrosch, daß mir Hören und Sehen verging. Das hat mir gereicht. Ich dachte, das ganze Gequatsche von Liebe und christlicher Toleranz, und dann walkt meine Mutter mich durch, weil ich in der Kirche gelacht habe. Mir wurde auf der Stelle klar, daß Zeus und seine Bagage viel vernünftiger waren.»

«Recht so!» Hercules grapschte nach ihr.

«Laß uns nach Griechenland durchbrennen.»

«Nein. Du kannst Linton Rays Kreuzzug gegen Alkohol und Prostitution beitreten. Dann könntest du nach Belieben in der Water Street ein und aus gehen.»

«Hercules, das ist heller Wahnsinn.»

«Eben darum wird es klappen.»

«Hercules, ich verabscheue diese Leute.»

«Seine Anhängerinnen haben alle Ehemänner, die fleißig die Schönen der Nacht besuchen.»

«Das ist mir weiß Gott bekannt. Aber Liebling, ich meine, diese Leute sind, nun ja, aus einer anderen Schicht. Niemand, der mich kennt, würde es glauben.»

«Da bin ich nicht so sicher, und nicht alle diese Frauen sind – wie nennst du das?»

«Mittelstand.» Die Worte zitterten vor verhaltener Verachtung.

«Hortensia, entweder das oder Maskerade.» Er sprach bestimmt, dann wurde er sanft. «Du willst mich doch sehen, oder nicht?»

Sie küßte ihn. «Ich würde sterben, wenn ich dich nicht sehen könnte. Zum erstenmal in meinem Leben fühle ich mich lebendig. Vielleicht habe ich kein Ziel, vielleicht weiß ich überhaupt nichts, aber ich fühle mich lebendig!»

«Okay. Ich spreche mit Blue Rhonda Latrec.»

«Blue Rhonda Latrec.» Hortensia wiederholte den Namen, und wieder überkam sie beide ein Kicheranfall.

Niemand stellt sich vor, daß er alt wird. Jedesmal wenn Narcissa an einem Spiegel vorüberkam und sich von diesem alten Gesicht angestarrt sah, war es eine unsanfte Überraschung. Ihr Geist blieb jung. Wie konnte ihr Äußeres zu ihrem Innern so im Widerspruch stehen? Wenn sie auch die Begrenzungen des Alters nie akzeptierte, so gewöhnte sie sich doch schließlich daran.

Sie saß an ihrem Louis XV.-Sekretär und schrieb in den 120. Band ihres Tagebuchs. Sie hatte es mit vierzehn Jahren begonnen und fand, daß es ihrem Leben eine gewisse Struktur verlieh. Narcissa hatte niemals gedacht, daß es jemand lesen würde. Sie führte es, um die Begebenheiten ins richtige Verhältnis zu rücken. Die Menschen glauben, was ihnen zustößt, sei einmalig. Es ist alles schon dagewesen.

Neben dem Schreiben fand sie in der Geschichte ihre größte Befriedigung.

Die unaufhörliche Dummheit der Menschheit durch alle Zeiten gab einem den Trost der Beständigkeit.

Sie schrieb gerade den Satz zu Ende: «Je mehr du dich selbst verstehst, um so weniger verstehen dich die anderen», als Hortensia mit verweinten Augen auf der Türschwelle erschien.

«Komm herein.»

Hortensia setzte sich ihrer Großtante gegenüber. «Ich bin mit dem Packen fertig. Der Zug fährt in zwei Stunden.»

«Möchtest du Kaffee? Oder Tee? Oder Gin?»

«Nein, danke.»

Narcissa fiel mit der Tür ins Haus. «Wann wirst du ihn wiedersehen?»

«In etwa einer Woche, denke ich.»

«Wohnt er in der Nähe von Montgomery?»

«Mitten in der Stadt.»

«Bequem und gefährlich.»

«Tante Cissy, in der einen Minute meine ich, ich würde sterben, und in der nächsten bin ich so glücklich, daß ich das Gefühl habe, ich könnte fliegen. Ich verstehe mich selbst nicht.»

«Mußt du das?»

«Was?»

«Dich verstehen.»

Hortensia blinzelte, und Narcissa lächelte nur.

Schließlich fragte die jüngere Frau: «Wäre dann nicht alles leichter?»

«Wohl kaum.»

«Aber du weißt nicht die ganze Geschichte.»

«Was gibt es da zu wissen, meine Liebe? Du liebst einen Mann und bist mit einem anderen verheiratet. Die näheren Umstände sind lediglich –» sie machte eine wegwerfende Handbewegung – «Bagatellen.»

Hortensia war nicht überzeugt. «Wir stammen aus einem völlig unterschiedlichen Milieu.»

«Fein. Vielleicht lernst du etwas dabei.»

Hortensia beugte sich vor, um noch etwas zu sagen, ließ es dann aber bleiben.

Narcissa klappte ihr Tagebuch zu. «Eine große Liebe steht immer mit der Gesellschaft über Kreuz.»

«Ich habe nie über die Liebe nachgedacht.»

«Als alte Frau habe ich unendlich viel Zeit, um über alles nachzudenken. Das ist einer der großen Vorteile des Alters. Der Nachteil ist, daß einem niemand zuhört.» Sie lachte.

«Ich höre zu.»

«Ich weiß, Liebes.»

«Du hältst mich nicht für eine Närrin?» fragte Hortensia ernst.

«Die Narren sind diejenigen, die niemals lieben. Die Liebe ist es, die uns menschlich macht. Sonst könnten wir ebensogut Moskitos sein.»

«Bei dir erscheint es so einfach.»

«Ist es auch. Entweder du lebst dein Leben oder du läßt es andere für dich leben.»

«Was meinst du, was bei ihm dahintersteckt?» Lotowana kratzte sich an der Nase.

«Eine Herzensaffäre, nehme ich an.» Blue Rhonda setzte ihr Frau-von-Welt-Gesicht auf.

«Aber warum sieht er sich dann nicht im Farbigen–Viertel nach einem Haus um?» fragte Lottie.

«Damit seine Mutter rumschnüffeln kann? Alle Welt weiß doch, wie pingelig Ada Goodwater Jinks in Sachen der Moral ist.»

«Hm», machte Lottie.

«Hier fällt es keinem auf.»

«Falsch, Rhonda. Allen fällt alles auf. Wir behalten es für uns, das ist der Unterschied.»

«Vielleicht. Banana ist froh über die Miete, das kann ich dir sagen. Ihr ewiges Gerede von Besitz, Investieren – du kennst das ja. Deshalb hat sie dieses Häuschen gekauft, und dann steht es monatelang leer. Ich dachte, sie würde 24 Stunden am Tag ficken, so bangte sie um die Erhaltung ihrer Geldanlage.»

Die beiden lachten bei Koks und Whiskey.

«Banana hat so ihre Marotten.» Lotowana tauchte ihre Zunge in die bernsteinfarbene Flüssigkeit und leckte sich die Lippen.

«Haben wir die nicht alle?»

«Du weißt also nicht, wen Hercules da aufgetan hat?» Lotowana, immer auf Klatsch versessen, steuerte wie eine Brieftaube im Zielflug zum Thema zurück.

«Nein, ich hatte keine Zeit zum Schnüffeln. Sag mal, Lottie, bist du selbst so neugierig oder steckt Bunny dahinter?»

«Bunny?»

«Spiel bloß nicht Versteck mit mir, Lots. Deine Chefin ist der größte Naseweis, der mir je vorgekommen ist.»

Lotowana kicherte. «Ja, nicht wahr?»

«Aha. Dachte ich mir's doch, daß sie dich angestiftet hat.»

«Na ja, ehrlich gesagt, ich bin genauso neugierig wie sie.»

«Nur weiter so, Lottie. Beichten ist gut für die Seele.»

«Ich kann's nicht ausstehen, wenn ich was verpasse.»

«Ha. Wie kannst du was verpassen, wenn du bei Bunny arbeitest?»

«Komm schon, Rhonda, weißt du, was sich da tut?»

«Nein, Ehrenwort. Aber überleg doch mal. 'ne übliche Liebesgeschichte kann es nicht sein, sonst würde Hercules sie heiraten, stimmt's?»

Lotowana sann darüber nach. «Stimmt.»

«Also ist es was Ausgefallenes.»

«Ein Mann?» Lottie konnte sich nicht vorstellen, daß Hercules es mit einem Mann trieb.

«Schon möglich, oder vielleicht eine verheiratete Frau.»

«Das hat schon eher Hand und Fuß.»

Rhonda fuhr fort: «Es muß was Ernstes sein.»

«Könntest du nicht 'n bißchen rumschnüffeln?»

«Sicher, ich könnt 'ne Menge tun, aber du hast mir noch nicht gesagt, was mit Bunny ist. Du erwartest doch wohl nicht, daß Banana Mae und ich glauben, daß sie das reinste Unschuldslamm ist.»

Lottie wurde rot. «Ich schwöre, ich schwöre – ich bespitzle die Frau Tag und Nacht, und ich sehe keinen und höre keinen. Ihr fehlt der Trieb.»

Blue Rhonda verschränkte die Arme vor ihrer mageren Brust. «Das glaube ich nicht.»

Die Handflächen aufwärts gedreht, rief Lottie aus: «Dann beobachte du sie doch.»

«Wenn ich Zeit habe.»

«Wo ist Banana?» fragte Lottie.

«Stoff für Vorhänge kaufen. Sehr häuslich.»

«Das solltest du Bunny mal empfehlen. Diese Blumenzimmer gehen mir allmählich auf den Wecker.» Lotowana schnupfte ein bißchen Pulver und blickte auf die Uhr auf dem Kaminsims. «Dad-eye Steelman kommt gleich. Ich muß wieder an die Arbeit. Der ist so verdammt klein, daß er dauernd rausfällt.»

«Leg dich auf die Seite. Der merkt den Unterschied nicht.»

An der Tür stieß Lotowana fast mit Banana Mae zusammen, die gerade hereinkam. Sie wechselten ein paar Scherzworte, bevor Lottie über die Straße verschwand.

Banana sah Blue Rhonda an und lächelte. «Wenn Lotowana aus dem Zimmer geht, ist es, als ob die Flut fällt.»

Blüten bedeckten die Bäume wie bunte Puderquasten. Azaleen lösten Tulpen ab. In seiner schönsten Jahreszeit prangend, schimmerte Montgomery im sanften Aprillicht. Hortensia fühlte sich wie Persephone, die von Demeter vor Hades gerettet wurde. Alle in ihrer Umgebung waren von ihrem Strahlen geblendet. Sie fühlte sich so phantastisch, daß sie zu Carwyn besonders aufmerksam war. Hortensia liebte Hercules so sehr, daß sie ihren Überschwang an Wohlwollen verströmte. Sie hatte geglaubt, sie würde Carwyn noch widerwärtiger finden als sonst, seit sie und Hercules ein Liebespaar waren, aber das Gegenteil war der Fall, und das verwirrte sie. Sie begann Carwyn als Mann zu sehen statt als ihren Gatten. Sie verstand ihn besser und bemühte sich, ihm das Alltagsleben angenehmer zu machen. In Versammlungen, politische Zusammenkünfte und sein harmloses, aber beständiges Laster des Glücksspiels versunken, war er nicht häufiger zu Hause als früher, aber wenn, dann fand er das Leben erfreulich. Die wenigen Male, da er mit Hortensia schlief, war sie entgegenkommend. Das überraschte ihn ungeheuer. Sie hatte gedacht, sie würde es hassen, von Carwyn berührt zu werden, aber sie nahm es kaum wahr und hatte nicht das Gefühl, Hercules untreu zu sein. Carwyn war ihr Ehemann; sie war ihm einiges schuldig. Die leidenschaftliche Liebe zu Hercules befähigte sie, jeden Augenblick als etwas Besonderes zu empfinden. Sie zählte aber auch die Augenblicke, bis sie ihn wiedersehen konnte. Die Dienstag- und Donnerstagnachmittage gehörten ihnen. Zu Leones Entzücken tauschte Hortensia den Mantel mit ihr. Nur ganz entfernt wie ihre Köchin aussehend, eilte sie in die Water Street. Wenn jemand sie sah, kümmerte es sie nicht, so sehr war sie in ihre Affäre verstrickt.

Das kleine weiße Holzhaus lag hinter dem Haus von Blue Rhonda und Banana Mae am Ende eines langgestreckten Grundstücks. Sie konnte es von der Gassenseite betreten. Die Zimmer waren geschmackvoll tapeziert und blitzsauber. Hercules stellte ein gutes Bett hinein, und das war ihr einziges Möbel außer einem Sofa im Wohnzimmer und einem kleinen Holztisch mit Stühlen in der Küche. Die Wandborte waren weiß gestrichen mit roten Schablonenmustern, ebenso der Tisch. Die Ausstattung hätte nicht schlichter sein können, es sei denn, sie hätten in einem Kloster gelebt. Hortensia liebte das Häuschen mehr, als sie irgendeinen Ort in ihrem Leben geliebt hatte. Sie war stets ausgesprochen materialistisch gewesen, hatte sich ergötzt an ihren Juwelen, ihrem Bechsteinflügel, an Zobelpelzen und europäischen Möbeln aus geplünderten Palästen zerbröckelnder Imperien. Jetzt erkannte sie, daß sie alle diese schönen Dinge nur benutzt hatte, um ihre Leere auszufüllen. Mit Hercules brauchte sie nichts als ihn. Er machte Juwelen, Gemälde und Antiquitäten überflüssig. Wenn er in einem Raum war, dann war er das einzige, was sie sah, das einzige, was sie sehen wollte. Die reinliche Schlichtheit der Umgebung erhöhte ihre Liebe. Sie fühlte, daß sie mit Hercules auf ewig in diesem Häuschen leben könnte, daß man mehr nicht vom Leben verlangen brauchte – und es würde ein sehr erfülltes Leben sein.

Banana Mae fand heraus, daß Hercules dienstags und donnerstags mit jemand zusammen war. Zeitweise hielt er sich allein dort auf, lud Lebensmittel aus oder fegte die Zimmer. Sie nahm an, daß er seinen Auszug von zu Hause vorbereitete und bald ganz dort wohnen würde. Es ist nur natürlich, daß ein Kind in seinem Alter das Elternhaus verläßt. Wenn sie länger bleiben, werden sie nie richtig erwachsen. Banana war mit sechzehn wie eine Kanonenkugel aus ihrem Elternhaus geschossen und nie zurückgekehrt. Sie sah wenig Sinn darin, an ihre Familie zurückzudenken, falls diese Versammlung von Halbirren überhaupt eine Familie war. Hercules stammte wenigstens von besseren Leuten ab.

Banana Mae war neugierig, aber anders als Blue Rhondá. Rhonda war auf alles neugierig. Einmal hatte sie eine Küchenschabe in einem Einmachglas gefangen. Statt sie zu töten, stanzte sie Löcher in den Deckel, fütterte sie mit verschimmeltem Salat und beobachtete sie eifrig. Ekelhaft war das einzige Wort, das Banana Mae zu dem braunen Käfer mit den Stummelflügeln und den stacheligen Beinen einfiel. Rhonda war von ihm fasziniert. Sie brachte es nicht fertig, das Tier zu töten. Mit großem Zeremoniell, einer Unabhängigkeitserklärung für Küchenschaben, befreite sie es im Hof, ohne Rücksicht auf Bananas Einwände, daß es ein widerlicher Käfer sei.

Um etwas gegen die Eintönigkeit zu unternehmen, goß Blue Rhonda eines Tages Zimthonig über Karels Schwanz. Die dicke, klebrige Substanz steigerte sein Vergnügen beträchtlich, und Rhonda gefiel der Geschmack. Hinterher goß sie ihm ein großes Glas Rum ein, während sie sich mit einem kleinen Gin begnügte.

«Hast du eigentlich nie Heimweh, Karel?»

«Nein, du?»

«Nach diesem Kaff in Ost-Alabama? Ich müßte ja verrückt sein, wenn ich dahin zurückginge.»

«Genauso geht's mir mit Prag. Und jetzt ist eigentlich nichts mehr da, wohin man zurückgehen könnte. Wart's nur ab; Osteuropa bricht zusammen wie einer, der mit 'nem miesen Blatt zu hoch pokert.»

«Wer weiß? Vielleicht kommen sie durch.»

«Rhonda, mit Deutschland auf der einen Seite und Rußland auf der anderen – wie lange könnte das gutgehen, selbst wenn sie auf der Seite der Sieger stünden? Du kennst Europa nicht. Das ist eine Ansammlung von Haß und Dünkel, die bis ins Römische Reich zurückgeht. Wir waren damals Stämme und sind es noch heute. Deshalb bin ich hierhergekommen – um weg zu sein von dem ganzen Schlamassel.»

Blue Rhonda hörte zu. Sie konnte sich das Leben dort drüben nicht vorstellen. «Du weißt aber 'ne ganze Menge.»

Er legte ihr den Arm um die Schulter. «Nett von dir, daß du das sagst. Ein paar Dinge vermisse ich allerdings. In Prag gibt es ein Café, da hängt ein Schild mit einem Frosch über der Tür. Ich vermisse das Bier dort, und ich vermisse Ente, wie meine Mutter sie gebraten hat. Und die Uniformen! Mensch, Rhonda, die Uniformen von Österreich-Ungarn, die sind schon sehenswert – goldene Tressen, Pelz, leuchtendes Rot und dunkles Blau, alle Regenbogenfarben, und Tschakos mit riesengroßen Federn.»

«So was Prächtiges vermisse ich nicht, aber weißt du, was ich manchmal im Herbst vermisse?»

«Was?»

«Eine neue Büchertasche, ein neues Lineal und Bleistifte für die Schule.»

«Wir erinnern uns an die blödesten Sachen, was?» Er streckte sich.

«He, ich komme mit, wenn du hinten rausgehst. Ich will mal in Bananas Mietshaus reingucken, vielleicht krieg ich was zu sehen.»

Karel drohte ihr mit dem Finger. «Das ist aber nicht nett, oder?»

«Nein, aber ich tu's trotzdem.»

Während sie auf Zehenspitzen zur Hintertür schlich, klärte Rhonda ihn auf, daß Hercules das Haus gemietet hatte. Karel heuchelte Interesse für ihre Vermutungen. Rhondas Lebhaftigkeit und ihre Unbekümmertheit um das, was man über sie dachte, das war es, was ihn an ihr reizte. Er scherte sich den Teufel darum, was Hercules oder sonst ein Mann trieb.

Ausgerechnet, wenn man still sein soll, möchte man sich am liebsten brüllend vor Lachen auf den Boden werfen. Die Hand über dem Mund, pirschte Rhonda zur Hintertür des Häuschens. Zwei helle Mäntel hingen an Kleiderhaken. Als Karel Rhonda zum Abschied winkte, meinte er, einer der Mäntel käme ihm bekannt vor. Er schlich an die Hintertür.

«Das ist Leones Mantel», flüsterte er.

«Das kann nicht sein. Sie ist bei der Arbeit.» Rhonda hatte das Gefühl, in Treibsand getreten zu sein.

«Verdammt, ich kenne doch den Mantel meiner Frau.»

«Es gibt noch mehr Mäntel von der Sorte. Reg dich nicht auf wegen nix.»

«Das werden wir gleich sehen.» Er öffnete die Tür und ging hinein. Leone hatte ihr Monogramm hinten auf die Innenseite des Kragens gestickt, und da stand es: «L. S.»

Rhonda beobachtete ihn entsetzt. Ohne zu zögern stieg Karel die Treppe zum ersten Stock hinauf.

Hilflos flüsternd: «Nicht, Banana bringt uns um», zog sie an seinen Hosenträgern, aber er zerrte sie mit.

Füße patschten über den Boden, und als Karel oben an der Treppe ankam, wurde er von Hercules empfangen.

«Was machst du mit meiner Frau?» brüllte Karel.

«Nichts», erwiderte Hercules wahrheitsgemäß.

«Siehst du, ich hab's dir ja gesagt, Karel. Jetzt komm und laß ihn in Frieden. Tut mir schrecklich leid, Hercules.»

«Er lügt. Du erwartest doch nicht, daß er meine Frau vögelt und es mir erzählt, oder?»

Darauf konnte Rhonda nicht viel erwidern, höchstens daß sie sich nicht vorstellen konnte, daß Hercules überhaupt etwas von Leone wollte, aber sie hütete sich, das auszusprechen.

«Ich habe nichts mit Ihrer Frau», sagte Hercules ruhig.

Karel versuchte, sich an Hercules vorbeizuschieben, doch der jüngere Mann hielt ihn an einem Arm in Schach. Rhonda versuchte, ihn an seinem anderen Arm zur Treppe zu zerren.

Karels Gesicht glühte rot wie ein Hahnenkamm; seine Stimme ließ die Fenster klirren.

«Leone, mach daß du da rauskommst. Wenn du dich nicht blicken läßt, bring ich dich um, wenn du nach Hause kommst.»

Die Schlafzimmertür ging auf. Hercules rannte hin und versuchte Hortensias Erscheinen zu verhindern. Karel, Blue Rhonda mit sich ziehend, war ihm dicht auf den Fersen.

«Nicht!» flehte Hercules.

Doch Hortensia öffnete selbst die Tür. Sie war in einen weichen sandfarbenen, rosa paspelierten Morgenmantel gehüllt. Karel und Blue Rhonda stockte der Atem – weil sie Hortensia erkannten, aber auch, weil sie so hinreißend aussah.

«Bestrafen Sie Ihre Frau nicht für meine Taten, Karel.» Hortensias Stimme war schneidend.

Karel stammelte verlegen. Rhonda zog ihn von der Tür. Schließlich fand er die Sprache wieder. «Wieso hängt Leones Mantel bei der Hintertür?»

«Ich habe ihn vor Wochen mit ihr gegen einen neuen Mantel getauscht. Sie sollten Ihrer Frau mehr Aufmerksamkeit schenken.»

«Komm jetzt, Karel. Hercules, es tut mir furchtbar leid.»

«Wer sind Sie?» Hortensia starrte sie an.

Hercules antwortete: «Das ist Blue Rhonda Latrec, Banana Maes Partnerin. Blue Rhonda, das ist –»

«Ich weiß, wer sie ist», erwiderte Blue Rhonda.

«Ihr zwei rennt geradewegs in Teufels Küche», sagte Karel.

«Wir sind noch schneller dort, wenn Sie nicht schweigen.» Hortensia blieb gelassen.

Karel sah den Blick in Hercules' Augen, und er hatte Mitleid mit dem Burschen. «Ich sage kein Wort.»

Alle drei sahen Blue Rhonda an. Sie platzte heraus: «Wie soll ich es denn Banana Mae nicht erzählen? Ich erzähle Banana alles.»

«Versuchen Sie's», sagte Hercules ruhig.

«Ich glaube, Ihre Partnerin kennt meinen Mann.»

Blue Rhonda stöhnte.

Hortensia fuhr fort: «Sie könnte versucht sein, ihm zu erzählen, was sie weiß. Deshalb ist es besser, wenn sie nichts weiß.»

Rhonda warf sich in ihre spärliche Brust. «Banana ist nicht so. Sie ist der Felsen von Gibraltar.»

«Davon bin ich überzeugt», stimmte Hortensia zu. «Aber versuchen Sie es, Miss Latrec, bitte versuchen Sie, das hier geheimzuhalten.»

«Ist gut.»

Als sie zu ihrem Haus zurückging, rumorte Blue Rhondas Magen, und der Kopf tat ihr weh. Sie wünschte, sie wüßte von nichts. Ich weiß nicht, ob Neugier die Katze umgebracht hat, dachte sie bei sich, aber sie kann eine Katze oder einen Menschen ins Verderben stürzen. Abgesehen davon, daß Hercules ihr leid tat, war sie unglücklich, weil sie nicht alles ausplaudern konnte.

Mit leerem Blick, der nichts von seinem Kummer verriet, saß Hercules auf der Bettkante. Hortensia saß neben ihm und streichelte seinen Nacken.

«Liebling, wir müssen hier weg. Bitte laß uns fortgehen. Wir könnten doch in Chicago leben.»

«Hercules, mein ganzes Geld läuft auf den Namen meines Mannes. Was glaubst du, wie weit wir kommen würden?»

Er drehte sich herum. «Ich verdiene gut bei den Kämpfen. Wir kämen zurecht.»

«Wie lange wird das dauern? Selbst wenn du es jahrelang durchhalten könntest, ich würde dich nicht lassen. Du würdest Stückchen für Stückchen kaputtgehen.» Sie fuhr ihm mit dem Finger rund ums Ohr.

«Dann suche ich mir eben eine andere Arbeit. Ich bin stark, und ich arbeite hart.»

«Liebling, du wirst ein Schwarzer sein mit einer weißen Frau am Hals. Was glaubst du, wie viele Freunde du haben wirst?»

«Mir liegt an keinem außer dir.»

«Ich wollte damit sagen, es dürfte nicht so einfach für dich sein, Arbeit zu finden.»

«Roxy hat gesehen, daß du eine Weiße bist. Ich kann arbeiten. Ich kann immer arbeiten. Wir mögen vielleicht kein geselliges Leben haben, aber wir haben uns.»

«Und deine Familie? Es wird deine Mutter umbringen.»

Hercules holte tief Luft. «Sie wird lernen, damit zu leben. Es ist mein Leben, nicht ihrs.»

Hortensia wußte, daß er recht hatte. Er war bereit, alles zu riskieren, woanders hinzuziehen, ein Leben in einer fremden Stadt anzufangen. Sie wünschte verzweifelt, sie könnte es tun, aber unsichtbare Bande fesselten sie an Montgomery. Das stärkste Band war ihre Verantwortung für ihre Söhne; ihr Mangel an Zärtlichkeit für sie vermochte ihr Pflichtgefühl nicht zu schwächen. Das weniger offensichtliche, dennoch wirksame Band war ihre Position in der Stadt. Es gefiel ihr, die erste am Platz zu sein, und sie war nicht erpicht darauf, das aufzugeben. Andererseits konnte sie ohne diesen Mann nicht leben. Nacht für Nacht lag sie allein in ihrem Bett und fragte sich, warum Gott sie mit dieser Liebe gesegnet und verflucht hatte. Warum Schwarze und Weiße auf verschiedenen Seiten der Wasserscheide lebten, machte ihr kein Kopfzerbrechen. Sie nahm die Rassentrennung als naturgegeben hin. Sie wußte, daß das eine groteske Ungerechtigkeit war, aber sie hatte nicht vor, es zu korrigieren, und sie konnte sich nicht vorstellen, wie zwei so lange getrennte Stränge wieder miteinander verwoben werden könnten. Sie und Hercules hatten jedoch ebendies vollbracht. Allmählich begriff sie, daß dies nicht nur eine Liebesaffäre war, sondern daß ihr Bild von der Welt, in der sie lebte, sich veränderte. Doch sie war noch nicht bereit, davonzulaufen.

Sie küßte Hercules auf die Wange. «Liebling, ich will ja mit dir gehen, aber ich brauche Zeit zum Nachdenken.»

«Vielleicht liebst du mich nicht genug.»

«Nein, ach bitte, sag das nicht, denk so was nicht. Ich – ich muß sozusagen mein Haus bestellen.» Sie küßte ihn und zog ihn dabei aufs Bett hinunter. Er erwiderte ihren Kuß und wollte sich aufsetzen, doch sie schubste ihn wieder zurück und glitt mit der Hand unter seine Hose, bis sie seinen Schwanz fand. Es dauerte nie lange, bis er stocksteif wurde. Sie knöpfte seine Hose auf und zog sie ihm aus. Sie küßte ihn und spielte mit ihm, setzte sich auf ihn, streichelte seinen Kopf, rieb ihm die Schläfen. Als er dringend hineinwollte, hielt sie ihn noch ein wenig hin, dann rutschte sie schließlich auf ihn und bewegte sich langsam. Gute zwanzig Minuten lang bearbeitete sie ihn, mal langsam, mal schnell, bis keiner mehr an sich halten konnte.

Hinterher küßte sie ihn und sagte ihm, daß sie ihn liebte. Sie brauche Zeit, aber sie bemühe sich.

«Hast du Angst?» fragte er. «Ich beschütze dich.»

«Das weiß ich. Ich frage mich, ob ich dich beschützen kann. Ich komme mir vor, als tanzte ich auf einem Vulkan.»

Hercules' Augen schimmerten hell und klar. «Vielleicht tun das alle; sie wissen's nur nicht, und wir wissen es.»

Der Krieg verschaffte Grace Deltaven eine goldene Gelegenheit, an ihrem schauspielerischen Können zu feilen. Sie übte sich erbarmungslos an den Jungen, die von der High School abgingen. Bei der Erwähnung der Einberufung füllten ihre großen Veilchenaugen sich mit Tränen; ihre Hand streifte die Hand des jungen Mannes, dann senkte sie den Blick. Das hatte eine elektrisierende Wirkung, und Icellee vertrieb die Jungen mit einem Stock. Auf ihrer Veranda bildeten sich ellenlange Schlangen. Montgomery bemerkte sowohl Graces Schönheit als auch ihre Fähigkeit, die Männer um den kleinen Finger zu wickeln. Wie weit es mit ihrem schauspielerischen Können her war, würde sich mit der Zeit herausstellen. Mit oder ohne Talent, Grace war dazu bestimmt, zu erobern. Lila und Icellee konnten eine alte Freundin, Illona Pagent Reynolds, bewegen, Grace in New York bei sich zu beherbergen, während sie an der Schauspielakademie studierte. Illonas Tochter Peppermint Reynolds litt an derselben Krankheit, so konnten sich die Mädchen gemeinsam in rührseligen Rollen üben. Peppermint, so genannt, weil ihr Vater im Handel mit Süßwaren ein Vermögen aufgehäuft hatte, besaß ein vollkommenes Profil. Sie gehörte zu den Mädchen, die sich ihrem Gesicht gemäß entwickeln mußten. Ein Stoß von Briefen von Montgomery nach New York und von New York nach Montgomery stellte Grace vorübergehend zufrieden, während sie die Tage zählte, bis sie hervorbrechen könnte wie ein Komet.

Während sie ihre Orchideen pflegte, wurde auch Lila Reedmuller von der Zukunft heimgesucht. Sie spürte drohendes Unheil, aber aus welcher Richtung? War es der Krieg, oder war es näher an ihrem Haus? Sie teilte Bartholomew ihre Vorahnung mit. Er machte sich nicht über sie lustig; er meinte, vielleicht habe sie das zweite Gesicht. Lila hatte nie in ihrem Leben eine Vorahnung gehabt. Bartholomew sagte, das spiele keine Rolle; sie komme, wenn man sie brauche.

Ada Jinks spürte mehr als eine Vorahnung. Sie wußte, daß Hercules nichts Gutes im Sinn hatte. Obendrein verkündete auch noch Apollo, er wolle sich freiwillig melden, sobald er im Juni am Palmerschen Institut sein Abschlußexamen gemacht habe. Wüten und Toben prallten an Hercules ab. Apollo war zu weit weg, als daß Ada ihn hätte anschreien können, deshalb schrieb sie einen Brief nach dem andern. Placide empfand Stolz, vermischt mit Furcht, weil sein Ältester sich für einen solchen Weg entschied. Apollo hatte keine Ahnung, auf was er sich da einließ. Das Militär ist auf die Unwissenheit der männlichen Jugend angewiesen. Wie Hercules hatte Apollo einen Entschluß gefaßt, mit dem er die Tür der Knabenzeit für immer hinter sich verschloß. Dafür mußte ihn sein Vater bewundern.

Kristallkugeln, Kartenlegen, die Zukunft an sich – das alles langweilte Blue Rhonda Latrec. Die Zukunft war eine Droge, die sich die Menschen einverleibten, um das Heute zu überstehen. Nichts als die Gegenwart wollte sie – und ihre Vergangenheit vergessen. Sie bekam einen leichten Schrecken, als Minnie Rue sie bei einer Party in ihrem Etablissement in die Enge trieb. Minnie war geschäftlich nach Columbus, Georgia, gefahren und hatte einen kurzen Aufenthalt in Hatchechubbee, Alabama, gehabt.

«Ich hab mir in der Trinkhalle 'ne Coca-Cola genehmigt.» Minnie grinste. Sie machte ein Gesicht wie ein Hai. «Und ich hab den Knaben hinter der Theke gefragt, ob er schon mal was von dir gehört hat. Der kannte dich nicht.»

Rhonda richtete den Kopf hoch auf. «Minnie, du glaubst doch hoffentlich nicht, daß ich mich in Hatchechubbee Blue Rhonda Latrec genannt habe.»

«Wie heißt du denn richtig?»

«Sag ich nicht.»

«So, und wie alt warst du, als du von zu Hause weggingst?»

«Vierzehn, aber ich war groß für mein Alter.» Rhonda strahlte.

Minnie musterte sie von Kopf bis Fuß. «Ich weiß nicht, Rhonda, du hast was Geheimnisvolles an dir.»

«Quatsch. Nenn mir eine einzige Frau hier, die unter ihrem richtigen Namen lebt, dich selbst eingeschlossen.»

«Lotowana.»

Rhonda schnitt eine Grimasse.

Mit einem sieghaften Flackern in den Augen fuhr Minnie fort: «Keiner könnte einen Namen wie Lotowana erfinden, also muß er echt sein. Und ich glaube, Bunnys Nachname ist ihr richtiger Name.»

«Das zählt nicht. Bunny ist weit weg von zu Hause, was macht es ihr da schon aus? Und was Lottie angeht, nun, sie ist eben Lottie. Was kann ich sonst dazu sagen.

«Komm schon, wie ist dein richtiger Name?»

«Geschenkt, Minnie. Und deiner?»

«Minerva Raines Desfors.» Sie lachte.

Blue Rhonda stimmte ein. «Der ist toll.»

«Und wie ist deiner?»

«Ich will dir was sagen, Minnie. Wenn du mich überlebst, wirst du ihn erfahren, und mein Name ist noch komischer als deiner.»

«Was hast du zu verbergen?»

«Dasselbe, was wir alle verbergen: Eine Vergangenheit, die nicht zu unserer Gegenwart paßt.»

Rhonda berichtete Banana Mae von dieser Unterhaltung.

«Minnie hat 'ne Schnüffelnase», meinte Banana.

«Also mir gefällt das nicht.»

«Komm schon, Rhonda, das Schlimmste auf der Welt ist doch, wenn keiner über einen redet. – Es gefällt dir sehr wohl.»

Rhonda beschloß klugerweise, nicht darauf einzugehen. Was Banana Maes richtigen Namen betraf, so hatte Banana ihn ihr einmal gesagt, und sie hatte ihn vergessen. Sie wußte nur noch, daß es ein irischer Name war. Bei Bananas roten Haaren wäre man früher oder später von selbst darauf gekommen.

Rhonda brannte darauf, Banana zu erzählen, was sie in dem

kleinen Häuschen erlebt hatte, aber sie hielt sich zurück. Banana hing schließlich immer noch an Carwyn, wenn auch die Faszination auf seiner Seite ein wenig verblaßt war. Er hielt sich jetzt mehr drüben bei Minnie auf und verschaffte sich einen Eindruck von der jeweiligen ‹Stellung des Tages›.

Blue Rhonda lenkte statt dessen das Gespräch auf Hochwürden Linton Ray, und sie waren sich beide einig, daß er sich schon lange Zeit vornehmlich mit der Bekämpfung des Dämons Alkohol befassen würde. Dann bekamen sie Streit, weil Blue Rhonda etwas Marineblaues anziehen wollte. Banana schrie auf, daß keine Frau vor Ostern marineblau trüge. Blue Ronda erwiderte, daß Ostern vor der Tür stünde. Egal. Gewisse Regeln durften nicht gebrochen werden. Während Rhonda schmollte, wunderte sich Banana Mae, wie Rhondas Mutter nur so dumm gewesen sein konnte, die Grundregeln zu mißachten.

Senator Bankhead telegrafierte Carwyn, er möge für zwei Wochen nach Washington kommen. Hortensia unterdrückte ihre Aufregung, so gut sie konnte. Sie begleitete ihn zum Bahnhof, um sich zu vergewissern, daß er wirklich abreiste. Als die gigantische Lokomotive dampfend und zischend einfuhr, sah sie in der Maschine ihren Erlöser. Technische Apparaturen faszinierten sie. Eisenbahnen bedeuteten Fortschritt, Geschwindigkeit, das Ende des Provinzialismus. Nur wenige fanden die Tatsache bedenklich, daß sich damit der menschliche Begriff von Zeit und Entfernung für immer veränderte. Zwischen Fahrplänen und Fabriksirenen würde die Menschheit die Zeit nie wieder so empfinden, wie sie ihre Vorfahren oder die Tiere auf dem Feld empfunden hatten. Ein Gitter senkte sich auf die Menschheit herab; man war so sicher in die Stunden eingezwängt wie in eine Zelle.

In der ersten Woche von Carwyns Abwesenheit schwelgten Hortensia und Hercules in dem Luxus, die Nächte zusammen verbringen zu können. Einmal kam er sogar in ihr Haus. Hortensia war so glücklich wie noch nie. Nur ein einziges Mal spürte sie den Stachel der Wirklichkeit, als Paris sie fragte, warum sie den Schwarzen küßte, den er gesehen habe. Sie erinnerte sich, daß sie sich an der Hintertür mit einem Kuß von Hercules verabschiedet hatte. Das Kind mußte in der Nähe gelauert haben. Statt den Jungen zu belügen oder ihm das Gefühl zu geben, daß er Oberwasser hatte, erklärte Hortensia ganz ruhig, daß der betreffende Mann sehr viel für sie getan habe. Sie küsse ihn wie ihre anderen Freunde auch. Damit war Paris einigermaßen zufrieden, und er ließ das Thema fallen.

Gegen Ende der zweiten Woche kostete sie jeden Augenblick mit Hercules aus und fürchtete Carwyns Rückkehr; dabei fürchtete sie weniger ihren Mann als die Geheimnistuerei. An diesem Freitag ging sie schon früh in das kleine Haus. Hercules wollte seine Runden erledigen und am späten Nachmittag dort sein.

Unterwegs zum Häuschen schaute er am Bahnhof bei seinem Vater vorbei. Hercules trug eine buntkarierte Jacke, die Hortensia ihm geschenkt hatte; sie meinte, seine alte Jacke sei so dünn wie Bienenflügel. Selbst im Frühling konnte die Feuchtigkeit vom Alabama River tückisch sein.

Die beiden Männer gingen die Schienen entlang. Placide wollte einen Güterwagen auf einem Nebengleis inspizieren; er meinte, er stehe womöglich auf dem falschen Gleis. Placide stieß die schwere Tür auf.

«Da sind lauter Klaviere drin. Ich schwöre, das ist die falsche Ladung.»

Hercules steckte den Kopf herein. «Werden die immer in solchen Kisten verpackt?»

«Ja.» Placide sprang hinunter. «Ich geh lieber zurück und seh die Frachtbriefe noch mal durch.»

Vater und Sohn gingen auf den Schwellen zurück, weil das einfacher war, als die zahllosen Schienenkurven entlangzugehen, die zum Bahnhof und zu den Nebengleisen führten. Ein Lokomotivführer, der mit seiner Lok zurückstieß, rammte den Güterwagen, ohne es zu merken. Der Waggon setzte sich in Bewegung und rollte auf die zwei Männer zu. Hercules wandte den Kopf und sah den gelben Wagen auf sie zurasen.

Er sprang von den Schienen.

Placide starrte wie versteinert auf den Waggon. Hercules sprang auf die Schienen zurück; er hob seinen Vater buchstäblich in die Höhe und warf ihn auf die Seite. Er selbst konnte nicht mehr rechtzeitig ausweichen. Als der Wagen vorbeibrauste, rappelte Placide sich hoch und erblickte Hercules, auf dem Rücken liegend, das linke Bein exakt über dem Knie abgetrennt.

«Hercules!» schrie er.

«Schon gut. Ich lebe», keuchte Hercules.

Auf ihrem täglichen Bummel zum Bahnhof beobachtete Blue Rhonda den Unfall. Ihre albernen Pumps verfluchend, lief sie so nahe heran, daß sie die Blutfontäne aus Hercules' Schenkel schießen sah. Sie zog ihre Schuhe aus und rief im Laufen über die Schulter: «Ich ruf die Ambulanz, oder ich sag dem Stationsvorsteher Bescheid, daß er sie ruft.»

Placide zog sein Hemd aus und riß es in Streifen. Er legte eine Aderpresse an, lockerte sie und zog sie dann fest. Wenn sein Sohn nicht bald Hilfe erhielt, würde er verbluten, und wenn die Aderpresse zu lange daraufblieb, würde sie das zerstören, was von dem Bein noch übrig war. Blue Rhonda war jetzt an seiner Seite.

Die Ambulanz kam, von zwei schwitzenden Pferden gezogen. Der Stationsvorsteher hatte in der Eile automatisch die Ambulanznummer gewählt, die er auswendig wußte. Es war die weiße Ambulanz. Die drei Sanitäter liefen zu Hercules.

«Wir nehmen keine Schwarzen», sagte ein großer Dünner.

«Sie müssen ihn mitnehmen, Sie müssen!» Blue Rhondas Halsadern waren hervorgetreten, und ihre Stimme war ungewöhnlich tief.

«Um der Liebe Gottes willen, Mann, machen Sie eine Ausnahme!» rief Placide.

«Tut mir leid.» Sie stiegen in ihre Ambulanz und fuhren davon.

Schluchzend raste Blue Rhonda wieder ins Büro des Stationsvorstehers. Entsetzt über seinen Irrtum wie über die Weigerung der drei weißen Männer brüllte der Stationsvorsteher ins Telefon. Als er einhängte, versicherte er Blue Rhonda: «Sie sind gleich da.»

Blue Rhonda hastete zurück, um zu sehen, ob sie irgendwie helfen könne. Hercules wurde allmählich benommen. Er wußte, er würde es nicht schaffen. Er hielt die Hand seines Vaters. Placide kniete sich hin und nahm den Kopf seines Sohnes in seinen Schoß. Rhonda ließ sich ebenfalls auf die Knie nieder.

«Hercules! Ich bin's, Blue Rhonda.» Sie wußte nicht, ob er sie erkannte.

Er öffnete die Augen und lächelte sie an. In der Ferne konnte sie die Ambulanz hören.

«Kann ich etwas für dich tun?»

«Ja», flüsterte er. «Sag ihr, ich liebe sie. Bitte sie, für mich zu leben.»

Placide streichelte Hercules' Wange. «Sprich nicht so. Es wird schon werden. Nur nicht aufgeben.»

Die schwarzen Sanitäter kamen mit einer Trage die Gleise entlang.

«Ich sterbe. Ich fühle es.» Er streckte die Hand aus und berührte das Gesicht seines Vaters.

Unter Tränen, die ihre Schminke verschmierten, schwor Blue Rhonda: «Ich sag's ihr.»

Die Sanitäter hoben ihn auf die Trage. Einer beugte sich über die Schienen, hob das Bein auf und warf es auf den Wagen. Placide kletterte hinten hinauf. Rhonda winkte zum Abschied.

Banana Mae schnitt gerade Brot ab, als Blue Rhonda in die Küche kam.

«Was ist passiert?»

«Ein Güterwagen hat Hercules Jinks überfahren und ihm das Bein abgetrennt. Er verblutet. Wahrscheinlich ist er jetzt schon tot.»

Banana setzte sich schwerfällig hin. «O nein, nicht dieser süße Junge.»

Blue Rhonda weinte. «Und jetzt müssen wir ins Häuschen gehen und es seiner Geliebten sagen.»

Banana legte ihre Hand auf ihr Herz; sie war bereits voll Mitgefühl für das Leid der Unbekannten.

«Banana, seine Geliebte ist Hortensia Banastre.»

Ihr stockte der Atem; die Augen quollen ihr beinahe aus dem Kopf. «Was?»

«Du hast mich schon verstanden. Jetzt müssen wir hingehen und es ihr sagen, bevor sie ihn sucht und es von der falschen Seite erfährt. Sie könnte sich verraten, und dann wäre sie ruiniert.»

«Was geht es mich an, was mit der passiert, nach dem, wie sie mich behandelt hat?»

«Das ist kein Augenblick für Kleinlichkeiten. Was würdest du

136

sagen, wenn du deinen Mann mit einem Freudenmädchen herum-kutschieren sähst?»

Das wirkte.

Blue Rhonda zog mit dem Zeigefinger das Muster der Tisch-decke nach. «Das ist das letzte, was wir für Hercules tun können. Sie kann nichts dafür, daß sie sich in ihn verliebt hat.» Rhonda blickte Banana Mae in die Augen. «Komm schon; sie hat jetzt niemanden der ihr hilft, außer einer Hure.»

Banana Mae stand auf und straffte die Schultern. «Gehen wir», sagte sie leise.

Als sie es Hortensia mitteilten, buk sie in der Küche Maisbrot als Überraschung für Hercules. Sie kochte oder buk sonst nie, des-halb dachte sie, es würde ihn um so mehr freuen. Sie sah die beiden Frauen an wie ein Reh, das angeschossen ein paar Schritte läuft und dann tot zusammenbricht. Sie wiederholte immer dieselbe Frage: «Wo ist er, sagen Sie?» Als sie die volle Bedeutung von Blue Rhondas Nachricht begriff, stürzte sie zur Tür. Die beiden hielten sie zurück. Sie wehrte sich, schreiend und jammernd.

Blue Rhonda bot einen Kompromiß an und erklärte sich bereit, sie in die Leichenhalle zu bringen. Sie nahm an, daß sein Leichnam inzwischen dort sei. Nur, wenn sie ihn tot sah, würde Hortensia ihnen glauben.

Rhonda war klar, daß eine Szene im Farbigen-Viertel nieman-dem nützen würde. Aber es schien keine andere Möglichkeit zu geben, Hortensia zu beruhigen, die in ihrem Schmerz beinahe so stark war wie Hercules.

Die beiden machten unter sich aus, daß Blue Rhonda Hortensia zur Leichenhalle begleitete, während Banana Mae die ebenso un-angenehme Aufgabe übernahm, Lila Reedmuller zu verständigen und zu sehen, ob sie nach alldem ihre Tochter in ihr Haus aufneh-men würde. Man durfte Hortensia auf keinen Fall allein lassen.

Blue Rhonda brachte Hortensia durch die Hintertür in Jeffersons Bestattungsinstitut. Placide saß im Empfangsraum. Er war er-schöpft und mußte sich erst sammeln, ehe er nach Hause ging und es Ada sagte.

Als Hortensia Hercules' Leichnam auf dem Sockel aufgebahrt

sah, schrie sie nicht und gab auch sonst keinen Laut von sich. Sie warf sich auf ihn, küßte ihn, versuchte ihn wieder zum Leben zu erwecken. Blue Rhonda dachte, ihr würde das Herz brechen. Sie zog Hortensia fort.

«Nein, nein.» Hortensia wehrte sie ab.

«Zeit nach Hause zu gehen», sagte Rhonda sanft.

«Er ist mein Zuhause», schluchzte Hortensia. Sie stieß einen tierischen Laut aus, bei dem es Blue Rhonda kalt den Rücken hinablief. Placide hörte es auch. Er öffnete die Tür und sah Hortensia. Er war keineswegs schockiert, als er sie erkannte. Er dachte nur: Die Ärmste.

Lila, eine bleiche Furie, empfing Banana Mae an der Hintertür. Banana mußte ganz schnell eine Erklärung hervorstoßen, sonst wäre sie Hals über Kopf hinausgeflogen. Lila konnte nicht glauben, was Banana Mae ihr erzählte. Andererseits war es so unerhört, daß sie es nicht erfunden haben konnte. Als Blue Rhonda schließlich Hortensia ablieferte, begriff Lila, daß die zwei Frauen ihrer Familie einen großen Dienst erwiesen hatten. Es blieb keine Zeit, Banana Mae und Blue Rhonda gebührend zu danken, doch sie tat unter den gegebenen Umständen ihr Bestes. Vom Anblick des Schmerzes ihrer Tochter bedrückt, vermochten weder Lila noch Bartholomew sie zu verurteilen. Lila packte vernünftigerweise einen Koffer und bestieg unauffällig mit ihrer Tochter den Nachtzug nach Chicago. Ihre einzige Hoffnung war, Hortensia zu Narcissa zu bringen und bei ihr zu bleiben, bis sie ins Diesseits zurückkehrte. Sie überließ es Bartholomew, Carwyn zu belügen, wenn er nach Hause kam.

Als hätte ein Blitz eingeschlagen, waren im Hause Jinks die Zimmer geladen mit Entsetzen und Trauer. Placide schickte Telegramme an Athena und Apollo. Als er es Ada sagte, nahm sie es auf wie eine römische Matrone im augusteischen Zeitalter: Keine Tränen, keine Hysterie, keine Klagen. Sie wußte, daß ihr Mann schlimmere Qualen litt als sie; denn er hatte Hercules' Tod mitangesehen.

Sie saßen im Wohnzimmer. Keiner konnte essen, und es gab nicht viel zu sagen.

Placide erzählte seiner Frau nichts von Hortensia im Leichenhaus. Es gab keinen Grund, warum sie es erfahren sollte.

Placide fand sich mit den Ungerechtigkeiten dieser Welt ab. Ada nicht. Sie befragte ihn mehr als einmal über die weiße Ambulanz, die davongefahren war. Als die Nacht sich hinschleppte und Hercules' Tod endgültiger wurde, steigerte sich Adas Qual, doch sie blieb sehr beherrscht und zeigte ihren Schmerz nicht offen.

«Sie haben ihn behandelt wie einen Hund.»

Mit blutunterlaufenen, plötzlich alten Augen sah Placide seine Frau an. «Was konnte ich tun?»

Ada sprach fest: «Was sollen wir tun? Ich sag meinen Kindern, sie brauchen eine Ausbildung, sie sollen hart arbeiten, sich respektvoll zeigen. Meinst du, es ändert etwas?»

«Jetzt ist nicht die Zeit, von solchen Dingen zu sprechen», erwiderte Placide.

«Wann ist die Zeit, von solchen Dingen zu sprechen?» flüsterte Ada. «Es kommt nicht darauf an, was wir tun; wir sind und bleiben Nigger.»

Was Blue Rhonda und Banana Mae gesehen hatten, war verständlich, aber nicht zu rechtfertigen. Beide Frauen, in Alabama geboren und aufgewachsen, waren sich des Rassen-Kasten-Systems bewußt, aber wie die meisten aufmerksamen Menschen hatten sie es gar nicht so schlecht gefunden. Hatte man etwa jemals einen Schwarzen sich beklagen hören? Rhonda war besonders betroffen, denn sie würde ihr Leben lang die weiße Ambulanz wegfahren sehen.

Nachdem sie Bunny und Lotowana, ohne Hortensia zu nennen, von den Vorfällen berichtet hatten, gingen die beiden Freundinnen nach Hause. Die Nacht glänzte von silbergrauen, tief hängenden Wolken. Banana Mae und Blue Rhonda konnten den Fluß riechen. Die Schönheit des Abends verstärkte noch ihre Traurigkeit.

Sie spürten, wie sich ein modriger Nebel über sie senkte. Banana Mae kippte Schnaps, um den Schmerz zu betäuben. Blue Rhonda schnupfte Kokain in der Hoffnung, es würde helfen, aber es schärfte nur ihre Sinne.

«Das Haus war schön.» Banana Mae kreuzte auf der Couch die Beine unter sich.

«Welches Haus?»

«Reedmullers.»

«Ach so.» Rhonda sah sie vom anderen Ende der Chaiselongue an.

«Ich schätze, das meiste von dem Geld gehört ihr. So viel kann er gar nicht verdienen.»

«Männer haben nichts gegen Geld von einer Frau. Sie haben bloß was gegen Kommandos.» Rhonda sagte das ohne Bosheit. «Allerdings weiß ich nichts über Mr. Reedmuller. Ich glaube, diese Mode-Architekten kriegen hohe Honorare.»

«Kann sein.» Banana Mae goß sich noch ein Glas ein. «Wie kommt es, daß manche Frauen auf einer Seite der Gleise landen, wie Lila und Hortensia, und manche von uns landen . . . hier?»

«Verflixt, wie soll ich das wissen?» Rhonda fand ihre Seite der Gleise gar nicht so schlecht. Mehr noch, sie war überzeugt, daß es hier lustiger war.

«Es ist nicht gerecht.»

«Banana, wen kümmert's? Leben ist, was man daraus macht. Du kannst irgendwer sein, irgendwo, solange du für dich selbst entscheidest und nicht wen anders für dich entscheiden läßt.»

«Ich wollte, ich könnte das glauben.»

«Denkst du vielleicht, das Schicksal oder Gott hat dich in die Water Street gesetzt?»

«Nun, jedenfalls war's nicht meine Schuld.» Banana ereiferte sich.

«Und wie Hortensia geboren zu sein war nicht ihre Schuld – und sieh sie dir jetzt an. Ich möchte nicht mit ihr tauschen.»

«Da geb ich dir recht.» Banana überwand sachte einen gehörigen Anfall von Selbstmitleid. «Aber Herzeleid ist eine Sache, und beiseitegeschoben oder rumgeschubst werden ist was anderes. Und das ist es, was ich meine. Es ist einfach nicht gerecht. Wer auf der einen Seite der Stadt geboren ist, mit der richtigen Hautfarbe, dem richtigen Geschlecht, für den ist das Leben was ganz anderes als für jemand wie du und ich.»

«Das ist mir scheißegal. Ich bin genauso gut wie all diese feinen Pinkel.»

140

«Das denken die aber nicht.»

«Na und?» Rhonda wurde wütend.

«Das mein ich ja eben.»

«Um Himmels willen, Banana, es spielt keine Rolle, wer du bist oder was du bist – es gibt immer welche, die dich scheel angukken.»

«Ich würde verdammt lieber in Lila Reedmullers Villa leiden als hier», gab Banana zurück.

Rhondas Stimme klang scharf. «Glaubst du auch nur eine Minute lang, daß der Schmerz anders ist?»

«Nein», gab Banana matt zu, «aber ein Platz auf der gesellschaftlichen Leiter ist jederzeit ein Vorzug, wenn nicht gerade so was passiert, was wir eben erlebt haben.»

«Aber ich mach mir nichts draus.» Bananas Gier nach gesellschaftlicher Anerkennung verwunderte Rhonda. Sie wollte nichts als leben und leben lassen.

Banana wechselte das Thema und sagte mit einem teuflischen Glitzern in den Augen: «Gibt es einen einzigen Mann, zu dem ich aufschauen kann, ohne dabei auf dem Rücken zu liegen?»

«Ha.»

«Und noch was. Du verlierst nie dein Herz an einen Mann. Ich bin so dämlich, daß ich immer noch an Carwyn Banastre hänge.»

«Ich hab dir schon vor langer Zeit gesagt, mein Herz gehört dir. Männer sind was fürs Geschäft.»

Banana zielte mit einem Nadelkissen nach Rhondas lockigem schwarzem Haar. Rhonda fing es auf und warf es zurück zu Banana Mae. Im Nu wälzten sich die zwei balgend auf der Erde. Rhonda, die ein wenig stärker war, drückte Banana Mae schließlich auf den Boden.

«Mann o Mann.»

«Ich bin nicht dein Mann.»

«Rhonda, laß mich hoch.»

«Nein. Ich setz mich auf dich und lese *Krieg und Frieden*.»

Diese Antwort brachte die halb besäuselte Banana zum Kichern. Rhonda drückte ihre Schultern nach unten. Und dann küßte sie sie unvermittelt. Banana lachte dabei. Rhonda blieb beharrlich. Schließlich küßte Banana sie wieder.

«Für ein Mädchen küßt du gar nicht so schlecht.»

Rhonda küßte sie noch einmal.

«Okay, das reicht.»

«Du hattest nichts dagegen?»

«Nein.»

«Laß mich mit dir schlafen.»

«Rhonda, ich bin zwar 'ne Hure, aber ich bin keine Schwule.»

«Verdammt, du tust doch sonst alles. Bloß einmal, nur aus ... aus Neugier.» Rhonda küßte sie wieder.

«Wenn wir's schon machen, können wir's ebensogut bequem haben.» Banana lächelte.

In Bananas Schlafzimmer zog Rhonda sich aus bis auf ihren Schlüpfer. Sie trug kein Korsett, deshalb nahm sie sich Zeit, Banana aus ihrem zu helfen. Warum alle Welt unbedingt eine Wespentaille haben wollte, ging über Rhondas Verstand. Das machte viel zuviel Mühe. Rhonda schubste Banana Mae aufs Bett und küßte sie, küßte ihre Brüste und arbeitete sich langsam bis zu Bananas Scheide hinunter. Da die Männer, die zu Banana kamen, gewöhnlich wenig Lust hatten, an ihr Oralsex zu vollziehen, war dies für sie ein Vergnügen.

Hinterher schmiegte sich Banana an Rhonda. «Fühlst du dich wohl?»

«Und wie. Ich bin gleichzeitig mit dir gekommen.»

«Mit deinem Schlüpfer an?»

«Man soll die Macht einer Frau nie unterschätzen.»

«Rhonda, ich schwöre bei Gott, du bist übergeschnappt.»

Blue Rhonda lachte. «Ich hab nie behauptet, daß ich normal bin.»

Banana Mae war nicht in Gefahr, lesbisch zu werden. Dennoch genoß sie Rhondas Zärtlichkeit und ihre Besorgnis, ob sie auch ihr sexuelles Vergnügen gehabt habe. «Ich hätte nie gedacht, daß mir so was gefallen könnte.»

«Hm.»

«Frauen sind wirklich geheimnisvoll.» Bananas Augen öffneten sich weit. «Also, ich staune über mich selbst.»

«Und mich nennst du übergeschnappt?»

Sie schliefen ein; es war ihnen kaum bewußt, daß der Tod oft ein heißhungriges, überwältigendes Verlangen nach Sex weckt – als ob die Natur versuche, sich aus ihrer Mitte zu ergänzen.

Lila und Narcissa wachten Tag und Nacht bei Hortensia, bis sie gewiß waren, sie sei stabil genug, um sich nicht das Leben zu nehmen. Ihre Rückkehr von der Grenze zur Selbstzerstörung wurde unterstützt von der Entdeckung, daß sie schwanger war. Nach wochenlangen Diskussionen kamen sie überein, daß das Kind bei Hortensia leben sollte, aber als Amelies Kind. Da Amelies Mann zum siebten- oder achtenmal davongelaufen war, würde sie vermutlich froh sein, im dritten Stockwerk des Hauses wohnen zu können. Schwangerschaft und Geburt zu verbergen ist nicht einfach, aber die Frauen haben es jahrhundertelang getan. Hortensia blieb in Chicago, bis das Kind geboren war. Sie nannte es Catherine.

1928

Die Prohibition hielt nicht eine Menschenseele in Montgomery von irgend etwas ab. Hochwürden Ray triumphierte, aber sein Sieg war so hohl wie das Schienbein eines Alkoholschmugglers. Minnie Rue servierte zu ihrer *plat du jour* Fruchtsäfte, die einen glatt umhauten. Bunny Turnbull erkundigte sich diskret nach den Arzneien, die ihre Kundschaft benötigte, und besorgte sie prompt. Banana Mae, an Whiskey gewöhnt, hing weiterhin an der Flasche. Um Zugang zu heißer Ware zu behalten, brauchte man Phantasie und Bargeld. Ansonsten lief das Geschäft wie gewohnt. Vielleicht sogar besser. Die Generation, die im Weltkrieg gekämpft hatte, schwelgte in einem Überfluß, wie man ihn seit Karl II. nicht mehr erlebt hatte.

Wenn jemals ein Mensch im Einklang mit seiner Zeit war, dann Blue Rhonda Latrec. 1900 geboren, trat sie in die zwanziger Jahre, als sie selbst in die Zwanziger kam. Mit ihrer kantigen Figur genau richtig für die Kleider der Epoche gebaut, kombinierte sie Pfauenblau mit Lilatönen und trug sogar Weiß vor dem offiziellen Sommeranfang. Blue Rhonda wurde nicht rundlich, während Banana Mae ein wenig auseinanderging, als sie die Dreißig überschritt. Allerdings sprach sie nicht über ihr Alter. Lotowana mochte im Laufe der Jahre ein oder zwei Pfund zugenommen haben, aber bei ihrem Umfang spielte das kaum eine Rolle. Sie ließ ihr Mäusezähnchen-Lächeln blitzen, das sie sich vor ein paar Jahren bei einem rabiaten Faustkampf eingehandelt hatte, und sang nach wie vor wie ein Engel. Bunny Turnbull trug nun eine randlose Brille, wenn sie zu einem Buch griff, und das tat sie oft. Ihr Haar war grau meliert, aber ihre Figur blieb tadellos.

«Meinst du, wir sollten in der Zeitung inserieren?» fragte Banana Mae Blue Rhonda, die die Abendzeitung las. Banana Mae brauchte jede Sekunde Beachtung, und Blue Rhonda hatte seit mehr als zehn Minuten still gelesen. Das trieb Banana zur Weißglut.

«Hmm?»

«In der Zeitung inserieren.»

Blue Rhonda ließ die Zeitung auf die Brust sinken. «Klar. Ich seh's genau vor mir. ‹Schwanzlutschen. Sonntags Sonderrabatt.›»

«Das ist deine Anzeige, nicht meine. Ich denke an was, das unser Geschäft belebt oder Durchreisende herbringt. Weißt du, so was wie: Zimmer zu vermieten, oder ... mir fallen die richtigen Worte nicht ein.»

«Wir könnten dieses Haus in Muschi-Herberge umtaufen, ein Schild raushängen, eine halbseitige Anzeige in die Zeitung setzen. Spinn nur weiter, Banana.»

«Klugscheißerin. Ich versuche doch bloß, unsere Finanzlage zu verbessern.»

Blue Rhonda gab das Zeitunglesen auf. «Uns geht's gut. Wir haben unsere Stammkunden, und ab und zu schneien neue rein. Dabei fällt mir ein, ist nicht Cedrenus Shackleford heute abend dran?»

«Ja; er hat angerufen, daß er später kommt.» Bananas Wangen waren ständig rosig vom Schnaps.

«Eins von Minnies Mädchen hat heute morgen entbunden.» Blue Rhonda hatte den ganzen Tag Besorgungen gemacht und wußte nicht, ob Banana es schon gehört hatte.

«Lottie hat's mir erzählt. Minnie hat 'ne ganze Horde Bastarde da drüben. Ihre Mädchen sollten besser aufpassen.»

«Du hast es wenigstens von Lottie gehört. Ich hatte das Pech, in Minnie persönlich hineinzulaufen. Die kann vielleicht quatschen.»

«Amen.»

Blue Rhonda fuhr fort: «Du kennst Minnie. Die bezieht jedes Ereignis auf sich selbst. Nachdem sie mich über das Wunder des neuen Lebens aufgeklärt hat, erzählt sie mir doch glatt, daß sie bei ihrer Geburt sieben Pfund wog. Ich sage: ‹Ja, und deine Zunge wog neun.› Na, ihr Gesicht hättest du sehen sollen!»

«Das setzt sie für ganze zwei Tage matt. Wetten, daß sie Donnerstag hier antanzt und ihre Klappe wieder aufreißt?» Banana johlte.

«Zwei Tage – ist das deine Wette?»

«Ich wette mit dir um den Hut in Fullers Hutsalon.»

«Abgemacht!» Blue Rhonda liebte Wetten. Ihr Hang zum Glücksspiel war nach dem Krieg so schlimm geworden, daß Banana ihr 75 Prozent ihres Verdienstes wegnahm und in Grundbesitz investierte. Blue Rhonda ließ sie gewähren; sie wußte nur allzu gut, daß Geld ihr in der Tasche brannte.

Die beiden Frauen lebten nun seit mehr als einem Jahrzehnt

zusammen, ein glückliches Ehepaar in jeder Hinsicht, außer einer:
Sie schliefen nicht miteinander, abgesehen von der einen Entgleisung nach Hercules' Tod. Rhonda hatte zu gärtnern begonnen –
für ihre Nerven, sagte sie. Ihre Azaleen, Hartriegel und Magnolien, dazu die einjährigen Pflanzen, die sie jedes Frühjahr und jeden Herbst setzte, verliehen dem Grundstück Heiterkeit. Sie verschönerte den Garten des kleinen Mietshauses, und bei gutem
Wetter vertrieb sie sich die Zeit mit Krocket und Gartenfesten. Sie
strich beide Häuser himmelblau mit strahlend weißen Fensterläden. Bunny und Minnie führten Häuser, doch Blue Rhonda und
Banana Mae hatten sich ein Heim geschaffen, und zwar ein gutes.
Kein Wunder, daß ihre Kunden ihnen über die Jahre hin treu blieben, bis sie gleichsam zur Familie gehörten. Ihre Stammkunden
waren Männer, die in konventionellen Ehen gefangen waren oder
deren Ehen längst ihren Schwung verloren hatten. Der Spaß, den
sie mit den beiden Frauen hatten, erwies sich als ebenso verführerisch wie der Sex.

«Machen dich die Schreihälse da draußen nicht wahnsinnig?»
Banana unterbrach Rhonda wieder einmal beim Lesen.

«Die Frösche?»

«Himmel, ja. Was um Gottes willen erzählen die sich bloß?»

Blue Rhonda tätschelte den Kopf von Attila dem Hunnen, einer
wilden Katze, die ihnen vor etwa einem Jahr zugelaufen war. «Die
erzählen sich gegenseitig, daß sie Prinzen sind!»

Banana schwieg einen Moment, dann verengte sie die Augen.
«Der Tag ist zu Ende. Du läßt nach, Mädchen.»

«Es hätte schlimmer sein können. Ich hätte sagen können, der
einzige Weg für dich, deinen Prinzen zu finden, ist, einen Haufen
Kröten zu küssen.»

Das ließ Banana Mae lange genug verstummen, so daß Blue
Rhonda ihre Zeitung zu Ende lesen konnte.

Die zehnjährige Catherine ging nie, wenn sie rennen konnte. Die
Kraft und Sportlichkeit ihres Vaters durchströmten ihren Körper.
Ihre Haut hatte die Farbe von Kaffee mit Sahne, und ihre Augen
waren von hellem Haselnußbraun. Rötliche Locken wippten um
ihren Kopf wie eine lustige Kappe. Sie war wißbegierig, offenherzig und freundlich. Außer Carwyns Arbeitszimmer standen Ca

therine sämtliche Räume im Haus offen. Oft konnte man sie an Hortensias Toilettentisch ihre Finger in Rougetiegel tauchen sehen. Falls sie sich über ihre Abstammung wunderte, zeigte sie es nicht. Amelie gab eine überzeugende Mutter ab, Hortensia trat als Tante Tense auf. Catherine hatte gewaltigen Respekt vor ihrer richtigen Mutter, die sich wie eine Tänzerin durch die Räume bewegte und mit einer Wendung ihres Kopfs eine ganze Versammlung befehligen konnte.

Hortensia liebte das Kind, wie sie – außer Catherines Vater – nichts auf der Welt geliebt hatte. Als sie einmal mit Lila über Hercules sprach, sagte sie: «Ich habe den Schmerz bis zur bitteren Neige gekostet.» Seit jenen schrecklichen Wochen vor zehn Jahren bei Großtante Narcissa war dies das einzige Mal, daß sie von Hercules sprach. Hercules' kurzes Leben änderte nichts an der Tatsache, daß er hier war; Catherine war für sie der Beweis.

Carwyn vertiefte sich in die Politik. Sie begeisterte ihn wie einst Pferderennen. Wie viele Menschen in einer ähnlichen Situation zog er es vor, zu ignorieren, was vor seiner Nase lag. Für ihn war Catherine Amelies Kind. Er entschuldigte Hortensias ungewöhnliches Interesse an dem Mädchen, indem er sich sagte, ihre Söhne seien erwachsen und eine Frau brauche Kinder. Catherine zog auch ihn in ihren Bann. Er fand das lächelnde, übersprudelnde Kind unwiderstehlich. Bei seinen Söhnen war er nie aus sich herausgegangen und würde es wohl auch nie tun. Es mochte daran liegen, daß er um so viel älter war, Anfang Vierzig, oder es lag daran, daß kleine Mädchen ein Echo auslösen, wie es Söhne nicht können. Auf dem Nachhauseweg kaufte er ihr oft ein Buch oder ein Spielzeug. Die beiden vertieften sich dann in Gespräche, an die er sich noch Monate und Jahre später zu seinem Vergnügen zurückerinnerte.

«Was hast du heute gelernt?» fragte Carwyn Catherine jeden Abend, wenn er nach Hause kam.

Ihre Augen leuchteten. «Heute haben wir gelernt, wie die Engländer den Französisch-Indianischen Krieg in der Abraham-Ebene gewonnen haben. Deshalb sprechen wir englisch statt französisch, aber ist es nicht traurig, daß der General gestorben ist?»

«Die meisten Generale sterben fett im Bett – in ihrem eigenen oder einem anderen.» Carwyns Schnurrbart bog sich aufwärts.

«Sterben sie nicht im Krieg?»

«Nein.»

Catherine sann darüber nach. «Das ist nicht gerecht. Generale sollten im Krieg sterben.»

«Hast du sonst noch was gelernt?»

Sie warf ihre Stoffpuppe in die Luft. «O ja, in Religion haben wir gelernt, daß Jesus nach 40 Tagen in den Himmel aufgefahren ist – aber das hab ich schon gewußt.»

«Ihr haltet euch lange bei Jesus auf.»

«Klar. Ich weiß alles. Ich weiß alles über die Jungfrau Maria, Petrus und die ganzen Jungs.»

«Sehr beeindruckend. Hier, ich hab dir was mitgebracht, damit du nicht auf dumme Gedanken kommst.» Er reichte ihr einen leuchtend bunten Gummiball.

Aufgeregt griff sie danach. «Danke, Sir.» Sie warf den Ball in die Luft, und Carwyn fing ihn auf und hielt ihn fest.

«Sag mir noch eins, Miss Feuerball. Glaubst du alles, was du lernst?»

Unbefangen erwiderte Catherine: «Nein. Das meiste wohl schon, aber manche Sachen machen mich stutzig.»

«Zum Beispiel?» Er warf ihr den Ball zu.

Sie fing ihn mit der linken Hand.

«Wenn ich's Ihnen sage, versprechen Sie mir, daß Sie's nicht verraten?»

«Ehrenwort.»

«Also –» sie senkte ernsthaft ihre helle Stimme – «ich verstehe nicht, wieso Jesus wieder in den Himmel gegangen ist. Wenn er uns so geliebt hat, daß er hinunterkam und Mensch wurde und gelitten hat, glauben Sie nicht, daß er dann hätte hier bleiben sollen, damit wir ihn alle sehen können?»

Er runzelte die Stirn, und Catherine fuhr fort: «Er lebt ewig und ewig, warum kann er dann nicht hier auf Erden leben? Wenn ich ihn sehen könnte, könnte ich viel leichter an ihn glauben – Sie nicht?»

«Ja, ich wohl auch.»

Ein Pfiff von draußen lenkte Catherine ab. Sie war schon halb durch die Tür, als ihr einfiel, stehenzubleiben und Carwyn noch einmal für den Gummiball zu danken. Carwyn lachte und sah ihr

nach, als sie davonhüpfte. Für ihn existierte sie als freier Geist. Für
den Rest von Montgomery existierte Catherine als moralisches
Fragezeichen.

Die Universität von Virginia plagte sich mit den Söhnen des Südens. Jefferson hatte sie als ein Institut der höheren Bildung gegründet. Was Paris Stuart Banastre dort lernte, hatte wenig mit
Thomas Jeffersons hochfliegenden Hoffnungen zu tun. Der zwan-
zigjährige Paris hielt sich am liebsten im Freudenhaus in der Fifth
Street auf. Er war ein besessener Spieler. Falls er je ein Buch aufschlug, war es ihm nicht anzumerken, doch er bewahrte seine guten
Manieren und wäre als Gentleman mit Befriedigend benotet worden. Jeden, der wirklich studierte, hielt er für einen Streber. Ein
Gentleman studierte nicht, sondern genoß das Leben. Seine Philosophie war einfach: Laß andere arbeiten. Solange das Vermögen
der Banastres bestand, brauchte Paris sich nicht mit so lästigen
Dingen wie dem Bezahlen von Rechnungen oder dem Tragen von
Verantwortung abzugeben. Wie seine Mutter war er bestechend
schön, aber auf ausgesprochen männliche Art. Seine lockigen blon-
den Haare und eisblauen Augen machten die Frauen und etliche
männliche Professoren schwach. Auf den großen Gütern rund um
Albemarle County war Paris als idealer Dinnergast willkommen.
Ein paar kluge Köpfe erkannten die hohle, ja grausame Persönlichkeit hinter der Fassade, doch Paris' Geplauder hielt die meisten von
zu tiefen Einblicken ab. Außerdem lag in Charlottesville allen weit
mehr am Trinken als daran, jemanden zu durchschauen.

Seinen übelsten Streich als Student, wegen dem er beinahe aus
Beta Theta Pi geworfen wurde, einer Verbindung, die für Streiche
berühmt war, leistete er sich nach dem Tod eines beliebten Eng-
lisch-Professors. Bei Paris war der Professor nicht sonderlich be-
liebt; Paris stahl seine Leiche aus dem Leichenhaus und brachte sie,
korrekt gekleidet, pünktlich zur Vorlesung über Miltons *Das ver-
lorene Paradies* in den Hörsaal mit. Die jungen Männer erbleich-
ten, als sie ihre Literatur-Koryphäe mit glasigen Augen erblickten.
Als der Leichnam Gas ausschied, kreischte ein verstörter Jüngling:
«Wenn das Ding furzen kann, kann es auch gehen», und stürmte aus
dem Hörsaal. Stunden später fanden sie den Burschen selbst dem
Tode nahe – wegen Alkoholvergiftung.

Paris mußte sich einer Front aufgebrachter Dekane stellen; bepißte Päderasten nannte er sie. Dann mußte er sich bei den trauernden Hinterbliebenen entschuldigen und schließlich den Schaden wiedergutmachen, der dem Leichnam zugefügt worden war. Abgesehen davon, daß ein paar übereifrige Schmeißfliegen ihre Eier in die Öffnungen des alten Herrn gelegt hatten, war die Leiche so gut wie neu. Wozu waren Bestattungsunternehmer denn da, wenn nicht dazu, die Begleiterscheinungen des Todes in Ordnung zu bringen und einen Sack Knochen für seinen letzten gesellschaftlichen Starauftritt herauszuputzen? Paris tat, was man von ihm verlangte, war zwei Wochen lang zahm und fing dann prompt wieder an, über die Stränge zu schlagen. Selbst an einem Institut, wo man an Ausschweifungen gewöhnt war, wurde er allmählich zur Legende.

Zu Hause behielt er seine gewohnte Distanz zu Mutter und Vater bei. «Spermenspender» und «Spermenbüchse» titulierte er sie. Er hatte bald herausgefunden, daß die Liebe seiner Mutter zu Catherine daher rührte, daß sie ihr Fleisch und Blut war, aber den Vater hatte er nicht herausbekommen, und es stand fest, daß sein eigener Vater die ganze Sache ignorierte. Wie jedermann fand er Catherine entwaffnend. Er schenkte ihr eine Stoffpuppe, und wenn er sich die Mühe machte, Catherine zu betrachten, fand er sie seltsam schön.

Edward hatte ebenfalls die Universität von Virginia besucht und Geschichte und politische Wissenschaften studiert. Jetzt absolvierte er sein erstes Jahr an der juristischen Fakultät von Yale. An dem Tag, an dem er seine Absicht verkündete, nach New Haven zu gehen, verlor sein Vater, soweit er sich erinnern konnte, das einzige Mal, die Fassung. Männer des Südens wagen sich nicht weiter als bis Princeton – mehr brachte Carwyn nicht hervor. Edward ging nach Yale und verkroch sich in seinem ersten Jahr an der Rechtsakademie hinter seinen Büchern. An Pracht war die Universität mit der von Virginia nicht zu vergleichen, aber die Leute gefielen Edward, und er schätzte ihre intellektuellen Qualitäten.

Paris' Missetaten sickerten sogar bis zu ihm nach Connecticut durch. Wäre Paris nicht sein Bruder gewesen, hätte sich Edward vielleicht insgeheim über das frevelhafte Benehmen des jungen Mannes amüsiert. Doch alles, was sein Bruder trieb, gefährdete in seinen Augen den Ruf der Familie und Edwards Zukunft. Schlimm genug, daß die Leute hinter der Hand über Catherine flüsterten; das Verhalten von Paris bedeutete öffentliche Demütigung.

Seine knappe freie Zeit verbrachte Edward damit, daß er sämtliche Filme mit Grace Deltaven sah. Sie war ein großer Star geworden. Obgleich sie sechs Jahre älter war als er, waren die beiden bei manch einer Halloween-Hexenjagd in derselben Mannschaft gewesen. Grace beantwortete alle seine Briefe. Trotz ihres Aufstiegs, oder vielleicht gerade deswegen, war sie gerührt von diesen Briefen eines Jungen aus ihrer Heimatstadt, der jetzt in Yale studierte. Edward wirkte so normal, und das war er tatsächlich.

Graces Leben war alles andere als normal. Die Studienjahre in New York hatten sie enttäuscht, aber sie hielt durch. Für die Bühne war Grace nicht geschaffen; ihre Schönheit und Unnahbarkeit warteten förmlich auf die Kamera. Es war ihr Glück, daß sie zusammen mit der Filmindustrie groß wurde. Einmal nach Kalifornien gelockt, spielte sie drei lange Jahre in Filmen, die in fünf Tagen heruntergekurbelt wurden. Das Tempo brachte sie beinahe um: Im Morgengrauen aufstehen, immer abrufbereit, und manchmal so lange arbeiten, wie die Leute die Augen offen halten konnten. Aber sie harrte aus. Was ihr an Talent fehlte, machte sie durch Dickköpfigkeit wett. Als die Herrschaft des Vamps zu Ende ging, kamen die kühlen Schönen. Grace war durch den seltsamen Umstand begünstigt, daß ihre sehr blassen Augen Licht zu erzeugen schienen. Im Film verlieh ihr das etwas nahezu Mystisches. Endlich wurde sie ein großer Star. Jetzt brauchte sie nicht mehr einen Film pro Woche zu machen oder von Sonnenaufgang bis Sonnenuntergang auf den Beinen zu sein. Sie suchte sich die Drehbücher aus. Wenn sie eine schwierige Szene spielte, schluchzten Geigen hinter der Kamera. Mit ihren zwei weißen russischen Windhunden schritt sie durch die Ateliers. Andere Filmstars lagen ihr ebenso zu Füßen wie der vagabundierende europäische Adel. Es wurde gemunkelt, sie habe schöne Geliebte, männliche und weibliche. Sie stank vor Geld und war jämmerlich unzufrieden.

Vor allem, weil ihr keine künstlerischen Triumphe gegönnt waren. Sie war eine Königin der Kinokassen, aber kein Kritiker sang Loblieder auf ihr Können. In diesem Punkt war ihr Verdruß gerechtfertigt. Sie war wirklich gut, aber die Kritiker verstanden nichts vom Film; sie beurteilten die Darsteller noch immer nach Theatermaßstäben. Keine zehn Pferde vermochten die Kultursnobs von New York nach Hollywood zu bringen. Das Geld konnte den Prestigeverlust oder den vulgären Umgang mit «diesen Leuten» nicht aufwiegen. Wie alle ihre besseren Kollegen beim Film hatte Grace ständig Reibereien mit dieser «Knickerbocker-Bande», wie sie sie tauften.

Dazu kam, daß Grace Affären hatte, aber keine wahre, tiefe Liebe erfuhr. An allen Männern und Frauen, die sie kennenlernte, fand sie etwas auszusetzen. Sie fragte sich, ob ihre Mutter Icellee und Lila von diesem Wurm in ihrer Seele wußten. Hatten sie ihr deshalb von solchen Zielen abgeraten, als sie voller Träume gewesen war? Oder waren sie lediglich zwei liebe Südstaaten-Matronen, die sich ein Leben außerhalb Montgomerys nicht vorstellen konnten? Nun, sie würde sie alle im Sommer sehen. Jedem in der Stadt hatte sie erzählt, daß sie im Juni einen Monat freinehmen würde, komme, was da wolle. Sie wolle ihre Familie besuchen, sagte sie. Das stimmte zwar, aber vor allem wollte sie fort von Hollywood.

Das Publikum bekam allmählich Wind von dem absonderlichen Treiben seiner Leinwand-Lieblinge. Ein paar Skandale in den letzten Jahren hatten eine unvorstellbare Korruption ans Licht gebracht. Hätten die Lokalberühmtheiten von Pocatello, Idaho, sich allerdings die Mühe gemacht, vor ihrer eigenen Tür zu kehren, hätten sie genausoviel an Hurerei, Sauferei, Drogengenuß und sonstigen Lastern entdeckt, womit sie sich hätten befassen können. Warum aber den Spaß verderben?

Grace begriff das Bedürfnis ihrer Kollegen, die Dinge zu tun, die sie taten. Jedermann wußte, daß Mabel Normand nicht aus freien Stücken zum Rauschgift gegriffen hatte. Niemand konnte ihr einen Vorwurf machen. Und was den übrigen Klatsch betraf, so machte Grace grundsätzlich niemandem einen Vorwurf. Sie bedauerte die anderen Darsteller im Filmgeschäft. Von der Gnade der Produzenten abhängig, schwebten diese Menschen, die oft bescheiden oder arm angefangen hatten, stets am Rande der Furcht. Sie hatten es so schnell so weit gebracht, und alle wußten, daß ihnen jede Minute der Boden unter den Füßen weggezogen werden konnte. Einigen von diesen armen Teufeln bedeutete die Qualität ihrer Arbeit, ja des Films überhaupt, wirklich etwas. Das waren diejenigen, die tatsächlich verrückt wurden. Grace redete sich ein, sie sei des Ruhmes, des Geldes und des Spaßes wegen dabei. Nur hatte sie keinen Spaß.

Lotowana saß auf der Veranda und war eins – vielleicht auch zwei – mit der Natur. Ein flottes Hinkelkästchen-Spiel erhitzte Blue Rhondas Gemüt.

«Banana Mae, du bist auf den Strich getreten.»

«Bin ich nicht.» Banana Mae sah, Bestätigung heischend, zu Lottie.

«Wie kannst du das sehen, wenn du hüpfst?» beharrte Rhonda.

«Wir brauchen einen Schiedsrichter.» Bunny befühlte ihren Wurfstein. Blue Rhonda und Banana Mae hatten sie zu dem Spiel verlockt, indem sie versprachen, sich in die Wählerliste einzutragen, wenn sie mitspielte. «Komm, Lottie, mach entweder den Schiedsrichter oder spiel mit.»

«Ich bin zu alt.» Lottie war vierunddreißig.

«Quatsch! Du bist zu fett.» Blue Rhonda war immer noch wütend auf Banana Mae.

«Wir wollen doch unsere Manieren nicht vergessen.» Bunny warf ihren Stein, und er landete mit vernehmlichem Plumps im achten Kästchen.

«Beim Hüpfen tun mir die Füße weh.» Lotowana blieb wie angeleimt auf der Veranda sitzen.

«Ja, ja; das Leben tut weh.» Rhonda zog ihre Schuhe aus. Sie nahm das Spiel allmählich ernst.

«Hast wohl deine gewisse Zeit, Blue Rhonda, weil du so eine unausstehliche Hexe bist.» Lotowana rümpfte die Nase.

Banana Mae ergriff das Wort. «Ich kenn Rhonda schon über zwölf Jahre und hab sie noch nie ihre Periode kriegen sehen.»

«Ihr macht alle so ein Getue deswegen. Ich tu einfach meine Arbeit, und keiner merkt mir was an. Krämpfe sind bloß Einbildung.» Rhonda schob die Schultern zurück.

«Wenn das so ist, könntest du dann mal ein Wörtchen mit meinen Eierstöcken reden? Die haben nämlich noch nichts davon gehört.» Bunny segelte über die Acht und blieb auf Nummer Neun stehen.

«Vielleicht hat Rhonda keine Eierstöcke.» Lotowana lächelte, wobei sie einem Buddha mit Haaren verblüffend ähnlich sah.

Hierauf schoß Rhonda zurück: «Vergiß ja nicht, die Haare auf deinem Kinn auszuzupfen. Du hast zwar ein doppeltes, aber es sprießen trotzdem ein paar.»

«Press Tugwell hat mir gesagt, wenn man über dreißig ist, verändern sich die Hormone, und deshalb kriegt man Haare auf dem Kinn.» Lottie stand entrüstet auf.

«Press Tugwell hat nicht alle Tassen im Schrank», sagte Banana Mae.

Bunny nahm den Faden auf. «Ich hab das auch gehört – daß sich die Hormone verändern. Ich brauche acht Stunden Schlaf, und vor fünf Jahren bin ich noch mit sechs Stunden ausgekommen. Mit dem Alter ändert sich so manches.»

«Ja; es wird schwieriger, betrunken zu werden.» Banana lachte.

«Gestern abend warst du so sturzbesoffen, daß sich der Mond gebogen hat vor Lachen.» Blue Rhonda verschränkte die Arme über der Brust.

Banana Mae überhörte das. «Rhonda, wir schulden Minnie Rue ein Abendessen.»

«Pack's ein und schick's ihr rüber.»

Lotowana kicherte über Rhondas Antwort.

«Apropos Abendessen, neulich abends hab ich zwischen Minnie Rue und Leafy gesessen. Ihr wißt doch, als ich drüben war, damit alle Mädchen sich eintragen.» Bunnys winzige Augenbrauen schoben sich schräg in die Höhe. «Das war ein Fehler. Am nächsten Tag konnte ich kaum gehen; meine Knöchel waren schwarz und blau.»

«Das ist, wie wenn du als kleines Mädchen am Tisch sitzt und deinen Bruder jedesmal mit dem Ellbogen anstößt, wenn Dad sich blamiert.» Lottie beteiligte sich am Spiel. Trotz ihres Umfangs war sie behende.

«War das in Baltimore?» fragte Bunny.

«In Ballimore.» Lottie schaffte es bis zur Drei. Sie sprach den Namen ihrer Stadt aus, wie es nur Einheimische können.

«Habt ihr jemals geglaubt, daß das Schicksal uns alle hierherge-
bracht hat?» Banana starrte in die Ferne. Eine Zugpfeife schrillte.
Blue Rhonda rieb ihren Wurfstein in der Hand.

«Wir sind nun mal hier, da spielt es doch keine Rolle, wie wir
hierhergekommen sind.» Lottie machte sich nichts aus philoso-
phischen Diskussionen.

«Ich hab gewonnen», verkündete Bunny ausgelassen.

«Das war vorwärts. Jetzt mußt du's rückwärts machen.» Banana Mae dachte, dieses Spiel würde sie gewinnen.

«Genug ist genug. Ich hab meinen Teil der Abmachung gehalten; jetzt müßt ihr euch alle eintragen.»

«Ist doch keiner da, den man wählen könnte.» Lottie zog einen
Flunsch.

«Hände schütteln und Verantwortung abwälzen, so sind die
Politiker.»

«Kann schon sein, Rhonda, aber Wahl ist Wahl, und du willst
doch nicht, daß Linton Ray ins Parlament einzieht, oder?»

«Nein», lautete die prompte Antwort.

«Ist doch egal, wer Präsident wird. Ich wollte, Douglas Fairbanks würde kandidieren.» Lottie seufzte.

Banana Mae rückte beim Hüpfen ihren Hut zurecht.

«Woher hast du den Hut?» Bunny beäugte ihn bewundernd.

«Den hab ich bei 'ner Wette mit Rhonda gewonnen.»

Allmählich kehrte Rhondas gute Laune zurück. «Ich wette mit
dir um diesen Hut, daß ich dich beim Hinkelkästchen vorwärts
und rückwärts schlage.»

Lottie hielt den Hut, während die zwei sich ans Werk machten.
Rhonda war wieder die alte. Sie war heute beim Arzt gewesen. Er
hatte sie gründlich untersucht. Meistens fühlte sie sich wohl, doch
hin und wieder hatte sie einen Schwächeanfall, deshalb war sie
heimlich zum Doktor gegangen. Rhonda hatte das Gefühl, daß ihr
etwas fehlte, und wenn sie Sorgen hatte, wurde sie bissig. Doch
das Spiel und ihre alten Freundinnen lenkten sie ab, außerdem
fühlte sie sich wirklich besser.

Placide Jinks schob einen kleinen Karren über die Straße. Als
Blue Rhonda ihn erblickte, hielt sie im Spiel inne.

«Meine Setzlinge.»

Der Karren enthielt Reihen über Reihen kleiner Schößlinge. Jeder war sorgfältig mit dem gebräuchlichen und dem lateinischen Namen sowie Behandlungsvorschriften markiert.

Blue Rhonda strahlte. «Wie schön. So was hab ich noch nie gesehen.»

Placide lächelte. «Sie kennen Ada. Die macht keine halben Sachen.»

Bunny und Lotowana begutachteten, was Rhonda so entzückte. Die Zusammenstellung war beeindruckend, doch Lottie konnte sich nicht für winzige grüne Schößlinge begeistern. Bunny, die sich nach wie vor als Engländerin ausgab, hielt es für ihre nationale Pflicht, Gartenarbeit zu würdigen, auch wenn man Miss Turnbull niemals mit den Händen in der Erde antraf.

«Klematis, Prince of Wales», summte Bunny kennerisch.

«Bunny, nimm deine lange Nase aus meinen Pflanzen.»

Blue Rhonda entlohnte Placide und machte mit ihm aus, daß er den Karren am nächsten Tag zurückbekäme. Das Hinkelkästchen-Spiel mußte beendet werden. Sie wollte den Hut haben.

Sobald Placide außer Hörweite war, stieß Lottie hervor: «Armer Kerl.»

Bunny nickte. Bald nach Hercules' Tod war Apollo im Krieg gefallen. Athena hatte ihre Ausbildung beendet und in eine angesehene Familie in Atlanta eingeheiratet, wo sie nun ihren Beruf als Anwältin ausübte.

«Das Leben ist alles andere als gerecht.» Rhonda war auf Nummer 7 auf dem Weg abwärts. Banana lag zwei Kästchen zurück.

«Die Regel gilt sogar für dich.» Banana zeigte auf Rhondas Fuß. «Du bist über den Strich getreten.»

«Was?»

Sie machte die Sieben fertig und warf auf die Sechs, und ihr rechter Fuß berührte gerade eben die Wurflinie.

«Quadratlatschen.» Das war Bananas Urteil über Blue Rhondas nicht eben zierliche Füße.

«Mama, wann kommen Paris und Edward endlich mal nach Hause?» Catherine fuhr mit dem Finger um die Schüssel mit der Kuchenglasur, die Amelie anrührte. Ein Klaps auf die Hand machte dem ein Ende.

«Sie kriegen Osterferien. In ein paar Wochen sind sie hier.»

«Darf ich die Schüssel auslecken, wenn du fertig bist?»

«Wenn du die Formen einfettest.» Amelie zeigte auf die neben ihr aufgestapelten Backformen.

Catherine rieb die Seiten und Böden der Formen mit Schmalz ein.

Hortensia kam in die Küche. «Mein Herzblatt.» Sie gab dem Kind einen Kuß. «Marmorkuchen, Amelie?»

«Ja, Ma'am.» Amelie buk vorzüglich.

«Wie war's in der Schule?» fragte Hortensia.

«Wir müssen bis Freitag die Hauptstädte von allen Staaten lernen.» Catherine stöhnte.

«Schlachthaus der Phantasie.» Hortensia runzelte die Stirn.

Catherine hielt im Einfetten der Form inne und starrte Hortensia voll Bewunderung an. Ihre Ausdrucksweise, ihre Kleidung, ihre Schönheit – alles an Hortensia faszinierte das Kind. Ein leichter Stups von Amelie, und sie besann sich auf ihre Pflicht.

«Wenn du mit deiner Arbeit und mit Schüsselauslecken fertig bist, darfst du mit mir ausreiten.» Hortensia gab Catherine noch einen Kuß.

«Danke, Tante Tense.»

Als Hortensia gegangen war, sagte Catherine lässig: «Willy Patterson hat heute Zebra zu mir gesagt.»

«Zebra?» Amelie füllte den Teig in die überreichlich eingefetteten Formen.

«Ja. Er hat gesagt, ich bin halb weiß und halb schwarz. Ich hab ihn auf die Rübe gehauen.»

Amelie strich den Teig in der Form glatt. Kein Grund, sich aufzuregen und Catherine noch mehr Anlaß zum Nachdenken zu geben. «Da hat Willy Patterson gekriegt, was er verdient hat.»

«Jawohl.» Catherine stemmte die Hände in die Hüften. «Aber Mama, ich seh ja auch wirklich nicht so aus wie die anderen Kinder. Hab ich einen weißen Daddy? Du kannst es mir ruhig sagen. Deshalb denk ich nicht schlechter von dir.»

Typisch für Catherine, diese Offenheit. Amelie rührte das Bemühen des Kindes, auf ihre Gefühle Rücksicht zu nehmen. Catherine war inzwischen alt genug, um zu wissen, daß die Rassen sich nicht vermischten, und wenn sie es taten, dann gewiß nur im geheimen.

«Herzchen, dein Vater war kein Weißer, das ist mal sicher.» Amelie schob die Kuchenformen in den Ofen.

«Hast du kein Bild von ihm? Mir wär viel wohler, wenn ich ihn sehen könnte.» Catherine hielt brav die Ofentür auf.

Das war eine durchaus berechtigte Bitte. Amelie hatte keine Ahnung, ob sich ein Foto von Hercules finden ließe. «Herzchen, ich weiß es nicht. Ich muß mal in meinen Sachen kramen, wenn ich ein bißchen Zeit habe.»

Einige Stunden später berichtete Amelie Hortensia, was vorgefallen war.

Die Leute klatschten. Solange die Menschen Zungen hatten, würde es Gerede geben. Eines Tages würde Catherine vielleicht ihre wahre Herkunft erfahren, aber nicht jetzt. Hortensia konnte Amelie jeden Botengang anvertrauen, doch sie hatte das Gefühl, daß sie diesen Gang persönlich erledigen mußte. Sie wußte, daß Placide Jinks die Wahrheit kannte. Blue Rhonda, die ihr trotz der gesellschaftlichen Kluft eine treue Freundin war, hatte ihr damals zugeflüstert, Placide sei im Leichenhaus. Doch auch ohne dieses Wissen hätte Hortensia gemerkt, daß Placide Bescheid wußte, und zwar an der Art, wie er das Kind jedesmal begrüßte, wenn er es sah. Hortensia beschloß, Placide aufzusuchen und ihn um ein Foto von seinem Sohn zu bitten.

Blinkend wie polierter Glimmer rollte die Lokomotive majestätisch aus dem Bahnhof. Die Eisenbahner nannten sie ‹Bolschewik›, denn die gigantischen Maschinen waren gegen Ende des Weltkriegs für die Russen gebaut worden. Als die russische Revolution die Nation auseinanderriß, wurden bestehende Verträge für nichtig erklärt und amerikanische Gesellschaften kauften die Lokomotiven. Durch ihre Größe und ihr Ebenmaß hervorstechend war die ‹Bolschewik› ein weiteres technisches Glanzstück im Dienste der Eisenbahnen. Der Betrieb wurde ständig verbessert, der Komfort machte Riesenfortschritte. Die ganz Reichen besaßen verschwenderisch ausgestattete private Salonwagen, rollende Paläste mit silbernen Wasserhähnen, seidenbezogenen Ottomanen, daunengefüllten Betten. Manche reisten mit ihren eigenen Köchen. Die übrigen ließen sich in den Speisewagen nieder, wo ein vorzüglicher Koch für ebenso wichtig galt wie die Lokomotive. Jeder Präsidentschaftskandidat, jede Bühnengröße und jeder gewöhnliche Dieb betrat Montgomery durch seinen Bahnhof, es sei denn, er war zu Fuß unterwegs. Die Flußschiffahrt nahm ab, der Schienenverkehr nahm zu. Die Hasardeure, die früher in den samtenen Casinos der Raddampfer anzutreffen gewesen waren, schaukelten nun rhythmisch auf den Schienen, doch ihr Kommen und Gehen war von derselben Spannung begleitet, die einst die Docks belebt hatte. Placide hatte beim Bau des Bahnhofs geholfen, und abgesehen von der Unterbrechung durch den Spanisch-Amerikanischen Krieg arbeitete er seit mehr als dreißig Jahren dort. Für die Bewohner von Montgomery war er eine Institution wie das Parlamentsgebäude.

Gelegentlich kam es vor, daß Weiße mit sauertöpfischer Miene ausstiegen und den Mann drangsalierten. Das wurde gewöhnlich durch einen Einheimischen rasch unterbunden, der erklärte, daß es gute Schwarze und schlechte Schwarze gebe, und Placide sei ein guter Schwarzer. Falls er je nach gesellschaftlicher Anerkennung gestrebt hatte, so war dieses Streben vor langer Zeit mit Hercules gestorben. Er scherte sich nicht im mindesten darum, ob er «gut» oder «schlecht» war. Placide tat seine Arbeit, war zuvorkommend und lebte in seiner eigenen Welt, weit entfernt von der Welt um ihn herum. Er verkroch sich hinter der äußeren Höflichkeit, machte sich seine eigenen Gedanken und erwartete wenig von der Welt. Wahnsinn – alles war Wahnsinn. Er arbeitete hart, verdiente einen anständigen Batzen Geld, erzog seine Kinder, verlor seine Söhne an den Tod. Seiner Tochter ging es prächtig. Wenigstens etwas. Doch die ganze Plackerei kam ihm jetzt sinnlos vor. Ada war gläubig. Jetzt erst recht. Die Grausamkeiten dieser Welt schlugen sie wie eine Peitsche. Sie lief nur um so schneller, arbeitete um so härter. Ada hatte großen Einfluß in ihrer Gemeinde. Je chaotischer das Leben wurde, desto mehr bestand Ada auf Ordnung, Routine, Logik. Placide kam ihr nicht in die Quere. Er war klug genug, zu erkennen, daß dies ihre Art zu überleben war, genau wie seine Versenkung in eine Geisteshaltung, die dem Buddhismus sehr nahekam. Dabei war er durchaus nicht religiös. Er nährte sich einfach aus seinen eigenen Quellen und aus denen der Natur. Die Welt der Menschen bedeutete ihm nichts mehr. Ein sonniger Tag erfreute ihn, und die Schärfe eines feuchten Winters erfreute ihn. Ob der Tod ihn erfreute, würde er beizeiten merken. Falls der Tod ihn nicht erfreute, war es seine einzige Sorge, ihm mit Würde entgegenzutreten. Jeder Tag war ein Geschenk. Das Leben mußte ertragen, manchmal genossen und wenn möglich überwunden werden.

Eine kurze Pause im Verkehr erlaubte ihm, das Glitzern der Sonne auf den Schienen zu betrachten, während er seine Pfeife rauchte. Eine verschleierte, kehlige Stimme ließ ihn sich umdrehen. Vor ihm stand Hortensia Banastre.

«Wenn Pfeiferauchen mich so friedlich machen könnte wie Sie aussehen, würde ich es gern einmal probieren.»

Placide lächelte, und sie tauschten Höflichkeiten aus. Hortensia wollte erreichen, daß er sich ungezwungen fühlte, und sie sich auch. Sie dachte, in vieler Hinsicht sei Placide wie eine Frau: Das Ungesagte war ebenso wirksam wie das Gesagte. Nun, sie war nicht zum Bahnhof gekommen, um die Zeit totzuschlagen.

«Ich hoffe, es ist keine unmögliche Bitte, aber hätten Sie vielleicht eine Fotografie von Hercules?»

Etwas huschte über sein Gesicht; ob es Kummer oder Überraschung war, konnte sie nicht ausmachen. Gelassen antwortete er: «Ich bring's morgen vorbei.»

«Danke, Placide. Vielen Dank.»

Er hatte von Willy Pattersons Stichelei gehört. Er wußte nicht, ob die Bitte damit zusammenhing, aber höchstwahrscheinlich war es so. Ihm war auch bekannt, daß Catherine das Großmaul nach Strich und Faden verdroschen hatte. Wie Hercules, genau wie Hercules. Ein verabredetes Stillschweigen umgab Catherine. Mit Hortensias Zustimmung erlaubte Amelie dem Kind den Umgang mit den Jinks, wenn Catherine auch noch nichts von ihrer Verwandtschaft mit ihnen wußte. Placide hatte Athena nichts gesagt, aber sie war dank jenes lange zurückliegenden Gesprächs mit ihrem Bruder von selbst darauf gekommen. Ada hatte er es nie erzählt. Placide kannte Adas Willen und ihren fanatischen Familiensinn. Ein Streit zwischen Ada und Hortensia würde niemandem nützen; am allerwenigsten Catherine. Ada kannte ihre Schranken, aber wenn sie eine Ahnung hätte, wer Catherine war, würde sie versuchen, das Kind den Banastres zu entreißen. Unterschwellig wußte Placide auch, daß Hortensia Catherine viel nötiger brauchte als Ada. Er konnte nicht verstehen, wieso sie sich mit seinem Sohn eingelassen hatte ... arme, verdammte Narren in einer Tragödie. Aus Achtung vor Hercules behielt er Hortensia im Auge, aber auch aus Zuneigung zu der Frau selbst. Man konnte den Weißen nie trauen, doch er hoffte, daß Hortensia die eine Ausnahme war, welche die Regel bestätigt – um Catherines willen und möglicherweise auch seinetwegen. Er wollte gern glauben, daß wenigstens eine Weiße keine zwei Gesichter und nur ein halbes Herz besaß.

Als Hortensia am nächsten Abend nach Hause kam, fand sie eine kleine, gerahmte Fotografie von Hercules vor, die Placide gebracht hatte. Sie setzte sich in ihr kleines Ankleidezimmer, drückte das Foto an ihr Herz, hielt es dann von sich, um es wieder zu betrachten. Sie hatte beinahe vergessen, wie er wirklich aussah. Das Bild ließ seine Kraft wiederkehren, seinen Geruch, seine Glut, seine Leidenschaft, seine Liebe. O Gott, er war so schön. Er war so jung, und ich auch. Sie weinte, und aus dem Weinen wurde Schluchzen. Ein leises Pochen an der Tür schreckte sie auf.

«Tante Tensie, fühlst du dich nicht wohl?» Catherine hatte sie auf dem Weg zu ihrem Zimmer im dritten Stock gehört.

«Doch, Liebes, es geht mir gut. Geh mit Mutter nach oben. Ich komme in einer Minute heraus.»

Nach einer kurzen, unentschlossenen Pause sagte Catherine: «Okay», und ihre Schritte entfernten sich.

Hortensia trat mit dem Foto in der Hand ans Fenster. Sie wußte nicht, ob es einen Gott gab, aber für den Fall, daß es ihn gab, betete sie: «Bitte laß das Kind nicht für meine Vergangenheit büßen. Welches Leid ihr auch bestimmt ist, bitte lade es auf mich. Verschone das Kind.»

Wieder betrachtete sie die Fotografie. Hercules' volle feste Lippen waren so ernst. Was waren Bilder doch für Lügner. Könnte sie ihn doch den Kopf zurückwerfen und lachen sehen, mit strahlenden Zähnen, schimmernder Haut. Er war der Herz-König. Wenn ihnen doch noch ein einziger Tag vergönnt wäre. Angesichts der leeren Tage, die sich zu Monaten und Jahren dehnten, hatte sie begriffen, daß sie niemals wahnsinnig werden oder sich umbringen würde. Daß sie seinen Tod überlebt hatte, hatte sie gelehrt, daß sie leben würde. Freudig hätte sie ihr Leben für seins gegeben. Hercules hatte der Welt mehr zu bieten als sie.

Droben glitzerten die Sterne. Venus war ein großes Nadelöhr am Himmel. Hortensia dachte, zu dieser Stunde gießt der Große Bär sein Licht über seinen Grabstein. Hercules' Grab war ein Fixpunkt in ihrem Gefühlsleben. Die andere Koordinate, der Punkt, der in die Zukunft strebte, war Catherine.

Blue Rhonda leerte ihren halben Kleiderschrank aufs Bett. In Blusen, Röcken und einem Gebirge von Unterröcken wühlend, verfluchte sie ihr grausames Schicksal.

Banana Mae lehnte am Türpfosten, um den bunten Haufen besser betrachten zu können. «Bist du bald fertig?»

«Ich hab nichts anzuziehen.»

«Dann bleib im Bett.»

«Das lieb ich so an dir, dein Mitgefühl.» Rhonda wählte eine feuerwehrrote Bluse und hielt sie sich unters Kinn.

«Bei der Bluse muß ich immer an ein entzündetes Arschloch denken.» Banana duckte sich, denn die Bluse flog ihr umgehend an den Kopf.

«Ich brauch was Knalliges, das meinen Teint hervorhebt.»

«Von wegen Teint – Titten brauchst du.»

Betrübt blickte Rhonda auf ihre zwei Knöpfchen herab. Dann nahm sie eine smaragdgrüne Bluse von dem Haufen, streifte sie über und stopfte ein paar Seidentaschentücher oben hinein.

«Warum machst du das?»

«Warum nicht?»

«Jeder in Montgomery weiß doch, daß du den kleinsten Busen der Welt hast.» Banana zog das «u» von «Busen» in die Länge.

«Ich will ja bloß ein bißchen was Rundes. Sei doch nicht so ekelhaft.»

Seufzend prüfte ihre Partnerin ihren Lippenstift. «Bist du bald fertig?»

«Nein, ich bin nicht bald fertig, und hör auf, mich zu hetzen. Rom ist auch nicht an einem Tag erbaut worden.» Banana tippte mit dem Fuß, was Rhonda noch mehr in Rage brachte. «Hör mal, warum gehst du nicht schon vor? Du störst meine schöpferischen Kräfte. Ich muß nachdenken.»

Begierig, auf die Party zu kommen, zog Banana erleichtert ab. «Okay. Wir treffen uns dort – und daß du ja nicht meinen neuen Rock anziehst. Den heb ich für Samstagabend auf.»

«Versprech ich.» Blue Rhonda knöpfte ihre Bluse zu, und sobald sie die Haustür zuschlagen hörte, raste sie zu Bananas Kleiderschrank und zog einen hübschen Seidenrock, fast so dünn wie ihre Bluse, hervor. Zu dumm, dachte sie; hättest mich nicht auf die Idee bringen sollen. Bananas Taille war jedoch schmaler als Rhondas. Sie maulte, stöhnte und sog dreimal die Luft ein, ehe sie das Ding endlich zugeknöpft hatte. Sie war dünn wie eine Bohnenstange, ohne jegliche Kurven. Banana, die viel fülliger war, hatte dennoch eine schmalere Taille. Rhonda hopste die Treppe hinunter, ebenso erpicht auf die Party wie darauf, Bananas empörtes Gesicht zu sehen. Sie konnte es nicht lassen, Banana zu piesacken, und weil das auf Gegenseitigkeit beruhte, langweilten die beiden sich selten. Bevor sie fortging, öffnete sie die Hintertür, um die Katze hereinzurufen. Bei dem kleinen Haus hob sich im Mondlicht eine Gestalt ab. Rhonda blinzelte. Ja, wirklich, da draußen stand jemand. Rhonda schloß die Tür hinter sich und ging zum Häuschen hinüber.

«Wer ist da?»

Die Gestalt, eine Frau, bewegte sich und blieb dann aus einem unerfindlichen Grund wieder stehen.

«Ich bin's, Hortensia Banastre.»

Rhonda war wie betäubt. Ihre Stimme schnappte über. «Fehlt Ihnen auch nichts?»

«Nein, mir fehlt nichts.»

Als Rhonda näher kam, schien Hortensia aus hellem Blattgold zu bestehen. Vielleicht war sie ein Engel der Nacht oder die Schwester der Venus. Was auch immer sie war, sie ließ Rhonda erstarren. Als sie sich gefaßt hatte, fragte Rhonda: «Möchten Sie etwas trinken?»

«Nein, machen Sie sich keine Umstände.»

«Es macht keine Umstände, wenn Sie hereinkommen möchten.»

Hortensia sagte: «Sie sind sehr aufmerksam. Ich bin gekommen, um dieses Haus noch einmal zu sehen, nur ein einziges Mal. Sie wundern sich sicher, warum ich hier bin.»

«Ich wundere mich, wieso Sie zehn Jahre dazu gebraucht haben.»

Hortensia betrachtete Rhondas strenges, kantiges Gesicht. Rhonda war nicht schön, aber aus ihren Augen sprachen Aufrichtigkeit und jene seltene Güte, die sich niemals aufdrängt. Hortensia spürte, daß sie mit dieser Frau reden konnte, nicht, weil Rhonda den Anstand wahrte, sondern weil eine merkwürdige Aura von Schmerz, Verständnis, Ausgeschlossensein um sie war. «Ich schulde Ihnen eine Menge, Miss Latrec.»

«Nennen Sie mich Blue Rhonda, und Sie schulden mir gar nichts.»

«Trotzdem vielen Dank.»

«Es hat sich nicht sehr verändert, nicht?» Rhonda wies auf das Haus.

«Nein, aber ich.»

«Zehn Jahre sind eine lange Zeit. Wir alle verändern uns. Warum sind Sie zurückgekommen?»

Hortensia bemerkte die hübschen Blumenbeete. «Sie haben eine grüne Hand.»

Rhonda hätte am liebsten gesagt: «Und einen goldenen Mund», aber sie sprach es nicht aus.

«Ich mußte zurückkommen, weil ich heute abend eine Fotografie von Hercules angeschaut habe, und ich hatte nichts von ihm gesehen, seit er starb.»

«Oh.»

Hortensia drehte sich so, daß sie Blue Rhonda voll ins Gesicht sah. «Ich wollte, ich hätte Ihre Courage.»

«Wieso Courage?» Rhonda war verwirrt.

«Sie tun, was Ihnen paßt und scheren sich den Teufel um Gesetze und Regeln, die andere gemacht haben. Bevor er starb, bat Hercules mich, mit ihm durchzubrennen. Ich sagte, ich würde es mir überlegen. Ich weiß, daß ich es nie getan hätte. Mir fehlte die

167

Courage, und sie fehlt mir wohl auch jetzt noch. Ich könnte nicht öffentlich gegen die Regeln verstoßen.» Sie lachte über sich selbst. «Aber ich konnte es heimlich.» Sie holte tief Luft. «Wer tut das nicht?»

«Seien Sie nicht so streng mit sich, Mrs. Banastre. So mutig bin ich gar nicht. Ich hätte nicht tiefer sinken können, wenn man bedenkt, wo ich herkomme. Sie hatten eine Menge zu verlieren.»

«Ja – und eine Menge zu gewinnen.»

Hortensias Pferd wieherte hinter dem Haus, und Attila der Hunne flitzte um die Ecke, schoß unters Buchsbaumgehölz, kam wieder zum Vorschein und rieb sich heftig an Rhondas Beinen. Sie bückte sich und drückte ihn an ihre ausgestopfte Brust. «Er erschrickt gern Tiere, besonders Pferde. Ich habe mir immer gewünscht, wir hätten Pferde gehabt.»

«Heutzutage geht es fast nur noch um Autos.» Die großgewachsene Frau stützte die Hand auf die Hüfte. «Wie kann man mit einem Automobil zusammenarbeiten? Reiten ist Gemeinschaftsarbeit. Sind Sie schon mal geritten?»

«Ein paarmal. Meistens bin ich runtergefallen.» Blue Rhonda schauderte. «Möchten Sie nicht doch hereinkommen?»

Hortensia blinzelte und nahm dann dankbar an. «Eine Tasse Tee nehme ich gern.»

Hortensia setzte sich an den blitzsauberen Küchentisch, obwohl Rhonda sie ins Wohnzimmer gebeten hatte. Sie mochte die Küche lieber, wohl weil sie ein wenig an die Küche in dem kleinen Haus erinnerte. Rhonda war selig, daß Hortensia da war. Sie wußte, daß es nie wieder vorkommen würde, aber sie wußte auch, daß sie, abgesehen von Hercules, vermutlich der einzige Mensch war, der Hortensia je ohne die Barriere ihrer Stellung erlebt hatte, ohne den Schutzwall zwischen ihr und der Welt.

«Probieren Sie den Honig», bot Rhonda an.

Die beiden tranken ihren Tee. Hortensia beugte sich vor, um Rhondas Bluse näher in Augenschein zu nehmen. «Die ist sehr schick.»

«Danke.»

«Und der Rock ist einfach sagenhaft.»

Rhonda kicherte. «Der gehört Banana Mae. Sie hat ihn für eine

Party am Samstagabend gekauft, aber ich hab ihn gemopst. Die wird platzen, wenn sie mich sieht.»

«Ich habe mir immer eine Schwester gewünscht, um mit ihr Kleider tauschen zu können.»

«Ach, Banana und ich tauschen nicht richtig. Jedesmal, wenn ich mir was ausleihe, guckt sie hinterher nach, ob ein Knopf lose ist. Macht 'n richtiges Tamtam – aber sie ist in Ordnung.»

Blue Rhonda war mitteilsam. «Haben Sie manchmal das Gefühl, daß Ihr Körper eine Bluse ist?» Hortensia war verwirrt. «Ich meine, daß Sie Fleisch anziehen wie eine Bluse, als wären Sie eine Fremde in Ihrem eigenen Körper? Als wäre Ihr Geist abgetrennt? Ich – also manchmal gucke ich alle Leute an, und mir ist, als ob ich keinen Körper hätte.»

«Nein, ganz so geht es mir eigentlich nicht, aber manchmal fühle ich mich wie ein paar riesige wachsame Augen. Meinen Sie das?»

«So ungefähr.» Rhonda trank noch etwas heißen Tee, während Attila über einer abgenagten Fischgräte schnurrte. «Ich meine, ich habe manchmal das Gefühl, daß mein Körper nicht zu mir gehört. Also, das ist so–» sie faltete die Hände – «Sie und Hercules steckten in verschiedenen Körpern mit verschiedener Hautfarbe. Das darf angeblich nicht sein – oh, bin ich unverschämt?»

«Nein. Das interessiert mich sehr.»

«Aber die Farbe hat keine Rolle gespielt, nicht wahr? Sie haben ihn geliebt. Seinen Geist.»

«Ja, das stimmt.»

«Sehen Sie, Mrs. Banastre? Ich hab schon öfter darüber nachgedacht. Es ist ein Witz Gottes.»

«Die Hautfarbe?»

«Ja. Hautfarbe und alles. Gott hat den Körpern einen schönen Geist gegeben, allen Körpern. Es gibt Männer und Frauen, Weiße und Schwarze, Schöne und Häßliche, Alte und Junge – einfach alles. Und wir dummen Menschen lassen uns vom Äußeren verwirren. Wir schauen nur auf das Äußere statt auf das Innere, darum sagen wir: ‹Ich kann den Kerl nicht leiden, das ist ein Nigger› – oder: ‹Der ist katholisch.› Bald sind wir so weit, daß wir uns wegen dieser Körper gegenseitig umbringen. Und Gott lacht, weil wir so dämlich sind. Wir sehen nicht. Er hat jedem von uns einen

Geist gegeben, auch den Bäumen –» Rhonda blickte zu dem zufriedenen Attila – «und den Katzen und allem. Unser Äußeres mag verschieden sein, vielleicht sind wir ungleich, aber die Seele innen ist rein. Alle Seelen sind gleich. Wenn wir die Seele nur sehen könnten. Manche Leute können es, und sie verstehen den Witz, und vielleicht finden sie das Glück. Ich –» Sie suchte in ihren Gedanken nach einer Zusammenfassung und sagte dann entschieden: «Wir sind eins.»

Hortensia nahm diesen Ausbruch in sich auf. Rhondas Gesicht war kirschrot. Hortensia berührte ihre Hand. «Ich weiß nicht, ob das wahr ist, aber ich hoffe, Sie haben recht – ich hoffe es sehr.»

Schweigend tranken sie ihren Tee aus. Hortensia stand auf. Rhonda ging mit ihr hinaus in das strahlende Mondlicht. Sie hielt ihre Hände so, daß Hortensia darauf steigen und bequem aufsitzen konnte.

«Blue Rhonda, es war ein schöner Abend. Danke.» Sie betrachtete das seltsame Gesicht und fand, daß in diesem Augenblick Rhondas Seele durchschimmere. «Komisch, daß wir so dicht beieinander leben . . .»

Rhonda führte Hortensias Gedanken zu Ende. «Eine Stadt, verschiedene Welten.»

Hortensias Lächeln fing das Mondlicht ein. «Ah, aber wir sind eins.»

Payson Thorpe verpatzte schon wieder eine Textzeile. Grace löste sich aus der Umarmung. Payson roch drei Meilen gegen den Wind. Brad West, der Regisseur, hager wie ein Jagdhund, brüllte: «Aus.» Normalerweise war Brad großzügig, aber jetzt war er nervös, weil er das Budget für dieses verdammte Kostümstück ohnehin schon überzogen hatte. Wenn Payson sich um seine Karriere saufen wollte, war das seine Sache. Wenn er aber anfing, Brads Karriere zu versaufen, dann war das etwas anderes. Als wäre alles noch nicht schlimm genug, war Aaron Stone soeben auf der Szene erschienen. Aaron hatte seinen Namen Steinhauser in Stone geändert, spielte jedes Wochenende Polo und imitierte die Lebensart der weißen amerikanischen Oberschicht, die er gleichermaßen verehrte und verachtete. Wie die meisten Entwurzelten klammerte er sich daran, daß er diejenigen demütigte, die unter ihm standen. Brad West hatte Aaron einmal treffend so charakterisiert: «Stone springt dir entweder an die Kehle oder er liegt dir zu Füßen.» Heute sprang Stone allen an die Kehle.

«Kannst du diese Tunte nicht ausnüchtern?» schimpfte Aaron.

An seine Beleidigungen gewöhnt, taten alle so, als hätten sie nichts gehört.

Grace hörte es. «Ihm ist schlecht.»

«Mir wär auch schlecht, wenn ich den Fusel tränke, den er säuft.» Aaron zog an einer Havanna. «Gib ihm 'nen Tritt in den Arsch, Brad. Das wird ihm gefallen. Oder besser, schieb ihm 'nen Regenschirm rein und spann ihn auf.»

Payson war betrunken, aber nicht taub. «Lieber ein besoffener Sodomit als ein fetter Jude.» Sämtliche Darsteller und das Team hielten den Atem an. Aaron wollte seinem Judentum entsagen, aber zugleich sollten Nichtjuden es respektieren. Man kann nicht beides haben.

Taumelnd vor Wut, konnte Aaron kaum sprechen. Er wälzte seinen beachtlichen Wanst zu Payson, der jetzt lächelte, und schlug ihn mit dem Handrücken. Paysons Kopf schnellte nach hinten. Die Epauletten seiner Uniform zitterten. Er erholte sich rasch und trat Aaron seelenruhig in den Schritt. Brüllend wie ein Stier knickte Aaron vornüber.

«Ich hab's ja gewußt, daß Itzigs keine Eier haben.» Payson lachte, staubte sich die Hände ab und ging vom Gelände. Der Film war zu 80 Prozent abgedreht. Wenn Stone nicht ein kompletter Esel war, konnte er Payson nicht feuern. Es wäre zu teuer, seine sämtlichen Szenen noch einmal zu drehen. Wenn es eine Frage von Stolz oder Geld war, so wußte Payson genau, daß Aaron jederzeit den Zaster vorziehen würde. Wer täte das nicht? Und wenn Aaron ihn und seine Kumpane rausschmiß – na und? Es gab noch andere Produzenten in Hollywood, und Payson Thorpe war ein ganz großer Star.

Grace liebte Payson. Er war ein guter Freund. Warum er sich unbedingt kaputtmachen wollte, wußte sie nicht. Sie verließ still den Schauplatz, setzte sich in ihr cremefarbenes Cabriolet und fuhr hinter Payson her. Für heute war die Arbeit beendet.

Heller, funkelnder Sonnenschein tanzte auf den stuckverzierten Gebäuden. Grace meinte die Obstbäume zu riechen, die das Städtchen umgaben. Als sie in die Einfahrt von Paysons riesiger Villa jenseits des Sunset Boulevard einbog, hielt sie einen Moment an, um die Aussicht zu genießen. Ein bezaubernder Ort! Payson empfing sie an seinem endlos langen Swimmingpool, umsorgt von mehreren hinreißenden Dienern.

«Payson, du mußt aufhören zu trinken.»

«Die Arbeit ist der Untergang der saufenden Klasse, Liebling.» Er prostete ihr zu. Payson war fast vierzig, athletisch gebaut und ungeheuer attraktiv. Sein bleistiftdünner Schnurrbart brachte gleichmäßige Zähne und sinnliche Lippen zu voller Wirkung. Sein fast schwarzes Haar war glatt zurückgekämmt. Er war zweifellos einer der bestaussehenden Männer, die je auf Erden gewandelt sind.

«Ich meine es ernst. So kannst du nicht weitermachen. Wenn du deine Gesundheit nicht ruinierst, dann ruinierst du deine Karriere.»

«Nichts hält ewig.» Er leerte sein Glas und füllte es sogleich wieder. «Verzeih mir meine schlechten Manieren. Möchtest du ein bißchen Kokain?»

«Heute nicht.»

«Ach, Gracie, stets die Schönheit des Südens. Du trinkst kaum, du schnupfst nie. Vögelst du eigentlich, Liebling?»

«Bei jeder Gelegenheit.»

Darauf lachten sie beide schallend. Sie waren im Abstand von einem Jahr nach Kalifornien gekommen: Zwei Kinder voll Ehrgeiz und ohne Bosheit. Der Ehrgeiz wurde befriedigt; die Bosheit stellte sich später ein. Er kannte ihre heimliche Sehnsucht, eine wirkliche Schauspielerin zu werden, und er wußte auch, daß unter dem blendenden Gehäuse eine einsame Frau lebte, die sich Liebe wünschte, aber nicht wußte, wie sie Liebe schenken sollte. Ihm ging es genauso. Er war ein zuverlässiger Freund, aber ein miserabler Liebhaber. Payson glaubte nicht, daß jemand ihn wirklich liebte. Ehe seine Geliebten ihm nahe genug kommen konnten, um ihm weh zu tun, fand er jedesmal etwas an ihnen auszusetzen und gab ihnen den Laufpaß.

Grace berührte seine Hand. «Du mußt dich bei Aaron Stone entschuldigen.»

«Dieser lausige Jude. Er hat angefangen.»

«Aaron ist nicht für seinen Charme berühmt, aber er hat den richtigen Griff für gute Stoffe, und wichtiger noch, Payson, viel wichtiger – er wird das Studio übernehmen.»

«Levy läßt sich niemals ausbooten.»

«Natürlich nicht – aber Stone übernimmt das Studio.»

«Allmächtiger, ich hasse diesen Stinker.» Payson kippte noch einen Drink. «Ich hasse sie alle. Alle die gottverdammten Juden, Immigranten und das ganze Strandgut, das an unsere Ufer geschwemmt wurde. Kümmert sich um nichts, dieses Volk.»

«Unsere Familien waren auch mal Immigranten.»

«Sechzehnhundertsechzig.» Paysons Familie war so alt und so vornehm wie die von Grace. Wie sie, hatte er Himmel und Hölle in Bewegung setzen müssen, um Schauspieler zu werden. So etwas schickte sich nicht für die Thorpes. Schauspielerei war etwas für die unteren Klassen.

«So oder so, du mußt die Sache wieder einrenken.»

«Er hat mich geschlagen. Er hat mich beleidigt. Er kann froh sein, daß ich ihn nicht umgebracht habe. Die sind nicht wie wir, Gracie. Ihre Art und ihr Glauben sind 180 Grad von uns entfernt. Weißt du, was ein Jude jeden Abend betet, bevor er zu Bett geht?»

Grace schüttelte den Kopf.

Payson brummte: «‹Lieber Gott, an dem Tag meines Erfolgs laß meinen besten Freund versagen.› Kein Anstand, sag ich dir. Kein Anstand.»

«Schau, ich kann Aaron Stone genauso wenig ausstehen wie du, aber in jeder Sippschaft gibt es gute und schlechte. Antisemitismus ist unter deiner Würde. Hör auf damit.»

Graces Vorurteile waren den Gefühllosen und den Vulgären vorbehalten. Es kümmerte sie wenig, was einer für einen Stammbaum hatte. Was immer an Payson Thorpe nagte, für ihn waren die Juden insgesamt zu einer bequemen Zielscheibe geworden.

«Hast du Naja in letzter Zeit gesehen?» Payson wechselte abrupt das Thema.

«Ab und zu. *Red Sun* wird ein Riesenerfolg, weißt du.»

«Ja, ich habe gehört, es ist ein Wunderwerk. Kommt es nächsten Monat raus?»

«Sieht so aus.»

«Hast du Lust, mit mir zur Premiere zu gehen?»

Nur im Frack sah Payson noch besser aus als nackt. Er war der perfekte Begleiter. Grace sagte sofort zu.

«Wir kennen uns schon lange, nicht?» Das Glas berührte seine Lippen, doch dann setzte er es ab, ohne zu trinken. «Du hast mir über so vieles hinweggeholfen, Gracie, über so vieles, und ich schätze, ich habe dir auch über vieles hinweggeholfen. Ich nehme an, George war dein schlimmster.»

«Und dann wurde er dein schlimmster.» Sie lachte. George hatte sie beide reingelegt. Aber er besaß einen großen Phallus, einen fixen Verstand und kultivierte Manieren.

«Und Naja.» Payson sah Grace mitfühlend an.

«Sie ist ... Ich liebe sie nicht. Ich glaube auch nicht, daß ich George geliebt habe. Aber meinen Hund Bunky, den habe ich geliebt.» Sie lächelte. «Und dich liebe ich auch.»

«Vergleichst du mich mit einem Hund? Soll ich an deinem Bein hochspringen?»

«Was soll aus uns werden?»

«Verdammt, wenn ich das wüßte. Aber ich glaube, es interessiert mich nicht mehr.» In einem Ausbruch von Aufrichtigkeit fuhr Payson fort, wobei seine tiefe Stimme hallte wie bei einem russischen Sänger: «Grace, ich habe alles und alle erlebt. Ich habe alles gesehen, und es bedeutet mir nicht viel. Nächste Woche werde ich vierzig, und mir fällt nicht eine sinnvolle Sache ein, die ich getan habe.»

«Ist das ein Anfall von Protestantismus?» versuchte Grace ihn aufzuheitern.

«Nein, oder es ist mir nicht bewußt. Ich fühle mich plötzlich alt.»

«Du siehst alles andere als alt aus.»

«Du bist ein Schatz. Und auf einmal wünsche ich, ich hätte Kinder.»

«Du?»

«Ich.» Seine Stimme wurde sanft. «Es ist ziemlich grausam, daß zwei Männer nicht ein Baby haben können.»

«Nicht unbedingt.» Grace nahm schließlich doch einen Schluck. «Die alten Griechen glaubten, Frauen wären für Kinder da und Männer fürs Vergnügen.»

«Kennst du die arabische Redensart: ‹Eine Frau für die Pflicht, einen Knaben fürs Vergnügen, eine Melone für den Rausch›?» Er lächelte. «Ich sattle um auf Melonen. Die verlangen keine teuren Armbanduhren.»

«Ich will dir keine Angst einjagen, Payson, aber Aaron könnte dich wegen Homosexualität ans Kreuz nageln.»

«Liebling, wenn man alle Homosexuellen in Hollywood ans Kreuz nageln würde, wäre die Stadt ausgestorben. War das nicht eine Strafe bei den Römern? Verbrecher kreuzigen und sie an der Via Appia aufpflanzen wie Ringelblumen. Stell dir vor, die Straße nach San Francisco wäre mit Leichen gepflastert.»

«Und wenn man all die Bisexuellen und die heterosexuellen Wüstlinge dazunähme, würde sich die Reihe bis zum Atlantik erstrecken.» Grace lachte. Sexuelle Tabus zerschmolzen unter der kalifornischen Sonne. Gott sei Dank, dachte Grace.

«Zum Wohl.» Er prostete ihr zu.

«Trotzdem, ich sage dir, Aaron kann dich fertigmachen. Denk daran, was er mit Roscoe gemacht hat.» Sie sprach von Fatty Arbuckle, dessen Karriere auf Grund falscher Anschuldigungen wegen Vergewaltigung und Mord zerstört worden war. Zu dem Zeitpunkt, als er freigesprochen wurde, war der Schaden nicht mehr zu beheben. Einer der größten Stars im Filmgeschäft führte nun unter Pseudonymen Regie, falls er überhaupt Arbeit bekam. Jemals wieder vor der Kamera zu stehen, daran war gar nicht zu denken.

Bei der Erinnerung an diesen Skandal verging Payson die Überlegenheit. «Aber warum sollte Aaron die Gans töten, die ihm goldene Eier legt?»

«Um mit dir abzurechnen, und was noch wichtiger ist, um jedem Schauspieler und jeder Schauspielerin in dieser Stadt angst zu machen. Er will damit zu verstehen geben: Wir können dich aufbauen und wir können dich zerstören.»

«Das tut das Publikum.»

«Bis zu einem gewissen Grade, aber erst mal mußt du vor die Kamera, damit die Leute dich sehen können.»

«Ich bin ein Star, vergiß das nicht. Ich hab mir einen Namen gemacht.»

«Und wir fordern alle höhere Gagen. Wenn Aaron dich vernichten kann, werden eine Menge Leute sich's zweimal überlegen, bevor sie den Produzenten an den Kragen gehen. Sicher, das Publikum macht den Star, und du bist ein großer. Aber die Werbeabteilung des Ateliers tut das ihre dazu. Wenn der Schmutz dick genug ist, kann er dich begraben. Und Aaron würde es tun.»

Payson lehnte sich auf seinem Stuhl zurück. Grace hatte recht. Er war verletzlicher, als er dachte. Auch wenn er alles gesehen und alles getan haben mochte und wenn er auch etwas gelangweilt war – so gelangweilt, um auf seine Position zu verzichten, war er nun doch nicht.

«Entschuldige dich.»

Paysons Augen wurden schmal. «Liebling, das würde Aaron so passen. Er könnte mich am Boden kriechen sehen und mich trotzdem vernichten, sobald er die Gewinne aus dem Film in der Kasse hat – sagen wir, heute in einem Jahr?»

Grace wußte, daß das stimmte. Tausende würden mit Freuden Paysons Platz einnehmen. Wenn Stone ihn erledigte, würden sich nur wenige für Thorpe einsetzen. Auch das stimmte. Scheinheilige und Feiglinge, dachte sie voll Verachtung; dieses Gewerbe hat uns zu Scheinheiligen und Feiglingen gemacht. Ich hoffe bei Gott, daß ich die Kraft habe, einen Freund in der Not nicht im Stich zu lassen.

Payson stand auf und zog seinen kastanienbraunen, seidenen Hausmantel aus. Jeder Muskel seines Körpers zeichnete sich ab. «Hast du Lust zu schwimmen, Liebling?»

«Fang schon mal an.»

«Badeanzüge sind im Badehaus.» Er ließ sich seitlich ins Wasser gleiten und schwamm ans andere Ende des Beckens und zurück. Als er neben Graces Fuß den Beckenrand berührte, schoß er aus dem Wasser. «Grace, ich hab's.»

«Schon wieder Tripper?»

Er zitterte, seine Wangen waren rosig. «Heirate mich!»

«Bei dir sind wohl ein paar Birnen durchgebrannt.»

«Nein, es ist die Lösung. Stone kann uns nicht beide auf einmal fertigmachen, und wenn du mich heiratest, bin ich in Sicherheit – und wir könnten Kinder haben.»

Sie starrte ihn an.

Er sank auf die Knie. «Liebling, du kannst vögeln, mit wem du willst. Du kannst ihn oder sie mit nach Hause bringen. Wir können sie zusammen vögeln. Du kannst dir eine Wohnung halten für deine Rendezvous. Du kannst alles tun, was du willst. Alles. Es ist mein Ernst. Ich liebe dich. Du bist mein bester Freund. Trotz all meiner Fehler werde ich ein guter Ehemann sein, das weißt du.»

Sie legte ihm sanft ihre Hand auf die Wange. «Ja, das glaube ich dir, Payson.»

Er umfaßte ihre Knie. «Bitte, Grace, bitte. Ich schwöre, ich will alles tun, was du willst. Ich will dir alles geben, was du willst. Ich gebe das Saufen auf.»

«Wirklich?»

«Ich schwöre es. Ich gebe auch die Männer auf, wenn du willst.» Das war schwieriger, aber Payson war bereit, es zu versuchen.

«Nein. Ein abgelegtes Laster genügt mir.» Grace lächelte.

«Heißt das, daß du mich heiratest?» Er war so unsagbar nackt, an Leib und Seele.

«Ja.» Sie küßte ihn auf den Mund.

Payson küßte ihre Lippen, ihre Knie, er küßte ihre Hände. Er weinte. «O Gott – oh, du lieber Gott. Danke, Grace, danke.» Er sprang auf und rief seinen Butler. «Jericho, Jericho, bring alle Flaschen Schnaps aus dem Haus, dem Gästehaus, aus allen Autos.»

Verdutzt tat Jericho wie geheißen. Payson nahm jede Flasche und leerte sie ins Schwimmbecken. Sein Personal kam auf den Rasen und schaute zu.

Grace lachte schallend. Payson war außer sich.

«Alle, alle, die bei mir arbeiten – alle auf der Welt – ihr sollt wissen, daß Miss Deltaven soeben eingewilligt hat, mich zu heiraten.»

Das gesamte Personal brach in Beifall aus. Dann sagte Payson im Flüsterton zu Grace: «Ich nehme an, du wirst im weißen Kleid heiraten wollen, Liebling.»

Icellee Deltaven kämpfte gegen ihre Überheblichkeit, doch selbst eine würdevolle Matrone konnte dem Werben der Presse erliegen. Lila Reedmuller und Hortensia behaupteten, die Presse sei etwas für den Pöbel. Nur solche Leute ließen es zu, daß ihr Bild in die Zeitung kam, die es nötig hatten, bei den Unbekannten bekannt zu werden. Die Prominenten waren ohnehin miteinander bekannt. Das sah Icellee zwar ein, aber jedesmal, wenn sie an die Hochzeit dachte, juckte es sie vor Vorfreude – denn Flöhe konnten es wohl nicht sein.

Grace hatte klug beschlossen, in Montgomery zu heiraten. Von aller Klugheit einmal abgesehen, war eine Hochzeit ein Ereignis, das im Familienkreis begangen werden mußte, und Grace hatte nicht die Absicht, den Bund fürs Leben in Kalifornien zu schließen, wo keiner mit dem anderen verwandt war. Zudem würde *Sword of Vengeance* in der Woche ihrer Heirat in die Kinos kommen. Die Galapremiere sollte in Montgomery stattfinden. Eine stilvolle Geste. Aaron Stone, so gern er Payson auch vernichtet hätte, bekam noch einmal eine Spielkarte in die Hand – die Hochzeit. Die Vorbereitungen nahmen Icellee so mit, daß sie Gewicht verlor. Die Episkopalkirche mit ihrem cremefarbenen und waldgrünen Innenraum würde sich gut filmen lassen – all die hellen Töne vor dem Dunkel. Grace erkor Peppermint Reynolds, ihre alte Busenfreundin aus New York, zur Ehrendame. Tallulah, inzwischen selbst ein Star, war eine der Brautjungfern. Die übrigen Brautjungfern waren alte Schulfreundinnen, von denen die meisten noch in Montgomery lebten. Paysons Trauzeuge war John Gilbert. Die Frauen in der Stadt zerredeten sich die Mäuler – nicht einer, nein, zwei von den größten männlichen Stars der Filmwelt.

Die Hochzeit, die auf den 22. Juni festgesetzt war, löste mehr Kommentare aus als die erste Geschützsalve, mit der in Fort Sumter der Bürgerkrieg begonnen hatte. Cedrenus Shackleford arbeitete einen Plan aus, der garantierte, daß er in voller Montur auf der Kirchentreppe stand. Grace und Payson strichen die Listen ihrer Gäste sorgfältig zusammen, doch es blieben immer noch mehr als sechshundert übrig. Paysons Vater war schon lange tot, doch seine Mutter, eine energische Witwe aus Savannah, stellte ein Problem dar: sie gedachte mit allen Cousins und Cousinen dritten und vierten Grades sowie dem gesamten Anhang, den sie sich im Laufe ihrer 63 Lebensjahre zugelegt hatte, in Montgomery einzumarschieren. Diese ganze verwässerte

Blutsverwandtschaft unterzubringen, erforderte generalstabsmä-
ßige Planung. Icellee konnte Lila dazu bewegen, die Bürde zu
übernehmen.

Die Feier sollte in der Villa der Deltavens stattfinden. Selbstverständlich mußte das ganze verdammte Haus mit seinen 27 Zimmern auf den Kopf gestellt werden; jeder Gegenstand aus Silber,
Messing oder Zinn mußte poliert, jedes Fenster geputzt werden,
bis es quietschte; Blumen mußten von jedem Gewächshaus und
jedem Züchter in der Stadt herangekarrt werden. Allein das Her-
richten des Hauses verschlang drei Monate Zeit und eine erkleck-
liche Summe Geld.

«O Gott», kreischte Icellee. «Das ganze Personal braucht neue
Uniformen.»

Das langgestreckte Speisezimmer mit dem Sheraton-Tisch, den
Stühlen und der Anrichte hallte wider von Icellees Gezeter. Die
Wände waren jüngst mit schimmerndem pfirsichfarbenem Moiré
neu tapeziert worden. Die Täfelung leuchtete elfenbeinweiß, und
der Fußboden, dunkles Nußbaumparkett, war auf Hochglanz ge-
bohnert. Drei Hausmädchen polierten Icellees Silber sowie die
Hochzeitsgeschenke, die täglich eintrafen.

«Du hast noch zwei Wochen, Icellee. Bis dahin sind die Uniformen fertig.»

«Setz Leone auch noch dran.»

«Falls es nötig ist», versprach Lila.

Icey musterte mißmutig ein Dienstmädchen. «Wir brauchen
eine andere Farbe.»

«Icellee!»

Als sie ihren Fauxpas bemerkte, fügte Icellee hinzu: «Für die
Uniform. Die ist zu trist. Die Frauen sollen blaßblau tragen,
denke ich, natürlich mit gestärktem Kragen. Der Butler muß unbedingt was à la 18. Jahrhundert anziehen. Es ist schließlich eine
große Hochzeit, da kann der Butler unmöglich im Frack rumlaufen – da würde er ja wie ein Gast aussehen.»

«Ja, meine Liebe.» Lila wußte, daß Icellee den ganzen Wirbel
genoß.

«Dunkelrotes Jackett und eine Weste aus Goldbrokat, rehfar-
bene Kniehose, weiße Gamaschen und schwarze Schuhe.» Sie
schlug sich aufs Handgelenk. «Die übrigen Männer können als

Lakaien ausstaffiert werden. Dieselbe Farbgebung, aber schlichter.»

«Die Farbgebung ist hübsch, aber das Material ist sehr teuer. Keinem Menschen würde es auffallen, wenn du etwas weniger Elegantes nähmst.»

«Natürlich würde es auffallen. Ich kann Montgomery nicht blamieren. Dies ist das bedeutendste Ereignis, seit General Lafayette 1825 die Stadt besuchte!»

«Unsere Leute würden es vielleicht merken, aber sonst niemand. Liebste, die aus Hollywood können einen Lakaien nicht von einem Kutscher unterscheiden.»

Icellee war schockiert. Sie schnappte nach Luft. «Lila, das kann nicht dein Ernst sein. Diese Dinge lernt man als zehnjähriges Kind.»

«Als Südstaatler.»

«Aber sogar die –» Icellee hielt inne und deutete vor ihrer Brust nach hinten, so daß die Mädchen es nicht sehen konnten – «wissen es.»

«Südstaatler sind Südstaatler.»

Das leuchtete ihr ein. «Vielleicht hast du recht. Aber wenn man sie auf der Leinwand sieht, benehmen sie sich wirklich nobel.»

«Ja, sicher. Ich hatte ja nur vorgeschlagen, daß du eventuell sparen könntest.»

Ein großes Publikum wäre Icellee in diesem Augenblick lieber gewesen, aber sie wußte ja, daß die Mädchen auf ihrer Seite der Stadt verbreiten würden, was sie sagte, und daß es dann durch die Küchentür in sämtliche Häuser der Weißen dringen würde, und darum antwortete sie mit aller Würde: «Danke Lila. Du bist ein Schatz, daß du so auf mein Wohl bedacht bist, aber ich kann nicht sparen, wenn die Ehre von Montgomery auf dem Spiel steht. Wenn ich mich ruiniere, war es die Sache wert, und wenn es nur deshalb war, um der Welt zu zeigen, daß es in Amerika Menschen von Rang gibt.» Eine dramatische Pause. «Was sind da 100000 Dollar?»

Lila lächelte. Icellee würde etwa 50000 Dollar ausgeben. Eine immense Summe, doch die gute Icey konnte es sich nicht verkneifen, noch ein wenig zu übertreiben.

Das Hochzeitsfieber ergriff die Water Street. Blue Rhonda, Banana Mae und Lotowana lasen jede Illustrierte und jede Zeitung, die sie erwischen konnten. Bunny Turnbull, von Neugier verzehrt, fand Zeitunglesen zu auffällig. Sie zog es vor, die Leute auszuhorchen, von denen sie wußte, daß sie bei Icellee arbeiteten. Einige der Männer besuchten des öfteren Bunnys Etablissement.

«200 000 Dollar!» verkündete Bunny.

«Nein!» Lotowana war von der Summe geblendet.

«Orinzabe Jones hat es mir erzählt, und bei seiner Stellung muß er es schließlich wissen.»

Orinzabe war der Obergärtner auf dem Anwesen der Deltavens.

«Wenn ich jemals 200 000 Dollar sähe, würde ich denken, ich wäre gestorben und in den Himmel gekommen.» Sehnsüchtig stellte sich Blue Rhonda das ganze Geld säuberlich in ihrem Schlafzimmer aufgestapelt vor.

«Ich würde alles drum geben, in der Kirche dabei zu sein.» Soweit man sich erinnern konnte, beklagte Lottie damit zum erstenmal ihre gesellschaftliche Stellung.

«Würdest du nicht gern hingehen, Bunny?» Blue Rhonda sah ganz so aus, als ob sie etwas im Schilde führte.

«Selbstverständlich wäre ich gern bei Miss Deltavens Hochzeit.» Bunny rümpfte die Nase. «Ich würde auch gern ewig leben.»

«Würdest du alles darum geben, um hinzugehen?» Rhonda schlug der Wirkung halber eine tiefere Stimmlage an.

«Rhonda, was hast du vor?» Banana, die zögernde Partnerin bei so manchem von Rhonda eingefädelten Komplott, wurde bleich.

«Beantworte meine Frage», sagte Rhonda zu Bunny.

«Wieviel?» Da Bunny dem Mammon huldigte, bezog sie alles auf Dollars.

«Nicht einen Cent.» Rhonda grinste übers ganze Gesicht.

Lotowana sah erst ihre Chefin an, dann Blue Rhonda. Lottie war nicht begriffsstutzig, aber sie hatte keine Phantasie. Sie konnte nie ergründen, worauf Rhonda hinauswollte.

«Also, Rhonda, was gilt die Wette?» Bunny glaubte nicht im Traum daran, daß Rhonda sie in die Kirche bringen könnte.

«Wenn ich dich als Gast in die Kirche bringe, als richtigen Gast, versprichst du dann, Bunny Turnbull, daß du uns dreien hier deine Lebensgeschichte erzählst, samt der intimen Details?»

Ungläubig stammelte Bunny: «Warum willst du das wissen?»

«Ich bin neugierig.» Das war weiß Gott die Wahrheit. Je mysteriöser jemand war, um so dringender mußte Blue Rhonda alles wissen.

Sich in Sicherheit wähnend, sagte Bunny: «Abgemacht.» Sie schüttelten sich die Hände.

Rhonda strahlte.

«Wenn wir in die Kirche wollen, gibt es nur eine Möglichkeit; wir müssen ein trojanisches Pferd bauen.» Banana Mae kannte die Geschichte.

«Und was muß ich geben?» jammerte Lotowana, besorgt, daß man sie übergehen würde.

«Ach, Lottie, du mußt gar nichts geben.» Rhonda kramte in ihrer Handtasche nach ihrer silbernen Koksdose.

«Warum nicht?» fragte Lottie verblüfft.

«Weil ich dich sehr gern habe.» Blue Rhonda meinte das aufrichtig.

Bunny wand sich auf ihrem Sitz. Was sollte das heißen – daß sie ein Dreck war?

Flugs sagte Banana Mae: «Dich hat sie auch gern, Bunny, aber du bist so verschlossen.» Bunny war es ein bißchen peinlich, daß sie ihre Gefühle gezeigt hatte. «Deshalb hat Blue Rhonda die Wette gemacht. Weil sie dich gern hat, will sie mehr von dir wissen. Und ich auch.»

Englische Reserviertheit. Bunny ließ die Erklärung gelten. Sie war wirklich verschlossen. Nicht mit Absicht, aber durch Erziehung und Erfahrung hatte sie gelernt, wenig preiszugeben, nur die Oberfläche zu zeigen und ihre Gefühle für sich zu behalten. Und sie betrieb ein Gewerbe, bei dem man leicht verletzt werden konnte.

«Rhonda, ich trau dir ja alles zu, aber ich glaube, diesmal hast du dich übernommen», sagte Banana.

«Abwarten», kam es im Singsang zurück.

«Und jetzt zu Linton Rays Kampagne», begann Bunny. «Ich glaube nicht, daß er es noch einmal wagt, mit einer Meute hier anzurücken; davon werden wir wohl verschont bleiben. Weil es mit Banden nicht funktioniert, ist er in seine alte Masche zurückgefallen. Und dieser Sieg der Prohibition macht ihn aufgeblasen, diesen Blutsauger. Wenn der ins Parlament einzieht, kriegen wir erheblich mehr Ärger, als wenn er eine Flutwelle von Bibeldreschern auf uns losließe.»

«Aber vielleicht wäre er da so beschäftigt, daß er uns vergessen würde.» Banana war naiv, wenn es um Politik ging.

«Er ist ein Fanatiker. Er wird das Parlament als Kanzel und als Peitsche benutzen», sagte Bunny.

«Wir sollten ihn umbringen.» Blue Rhondas Reaktionen waren klar, spontan und emotional. Wäre Bunny als Mann geboren, wäre sie ein guter Politiker geworden. Sie befaßte sich mit der Praxis. Ideologie reizte sie so wenig wie Religion. Sie meinte, Systeme seien etwas für die Schwachen, für Menschen, die Vorschriften, Regeln und Maßnahmen brauchten. Sie hatte zwar Richtlinien, aber um etwas zu erreichen, mußte man Kompromisse machen. Der Trick war, den richtigen Handel abzuschließen. Sie hatte einen klaren, nüchternen und scharfen Verstand. Bunny konnte den Wald *und* die Bäume sehen.

«Wenn ihr ihn jetzt umbringt, greift der ganze Schwarm an. Er ist wie eine Bienenkönigin», sagte Bunny.

«Und wenn er ein paar Monate nach der Wahl stirbt?» Was Linton betraf, war Lotowana wie Rhonda. Weg mit ihm.

«Es käme darauf an, ob er das Amt gekriegt hat oder nicht. Mord ist zwar auch eine Lösung, aber wenn wir ihm was anhängen oder ihn lahmlegen, ist das besser als ihn zum Märtyrer zu machen.»

«Wie damals, als Rhonda ihm eins über den Schädel gebraten und ihn mit Fusel begossen hat.» Banana genoß die Erinnerung.

«Diesmal müssen wir raffinierter vorgehen, und wir haben nicht so viel Zeit.» Bunny brütete vor sich hin.

«Hast du 'ne Idee?» fragte Lotowana.

«Nein, das ist es ja, was mir Sorgen macht.» Bunny preßte die Lippen zusammen.

«Ich frage Cedrenus, ob Linton Dreck am Stecken hat», erbot sich Banana. Aus Cedrenus etwas herauszubekommen war so leicht, daß es sie fast beschämte.

«Der hat kein Laster. Der ist so unmenschlich.» Bunny hob die Stimme. Linton tat nichts als belehren, beten und bekehren.

«Wollen wir uns nicht alle was überlegen und uns nächste Woche wieder treffen? Zu viert müßte uns doch was einfallen.» Banana wollte einkaufen gehen.

«Das wäre diskutabel. Ich fürchte, wir stecken in einer Sackgasse.» Verzagtheit schlich sich in Bunnys hohe Stimme.

Rhonda blinzelte. «Diskutabel ... laßt uns öffentlich mit ihm diskutieren.»

«Rhonda, du bist verrückt», sagte Banana.

«Wer will schon normal sein?» schoß Rhonda zurück. «Ich finde, wir sollten mit ihm diskutieren. Wenn er Kandidat ist, kann er sich nicht drücken.»

«Klar kann er das», sagte Bunny. «Wir sind keine Kandidaten.»

«Ein Laster hat er, und das ist Stolz. Wenn man ihn da trifft, muß er zurückschlagen. Er ist stolz wie ein Pfau.» Blue Rhonda hatte ihn im Visier.

«Ja, aber wir können nicht öffentlich mit ihm diskutieren.» Banana wurde ungeduldig.

Lotowana ließ sich dies durch den Kopf gehen und sprach aus, was auf der Hand lag: «Warum kann der andere Kandidat nicht mit ihm diskutieren?»

«Der könnte», sagte Bunny.

«Was liegt dem an uns?» Banana hatte recht.

«Dazu könnte man ihn bringen. Wir haben hier einen Stimmblock, und wir könnten noch mehr zusammentrommeln, wenn wir vorsichtig rangehen. Wir kommen mit 'ner Menge Leute in Berührung.»

«Warum ihn nicht schlichtweg kaufen? Das tun die anderen doch auch.»

«Magnus Stove schwimmt in Geld.»

«Man sollte meinen, daß alle für ihn stimmen.» Lotowana nahm an, Geld und Bildung lösten alle Probleme.

«Nicht, wenn Linton als Mann des Volkes auftritt. Männer wie Magnus aus Ämtern fernzuhalten ist die einzige Rache, die Versicherungskaufleute, Automechaniker und Bauern haben.» Bunny brummte.

«Sein Vater hat sich doch mal um ein hohes Amt beworben.»

Blue Rhonda erinnerte sich an Peter Stoves Jahre zurückliegende Versuche zu kandidieren.

«Sein Sohn hat viel bessere Chancen. Peter gehört zum alten Eisen.» Soviel war Banana bekannt. «Sagt mal, könnten wir an Magnus nicht über seinen Vater rankommen? Das ist der mit dem Bischofstick drüben bei Minnie.»

«Zu plump», warnte Bunny. «Wir müssen einen Mann finden, der mit Magnus redet. Magnus muß ja nicht Huren und Schnaps verteidigen; er braucht lediglich Lintons Absichten aufzudecken. Die Leute sorgen sich in Wirklichkeit mehr um Ernten, Löhne und Preise als um Alkohol. Moral kann man nicht durch Gesetze erzwingen. Das hat nie funktioniert und wird nie funktionieren. Es macht die Menschen nur noch unehrlicher, noch zynischer. Magnus muß die ganze Prohibitionsangelegenheit umgehen und auf dem Teppich bleiben.»

«Laßt uns darüber schlafen. Wir überlegen uns, welcher Mann der richtige ist, um sich an ihn ranzumachen, und Magnus braucht nie zu erfahren, daß wir dahinterstecken.» Banana sah auf ihre Uhr.

Als sie zu ihren Hüten und Handtaschen griffen, sagte Blue Rhonda zu Bunny: «Was ist eigentlich so gefährlich daran, wenn Linton ein Amt bekommt?»

«Der macht Sünder zu Verbrechern», antwortete Bunny.

Blue Rhonda hatte Hortensia nie um einen Gefallen gebeten. Lila hatte kurz nach ihrer Rückkehr aus Chicago, als Hortensia das Baby bekam, einen Geldbetrag hinübergeschickt, der ausreichte, die Hypothek auf dem Mietshäuschen hinter dem Wohnhaus zu tilgen. Das Geld kam zurück. Lila und Hortensia hätten wissen müssen, daß die zwei Frauen, gehörten sie auch zu den Schönen der Nacht, eine Ehre hatten. Doch Frauen aus verschiedenen Gesellschaftsschichten hatten keine Gelegenheit, sich richtig kennenzulernen, und hochwohlgeborene Damen machten selten die Bekanntschaft einer gewöhnlichen Hure. Blue Rhonda und Banana Mae hatten ihre Dankbarkeit verdient, doch nach Rückgabe des Geldes verdienten sie ihre Hochachtung.

Als Blue Rhonda um Einladungen für die Hochzeit bat, blieb Hortensia nichts übrig, als sie irgendwie zu beschaffen. Nach ihrer Mondscheinbegegnung mit Rhonda war ihr sehr daran gelegen, die Eintrittskarten zu besorgen. Ganz Alabama wollte an der Hochzeit teilnehmen, warum nicht Blue Rhonda? Sie ist besser als die Hälfte der Leute, die dabei sein werden, dachte Hortensia.

Von Rhonda wußte Hortensia, daß Lotowana das geringste Problem darstellte. Sie kam in den Chor. Und wenn ein paar Leute sie oder ihre Stimme erkannten? Gerade das wäre die beste Erklärung. Mit den drei anderen war es nicht so einfach. Hortensia wollte Icellee um Einladungen für drei entfernte Verwandte bitten. Natürlich würde Icey lamentieren, dann aber nachgeben. Nach allem, was Lila für Icey tat, konnte sie es schwerlich abschlagen.

Als Hortensia Lila davon erzählte, dachte sie, ihre Mutter würde in Ohnmacht fallen. Doch als Lila sich gefaßt hatte, erkannte sie die Komik der Situation. Mutter und Tochter verschworen sich wie zwei ungezogene Gören, die Münzen vom Opferteller stibitzen. Blue Rhonda, Banana Mae und Bunny würden in den hinteren Bankreihen sitzen müssen. Ein paar Männer würden sie erkennen, ganz ohne Zweifel. Die zwei beteten, daß sie entdeckten, welche das waren. Es war zu pikant, um es zu verpassen. Was Blue Rhonda angeben sollte, mit wem sie verwandt war, das war heikel – aber eigentlich brauchten sie nichts weiter als die gedruckte Einladung. Danach konnten sie sich unter die 600 Leute mischen. Sie brauchten nicht zu behaupten, mit Hortensia verwandt zu sein, und zum Glück würden in der Kirche und beim Empfang genügend Außenstehende anwesend sein, mit denen die drei Frauen plaudern konnten. Keine der anderen Damen würde eine Ahnung haben. Der Knalleffekt würde allein auf den Gesichtern einiger der vornehmsten Herren von Montgomery sichtbar sein.

Im Grunde machte Paris' Benehmen Hortensia viel mehr Sorgen als die Frauen von der Water Street. Jedesmal, wenn Paris und sein Bruder in den Sommerferien nach Hause kamen, waren sie wie zwei Kampfhähne. Hortensia und Carwyn waren es leid, die Federn der Emotionen aufzulesen. Die neueste Quelle der Besorgnis war Paris' Tändelei mit der Tochter eines ihrer Freunde.

Man geht nicht mit Mädchen aus gutem Hause ins Bett, ohne sie zu heiraten. Paris scherte sich einen Scheißdreck darum.

Als Bunny auf dem Silbertablett neben ihrer Haustür eine Hochzeitseinladung vorfand, setzte sie sich vor Schreck erst einmal hin. Später an diesem Tag quiekten die drei vor Aufregung. Eine Wette war eine Wette, und Bunny würde sie nach der Hochzeit einlösen. O Herr, dachte sie, ermahne mich in Zukunft, Blue Rhonda nie, niemals mehr zu unterschätzen.

«Um keinen Preis erwachsen werden.» Ob es Payson Thorpe bewußt war oder nicht, das war sein Wahlspruch. Obwohl wegen seiner Unzuverlässigkeit berüchtigt, war er so charmant, daß man ihm nicht böse sein konnte. Absolut niemand, nicht einmal Grace, glaubte, daß er sein Versprechen bezüglich der Sauferei halten würde. Er narrte sie alle. Nicht ein Tropfen Alkohol kam über seine Lippen. Er nahm ihn auch nicht intravenös zu sich. Er tröstete sich mit einem sehr berühmten, unerhört maskulinen Baseballspieler. Als er erst mal trocken war, entdeckte er, daß Sex schöner war, als er es von früher in Erinnerung hatte.

Er wollte Grace ein guter Ehemann sein. Nachdem er die heterosexuellen Paarungen und Trennungen in seiner Umgebung miterlebt hatte, dazu die lieblose, aber korrekte Ehe seiner Eltern, war er froh, daß die Verbindung mit Grace mehr auf Temperament, Kameradschaft und Erfahrung gegründet war als auf Romantik. Er überlegte, ob er in der Hochzeitsnacht mit ihr schlafen sollte. Sex würde in ihrer Ehe vermutlich keine große Rolle spielen, doch er war immerhin dazu imstande, und eine Hochzeitsnacht gab es nur einmal im Leben – oder sollte es jedenfalls. Da Grace ihn verstand, und er das Gefühl hatte, daß er sie verstand, waren sie nicht unter Druck. Er war nicht verpflichtet, die Erektion des Jahrhunderts zu bekommen. Sich einer Frau oder sonstwem zu beweisen war für Männer strapaziös. Payson frohlockte, daß er in dieser Hinsicht frei war.

Sie beschlossen, sich mittags trauen zu lassen. Er würde also einen Stresemann anziehen; er hatte eine Vorliebe für den weichen perlgrauen Hut und die gestreifte Hose, denn er sah umwerfend darin aus. Er konnte sich für Kleidung ebenso begeistern wie Grace. Er ließ seine Anzüge in London schneidern, und die Ärmelknöpfe waren nicht nur zur Zierde da – er konnte die Ärmel seiner Sakkos aufkrempeln. Manchmal trug er einen cremigbraunen Tweed, rollte die Ärmel auf und ließ ein feuerwehrrotes Tuch aus der Tasche blitzen.

Männer, die wenig auf ihre Erscheinung achteten, stießen ihn ab. Payson glaubte inbrünstig, daß jeder Mensch sein eigenes Kunstwerk ist. Er persönlich konkurrierte mit Michelangelos David. Während Schönheit für eine Frau Fluch und Segen ist, kann sie für einen Mann ein totaler Fluch sein. Selbst wenn sie schön ist, wartet die Frau darauf, daß der Mann sich ihr nähert. Und mehr als eine moderne Aphrodite saß am Wochenende allein herum. Nicht so Payson. Er konnte sich jedem nähern, ob männlich oder weiblich, und dieser Mensch war sein. Darauf hatte er sich sein Leben lang verlassen. Zugegeben, er war intelligent, und das machte ihn geistreich, doch er vernachlässigte seinen Intellekt, und der Verfall machte sich allmählich bemerkbar. Insgeheim haßte er sich, weil er kein College besucht hatte. Schauspielerei ist kein Beruf für einen Mann. Er liebte das Geld, die Schmeicheleien und die Fähigkeit, sich in Charaktere zu verwandeln, doch es war ihm zuwider, sich von einem Regisseur kommandieren zu lassen, und er kannte sich gut genug, um zu wissen, daß er zum Regisseur nicht taugte. Er steckte in einer femininen Situation, wie er es nannte; er war sich nicht bewußt, daß er ein Künstler war. Er handhabe sein Talent so unbeschwert, daß er glaubte, was für ihn leicht war, sei auch für andere leicht. Payson war ein Naturtalent. Wie Grace war er für die Leinwand geschaffen, doch im Gegensatz zu Grace erhellte er die Charaktere, die er verkörperte. Wenn Payson spielte, glaubte der Zuschauer, er sei dieser Charakter. Man merkte nicht, daß er spielte. Wenn er es einmal fertigbrachte, lange genug still sitzen zu bleiben, las er die griechischen Stücke von Aischylos, Sophokles, Euripides und Aristophanes. Zu jenen Zeiten durften nur Männer auftreten, weil das Theater ein Tempel war. Stücke zu schreiben und aufzuführen war ein Opfer an die Götter. Diese Betrachtungsweise milderte die Demütigung, von barschen Regisseuren in Reitstiefeln, die Peitschen trugen und in Megaphone brüllten, wie ein Hund behandelt zu werden. Payson hatte immer mit D. W. Griffith arbeiten wollen, aber Griffith war auf dem Abstieg. Der wenigstens war ein Regisseur, der Schauspieler mit Respekt behandelte.

Payson fürchtete, seine Tage als Hauptdarsteller seien gezählt, so wie die Tage von Griffith und vielleicht von jedermann gezählt waren. Die Vorstellung, Onkelrollen oder Könige mittleren Alters zu spielen, behagte ihm nicht. Warum konnte man nicht ewig jung bleiben?

Politik interessierte ihn nicht. Er fand, das sei eine Beschäftigung für die Verderbten und Mittelmäßigen. Revolution und Reaktion waren für ihn dasselbe. Seine Loyalität galt Menschen, nicht Ideen. Er mochte in vieler Hinsicht verantwortungslos sein – aber nicht, wenn ein Freund mit dem Rücken zur Wand stand. Ob seine Freunde Faschisten, Kommunisten oder schlicht alte Republikaner waren, kümmerte ihn wenig. Nur ob sie amüsant waren, zählte. Hätte ein Freund zu ihm gesagt: «Laß uns nach Rußland gehen und mit den Roten reiten» oder: «Laß uns nach Deutschland gehen und mit den Braunhemden marschieren», er hätte das eine wie das andere getan, weil ein Freund darum bat, Teufel noch mal. Payson konnte dem Abenteuer nicht widerstehen. Aber gerade diese Körperlichkeit, dieses Übermaß an Energie inspirierte seine Darstellungskunst. Und gerade sein politisches Desinteresse konnte ihm einen Haufen Ärger einbringen. Aber Payson tanzte ohnehin auf dem Seil; das machte einen Teil seines Charmes aus.

«Himmel, da kommt Unsere Liebe Frau vom Vestibül.»

Payson und Grace waren in der Hoffnung, ungestört zu Abend essen zu können, in ein Restaurant gegangen, und prompt lauerte da Sally Maddox, die Klatschkolumnistin Hollywoods, wie eine Spinne in einem kostspieligen Netz.

«Du meinst Sally mit den neun Haaren», flüsterte Grace.

Sally trug eine Perücke, um ihr schütteres Haar zu verbergen.

«Ah, die Unzertrennlichen.» Sally stürzte sich auf sie.

«Miss Maddox, welch eine Überraschung.» Payson ließ sein berühmtes Grinsen blitzen.

«Es schwirren so viele Gerüchte herum. Bevor ich ein einziges Wort drucke, will ich die Wahrheit wissen.» Sie wandte sich an Grace. «Stimmt es, daß Ihre Hochzeit eine halbe Million kostet?»

Grace konnte Sally nicht ausstehen, aber gehässig zu sein hatte keinen Zweck. Die muß man der Gnade der Zeit überlassen, dachte sie. «Mutter spricht mit mir nicht über Geld, aber eine halbe Million?» Dann sah sie Payson an und gurrte: «Aber ich würde mit Freuden eine Million ausgeben, um Payson zu heiraten.»

«Liebling.» Er küßte sie.

Sallys Gesicht erstarrte irgendwo in der Mitte zwischen einem höflichen Lächeln und dem Wunsch zu sagen: «Scheißpack.»

Payson fuhr fort: «Ich bin der glücklichste Mann der Welt.»

Mit eisigem Lächeln stimmte Sally zu. «Ja.» Sie plapperte noch ein paar Nichtigkeiten, dann räumte sie das Feld.

Als sie an ihrem Tisch saßen, murrte Payson: «Sogar Orest ist die Harpyien losgeworden. Aber diese Frau werden wir nie los.»

«Sally saugt eben gern das Mark aus kaputten Knochen.» Grace betrachtete sich in der todschicken goldenen Puderdose, die Payson ihr geschenkt hatte. «Was macht Baseball-John?»

«Steht auf dem Schlagmal.» Payson nahm sich eine Zigarette. «Ich werde keinen Mann mit nach Hause bringen, wenn du es nicht willst.»

«Payson, wir werden zwar heiraten, aber ich bleibe dieselbe Grace wie vorher.»

Er musterte sie. «Ist das wahr?»

Sie lachte. «Die Sache macht dich wohl allmählich nervös?»

«Ich weiß nicht, ob ich derselbe bleibe. Zum erstenmal im Leben habe ich das Gefühl, daß ich ein Heim haben werde, etwas Beständiges. Ich werde dich haben.»

«Ja. Und ich warne dich: Ich gebe, was ich bekomme – wie du mir, so ich dir.»

«Als ob ich das nicht wüßte.» Er blickte in die Speisekarte. «Wollen wir mit frischen Austern anfangen?»

«Mit irgendwas; ich bin ausgehungert. Hab heute Anprobe gehabt. Ich fühle mich wie ein Nadelkissen.»

«Hast du mein neues Drehbuch schon gelesen?»

«Hab ich. Da kannst du alle Register ziehen.»

«Hat's dir gefallen?»

«Payson, die Rolle ist fabelhaft. Eine tolle Idee – du in einer Mordgeschichte. Und der Dialog ist sehr gut.»

«Ich werde nicht jünger, weißt du.»

«Was hat das mit *Murder at Sunset* zu tun?»

«Eines Tages hänge ich vielleicht die Schauspielerei an den Nagel und arbeite für meinen Lebensunterhalt.»

«Nicht wieder eine von deinen Tiraden gegen die Schauspielerei.» Grace blinzelte. «Es gibt so viel Elend auf der Welt, da kannst du ebensogut ganz oben unglücklich sein wie ganz unten.»

«Ich hab ein Geschenk für dich.» Banana Mae spannte Blue Rhonda auf die Folter.

«Eins, das mich zum Kreischen bringt und mir den Schaum vor den Mund treibt?»

«Ja.» Banana versteckte die Hände hinter dem Rücken.

«Die Tollwut.»

«Hier, du Dummchen.»

Blue Rhonda wickelte das Päckchen aus. «Banana, wie schön! Danke.» Ein Paar Diamantohrringe funkelte in ihrer Hand.

«Wenn wir auf die Hochzeit gehen, können wir nicht wie arme Verwandte aussehen.»

Blue Rhonda legte die Ohrringe an und bewunderte sich. «Wo wir gerade von Tollwut sprechen, bei Minnie hat sich schon wieder ein Mädchen was gefangen – du weißt schon was.»

Bananas Gesicht legte sich in Falten. «Der Fluch unseres Gewerbes.»

«Ja, das und Schwangerschaft.»

«Bis jetzt haben wir Glück gehabt.»

Blue Rhonda stolzierte mit ihrem neuen Schmuck umher. «Wie heißt das alte Sprichwort? Lieber Glück haben als gut sein?»

«Ja. Nun mach schon, wir kommen zu spät.»

Mehrere hundert Menschen drängten sich in dem alten Saal. Die einst tief saphirblauen Vorhänge hingen schlaff an den hohen Fenstern. Die Truppen waren angerückt. Lintons Anhänger, an ihrer Kleidung zu erkennen – schlicht und aus der Mode – saßen rechts vom Mittelgang. Die anderen Leute, weitaus weniger gleichförmig, saßen links. Bunny, Lotowana und etliche der Mädchen verteilten sich überall, des Effekts wegen – und aus Trotz. Blue Rhonda ließ ihren Hintern genüßlich so fest auf die lange Bank plumpsen, daß eine von Lintons Damen wie auf einer Wippe hochschnellte. Die erste Stunde der Debatte verlief zwischen Weitschweifigkeit hier und Weitschweifigkeit da. Als sie zum Thema Besteuerung kamen, merkten Grundbesitzer und Geschäftsleute auf. Für einen Anfänger erwies sich Magnus Stove als vielversprechend. Seine Antworten, Fragen und Argumente waren präzise, gut durchdacht und in klarem Englisch vorgetragen. Linton verschoß, wie es seine Art war, vielsilbige Adjektive wie Kanonenkugeln. Seine übliche Predigt gegen das Übel Alkohol war Zeitverschwendung, weil die Hälfte der Zuhörer bekehrt war und die andere Hälfte schlichtweg machte, was sie wollte. Das Ganze wäre unentschieden ausgegangen, wenn nicht die staatliche Kontrolle der Eisenbahn-Frachtsätze zur Sprache gekommen wäre. Magnus wetterte gegen die Einmischung, während Linton, ohne Ahnung, wovon er redete, den gegensätzlichen Standpunkt vertrat. Törichterweise meinte Hochwürden Ray, gegen alles hetzen zu müssen, wofür Magnus eintrat. Als er merkte, daß er an Boden verlor, wetterte er gegen die Prostitution. Die Assoziation drängte sich ihm auf, weil er die Eisenbahn mit dem Bahnhof an der Water Street in Verbindung brachte, und die Water Street verknüpfte er mit den «besudelten Tauben», wie er die Anwohnerinnen nannte.

«... und so frage ich euch, ihr guten Bürger von Montgomery, dürfen wir zulassen, daß sich ein solches Krebsgeschwür in unserer schönen Stadt ausbreitet? Dürfen wir zulassen, daß unsere jungen Männer von diesen Sirenen der verruchten Lust verlockt werden? Denkt an die Worte des heiligen Paulus ...» Die genauen Worte des alten Weiberfeindes fielen ihm im Moment nicht ein und er improvisierte: «Ein Mann soll leben ohne Verkehr mit einem Weib. Wenn er sich nicht enthalten kann, soll er ein Weib nehmen und ihm treu bleiben immerdar.» Etliche Fächer wedelten; es war warm. «Wenn ich gewählt werde, verspreche ich, mich zu bemühen, dieses Laster auszumerzen, wie ich mich bemüht habe, den Alkohol auszumerzen. Gottes Werk muß überall und allezeit getan werden, ob bei euch zu Hause oder im Parlament. Vorwärts, Soldaten Christi.»

Seine Seite applaudierte.

Magnus' Antwort traf wie ein Stachel. «Diese Nation ist auf der Trennung von Kirche und Staat gegründet.»

Aufgebläht vor Stolz auf seine Redekunst geiferte Linton: «Für einen wahren Gläubigen kann es keine Trennung von Kirche und Staat geben.»

«Sie sind Methodist, nicht wahr, Hochwürden Ray?» Magnus' Ton blieb gelassen.

«Ja», stieß Linton mit einer starken Dosis Überheblichkeit hervor.

«Dann sind Sie ein wahrer Gläubiger?»

«Selbstverständlich.» Ein Hauch von Verachtung flackerte in Lintons Zügen auf.

«Ihre Überzeugung ist mir ein Trost, Hochwürden, aber im Parlament gibt es Lutheraner, Episkopalisten, Presbyterianer, sogar einen Katholiken, wie man mir sagte. Nicht Theologie ist die Aufgabe, Sir, sondern die Regierungsgewalt über diesen Staat auszuüben.»

Wäre Linton Politiker gewesen, hätte er gemerkt, daß er in eine Falle getappt war, aber er war so von seinen eigenen Anschauungen besessen, so von ihrer Richtigkeit überzeugt, daß er nicht begreifen konnte, warum andere Leute ihm nicht beipflichteten. «Gott ist jedermanns Sache.»

«Das wollen wir hoffen», sagte Magnus, «aber er ist ganz besonders Ihre Sache, weil Sie zum Geistlichen ausgebildet sind. Würden Sie Ihrem Gott nicht besser dienen, wenn Sie die Fähigkeiten anwendeten, die Sie entwickelt haben, statt mitten im Rennen die Pferde zu wechseln?»

Ein Gemurmel rieselte durch die rechte Seite des Saals. Die linke Seite genoß diese drastische Wendung.

«Gottes Werk ist überall, junger Mann. Wenn es sein Wille ist, daß ich im Parlament diene, dann werde ich es tun.»

«Da bin ich leider anderer Ansicht, Hochwürden», gab Magnus sanft zurück. «Der Wille des Volkes ist es, der entscheidet, ob Sie im Parlament sitzen. Wir leben in einer Demokratie. Für dieses Privileg haben wir im Krieg gegen die Engländer gekämpft.»

Das Gemurmel schwoll zu regelrechtem Geschnatter an. Blue Rhonda wand sich vor Aufregung. Sie hob die Hand, ließ sie aber auf einen strengen Blick von Bunny hin wieder sinken. Die Versammlung löste sich nach diesem Wortwechsel auf. Magnus schüttelte seinen Gönnern die Hände. Linton wollte sich durch einen Seitengang verdrücken, doch Blue Rhonda trat ihm in den Weg.

«Ich möchte Sie etwas fragen, Hochwürden.» Sie hätte alles darum gegeben, ein Rasiermesser durch seinen gewaltigen Adamsapfel zu ziehen.

«Was?» Er war verärgert. Er konnte nicht verstehen, wieso er seinen Einfluß auf die Zuhörer verloren hatte.

«Wer ein wahrer Christ ist, braucht den Tod nicht zu fürchten, nicht wahr?»

Verdrossen, als versuche er einem begriffsstutzigen Kind etwas zu erklären, sagte er: «Christus starb für unsere Sünden. Durch ihn ist das ewige Leben. Wer Jesus in sich trägt, hat nichts zu fürchten.»

«Das höre ich aber gern. Sie könnten uns allen einen großen Gefallen tun, und sich selbst auch, wenn Sie sich umbringen würden.»

«Hmm?»

«Wir Menschen sind ein solch verdorbener Haufen. Warum vereinigen Sie sich nicht mit Jesus und genießen die ewige Seligkeit? Sie sind zu gut für diese Welt.»

Banana zerrte Rhonda fort, und Linton ging davon.

«Rhonda, manchmal kannst du richtig gemein sein.»

Rhonda sagte kein Wort mehr. Ihre rachsüchtige Ader trat manchmal hervor. Außerdem fühlte sie sich mies, und das hatte es ausgelöst.

Sie wurde wieder munter, als sie mit der Straßenbahn nach Hause fuhren.

Als sie zur Haustür hereinkamen, machte Banana Licht und kreischte: «Rhonda!»

Attila der Hunne hatte ein Kaninchen getötet und saß darübergekauert im Wohnzimmer. Nicht einen Bissen von dem Tier hatte Attila genommen – es war seine Liebesgabe. Rhonda verstand Katzen; sie streichelte ihn, redete ihm gut zu und gab ihm etwas Milch. Während die drahtige, getigerte Katze ihren Schmaus schleckte, schaffte Rhonda das tote Tier fort. Banana erholte sich langsam von ihrem Wutanfall.

«Wie konnte er nur!»

Blue Rhonda wusch sich die Hände. «Das ist die Natur des Tieres. Du kannst eine Katze fürs Töten nicht mehr hassen als einen Mann fürs Ficken – oder eine Frau, wenn sie ehrlich ist.»

«Hm.» Banana war zimperlich. «Verflixt, was wollte ein Kaninchen mitten in Montgomery?»

«Ein Paar Schuhe kaufen, schätze ich», antwortete Rhonda, ohne eine Miene zu verziehen.

Die Aufgabe, Lotowanas Umfang zu verschleiern, hätte selbst Merlin überfordert. In ihrem Chorgewand ähnelte sie einem arabischen Zeltlager ohne die Kamele. Diskret im Hintergrund des vielstimmigen Chors aufgestellt, erregte sie immer noch einiges Aufsehen.

Blue Rhonda, Banana Mae und Bunny, alle von großen Hüten beschirmt, saßen im Hintergrund der prachtvollen georgianischen Kirche.

Icellee Deltaven, ehemals «Monster Mama» genannt, weil sie in ihren späteren Jahren mit Lotties Körperfülle wetteiferte, hatte durch all die Strapazen und Aufregungen eine Tonne abgenommen. Niemand konnte sich entsinnen, daß sie je so jung ausgesehen hatte. Lila Reedmuller und die Banastres saßen ziemlich weit vorn. Die Kirche knisterte vor Spannung.

Draußen überwachte Cedrenus Shackleford die Tausende, die sich auf der Kirchentreppe drängten, das Gelände rund um die Kirche füllten und die Straße säumten. Die Leute hatten sich fein herausgeputzt, bloß um draußen zu stehen.

Graces Hochzeit war das größte Ereignis seit der Auferstehung – und zum Glück konnten mehr Leute dabei zuschauen.

Payson war so nervös, daß John das Gelübde seines Freundes vergaß und ihm einen Drink anbot. Gilbert hatte immer einen Vorrat in greifbarer Nähe, in seiner Gesäßtasche nämlich. Payson lehnte ab. Er staunte, welch konventionelle Gedanken ihm durch den Kopf schwirrten, doch er war zu nervös, als daß ihm diese Verknüpfung mit der übrigen Menschheit peinlich gewesen wäre.

Grace dagegen erschien völlig gefaßt und sündhaft schön. Von dem Kleid allein hätte man ein kleines College stiften können. Da ihr Vater vor Jahren gestorben war, führte Bartholomew Reedmuller sie zum Altar. Mit seinem glänzenden Silberhaar hätte jedes Besetzungsbüro ihn für diese Rolle engagiert. Weil seine eigene Ehe glücklich war, sah er in dieser Aufgabe eine Ehre, und er übernahm sie mit Freuden. Hätte Bartholomew, Inbegriff von Normalität, die privaten Abmachungen zwischen Braut und Bräutigam gekannt, er hätte abgewinkt. Da er sich derlei Dinge nicht vorstellen konnte, existierten sie nicht. Weil er Grace sehr gern hatte, betete er um ihr Glück. Wem seine Familie eine Festung ist, kann allem Ungemach widerstehen. Bartholomew bemitleidete diejenigen, die nie einen wahren Gefährten finden. Hortensia schlich sich in seine Gedanken.

«Daddy Reedmuller, bist du soweit?» Grace riß ihn in die Gegenwart zurück.

«Ja.» Plötzlich war ihm zum Weinen zumute.

Ihr musikalisches Stichwort hallte durch den Raum.

Payson und John, die am Altar warteten, riefen eine Sensation hervor. Banana bekam einen Ohnmachtsanfall. Blue Rhonda hatte nicht die Absicht, sich dermaßen verzückt zu zeigen. Dennoch konnte sie die Augen von keinem von beiden abwenden. Und auch Paris konnte es nicht, der neben seiner Mutter wie ihr Zwillingsbruder aussah. Edwards Herz hämmerte gegen seinen Brustkasten. Wenn er doch nur zehn Jahre älter wäre. Grace glitt majestätisch durch den Mittelgang. Edward durchlitt einen wilden Augenblick, in dem er dachte, er sollte aus der Bank springen und Grace entführen. Dieser alberne Gedanke entsprach seiner schuljungenhaften Verliebtheit, und er war sich dessen bewußt. Hortensia dagegen beeindruckte mehr das Spektakel als die Hauptdarsteller. Lila beobachtete Icellee ebenso genau wie die Braut und den Bräutigam.

Iceys mächtiger Busen wogte. Hocherhobenen Hauptes war sie jeder Zoll die würdige Matrone, die ihre Tochter einem stattlichen Prinzen zur Ehe gibt. Hochzeiten sind ebenso für die Eltern da wie für das Brautpaar. Paysons Mutter, die streng über ihr entsetzlich korrektes Savannah-Regiment wachte, saß in der Bank gegenüber von Icey. Es war nicht auszumachen, wer den anderen an Dünkelhaftigkeit übertraf. Mrs. Thorpe betrachtete Montgomery, Alabama, immer noch als eine Stadt der Emporkömmlinge. Ihr Snobismus, typisch für die Küstenbewohner, war nur mit dem einer

196

Dame aus Charleston oder Richmond zu vergleichen. Südstaatler kennen die Standesunterschiede ganz genau. Mrs. Thorpe tröstete sich damit, daß Grace wenigstens nicht aus Birmingham war. Hätte sie geahnt, daß in der letzten Reihe drei Huren saßen, die alte Henne hätte auf der Stelle den Geist aufgegeben.

Als sei alles noch nicht theatralisch genug, gab es obendrein den Pastor. Mit dröhnender Stimme zelebrierte er das heilige Sakrament der Ehe; seine ausdrucksvollen Augen rollten in den richtigen Momenten; er trug so dick auf, wie er nur konnte. Grace hätte fast zu kichern angefangen, wenn sie nicht zu Payson hingeschaut hätte; seine Augen waren glasig. Mein Gott, dachte sie, auf was lasse ich mich da ein?

Peppermint Reynolds dachte dasselbe in bezug auf ihre alte Freundin. Sie hatte genug erlebt, um zu wissen, daß Sex und Liebe selten zusammengingen, trotz all der Propaganda für das Gegenteil. Payson liebte Grace. Peppermint war sich nicht sicher, ob Grace den Unterschied zwischen Sex und Liebe begriff. Die meisten Frauen begriffen ihn nicht. Sie fürchtete, daß Grace Payson als besseren Zimmergenossen betrachtete, wogegen Payson Grace als Seelengenossen betrachtete. «Wer weiß, wie das ausgeht? Ich hab's aufgegeben, zu versuchen, die Menschen einzuschätzen.» Peppermint bemerkte eine sehr dicke Frau im Chor, die jemandem zublinzelte. «Hoffentlich nicht mir.» Sie warf einen Seitenblick zum Altar und sah John Gilbert zurückblinzeln.

Betty Stove flüsterte ihrer Mutter Beukema zu: «Diese Ehe wird im Himmel geschlossen.»

Trocken erwiderte Beukema: «Mit der Zeit wird sich einer von ihnen vielleicht wünschen, der andere wäre dort oben.»

Der smaragdgrüne Rasen widerstand dem Gesamtgewicht von 600 Gästen und zahllosen Bediensteten. Die Truppe aus Savannah bezog beim Rosengarten Stellung. Die Gruppe aus Kalifornien wählte klugerweise die Umgebung der Büfett-Tische zu ihrem Standort, die bestimmt so lang waren wie ein Baseballfeld. Die Gäste aus Montgomery, anfangs zurückhaltend, brachen schließlich das Eis zwischen sich und den Kaliforniern. Das Gelächter erwies sich als zuviel für die Leute aus Georgia, und am Ende vermischten sich alle. Das war Icellees größter Triumph. Fotografen schwirrten durch die Gesellschaft. Icellee wies ihren Kutscher an, sie zu verscheuchen, doch da sie den Befehl nur halbherzig erteilte, ließ er es bei bloßen Gesten bewenden.

Von der Fröhlichkeit angesteckt, nickten Hortensia und Lila ihren «entfernten Verwandten» sogar zu und plauderten einen Moment mit ihnen. Banana Mae wünschte verzweifelt, sie könne die Distanz zwischen sich und John Gilbert aufheben. Aber sie durfte Hortensia und ihre Mutter nicht bloßstellen. Lila, vor guter Laune übersprudelnd, kniff Hortensia jedesmal, wenn ein Gentleman von Montgomery die drei Frauen erspähte und sich verschluckte. Dreist wie immer nahm Carwyn sie ins Schlepptau und stellte sie den Leuten aus Kalifornien vor. Hortensia verübelte es ihm nicht. Diese Zeiten waren lange vorbei.

Payson küßte ihnen die Hände, und Gilbert ebenso. Banana sank beinahe in Ohnmacht. Rhonda zischte ihr zu, sie solle sich nicht lächerlich machen, doch Gilbert war wahrhaft göttlich. Tallulah hielt unter einer riesigen Magnolie Hof.

Ein Raunen ging durch die Menge, als die Hochzeitstorte – sie war bestimmt ein Stockwerk hoch – auf die Mitte des Rasens gerollt wurde. Als sie die Torte anschnitten, sahen sie wirklich schön aus: Payson, älter, elegant auf eine welterfahrene Art, wie sie nur wenige Männer erreichen, und Grace, die in diesem Augenblick sogar Helena von Troja in den Schatten gestellt hätte. Sally mit den neun Haaren vergaß einen Moment ihren Rachefeldzug gegenüber allen Auserwählten und wünschte ihnen Glück.

Payson war so hingerissen von dem Augenblick und von Grace, daß er Paris Banastre kaum beachtete. Derlei war bei ihm noch nie vorgekommen. Paris scharwenzelte um Gilbert herum, befand ihn für eindeutig heterosexuell und spürte ein anderes Wild auf. Ausgerechnet Betty Stove, die alt genug war, um seine Mutter zu sein, überfiel er mit seiner blendenden Erscheinung. Paris gierte nach Neuem. Er hatte noch nie eine ältere Frau verführt, warum also nicht Betty? Sie war groß, gebildet und attraktiv. Ihr Mann verließ sich auf sie. Er unterstützte ihre gesellschaftlichen Aktivitäten und langweilte sie körperlich. Edward erkannte sofort, was bevorstand. An diesem Tag wollte er nicht der Hüter seines Bruders sein. Er küßte die Braut. Grace dankte ihm für seine Briefe.

«Weißt du noch, wie du behauptet hast, der dritte Hinweis bedeute Kleisers Metzgerei mit den vielen Knochen?» Sie lächelte.

«Liebling, wovon sprichst du?» wollte Payson wissen.

«Von der Großen Hexenjagd. Das erkläre ich dir auf der Hochzeitsreise.»

Edward beneidete Payson mehr als irgendeinen Mann auf dem Empfang, aber da Grace ihn erwählt hatte, war er entschlossen, ihn zu mögen. «Das ist eine alte Sitte in Montgomery. Ihre Frau und ich waren immer in der schwarzen Mannschaft.»

«Meine Frau.» Payson ging auf wie eine Blume. «Sie sind der erste Mensch, der sie meine Frau nennt.»

So viele Leute beanspruchten ihre Zeit, daß die Unterhaltung rasch beendet war. Edward begab sich zu anderen Gästen, selig, diesen Lavendelaugen so nahe gewesen zu sein.

Aaron Stone – man hatte ihn einladen müssen – paßte einen Moment ab, um die Menge zur Ruhe zu bringen, und präsentierte dann dem Paar vor aller Augen sein Hochzeitsgeschenk. Sie bekamen die Hauptrollen in dem Film mit dem größten Budget, den das Studio je produziert hatte, eine Kriegsgeschichte über eine Krankenschwester und ihren Geliebten, einem Piloten. Der Film sollte gedreht werden, sobald die Beteiligten ihre laufenden Engagements beendet hatten. Die Versammelten applaudierten, doch die Anwesenden aus Montgomery und Savannah fanden den Vorfall geschmacklos. Man lenkt nicht auf anderer Leute Hochzeit die Aufmerksamkeit auf sich. Geschenke gehören auf den Gabentisch. Hätte Mr. Stone Lebensart gehabt, dann hätte er seine Absicht auf eine cremefarbene Karte drucken lassen. Die wäre auf einem Silbertablett ausgestellt worden. Die Gäste hätten sie selbstverständlich gelesen, und so mancher anerkennende Kommentar wäre gefallen. So aber verdarb Aaron den Leuten den Spaß, mit der Neuigkeit vom einen zum anderen zu gehen. Das Überbringen guter Nachrichten zu unterbinden war genauso schlechtes Benehmen, wie sich selbst zum Star zu machen.

Schließlich gelang es dem Brautpaar zu entkommen. In einem Vierspänner wurden sie zum Bahnhof kutschiert. Ein ganzer Salonwagen stand ihnen zur Verfügung, das Hochzeitsgeschenk des Präsidenten der Louisville-und-Nashville-Eisenbahngesellschaft. Von Montgomery wollten sie nach New York reisen, von wo sie ein Schiff nach Europa bringen sollte. Ihre Flitterwochen waren ein Monat in Wien, einer Stadt, die sie beide liebten. Danach wollten sie nach Hollywood zurückkehren und arbeiten.

Placide lud ihr Gepäck in den Waggon. Grace, die ihn seit ihrer Kindheit kannte, stellte ihn Payson vor. Als sie später nach ihren Koffern sah, entdeckte sie, daß Placide zwei erlesen gebundene Bücher als sein und Adas Hochzeitsgeschenk dazu gelegt hatte. Eines war *Die drei Musketiere*. Grace hatte als kleines Mädchen Alexandre Dumas geliebt. Payson erhielt *Der Mann mit der eisernen Maske*.

«Was für eine noble Geste.» Payson strich liebevoll über das dunkelrote Buch.

«Placide ist ein Herz.»

«Ein was, Liebling?»

Grace erklärte ihm das Kartenrangsystem, das Hortensia ihr beigebracht hatte. «Das ist unter gewissen Eingeweihten in Montgomery zu einer Art Wertungsliste geworden.»

«Was bin ich?» Payson war sehr gespannt.

«Ich habe dich immer für den Karo-König gehalten, aber womöglich muß ich meine Meinung korrigieren.»

«Ich wäre schrecklich gern ein Herz.» Der Zug ruckte, und Payson plumpste auf eine luxuriöse Couch. «Darf ich die Braut küssen?»

Grace sagte amüsiert: «Natürlich.»

Er küßte sie mit einem Elan, der sie beide überraschte. Eines führte zum andern, und sie zelebrierten die Vereinigung von Leib und Seele, die von den Romanciers der Zeit so häufig beschrieben wurde. Grace war hingerissen. Sie machte sich keine Illusionen, daß Payson so bleiben würde, und sie wollte es auch gar nicht. Aber sie war sehr glücklich, daß er seine Pflicht mit solch ungeheurer Vitalität erfüllen konnte. Außerdem hatte er einen dicken Schwanz.

Auf dem Schiff las Payson *Der Mann mit der eisernen Maske* und war begeistert. Nach dem Kriminalfilm und ihrem Kriegsfilm mußte er unbedingt diesen Film machen, und wenn er ihn selbst finanzieren müßte.

Der Mann mit der eisernen Maske sollte seine größte Rolle werden. Die Leute würden dieses Werk später als den Höhepunkt des

Stummfilms betrachten. Ohne daß Payson oder Grace es wissen konnten, sollte er zu den Unsterblichen des Films gehören und als Leitbild eine ganze Generation von männlichen Darstellern beeinflussen. Es sollte seine letzte Rolle werden. Zum Glück kann niemand die Zukunft ergründen.

«Ich finde es fabelhaft, daß Walter Reed die gräßlichen Moskitos besiegt hat, aber mir wäre lieber, er hätte sich auf Flöhe konzentriert.» Bunny schnippte ungeniert einen Floh von ihrem Kleid.

«Insekten müssen auch leben.» Blue Rhonda servierte Drinks für alle. Banana Mae, Lotowana und sogar Bunny soffen wie die Löcher, doch die berauschende Mischung aus Filmstars, Gesellschaftssnobs und den wenigen guten Menschen, die zufällig reich waren, hatte sie lustig gemacht.

Die Nachwirkung der Trauung und der Hochzeitsfeier umglühte sie wie die Heiligenscheine das letzte Abendmahl. In jeder von ihnen hatte der Tag einen anderen Eindruck hinterlassen. Bei Banana Mae war es Begeisterung und zugleich Enttäuschung darüber, wie die andere Hälfte lebt. Die andere Hälfte führt sich am Ende genauso jämmerlich auf wie alle übrigen, nur ihre Manieren sind geschliffener. Blue Rhonda hatte sich gut amüsiert, nicht mehr und nicht weniger. Es machte ihr nicht viel aus, ob sie am unteren oder am oberen Ende der Gesellschaftsordnung stand; Hauptsache, sie lebte. Lotowana kam sich vor wie ein Kind in einem Märchen. Das Heim der Deltavens schien in einen Nebel aus Zuckerwatte gehüllt – so schön war es und so süß. Wie Blue Rhonda genoß es Lotowana, das alles zu sehen. Ihr lag eigentlich nichts daran, zu dieser Welt zu gehören. Lottie lag an ihrem Gesang und einem heißen Schniff oder einem kalten Drink. Bunny sah mehr aufs Geschäftliche – immerhin war die Hälfte ihrer Kunden bei der Hochzeit gewesen, und sie hatte deren Frauen beobachtet. Wenn man die Frau eines Mannes kannte, war es viel einfacher, seine sexuellen Bedürfnisse zu befriedigen. Aber sie holte sich auch gern Anregungen, was die Raffinessen des Servierens, Tischdeckens und so weiter betraf. Und die Begegnung mit John Gilbert und Payson Thorpe war natürlich auch nicht übel.

Blue Rhonda zog ein elegantes goldenes Zigarettenetui hervor. Auf dem Deckel funkelte ein diagonaler Streifen aus Rubinen.

Ein anerkennendes Murmeln entschlüpfte Bunnys Lippen. «Lebst du noch immer von der Hand in den Mund?»

«Hab ich von 'nem Kunden», erwiderte Blue Rhonda lässig.

«Süße, dafür mußt du den Knaben ja bearbeitet haben, bis dir die Zähne rausgefallen sind.» Lotowana nahm Rhonda den begehrten Gegenstand aus der Hand.

«Ich hab Rabatt gekriegt.»

«Hat sie», bestätigte Banana, «aber trotzdem.»

«Okay, okay. Ich hab meine von Banana Mae sorgfältig aufgestellten Finanzpläne über den Haufen geworfen. Ich mußte es einfach haben. Außerdem hab ich ja bloß ein einziges kleines Haus verkauft.»

«Verflixt, wieso hast du eigentlich in der Kirche geheult?» Lottie konnte ihre Augen nicht von dem Zigarettenetui losreißen. «Ausgerechnet du, Rhonda, wirst bei einer Hochzeit sentimental.»

«Ich hab nicht geweint.» Blue Rhonda entriß ihr das Etui. «Hab bloß 'nen kleinen Schniff genommen. Fühlte mich ein bißchen matt.»

«Die olle hartherzige Trine hat eine Träne vergossen? Barmherziger.» Banana richtete Obst und Gebäck an. Lottie verzehrte ein Törtchen, bevor Banana das Tablett auf den Tisch gestellt hatte.

Bunny gaffte die korpulente Lottie an. «Hast du heute nicht genug zu essen gekriegt?»

«Bloß weil du beim Essen wie ein Vogel pickst, brauche ich es noch lange nicht genauso zu machen.» Trotzig aß Lottie noch ein Törtchen.

Kurze Zeit war es still. Blue Rhonda spielte stumm mit ihrem prachtvollen Zigarettenetui, dann ließ sie es in ihr zierliches Täschchen fallen. Sie nahm ein quadratisches goldenes Döschen heraus, ebenfalls mit einem diagonalen Streifen aus Rubinen. Sie tauchte ihren langen rosigen Fingernagel hinein, steckte ihn in die Nase und zog hoch.

«Unsere Vorfahren wußten, was sie taten, als sie ihre Prise nahmen», seufzte Rhonda.

«Prise ist Tabak», klärte Bunny sie auf.

Zum Glück...

«...kann niemand die Zukunft ergründen».

Aber eine bessere Zukunft begründen, das kann man vielleicht doch – zum Glück.

Pfandbrief und Kommunalobligation

Meistgekaufte deutsche Wertpapiere - hoher Zinsertrag - bei allen Banken und Sparkassen

Verbrieft  Sicherheit

«Weiß ich. Stell dir vor, das hier ist gebleichter Tabak.» Rhonda füllte das andere Nasenloch. «Und jetzt, liebe Bunny, raus damit.»

Bunny zupfte ihren Rock zurecht, stürzte einen Drink hinunter und zog einen Schuh aus. «Quälgeister.»

Banana Mae und Lottie starrten sie an. Blue Rhondas Augenbrauen schnellten in die Höhe und trafen sich wie ein umgekehrtes V auf der Stirn. Bunny vermied es, Blue Rhonda anzusehen. Nach einer dramatischen Pause begann Bunny zu sprechen.

«Ich bin ohne eigenes Verschulden in Brisbane, Australien, geboren. Mein Vater hat Fässer hergestellt. Außer Fässer zu verkaufen füllte er auch einige mit gepökelten und eingelegten Sachen. Er war Schotte und Presbyterianer. Mutter war aus einem Grund, der nur ihr allein bekannt ist, katholisch, und sie beschloß, mich katholisch zu erziehen. Ich habe keinen Schimmer, ob ihre Ehe glücklich war oder nicht, denn meine Schwester und ich wurden mit sieben Jahren ins Internat abgeschoben.» Bunny nippte an ihrem Gin. «Die ersten paar Jahre war ich unglücklich, aber dann hab ich mich daran gewöhnt. Das ist bei Kindern immer so, nehme ich an. Meine Knie waren vor lauter Hinknien ganz wund.»

«Warst du fromm?» Blue Rhonda versuchte sich Bunny in adretter Uniform, komplett mit klobigen braunen Schuhen, vorzustellen.

«Alles Theater.» Bunny lächelte. «Wirklich, ich hatte das Gefühl, daß alles Theater war. Ich habe eine Weile gebraucht, bis ich merkte, daß mich die Kirche nicht die Bohne interessierte. Diese bedeutende Erkenntnis traf mich, als meine Lieblingsnonne, Schwester Maria Josefa, plötzlich starb. Von allen Nonnen, diesen Monstern von eiserner Disziplin, war sie die einzige, die ein bißchen nett zu uns war. Ich betete und betete zu Gott, er möge Schwester Maria Josefa wieder lebendig machen. Er zog es vor, mich den Sadistinnen zu überlassen und die gute Schwester zu sich zu nehmen. Da wurde mir klar, daß das alles ein ausgemachter Scheißdreck war.» Ihre Augen verengten sich und wurden wieder weit. «Mein erster Racheakt war, daß ich aus roter Pappe riesige Fußabdrücke ausschnitt und, vom Kreuz runterführend, den Mittelgang der Kapelle entlang bis ins Damenklo klebte.»

Lotowana gab ein beifälliges kreischendes Lachen von sich.

«Dann hab ich die Betstühle zusammengebunden. Und in das Gesangbuch von der Mutter Oberin hab ich ‹zwischen den Laken› geschrieben.»

«Hmm?» Blue Rhonda verstand nicht ganz.

«Also, wenn sie ihr Gesangbuch aufschlug, um, sagen wir, ‹Ave Maria› zu singen, las sie ‹Ave Maria zwischen den Laken›. Jedes verdammte Lied in dem Buch hab ich versaut. Ich wurde nicht auf der Stelle vom Blitz getroffen, deshalb hab ich meine Gotteslästerungen still und heimlich fortgesetzt, bis ans Ende meiner Schulzeit. Die war ohnehin nicht lang. So etwa mit vierzehn entdeckte ich eine Sünde, die einladender war als die Anbetung des Mastkalbs: Sex.»

Lotowana klatschte in die Hände. Jetzt befand sich Bunny auf einem Gebiet, von dem Lottie etwas verstand.

«Rudolph Distol, der Gehilfe vom Schmied, half mir bei der Entdeckung. Seinen Namen werde ich nie vergessen.» Bunny schleuderte ihren zweiten Schuh von sich und kreuzte die Beine zum Schneidersitz. «Mutter Oberin bekam Wind davon, und ich flog mit Schimpf und Schande raus. Meine Schwester, diese dämliche Nuß, beschloß Nonne zu werden – um meine Sünden zu sühnen, schätze ich, und um sich vor jeder Versuchung zu bewahren. Soll sie doch unter ihrem Wimpel verwelken.»

«Wimpel?» Lottie blickte verständnislos drein.

«Ja, dieses weiße Band, das die auf der Stirn tragen. O je, wird das manchmal heiß in Brisbane! Ich wette, die schwitzt wie ein Schwein. Um es kurz zu machen, ich bin aus meiner Heimat getürmt. Ein weiblicher Äneas, dachte ich. Über die Meere segeln – die Welt ist ja so groß. Zuerst kam ich nach England. Hab versucht, meinen Lebensunterhalt auf anständige Weise zu verdienen, aber was kann man machen, außer Dienstmädchen oder Gouvernante werden? Und die Löhne! Ich hab schnell gemerkt, daß der Lohn der Sünde viel einträglicher ist. Deshalb hab ich in einem erstklassigen Bordell gelernt. Nein, ich hab mich nicht an den Aktivitäten beteiligt. Ich hab als Stubenmädchen gedient. Da hatte Madame wenigstens fast keinen Einfluß auf mich. Die hat nichts davon gemerkt, daß ich mich ins Geschäft einmischte, und weil sie mich nicht als eines von ihren Mädchen betrachtete, hat sie

204

sich nicht um mein Tun und Treiben gekümmert. Ich hab genug für die Überfahrt nach Amerika zusammengespart, und mit achtzehn Jahren war ich hier.»

«Warum nach Amerika?» wunderte sich Banana.

«Weil ihr hier in bezug auf Sex noch verlogener seid als die Engländer und Australier. Hier kann man ein Vermögen machen, und das hab ich getan.» Sie freute sich diebisch.

«In Montgomery?» Rhonda verschlang ein Törtchen.

«Meine Lieben, im Süden weiß man ein gut geführtes Haus zu schätzen. Die Hälfte der Männer ist vor lauter Schuldgefühlen wegen Sex ganz durcheinander. Die andere Hälfte weiß nicht, was die Worte Schuld oder Gewissen bedeuten, und die bezahlen euch, weil sie eine prickelnde Zerstreuung wollen. Mir gefällt's hier.»

«Ich kann mir dich einfach nicht in 'nem katholischen Mädchenpensionat vorstellen.» Banana kicherte.

«Ich habe die Lehre Christi befolgt. Ich bin Menschenfischer geworden.»

«Sag uns Bescheid, wenn du vorhast, auf dem Wasser zu wandeln, Turnbull.» Blue Rhonda hob ihr Glas und prostete ihr zu.

«Und was ist mit der Liebe?» fragte Banana.

Bunny spielte mit ihrem Schuh, indem sie ihn mit dem großen Zeh aufhob und wieder fallen ließ.

Lotowana zitterte vor Neugier.

«Lottie, deine Lippen sind wie die Büchse der Pandora.» Bunny zielte mit ihrem Schuh in Lotowanas Richtung.

«Ich kenn keine Pandora, aber ich quatsche nicht, falls du darauf hinauswillst.»

Durch das Aufflackern von Vorsicht in Lotties Augen beruhigt, fuhr Bunny fort: «Rudolph hab ich geliebt, aber was wußte ich schon davon? Einmal war ich mit einem netten Mann in Manchester zusammen, aber ich habe seine Liebe nicht richtig erwidert. Ich glaube, ich habe mehr Männer aus Mitleid mit in mein Bett genommen als aus Liebe.» Sie seufzte. «Ich hab mich dabei gelangweilt.»

«Du gehst mit keinem ins Bett?» Rhonda konnte es nicht fassen.

«Nein.»

«Auch nicht alle Jubeljahre einmal?» Banana Mae hatte Spaß am

Sex, oder sie hatte vielleicht Spaß an der Macht, die Sex ihr über die Männer verlieh.

«Nein.» Bunny lachte. «Ehrlich nicht. Als das Neue erst mal abgenutzt war, hab ich mich an andere Dinge gehalten.»

«Was gibt's denn da noch?» drängte Lotowana.

«Ich erwarte nicht, daß ihr das zu würdigen wißt, aber mich interessiert der Wald, nicht einzelne Bäume.»

«Bunny, wir sind keine Holzfäller», gab ihr Blue Rhonda zu verstehen.

«Immer dieses Tamtam um Männer und Frauen, Frauen und Männer, Reibereien, gebrochene Herzen, junge Liebe. Es gibt noch andere Dinge auf der Welt außer Beischlaf. Politik, zum Beispiel.»

«Ach so.» Lottie griff sich noch ein Törtchen. Wenn Bunny sich bei Sex zurückhielt, konnte sie sich wenigstens am Essen ergötzen.

«Die Menschen sind so in ihr armseliges Dasein verstrickt, daß sie gar nicht mitkriegen, was um sie vorgeht und was mit ihnen passiert.»

Banana starrte Bunny an. Als verhinderte Romantikerin mußte sie dieses völlig konträre Denken zu begreifen versuchen. «Du meinst, wie Linton Ray? Wenn wir uns nicht zusammengetan hätten, dann hätte er jeder einzelnen von uns ins Leben pfuschen können.»

«Ja, das meine ich. Und nicht bloß hier in Montgomery.» Aufgekratzt, weil sie endlich über das sprechen konnte, was sie interessierte, gestattete sich Bunny sogar ein paar Handbewegungen. «Wall Street – das ist doch die größte Gaunerei der Welt. Ich lese gern Zeitung und verfolge die Börsenkurse. Wir werden gesteuert, wißt ihr, gesteuert von den wenigen an der Spitze. Wenn man die durchschaut, kann man allein weiterkommen, und dann weiß man auch, wann man Nüsse für den Winter einlagern muß.»

Für Blue Rhonda war das Geschäftliche eine niedere Lebensform. Sie befaßte sich mit Mode, Film und Sport – und sie wollte sich mordsmäßig amüsieren. Sie fand, Bunny war wie ein Gummiband, das in der Sonne gelegen hat. Sie hatte ihre Spannkraft verloren.

«Geschichtsbücher lesen, das hilft», schwärmte Bunny weiter.

«Nicht, daß Geschichte sich wiederholt. Das glaube ich nicht eine Minute. Aber man kann hier und da einen Faden auflesen, der sich bis in unsere Zeit zieht.»

«Selbst wenn du alles berechnest und oben bleibst –» Blue Rhonda wurde ungewöhnlich ernst – «was ändert das? Wir müssen alle sterben. Nach mir die Sintflut, sage ich.»

«Du warst diejenige, die das alles wissen wollte», erinnerte Bunny sie.

«Gibt's gar nichts Pikantes mehr?»

«Für mich ist das pikant genug. Was in meinem Etablissement vorgeht, weißt du.» Bunny sah Lotowana an, deren Gesicht augenblicklich einen teilnahmslosen Ausdruck annahm und damit ihre Schuld verriet. «Das ist pikant. Ich bin nicht pikant, jedenfalls nicht nach euren Maßstäben.»

«Bist du denn nie einsam?» Banana kippte noch ein Glas.

«Nicht sehr. Ich hab die Mädchen, mit denen ich mich unterhalten kann. Und Lottie ist schon so viele Jahre bei mir, daß sie mehr wie meine Schwester ist als meine Schwester. Und ich hab euch.»

«Ja, aber wünschst du nicht trotzdem manchmal, du hättest einen, der dich wirklich versteht, der dich liebt und beschützt?» Seit der Hochzeit war Banana rührselig.

Nach einer Pause antwortete Bunny: «Manchmal.» Dann kam sie auf Touren. «Das ist zuviel verlangt, Banana. Wenn dir in diesem Leben eine hohe Karte zugeteilt wird, bist du beim Spiel vorneweg. Sehr wenige von uns bekommen mehr als das. Ich bin zufrieden.»

Blue Rhonda warf Banana einen funkelnden Blick zu. «Werd nicht sentimental. *Ich* liebe dich.»

«Du bist eine Frau.» Banana sprach aus, was ohnehin klar war.

«Unwichtig.» Rhonda hatte Lust auf eine Kabbelei, ließ aber dann davon ab.

«Stimmt schon, mir ist lieber, wir beide sind zusammen wie zwei kastrierte Katzen, als daß ich mit 'nem Mann Berg- und Talbahn fahre.» Banana zog die Stirn kraus. «Mit denen kann man nicht leben, und ohne sie auch nicht.»

«Stimmt.» Lottie knallte ihren Drink auf den Tisch, daß das Glas zerbrach. «Verdammt, tut mir leid.»

«Macht nichts.» Blue Rhonda ging aus dem Zimmer und kam zurück, um den Tisch abzuputzen. Sie brachte eine neue Flasche mit.

Bunny sagte erstaunlicherweise: «Ich glaube nicht, daß es wie bei kastrierten Katzen ist, wenn zwei Frauen zusammen leben. Liebe und Sex nehmen keine Rücksicht auf die Regeln der Gesellschaft.»

Blue Rhonda fragte sich, ob Bunny über Hortensia Bescheid wußte. Diese Katze hatte sie nie aus dem Sack gelassen. «Da hörst du's», raunzte sie Banana Mae an.

«Ich hab mir was überlegt.» Lotowanas helle Stimme schnitt Banana die Antwort ab. «Du und deine Schwester, ihr seid zwei Seiten von derselben Münze.»

Alle sahen sie an.

Lotowana fuhr fort: «Sie ist Nonne und hat nichts mit Sex zu tun, stimmt's?»

«Stimmt», antwortete Bunny.

«Und du führst ein Haus und wirst reich dabei.» Lottie wartete, bis Bunny zustimmend nickte. «Sex ist mitten in allem, bei ihr und auch bei dir.»

Diese Äußerung trug ihr verständnislose Blicke ein. Lottie sprudelte hervor: «Ich kann nicht sagen, was ich sagen möchte, aber ich weiß, daß es wahr ist.»

«Ich glaube, ich weiß, was du meinst», beschwichtigte Bunny, «aber meine Schwester und ich stehen bei allem auf entgegengesetzten Seiten. Sie ist Christin, und ich bin keine.»

Banana tat das als Quatsch ab. «Wir sind alle Christen. Das heißt, alle, die getauft sind.»

«Das kann nicht genügen.» Rhonda fand ein paar Tropfen Wasser nicht überzeugend. «Man muß gute Werke tun.»

«Das hat mein Daddy aber nicht gesagt», warf Lotowana ein. «Er sagte, man muß nur Jesus als seinen Erlöser erkennen, und schon schwebt man durchs Himmelstor. Huhuh.»

«Demnach kann man also hundert Menschen ermorden, an Christus glauben, und wenn man tot ist, darf man Harfe spielen?» Rhonda war empört.

«Richtig. Das ist bei Gott die reine Wahrheit.» Lottie war offensichtlich entschlossen, Jesus in sich wohnen zu lassen, in dem sicheren Wissen, daß das Alltagsleben dadurch nicht beeinträchtigt wurde.

Bunny erläuterte sachlich ihre Einstellung. «Ich glaube ans Christentum, aber ich bin nicht imstande, es zu praktizieren. Man kann nicht Geld verdienen und an Christus glauben. Entweder – oder. Entweder du lebst wie Jesus und entsagst irdischen Gütern oder du scheffelst Moneten.»

«Ich muß nachdenken.» Rhonda kraulte Attila am Kopf. Attila interessierte sich anscheinend für theologische Aspekte.

Angeregt verkündete Lotowana: «Gebt dem Kaiser, was des Kaisers ist.»

«Das bedeutet, gebt euch nicht mit Politik ab.» Banana erinnerte sich undeutlich an die Sonntagsschule.

«Es bedeutet, man muß Steuern bezahlen», legte Rhonda das Zitat aus.

«Steuern sind politisch», bemerkte Bunny nüchtern.

«Amen!» Banana lachte.

Als Bunny und Lotowana gegangen waren, sagte Rhonda zu Banana Mae: «Australierin, und ihre Schwester ist eine verflixte Katholikin!»

«Nicht zu fassen.»

«Glaubst du, man kann in den Himmel kommen, auch wenn man ein Säufer ist?» stieß Blue Rhonda hervor. «Wenn man bloß an Jesus glaubt?»

«Nein. Ein anständiger Chinese kommt nicht in den Himmel, weil er nicht an Christus glaubt, aber ein amerikanischer Mörder kommt rein – natürlich glaube ich das nicht.»

Blue Rhondas Mundwinkel zuckten aufwärts. «So oder so, aber ich sage dir, das ist ungeheuer wichtig, wenn du auf'm Totenbett liegst. Kein Wunder, daß die Menschen glauben wollen.»

«Davon sind wir weit entfernt.» Banana kippte noch einen Drink und ließ es für heute genug sein.

Montagmorgen quollen die Zeitungen über von Bildern von Grace und Payson, dem Empfang – kurz allem, was mit der Hochzeit zusammenhing. Irgendein gewitzter Zeitungsfritze hatte Blue Rhondas Bild gebracht. Sie sah sehr apart aus mit ihren Diamantohrringen, einem Glas Champagner in der linken Hand, die rechte ausgestreckt, um Aaron Stone zu begrüßen. Icellee saß, von den Strapazen erschöpft, am Frühstückstisch. Sie hatte nicht das geringste mit der Water Street oder ihren Bewohnerinnen zu tun, daher kannte sie Blue Rhonda nicht. Betty Stove und ihre Mutter erkannten sie, und als sie vorbeikamen, um schockiert ihr Beileid auszudrücken, bekam Icellee einen Schüttelkrampf, dann wurde sie ohnmächtig, wobei ihr Gesicht in ihr elegantes altes Teeservice krachte. Zwei Wochen vergingen, ehe sie sich wieder an die Öffentlichkeit wagte. Wegen der Schnittwunden, sagte sie.

Es gibt eine Heuschreckenart, deren Larven bis zu siebzehn Jahren in der Erde leben. Sie schlüpften 1928 aus. Als sie aus ihrem Larvenschlummer hervorkrochen, brachte ihre Auferstehungsfeier nach diesem Dauerschlaf die Fenster zum Klirren. Die Baumstämme waren hellbraun überkrustet; sogar die Häusermauern waren mit abgeworfenen Häuten übersät. Mit ihren hervorquellenden Augen sahen die Insekten wie winzige Bulldoggen aus. Die glänzend grünschwarzen Geschöpfe hatten sehr lange abgewartet, ehe sie sich die Welt unterwarfen. Ihr hektisches Treiben ließ die menschliche Bevölkerung nicht ungeschoren. Einen solchen Aufruhr sollte es bis 1945 nicht wieder geben.

In der Zurückgezogenheit der Firma Bangs, Wright und Brittingham konnte Edward den Tumult ertragen. Die Ventilatoren an den hohen Zimmerdecken durchpflügten eine Luft wie Sirup. Edward war froh über seine Sommerbeschäftigung bei einer so angesehenen Anwaltsfirma, doch er konnte es kaum erwarten, nach Yale zurückzukehren. Nach dem Examen gedachte er zu Hause in Montgomery zu praktizieren.

Während sich Edward fleißig mit den Winkelzügen der Justiz befaßte, verschwendete Paris seine Kräfte mit Betty im Bett. Er hatte gedacht, sie würde fallen wie ein reifer Apfel, aber es kostete ihn fast einen Monat ständiger Aufmerksamkeiten, Schmeicheleien und glattzüngiger Lügen, ehe er sein Ziel erreichte. Der Staub hatte sich nach seiner Entehrung einer jungen Dame seines Alters noch nicht gesetzt, als er sich buchstäblich auf eine Dame warf, die doppelt so alt war wie er. Dieser süße Rausch der Generationen wurde abrupt versalzen, als Peter Stove eines Nachmittags früh nach Hause kam und seine Frau in den Armen von

Montgomerys Adonis fand. Paris hechtete aus dem Fenster und überließ Betty ihrem Schicksal.

Zuerst führte Peter sich auf, als hätte er Harnvergiftung. Seine Wut legte sich, als Betty sich tränenreich entschuldigte und ihm dann ebenso tränenreich eröffnete, sie wisse, daß auch er nicht ohne Sünde sei. Peter erbleichte. Nach vorsichtigem Fragen stellte er fest, daß Betty nichts von seinem privaten ökumenischen Konzil wußte. Er verzieh ihr großmütig, und sie verzieh ihm hochherzig. Ihre Ehe war nicht übel, aber ziemlich schal. Sie machten gute Miene dazu. Vieles sprach dafür, daß Betty nie wieder vom rechten Weg abweichen würde, doch ob Peter es wirklich aufgeben konnte, in bischöflichem Pomp herumzustolzieren, das war fraglich.

«Ich weiß, wir haben gesagt, das Thema ist erledigt –» Peter ergriff seine Haarbürste aus Sterling-Silber – «aber was hast du bloß an diesem Grünschnabel gefunden?»

Die Augen noch gerötet, erwiderte Betty: «Er war aufmerksam. Er hat gesagt, ich bin süß.» Von einer Woge von Kummer überwältigt, hielt sie inne.

Mit einem Anflug von Einsicht setzte Peter sich neben sie aufs Bett. «Du *bist* süß.»

«Wirklich?»

«Ja.» Er fuhr sich mit den Fingern durch sein ergrauendes Haar. «Ich dachte, das wüßtest du.»

«Früher fandest du mich hübsch, und –»

«Das finde ich auch heute noch.» Frauen brauchen ständig Beachtung, fiel Peter ein. Warum seine Frau nach all diesen Jahren nicht wußte, daß sie ihm gefiel, das ging über seinen Verstand. Er hatte sie wirklich gern. Aber warum mußte sie es unbedingt hören? Warum konnte sie sich nicht um ihre Angelegenheiten kümmern? Ihm fuhr es durch den Kopf, daß er «ihre Angelegenheit» war.

Betty lehnte den Kopf an seine Schulter. «Glaubst du, daß irgendwer glücklich lebt bis an sein seliges Ende?»

Eine solche Frage war ihm nie in den Sinn gekommen. Ohne Überzeugung sagte er: «Natürlich. Aber man muß das Leben nehmen, wie es ist.» Er stand auf.

«Wo gehst du hin?»

«Ich werd diesem Feigling den Hals brechen.»

Betty sprang auf. «Nein!»

Von neuem erzürnt, brummte Peter: «Du liebst ihn.»

Endlich Vernunft annehmend sagte sie: «Ich liebe ihn nicht und würde ihn niemals lieben.»

«Und von mir kriegt er 'nen Tritt in den Arsch, daß ihm Hören und Sehen vergeht.» Schlimm genug, daß seine Frau mit Paris schlief, aber daß der dann aus dem Fenster flüchtete, das machte Peter noch wütender. Er war der Meinung, wer es mit einer Frau aus seiner eigenen Gesellschaftsschicht trieb, der sollte zu ihr halten, wenn sie erwischt wurden. «Er ist so jung, er könnte dein Sohn sein.»

«Wenn du dir junge Frauen nehmen kannst, sehe ich nicht ein, warum ich ohne jeden Spaß ins Grab gehen soll.»

«Das ist was an-» Peter hielt plötzlich inne. «Das ist bedauerlich. Keinem von beidem steht es zu, das Band des Vertrauens zu zerreißen.» Er seufzte. «So etwas kommt eben vor, aber Paris Banastre! Der ist so jung, er könnte dein Sohn sein.»

«Du wiederholst dich, mein Lieber. Und um unseres Sohnes willen möchte ich nicht, daß du eine Szene machst. Wenn kein Mißgeschick dazwischenkommt, wird Magnus die Wahl gewinnen. Wir wollen doch nicht den Sohn die Sünden seiner Mutter vergelten lassen.»

Sie hatte recht, aber das war ein schwacher Trost.

«Ich kann zumindest mit Carwyn sprechen. Er muß mit diesem Bengel was unternehmen», erklärte Peter fest.

Hortensia nahm eine Visitenkarte von dem Silbertablett bei der Haustür. Von den Damen der Gesellschaft war bekannt, an welchem Tag und zu welcher Stunde sie Besucher empfingen. Hortensia empfing am Donnerstagnachmittag, aber sie war unversehens in die Stadt gegangen. Die rechte Ecke der weißen Karte mit schlichten Antiquabuchstaben war aufgebogen. Es handelte sich also um einen Privatbesuch. Wenn die Ecke nicht umgebogen war, hatte die Visite einen mehr offiziellen Charakter: Geschäfte oder Politik.

Carwyn stürmte durch die Tür und stieß seine Frau fast um. «Hab ich dir weh getan?»

«Nein. Was gibt's?»

«Ich hatte soeben ein höchst ungewöhnliches Gespräch mit Peter Stove. Er behauptet, Paris hätte ein Verhältnis mit Betty. Betty!»

Nichts, was Paris anstellte, erschien Hortensia abwegig.

«Sein Gesicht war über und über rot vor Wut.»

«Über und über?» Hortensia amüsierte sich über Carwyns Ausdrucksweise.

«Gefleckt.» Carwyn faßte sich ein wenig und fragte: «Glaubst du das?»

Sie ging in den luxuriösen Salon voraus. «Ich weiß nicht, ob ich es glaube, aber es ist durchaus vereinbar mit seinem hemmungslosen Mißbrauch persönlicher Beziehungen.»

Carwyn wußte, es war die traurige Wahrheit. «Weißt du, was er noch gesagt hat? Er sagte, Betty hätte ihm erzählt, Peter lächeln zu sehen, tue weh. Was das wohl heißen soll?»

«Ich glaube, um das zu verstehen, muß man eine Frau sein.»

Carwyn war nicht gewillt, sich in das Wesen des Weibes zu versetzen. Er zog es vor, das Leben in Schubfächer einzuteilen, und Emotionen waren das Fach, das am meisten außer Reichweite lag. «Ich verfluche den Tag, an dem ich diesen Bengel gezeugt habe.»

Mit einem Anflug von Humor sagte Hortensia: «Damals meintest du, wir bräuchten einen zukünftigen Erben und einen Rückhalt.»

«Ja. Der Erbe ist uns geglückt, und der Rückhalt hält mit Demütigungen nicht zurück.»

«Was er auch anstellt, ich denke, es ist zum Teil unsere Schuld.»

Carwyn, im Begriff, seine Zigarre anzuzünden, hielt verblüfft mitten in der Bewegung inne. «Unsere Schuld? Wieso? Wir haben ihm ein Dach über dem Kopf und zu essen gegeben und ihm die beste Ausbildung ermöglicht, die man mit Geld kaufen kann. Er hat keine Entschuldigung. Keine.» Er zündete mit energischer Geste seine Zigarre an.

«Er ist in einem Alter, wo er für sich selbst verantwortlich ist, aber manchmal frage ich mich...»

«Ach was. Wir haben unsere Pflicht getan. Sieh dir Edward an. Er hat sich fabelhaft gemacht.»

«Das stimmt. Aber unsere Söhne sind nicht wie ein Paar

Schuhe. Sie waren vom Tag ihrer Geburt an verschieden. Es ist fast, als wären sie fix und fertig auf die Welt gekommen.»

«Davon verstehe ich nichts, aber ich weiß, daß es mit Paris noch ein schlimmes Ende nimmt. Ich bete, daß er den Namen dieser Familie nicht mit hineinzieht.»

Hortensia starrte den Mann an, mit dem sie seit 22 Jahren verheiratet war. «Ich habe mich Paris nie nahegefühlt. Du?»

Betroffen über diese Offenheit, zumal von Hortensia, sagte er, was ihm gerade einfiel. «Nein. Nein, ich habe mich keinem von ihnen nahegefühlt. Nicht einmal dir.»

«Gleichfalls.»

Carwyn hatte nicht vorgehabt, es preiszugeben, aber nun kam es ans Licht. «Weißt du, für mich warst du ein Smaragd. Tief im Innern brennt eine kalte Flamme. Ich wollte dich immer erhitzen und konnte es nicht.»

«Das war nicht allein deine Schuld.» Hortensia empfand eine bis dahin nicht gekannte Zuneigung zu ihm. Er war für sie ein Fremder unter demselben Dach.

«Wenn ich dich nicht so begehrt hätte, dann hätte ich dich nicht so gehaßt. Jedesmal wenn ich dich sah, wurde ich an mein Versagen erinnert.»

«Jemanden begehren ist ein Versagen?»

«Nein, aber nicht imstande zu sein, dich zu berühren. Wir passen nicht zusammen.» Er knöpfte seine Weste auf. «Merkwürdig. Ich dachte, du haßtest mich auch. Vor Jahren wurde resignierte Nachsicht daraus. Als du mich haßtest, warst du mir lieber. Als du mich haßtest, war ich dir wenigstens wichtig.»

Ihr Rücken straffte sich. «Carwyn, ich bedaure unsere Ehe. Ich bedaure meine Dummheit. Wir haben uns gegenseitig weh getan, zuerst aus Unwissenheit und später mit Absicht. Ich vermute, ich war – oder bin – ein Smaragd.»

«Karo-Königin vielleicht?» Auch Carwyn klassifizierte die Menschen. Es war ein verführerisches System.

«Wenn ich unnahbar war, mußt du bedenken, daß ich auch weit von mir selbst entfernt war.»

«Wie heißt das Sprichwort? ‹Wir werden zu früh alt und zu spät klug.› Ich wollte, ich könnte noch einmal ganz von vorn anfangen. Du nicht?»

«Ich weiß nicht.» Ein Bild von Banana Mae blitzte vor ihr auf, wie sie neben Carwyn in dem prachtvollen Zweispänner saß. Hortensia sah dieses Bild so deutlich, als sei es unmittelbar vor ihren Augen. Sie war außer sich gewesen, nicht weil sie Carwyn liebte, sondern weil er sie öffentlich bloßgestellt hatte. Sie fragte sich, ob Banana Mae ihn liebte. Und sie fragte sich, was aus solchen Frauen wurde – besonders aus Banana Mae und Blue Rhonda, die im Grunde gute Menschen waren. Auch sie werden alt. Ein eisiges Gefühl ließ ihre Finger erstarren. Gott, das Leben konnte grausam sein. Und absurd. Sie sah ihren Ehemann an, und zum erstenmal hatte sie den Wunsch, etwas über ihn zu erfahren. «Hast du jemals wen geliebt?»

«Ich liebe dich. Ich habe mich dir nie nahegefühlt, aber ich habe dich geliebt.»

«Carwyn, du hast dich laufend in der Water Street befriedigt.» Ein Hauch von Entrüstung flackerte auf.

«Ein Mann hat Bedürfnisse. Das hat wenig mit Liebe zu tun. Ich geh nicht mehr oft hin.»

«Eine bequeme Erklärung. Woher weißt du, daß ich nicht auch Bedürfnisse habe?»

«Die hast du mich aber nicht spüren lassen, verdammt noch mal.»

«Wenn man auf die vierzig zugeht, bekommt man eine klarere Sicht.» Sie machte sich ein wenig über sie beide lustig. «Ich glaube, Frauen entdecken das, was du Bedürfnisse nennst, später im Leben als Männer.»

Seine Zigarre erlosch knisternd. Mit zusammengezogenen Brauen, als konzentriere er sich ausschließlich auf das Wiederanzünden, fragte er zwischen paffenden Zügen: «Hast du jemals wen geliebt?»

«Mutter, Vater. Als Edward heranwuchs, habe ich ihn geliebt.»

«Nein, nein – Liebe. Romantischer Schwulst.»

«Ja.»

Carwyn hatte die Antwort halbwegs erwartet. «Kannte ich ihn?»

«Nicht gut.» Und hastig fügte sie hinzu: «Manche Dinge läßt man besser ruhen. Wichtig ist, daß er mich gelehrt hat, aus mir herauszuschauen. Meine Spiegel sind Fenster geworden.»

Mit erstaunlicher Sanftheit sagte er: «Ich bin froh.»

Die zwei saßen in friedlicher Eintracht, bis Paris, unentwegt pfeifend, die Tür zuknallen ließ. Carwyn machte eine Handbewegung. «Laß mich das machen. Es kann unangenehm werden.» Hortensia ging zu der Tür hinaus, die ins Wohnzimmer führte.

Paris kam strahlend hereingestürmt. «Vater, der einzige lebende Ostgote.»

Carwyn war aufgestanden und brummte: «Setz dich. Ich muß mit dir reden.»

Paris setzte sich gehorsam auf die brokatene Chaiselongue.

«Paris, Peter Stove hat mir eröffnet, du hättest mit seiner Frau geschlafen.»

«Hätte er mit ihr geschlafen, dann hätte ich's nicht tun müssen.»

«Verdammt!» Carwyn reckte sich turmhoch vor seinem sitzenden Sohn. «Hast du überhaupt keinen Respekt?»

Paris ignorierte die Bemerkung. Was gab es da schon zu sagen?

«Du kannst nicht mit den Frauen anderer Männer schlafen. Um Gottes willen, Paris, die Frau ist so alt wie deine Mutter.»

Ein verderbtes Flackern huschte über das makellose Gesicht. Paris fühlte sich zu seiner Mutter hingezogen. Ob er jemals den Versuch wagen würde, mit ihr zu schlafen, war im Hintergrund seines Hirns verborgen, aber wenn er sie nicht haben konnte, dann machte es ihm nichts aus, sie zu verletzen. Sie zog ihn an wie der Mond die Gezeiten, weit entfernt und doch gewaltig.

«Die Sache mit den Loves ist auch noch nicht ausgestanden. Das arme Kind weigert sich auszugehen, aus Angst, sie könnte dir begegnen und zusammenbrechen.»

«Dann schickt sie doch nach Tunis.»

«Paris –» Carwyns Ton blieb gelassen – «wenn du kein anständiges Leben anfängst, bist du derjenige, der nach Afrika geht. Du kennst keinen anderen Lebenszweck, als unseren Namen zu ruinieren.»

«Steig runter von deinem hohen Roß. Du hast dich so manche Nacht in der Water Street herumgewälzt. Ich bin nicht blöd.»

«Sprich nicht so mit mir», fauchte Carwyn. «Ich bin ein Mann. Ich habe Fehler. Aber eine Hure besuchen ist nicht annähernd dasselbe, wie sich mit respektablen Frauen rumtreiben.»

«Wenn sie sich rumtreiben, wie du es nennst, wie können sie dann respektabel sein?»

«Du weißt, wovon ich spreche. Dies ist keine Übung in Wortklauberei.»

«Huren langweilen mich.»

«Wie meinst du das?»

«Ich meine, ich bezahle doch kein Flittchen, damit sie an meinem Pimmel fummelt. Wo bleibt denn der Spaß, wenn sie's tun müssen? Das kann mein bester Freund auch von mir haben.» Er machte onanierende Bewegungen mit der rechten Hand.

Das brachte Carwyn in Rage. «Du bist unnatürlich.»

«Und dein Besteck in ein geschminktes Loch schieben ist natürlich?»

Carwyn wurde von heftigem Widerwillen gepackt. «Das Thema ist nicht diskutabel. Ich verbiete dir, so etwas noch einmal zu tun. Tust du es doch, werfe ich dich für immer aus dem Haus.»

Paris' Leben mit Carwyn bestand aus einer Anhäufung von Drohungen. Manche machte sein Vater wahr, manche nicht. Obgleich er bisher nie gesagt hatte, er würde ihn hinauswerfen, war Paris nicht sonderlich beunruhigt.

«Hast du mich verstanden?»

«Ja», kam es matt zur Antwort. Paris stand auf, um hinauszugehen und ein Bad zu nehmen.

«Paris.»

«Ja?» Er drehte sich nicht einmal um.

«Wenn deine Mutter und ich dir schon gleichgültig sind – und wir haben durchaus Fehler gemacht –, könntest du wenigstens ein bißchen Rücksicht auf deinen Bruder nehmen.»

Im Weggehen trällerte Paris: «Der alte, brave Edward.» Dann murmelte er im Flüsterton: «Der hat vermutlich noch nie eine bestiegen.»

Die Treppe hallte wider von Paris' hinaufsteigenden Schritten. Dieser Sohn ist eine wandelnde Katastrophe, dachte Carwyn.

Brütende Hitze lähmte so manchen von protestantischer Arbeitsethik erfüllten Mitmenschen. Nicht so Ada Jinks. Nicht ein Haar in Unordnung, nicht eine Spur Schmutz oder Schweiß auf dem Kleid, paukte sie mit Harriet Wilson, einer zukünftigen Collegestudentin, den Konjunktiv. Harriet beabsichtigte eigentlich gar nicht, aufs College zu gehen, aber Ada wollte sie unbedingt dorthinbringen. Harriet war eine gute Schülerin und so ehrgeizig, daß sie den ganzen Sommer über lernte. Die Wilsons konnten nicht mit Geld bezahlen, statt dessen erledigte Vida Wilson, Harriets Mutter, die Bügelwäsche für die Jinks. Placides Hemden waren tipptopp. Ada gab nicht gerne zu, daß irgendeine Frau so reinlich sein konnte wie sie, aber in Vida hatte sie eine scharfe Konkurrentin.

Harriet beendete ihre Lektion mit nur einem Fehler. Stolz entließ Ada sie mit der Hausaufgabe für den nächsten Tag. Ada hatte eine hohe Meinung von sich, aber nie betrachtete sie die Lernfähigkeit anderer als ihren Verdienst. Sie konzentrierte sich ganz auf die Schülerin und den Stoff. Ada war von Natur eine begabte Lehrerin. Placide meinte, das komme daher, weil sie gern kommandiere. Vielleicht, aber sie liebte es, jemanden Fortschritte machen zu sehen, und sie trug gerne dazu bei.

Als Harriet fort war, putzte Ada das Haus. Neuerdings trug sie dazu eine OP-Maske.

«Jemand zu Hause?» rief Placide aus der Küche.

«In der Diele.»

Placide kam, um ihr einen Kuß zu geben. «Willst du das Ding nicht vom Gesicht nehmen?»

«Es hält meine Atemwege von Staub frei. Wie oft soll ich dir das noch sagen?»

Er hakte die Maske auf. «Küsse sind Küsse und Staub ist Staub.»

Sie ließ sich einen Schmatz auf die Wange gefallen und wollte die Maske wieder hinaufziehen.

«Wie kann ich deine süßen Lippen sehen? Dies ist schließlich mein Heim und kein Krankenhaus.»

Geschmeichelt nahm Ada die Maske ab.

«Bin heute Amelie begegnet», bemerkte Placide beiläufig.

«Was wollte die Zwei-Tonnen-Tante?»

«Sie hat angefangen zu fressen, als ihr Mann davonlief, nicht? Du solltest einer von deinen studierten Freundinnen vorschlagen, eine Studie darüber zu machen. Über den Zusammenhang zwischen fetten Frauen und gebrochenen Herzen.»

«Du bist gutgelaunt.»

«Es ist heißer als in der Hölle, aber irgendwie fühl ich mich wohl dabei.»

«Weil's die Arthritis ausdörrt, deshalb. Jetzt erzähl mal, was hat Amelie gesagt?»

«Nicht viel. Ob du ihre kleine Catherine unterrichten könntest, wollte sie wissen. Das Mädchen ist helle, und ich glaube, es wäre auch eine Erleichterung für Amelie und die ganze Familie Banastre, wenn ein Teil ihrer unbändigen Energie auf Lernen gerichtet würde.»

«Sie ist ein kluges Kind. Martha Seddon hatte sie letztes Jahr in ihrer Klasse.» Ada strich ihren Rock glatt. «Ich denke, es läßt sich machen.»

«Die Banastres würden anständig zahlen.» Eigentlich hatte er «Amelie» sagen wollen.

«Wundervoll, wie sie sich um das Kind kümmern. Ich glaube, Carwyn ist der Vater. Komisch, daß sie sich soviel Mühe geben...» Sie brach ab, als sei es unnötig, mehr zu sagen.

«Kann sein. Ich habe da meine Zweifel.»

«Irgendwas stimmt nicht bei denen.»

«Na wenn schon, mein Herz, was geht es uns an?»

Sie pflichtete ihm bei.

Er fuhr fort: «Wo wir gerade von den Banastres reden, Gabriel hat mir heute aufgelauert.» Gabriels richtiger Name, Xavier McLanahan, war im Laufe der vielen Jahre, die sie in Montgomery lebte, in Vergessenheit geraten, aus dem einfachen Grund, weil die Frau den Mund nicht halten konnte. Daher Gabriel. Vor gut fünfzig Jahren, als sie beide kleine Mädchen waren, hatte sie Icellee Deltaven einmal äußern hören: «Klatsch muß man fördern. Er ölt die Maschine der Gesellschaft.» Das hatte die kleine Icellee zweifellos von ihrer Mutter aufgeschnappt. Es machte einen tiefen Eindruck auf Gabriel. Wie üblich hatten die zwei in einem bestimmten Alter aufgehört, zusammen zu spielen, aber Gabriel behielt die gemeinsamen Jahre in Erinnerung.

«Hat die Trompete was ausposaunt?»

«Es scheint, Paris hatte intime Beziehungen mit Betty Stove.» Placide bemühte sich, nicht zu lachen.

«Das darf doch nicht wahr sein!» Ada gab vor, Klatsch zu verabscheuen, dennoch hatte sie viel für handfeste Skandale übrig. Sie bestätigten ihre Meinung über die Natur des Menschen. Außerdem hat man kein so ungutes Gefühl wegen des eigenen Lebens, wenn man sieht, daß andere ihres noch ärger verpfuschen. Klatsch übte eine stärkende Macht aus.

«Und Amelie hat nichts gesagt?»

«Nein. Du weißt doch, sie ist treu wie Gold.»

«Wo um alles in der Welt hat Gabriel das aufgeschnappt? Es ist so unerhört, daß es wahr sein muß.» Ada war beinahe fasziniert.

«Ich kann mir nicht vorstellen, daß Betty oder Peter was rausgerutscht ist. Und die Banastres würden bestimmt kein Wort sagen.»

«Die beiden müssen in einem Zustand fortschreitender Abtötung sein», meinte Ada mitleidig.

«Ich glaube, für den alten Knaben ist es am schlimmsten.»

«Ich traue Paris nicht zu, daß er quatscht, bloß um den Schlamassel zu sehen.»

«Ich wette, es war Marilee Bach. Die ist immer noch wütend, weil er sie letztes Jahr abgeschoben hat.»

«Plätscherbach.» Placide lächelte.

«Oder Mary Bland Love, sein letztes Opfer.» Ada zeigte sich über Paris genau informiert.

Placide ergötzte sich an ihrer angeblichen Überlegenheit. Die kleinen Risse im Panzer machten sie ihm nur um so liebenswerter. Zuweilen konnte man vergessen, daß Ada der menschlichen Rasse angehörte.

«Nicht Miss Love; sie ist nicht boshaft, und wie ich höre, ist sie immer noch am Boden zerstört.»

«Das wird ihr eine Lehre sein, daß Männer hübsch anzuschauen sind, daß man aber besser keinen ins Haus läßt.»

«Ada.»

«Du bist die Ausnahme, die die Regel bestätigt.»

«Mann, o Mann!» Er schüttelte den Kopf. «Weißt du, was ich glaube? Es ist eine gewagte Vermutung, aber ich glaube, Hochwürden Ray hat Wind davon bekommen und sorgt dafür, daß sich die Geschichte in der Stadt rumspricht. Er denkt, Unmoral in der Familie schadet Magnus Stove bei der Wahl.»

Placide hatte die Gabe, hinter die Kulissen zu blicken. Ada bewunderte ihn deswegen. Ihr Wissen stammte vornehmlich aus Büchern; sein Wissen stammte von Menschen.

«Was uns betrifft, ist es egal, wer den Sitz gewinnt. Trotzdem –» sie attackierte eine Fliege, die unverschämterweise in ihr Haus eingefallen war – «die Zustände sind byzantinisch.»

«Einen Dreckstümpel würde ich es nennen. Paris wird noch eine Menge Unheil anrichten, bevor er das Zeitliche segnet. Das macht mir Sorgen.»

«Er hält sich raus aus unserer Seite der Stadt.»

«Sagst du nicht immer, wir sind alle füreinander verantwortlich?»

«Placide, du brauchst mich nicht vor mir selbst zu zitieren. Wenn ich das sage, spreche ich von unseren Leuten, nicht von denen. Bei Paris können wir nichts machen, selbst wenn wir wollten.»

«Eigentlich wollte ich heute im Garten arbeiten, aber ich warte wohl besser, bis es abkühlt.»

«Dann kommst du bestimmt nicht vor November dazu.»

Ihre Bemerkung beherzigend, knöpfte er sein Hemd auf und strebte zur Hintertür.

«Wie alt ist Catherine?»

«Ungefähr zehn», erwiderte er.

«Könnte Spaß machen.»

Später, als er mit entblößter Brust im Garten arbeitete, steckte Ada den Kopf zur Tür hinaus. «Du bist immer noch der bestaussehende Mann, den ich kenne.»

«Daß du das ja nicht vergißt, Mädchen.»

Ein lauter Knall hallte über das Spielfeld. Hortensia richtete sich im Sattel auf. Polo war nichts für Damen, aber sie hatte gehört, daß eine Gruppe Frauen in Dallas, Texas, eine Mannschaft aufgestellt hatte. Was man in Texas konnte, konnte man auch in Alabama. Es hatte einiger Überredungskunst bedurft, aber es kamen etliche Reiterinnen aus der Stadt zusammen. Sie beherrschten das

Spiel inzwischen leidlich. Anfangs war die kleine Gruppe eine Sensation, doch bald hatte sich Montgomery daran gewöhnt. Frauen flogen Flugzeuge, was ist da schon ein bißchen Polo? Solange die Damen Siegesfeiern veranstalteten und die erforderliche Anzahl Söhne gebaren, konnte man ihnen alles verzeihen. Ein paar alte Gockel krähten ihre Mißbilligung heraus, aber die zwanziger Jahre lockerten so manchen Zwang. Nach einem Jahrzehnt verfolgte der große Krieg diejenigen, die in ihm gekämpft hatten, noch immer, und er wirkte sich auf alle aus, die ihn durchgemacht hatten. Von Zeit zu Zeit warf Carwyn noch heute seine Zeitung hin und verfluchte England und Frankreich. «Wofür sind unsere Jungs gefallen? Himmel, was haben wir davon? Europa ist eine gottverdammte Jauchegrube.» Deutschland plagte sich mit unmöglichen Reparationsleistungen. Seine zerbrechliche Demokratie wackelte. Carwyn las deutsch und hatte eine Anzahl Publikationen aus Deutschland abonniert. Die Nachrichten darin regten ihn am meisten auf. In seinem Club war die Mehrzahl der Männer seiner Meinung: Die Alliierten waren gelähmt. Wir griffen ein, beendeten die Angelegenheit für sie und kamen mit vollen Totenkisten statt Schatztruhen nach Hause. Er konnte verstehen, daß man Krieg führte, um sein Volk zu verteidigen, oder auch um Gebietsansprüche, aber in dieser Auseinandersetzung ging es weder um das eine noch um das andere. Das zerschlagene österreichischungarische Reich lag darnieder wie Glasscherben, die darauf warteten, daß ein Riese sie wieder krumm und schief zusammenklebte. Vor allem verabscheute Carwyn die Sowjet-Union. Profit lockte mit Sirenengesang. Nicht um alles in der Welt würde Carwyn den Kommunismus in irgendeiner Art oder Gestalt gutheißen.

Hortensia beschäftigte sich mit Catherine, mit ihrer neuesten Leidenschaft Polo, und mit einem gewissen, noch ungeklärten Haß auf veraltete Konventionen. Europa schien sehr weit entfernt. Ihr einziges internationales Anliegen war, daß Amerika jeglichem Aufruhr in Europa, Asien oder der Arktis aus dem Wege gehen möge. Nach dem letzten Spielabschnitt blieben die Frauen oft noch auf einen Drink beisammen und Hortensia war entsetzt, wie wenig sie von der Welt außerhalb der Grenzen von Montgomerys Oberschicht wußten. Politik existierte kaum für sie. Sie war ja selbst jämmerlich schlecht informiert, aber die anderen waren schlicht blöde. Lila, die Politik eifrig analysierte, erklärte ihr, die Menschen interessierten sich nur für Politik, wenn sie am Hebel der Macht saßen. Hortensia war geneigt, ihrer Mutter zu glauben.

Heute nachmittag hatte sie Catherine und Amelie mitgenommen. Das Training wurde vorzeitig abgebrochen, weil die Pferde von Schweiß schäumten, und wenn sie keinen Hitzschlag erlitten, dann würde er bald die Reiterinnen ereilen. Catherine klatschte in die Hände, als Hortensia vom Spielfeld trabte.

«Ich will auch Polo spielen!»

«Dann mußt du viel reiten und erst mal erwachsen werden», rief Hortensia ihr zu.

Catherine ergriff beflissen den Zügel des Pferdes, obwohl sie sich dazu auf die Zehenspitzen stellen mußte.

Hortensia stieg ab.

«Muttermilch, Banny.» Sugar Guerrant hielt einen verlockenden Martini in die Höhe.

«Sekunde.» Hortensia übergab das Pferd ihrem Reitknecht.

«Sie sind auf einem Pferd geboren, Miss Hortensia», sagte Amelie.

«Beinahe.»

«Ich will so gut reiten können wie du.» Catherine strahlte.

«Übung, meine Süße. Gehst du auch immer rückwärts die Treppe hinauf, für deine Beine?»

«Ja, außer wenn ich's eilig habe.»

«Fein.»

Catherine zog Hortensia die Reithandschuhe aus. «Wenn ich groß bin, will ich genauso sein wie du.»

«Ich bin nicht nachahmenswert, mein Herz. Sei du selbst.»

«Nein, Tante Tense. Ich will wie du sein. Ich wollte, ich könnte aussehen wie du. Du bist so schön.»

Hortensia legte ihren Arm um Catherines Schultern. «Schönheit hält die Menschen von dir fern. Wünsch dir das nie.» Catherine blinzelte verständnislos, und Hortensia zog sie enger an sich. «Wenn eine Frau als schön gilt, sehen nur ganz wenige Menschen mehr in ihr als das. Die Männer – nun ja, was mit denen ist, wirst du später erfahren. Sagen wir, die Männer schenken dir aus völlig falschen Gründen Beachtung, und eine Menge Frauen hassen dich.»

«Dich hassen? Wie kann jemand dich hassen?»

«Ganz einfach. Die Frauen vergleichen sich mit dir und fühlen sich minderwertig. Sie leben außerdem in der albernen Angst, du könntest ihnen ihre Männer stehlen.»

«Wie kann man einen Mann stehlen?»

«Ich weiß es nicht, Liebling, ich habe nie einen gestohlen. Hört sich an, als wären sie ein Laib Brot.» Ihre vollen Lippen öffneten sich, ihre Zähne schimmerten. «Wenn du schön bist, sehen dich nur ganz wenig Leute richtig. *Dich*. Es ist schrecklich, durch dieses Leben zu gehen, ohne daß irgend jemand weiß, wer du bist.»

«Ich will wissen, wer du bist.» Catherines Unschuld leuchtete wie eine Ikone.

«Das glaube ich dir. Hoffentlich findest du nicht, wenn du in meinem Alter bist, daß deine Tante Tense eine Enttäuschung war.»

«Ich werd dich noch lieber haben. Das verspreche ich dir.» Catherine hielt inne. «Wie alt bist du?»

Amelie schnalzte mißbilligend mit der Zunge. Catherine sah erst sie an, dann Hortensia. Das Kind wußte nicht, was es falsch gemacht hatte.

«Das will ich dir sagen, aber in Zukunft ist es ratsam, Frauen nicht nach ihrem Alter zu fragen. Mir ist es wirklich schnuppe, Miss Naseweis, aber viele von meinen Genossinnen haben das gar nicht gern.» Sie stemmte die Hände in die Hüften. «Ich bin siebenunddreißig.»

Catherine starrte sie an. 37 Jahre waren eine Ewigkeit. «Oh.»

Sugar trat heran und reichte Hortensia ein zierliches Glas. Sie nahm einen genüßlichen Schluck.

«Sugar, ich glaube, du kennst Miss Catherine Etheridge.»

«Bist du aber groß geworden, Catherine. Fast hätte ich dich nicht erkannt.» Sugar nickte Amelie zu.

«Komm ins Zelt, Madam.» Sugar legte ihre Hand auf Hortensias Ellbogen. Die übrige Gruppe erging sich in lebhaftem Geplauder; ihr Gelächter schallte über das kurze Gras.

«Darf ich mitkommen?» fragte Catherine.

«Nein, Liebes, das ist was für Erwachsene.»

«Aber vor einer Sekunde hat Miss Guerrant gesagt, daß ich groß bin.»

«Größer, ja; erwachsen, nein.» Hortensia tätschelte ihr den Kopf.

«Es ist, weil ich scheckig bin, nicht wahr?» stellte Catherine tonlos fest. Aus Amelies Augen sprach Entsetzen.

«Was?» fragte Hortensia.

«Scheckig, gescheckt – halb schwarz und halb weiß. Ich passe nirgends hin, nicht?»

Sugar Guerrant war betroffen. Einen Wimpernschlag lang hatte sie ein Gespür für das, was in dem Kind vorging, und schlimmer noch, einen Einblick in das, was die Südstaatler «unser spezielles Problem» zu nennen pflegten. Unser spezielles Problem emigrierte in die unpersönlichen Städte des Nordens, wo sie keine Erleichterung erfuhren. Die schwarze Diaspora fand kein gelobtes Land.

Erschüttert, aber beherrscht, beherrscht wie stets, sagte Hortensia ruhig: «Ich kann dich nicht belügen, Catherine. Dir wird auf Grund deiner Hautfarbe so manche Tür vor der Nase zugeschlagen werden. Aber erwachsenen Frauen bei unerlaubten alkoholischen Genüssen Gesellschaft leisten, das ist keine von diesen Türen. Du bist einfach zu klein dazu.»

Catherine sann darüber nach.

Amelie nahm das Kind an die Hand. «Warum hast du das gesagt?»

«Weil's wahr ist. Es ist wahr, daß ich nirgends hingehöre.» Die Stimme schwankte ein wenig.

Sugar ergriff sanft die andere Hand des Kindes. «Liebling, es ist wirklich, weil du noch ein kleines Mädchen bist.»

«Aber was wird, wenn ich ein großes Mädchen bin? Dann kann ich immer noch nicht mit euch allen Polo spielen.» Tränen stiegen auf.

Hortensia sagte mit einer Traurigkeit, wie sie Sugar noch nie bei ihr erlebt hatte: «Catherine, selbst diejenigen unter uns, von denen man denkt, daß sie wohin gehören, fühlen sich oft als Außenseiter. Ich weiß nicht, ob irgendwer zu irgendwas gehört. Aber du gehörst zu mir und zu deiner Mutter. Wenn alles andere versagt, dann hast du uns. Ist das nicht besser, als mit einer Horde weißer Frauen hinter dem Ball herzureiten?»

Catherine schwieg; dann antwortete sie bedachtsam: «Dich und Mutter hab ich lieber als alles andere – aber ich möchte trotzdem Polo spielen.»

«Mit dieser Frage werden wir uns befassen, wenn du soweit bist. Wenn es dann einen Weg da herum, hinüber, hinunter oder hindurch gibt, werden wir ihn bestimmt finden. Wie wär's, wenn du Joe jetzt helfen würdest, Augustus abzureiben?»

Die zwei Frauen gingen langsam zum Zelt. Sugars Augen waren feucht. «Gott, zerreißt es dir nicht das Herz?»

«Doch.»

«Ich denke nicht viel über Rassen nach. Die Leute machen immer so ein Theater deswegen. So etwas habe ich noch nie gehört. Das süße Kind.»

«Du hörst so etwas nie, weil die Neger von Geburt an lernen, uns zu belügen. Lüg oder stirb.»

«Denkst du das wirklich, Hortensia? Eine entsetzliche Vorstellung, daß meine Sandra mich belügt. Sie ist bei mir, seit ich ganz klein war. Ich weiß nicht, was ich ohne sie anfangen würde.»

«Du brauchst sie vielleicht, aber du setzt dich nicht mit ihr zu Tisch.» Hortensia wurde so drastisch, nicht um Sugar zu verletzen, sondern weil sie die Dinge so sah, wie sie waren.

«Wie könnte ich? Wir wären beide furchtbar verlegen.» Aufgewühlt stürzte Sugar von einer Empfindung in die nächste: Schmerz, Mitleid, Wut, Abwehr, Resignation. «Ich hab das Ganze nicht ins Rollen gebracht. Ich hab die armen Seelen nicht hierher verschifft. Was kann ich machen? Man kann Menschen nicht wie seinesgleichen behandeln, wenn sie es nicht sind. Ich behaupte nicht, daß wir besser sind; ich spreche rein gesellschaftlich.»

«Ich weiß. Denkst du, ich wüßte eine Antwort? Ich esse auch nicht mit meinen Dienstboten. Vielleicht ist das auch nicht der Punkt, an dem man anfangen sollte.»

«Wir können nichts tun. Selbst wenn wir es versuchten – unsere Männer würden uns umbringen.»

«Sugar Guerrant, seit wann kann dein Mann dich daran hindern, zu tun, was du willst?»

Sugars Fähigkeit, ihren Mann um den Finger zu wickeln, war ein beliebtes Gesprächsthema. Alle wollten wissen, wie sie das machte. Männern dagegen gelang es nie, Tom Guerrant in den Schatten zu stellen.

«Einfach die Welt zu verändern geht sogar über meine sagenhaften Kräfte.» Sugars gewohntes Naturell gewann wieder die Oberhand.

Hortensia drehte ihr Glas zwischen den Händen. «Trotzdem, wenn wir es wollten, wenn wir es wirklich und wahrhaftig wollten, ich glaube, wir könnten die Welt verändern.»

Darüber nachzudenken war Sugar zu anstrengend. Möglicherweise würde sie darauf zurückkommen, aber jetzt brauchte sie einen Drink aus dem Zelt. Geistesabwesend verplapperte sie sich. «Es gibt Augenblicke, da sieht das Kind dir sehr ähnlich.» Entsetzt über das, was sie gesagt hatte, schnatterte sie drauflos. «Aber wenn Menschen unter einem Dach leben, werden sie sich in Gesten und Tonfall ähnlich. Hast du Icellee und Grace jemals beobachtet? Das ist, als sähe man ein und dieselbe Person zu verschiedenen Zeiten ihres Lebens. Allerdings, seit Icellee ein paar Pfund zugelegt hat, ist die Ähnlichkeit nicht mehr so frappant.»

«Ja.» Hortensia kniff die Lippen zusammen. Sie wußte, daß die Leute sich wunderten, aber sich wundern und wissen sind zweierlei. Da Catherine die Schule für die Schwarzen besuchte und hauptsächlich mit ihren Schulkameradinnen verkehrte, hatte der Blitz noch nicht eingeschlagen.

«Hast du was von Grace gehört?» Sugar hatte Hortensia gern. Sie kannte sie allerdings nicht gut, obwohl sie zusammen aufgewachsen waren. Hortensia war unnahbar. Sie hatte sich im Laufe der Jahre ein wenig verändert, war gelöster, wohl auch ein bißchen wärmer geworden, aber man wußte nie, was sie wirklich fühlte. Sie sagte, was sie dachte, wenn sie danach gefragt wurde, aber sie erzählte selten, was sie fühlte. Sugar hoffte inständig, daß sie Hortensia nicht gekränkt hatte.

«Ja. Die Hochzeitsreise war ein voller Erfolg. Sie sind über jeden Pflasterstein in Wien gestiegen, haben jede Nacht getanzt, und die letzte Woche – das dürfte so um diese Zeit sein – wollen sie in Paris verbringen. Sie sind umwerfend zusammen, findest du nicht?»

«Gott, ja. Ich mag meinen alten Tom, aber er ist kein Payson Thorpe.» Sie stieß einen leidvollen Seufzer aus.

«Das ist ein Segen, denke ich.»

Sugar reckte aufgeschreckt den Kopf. «Wie meinst du das?»

«Damenkränzchen?» Dottie Damico stieß zu ihnen. Sie hatte den Helm noch auf.

«He, tauscht ihr zwei Geheimnisse aus?» Devadetta Corinth kam herübergeschlendert. Devadetta hatte ihren Namen bei der Geburt erhalten, wie die meisten von uns. Es hieß, ihre Mutter hatte Phantasie.

«Mädchengeschwätz.» Sugar schwang keß ihre Peitsche.

«Willst du etwa sagen, es gibt noch eine andere Sprache?» Devadetta holte sich einen frischen Drink aus der notdürftig verdeckten Bar. Klein und schlank war Devadetta eine mutige Spielerin.

«Wir sprachen über Grace und Payson, ihr Aasgeier.» Sugar lachte.

«Klatschweiber. Nicht brummig werden, Sugar. Wir können uns nicht auf die Frauenseiten in diesem miserablen Käseblatt verlassen. Wir müssen uns gegenseitig vertrauen. Also, was ist mit Payson und Grace?»

«Nun, ich sagte, mein alter Tom ist ein Goldstück, aber er ist kein Payson Thorpe, und stellt euch vor, Hortensia äußerte wie das Orakel von Delphi: ‹Das ist ein Segen.› Was meinst du damit?» Aller Augen wandten sich Hortensia zu.

«Guter Gott, seid ihr alle so heißhungrig auf Neuigkeiten? Ich weiß nicht, was ich damit meine; ich habe bloß so ein Gefühl, daß ihnen etwas zustoßen wird.»

«Das zweite Gesicht. Wie Marge Palmer», brummte Dottie.

«Ich glaube nicht, daß ich mit geheimen Kräften begabt bin.» Hortensia wußte wirklich nicht, woher sie diese plötzliche Ahnung hatte.

«Oh, das kommt und geht, wie ein Vogel, der zum Fenster ein- und ausfliegt, sagt Marge.» Dottie sprach wie eine Expertin.

«Wenn ein Vogel im Haus herumfliegt, bedeutet das Tod.» Devadetta schauderte.

«Dummes Geschwätz!» knurrte Sugar. «Verschont mich mit Altweibergeschichten.»

«Vielleicht hörst du lieber Altmännergeschichten», stichelte Dottie. Tom Guerrant war ein notorischer Schürzenjäger. Sugar konnte alles von ihm haben. Er verehrte Sugar, trotzdem ging er fremd, unbemerkt, wie er sich einbildete. Ehefrauen sind stets die letzten, die es erfahren, aber nach so langer Zeit hätte Sugar schon im Koma liegen müssen, um es nicht mitzubekommen.

«Wen kümmert's, ob der Göttergatte außerhalb des Reviers herumstreunt, solange er nach Hause kommt und solange man für dasselbe Ziel arbeitet?» konterte Sugar. Catherines Bemerkungen hatten ihre gewohnte Selbstbeherrschung geschwächt.

Devadetta rettete die Situation, indem sie mit ihrem eigenen Aberglauben aufwartete. «Vielleicht sind Grace und Payson zu schön, zu reich, zu talentiert. Hortensia ist möglicherweise auf der richtigen Spur. Es gibt Leute, die haben nichts in ihrem Leben, deshalb machen sie sich an andere heran. Sie werden entweder Anhänger oder Attentäter.»

Dottie runzelte die Stirn.

Devadetta fuhr fort: «Wenn jemand ganz oben ist, gibt es Leute, die ihn aus Neid, Eifersucht oder purer Bosheit vom Thron stoßen müssen. Grace und Payson sind so eine Art König und Königin.»

Sugar fand ihr Gleichgewicht wieder und sprach zu aller Erleichterung: «Ich wette, du hast recht.»

Hortensia plauderte noch etwa eine halbe Stunde mit ihrer Mannschaft, aber sie fühlte sich weit von ihnen entfernt, als stünde sie auf einem anderen Planeten und beobachtete sie durch ein Teleskop. Jeder hat Probleme, dachte sie. Ein sehr unorigineller Gedanke, aber wahr.

Auf den Marktständen häuften sich Mais, Karotten, riesige weiße Rüben, Kürbisse und viele andere Gemüse. Lottie, von allem Eßbaren magnetisch angezogen, wog eine gigantische Tomate in der Hand. Rhonda, gegen kulinarische Kreativität immun, begutachtete die Käufer und Verkäufer.

«Die Tomate ist so dick wie ich.»

«Ja, das nenn ich eine Supertomate.» Rhonda nahm sie Lotowana aus der Hand und tat so, als ob sie damit hinfiele. Aus purem Übermut warf sie die Tomate hoch in die Luft. Nackte Panik verbreitete sich auf dem Gesicht des drahtigen kleinen Mannes hinter dem Stand. Lottie fing die Tomate geschickt auf.

«Rhonda, du kannst dich nicht eine Minute benehmen.»

«Wenn ich's täte, würdest du mich nicht mögen.»

«Das kann gut sein.» Lottie bezahlte bei dem Mann. «Ich möchte ein bißchen Zuckermais.»

«Bei Mac gibt's den besten.»

Bunnys Köchin kaufte alle Nahrungsmittel und alles Fleisch fürs Haus ein. Eine gute Tafel verbesserte das Geschäft. Bunny schwor, daß Sex und Essen zusammenhingen. Aus verschiedenen Gründen waren Lottie und Blue Rhonda nicht ganz dieser Meinung. Lottie hatte an der Köchin nichts auszusetzen, doch gelegentlich besorgte sie gern ein paar Dinge für sich oder fürs ganze Haus. Die Farben der in den kleinen Ständen hübsch arrangierten und mit Wasser besprühten Lebensmittel wirkten auf sie ebenso anziehend wie die Aussicht, das alles aufzuessen. Manche Verkäufer legten in eine Kiste Tomaten, an den Rand Petersilie, daneben Mais, leuchtend lila Auberginen neben den Mais, und so weiter. Für Lottie war das schöner als ein Gemälde – wegen des Endergebnisses.

Die Blumenstände fesselten Blue Rhonda. Ein ganzes Sortiment Ringelblumen hatte es ihr besonders angetan. Wenn Rhonda mit einer «grünen Hand» begabt war, dann war Lotties Hand vergiftet. Sie konnte nicht mal Unkraut züchten. Für sie war Rhonda eine Zauberkünstlerin.

«Hat Bunny sich von ihrer Beichte erholt?»

«Hm, ja. Rhonda, du kaufst ja Unmengen von diesen Dingern. Wie willst du die nach Hause schaffen?»

Der Verkäufer erbot sich, sie nach Marktschluß vorbeizubringen.

«Das Pferd weiß den Weg.» Rhonda zwinkerte ihm zu. Er war ein Freier, der alle vier Monate mal zur Tür hereinfegte, wenn er es nicht mehr aushalten konnte.

«Er hat einen Lieferwagen, Rhonda.»

«Lottie, manchmal glaube ich, du hast nicht mal soviel Verstand wie Gott einer Gans gegeben hat.»

«Wieso?»

Rhonda trat sie gegen das Schienbein und bedeutete ihr gleichzeitig, still zu sein. Das fiel Lottie nicht leicht. Im Weggehen zuckte sie zusammen. «Warum mußtest du mich treten? Du bist 'n hundsgemeines Stück.»

«Er ist ein Freier von mir. Einer von der schüchternen Sorte.»

«Oh – oh.» Voll Verständnis und Diskretion verzieh Lottie Rhonda den Tritt. «Den hast du nie erwähnt.»

«Der taucht bloß dann und wann mal auf.»

«Von denen hab ich auch ein paar. Weißt du, wen ich manchmal vermisse?»

«Wen?»

«Dad-eye Steelman. Der Mann war verrückt nach mir, der verrückte Dummkopf.»

Rhonda fand, er war wie eine Maus, die in einen Elefanten verliebt war. «Armer Kerl.»

«Man fand ihn in einem Graben mit so einer deutschen Pickelhaube in der Hand. Ein schrecklicher Gedanke, daß er da drüben liegt. Er sollte zu Hause sein, auch wenn er tot ist. Eigentlich wollte er gar nicht weg. Hat sich mit den Jungs besoffen, und schon war er eingezogen, heißt es.»

«Ich will bestimmt nicht nach Hause, wenn ich tot bin, das ist mal sicher. Außerdem bin ich hier zu Hause.»

«Ich mag an so was nicht denken. Sterben.» Lottie begutachtete ein paar Hühnchen, die an einem Bein aufgehängt waren. «Ich denke zu den seltsamsten Zeiten an ihn. Er springt mir in den Kopf, als ob er mir was sagen wollte.»

«Er flüstert aus dem Grab, ‹wälz dich rüber, Lottie, du zerquetschst mir den Fuß›.»

Lottie fand die Bemerkung so absurd, daß sie lachen mußte. Eine Feder von einem Hühnchen schwebte davon. «Die Menschen erreichen uns aus dem Jenseits.»

«Tja, und ein Bär scheißt nicht in den Wald.» Diskussionen über etwas, das sich nicht beweisen ließ, fand Rhonda entweder ärgerlich oder langweilig. «Magst du Jimmy Hale?»

«Jimmy?» Lottie kniff die Augen zusammen. «Der geht so. Riecht aber aus'm Mund. So einen, der sich so viel aus mir macht wie Dad-eye, finde ich bestimmt nie wieder. Ich wußte nicht, wie gut ich's hatte.»

«Das sagen alle, wenn sie älter werden. Paß lieber auf, Lottie; ehe du dich's versiehst, bist du vollkommen grau.»

«War das nicht traurig, als Banana Mae das mit dem Einsamsein fragte?»

Rhonda schnaubte. «Traurig! Der Hintern gehört ihr versohlt.

Sie hat mehr Freunde und Abwechslung, als man sich nur wünschen kann. Sie wird weich wie 'ne Weinbeere, wenn sie zu tief ins Glas guckt.»

Lottie sah eine zerquetschte Weinbeere in einem Whiskeyglas vor sich. «Ich weiß nicht.»

«Banana würde am liebsten heiraten, und dazu wird es nicht kommen. Daß sie sich nicht mit mir zufrieden geben kann, ist ein großer Fehler von ihr.»

Lottie betastete einen weißen Kürbis. «Freundschaft ist sicher wichtiger als Liebe. Immer das Gezeter wegen Liebe, Liebe, Liebe. Das geht mir auf die Nerven.» Sie legte den Kürbis auf die Waage mit der kleinen schwarzen Schale. «Bestimmt kosten diese Winzlinge bald 5 Cent das Pfund. Jedesmal wenn ich mich rumdrehe, ist irgendwas teurer geworden. Placide ist mit dem Preis für den Klafter Holz auf 7 Dollar raufgegangen.»

«Du mußt gerecht sein, Lottie. Das gilt für Kirschholz und Birke. Das ist schwer zu kriegen. Kiefer ist spottbillig.»

«Okay, da geb ich dir recht, aber Rhonda, daß immer mehr für immer weniger verlangt wird, das muß aufhören. Bunny stöhnt jeden Tag deswegen, und sie hat recht. Sie sagt auch, daß alle am Rand leben.»

«Rand – außerhalb der Linien in einem Schreibheft. Das sind wir.»

«Nein, es hat was mit Wertpapieren zu tun. Ich versteh nichts davon, aber Bunny sagt, die Leute kriegen was umsonst, und nachher müssen sie mordsmäßig blechen. Sie studiert dauernd diese Zahlen. Ich weiß nicht, warum sie sich damit abgibt. Sie hat alles in Grundbesitz und Gold angelegt.»

«Für mich ist das lauter dummes Zeug. Was ich nicht in der Hand halten kann, daran glaub ich nicht.»

«Ich auch nicht.» Lottie wog ihren Kürbis in der Hand. Sie hatte ihn gekauft, wollte ihn aber noch ein bißchen bewundern, bevor sie ihn in ihre Einkaufstasche steckte.

«Hast du das mit Paris und Betty gehört?»

«Klar, wer nicht? Der ist wild wie 'ne Ratte. Ich hab auch gehört, Beukema hat 'nen Tobsuchtsanfall gekriegt.»

«Nicht bloß 'nen Anfall, sondern 'nen Tobsuchtsanfall, einen richtigen Tobsuchtsanfall?» Rhondas Gang wurde schneller.

«Im Ernst, Schätzchen, die Wände auf der einen Seite vom Haus hoch und auf der anderen wieder runter, dabei Zeter und Mordio schreiend wegen ihrer Tochter. Und mit Schaum vor dem Mund. Gabriel hat mir alles erzählt.»

«Da mußt du einiges streichen. Gabriel übertreibt. Die macht aus einer Mücke einen Elefanten.»

Lottie kicherte. «Ob du's glaubst oder nicht, diese Schwarze weiß alles. Die ist sogar über die Kinder im Bilde. Sie sagt, Catherine, die Kleine von Amelie, nimmt im Sommer Unterricht bei Ada Jinks.»

Rhonda wartete eine Sekunde, dann streckte sie einen Fühler aus. «Hat sie sonst noch was über Catherine gesagt?»

«Nein.»

«Ich meine, über ihren Vater?»

«Manche glauben, es ist Carwyn, aber sie sieht ihm gar nicht ähnlich, also kann man das ausschließen. Amelie stand nie in dem Ruf, auf Rassenmischung aus zu sein, aber natürlich kann eine Frau mal 'nen Fehltritt tun.» Bei «Fehltritt» holte Lottie tief Luft. Ihr Leben war ein einziger langer Fehltritt. «Wer wüßte das besser als ich. Aber wir können die Geschichte auch andersrum sehen.»

«Wie meinst du das?» fragte Rhonda viel zu laut.

«Ich weiß nicht recht. Man hört was munkeln, aber das ist zu weithergeholt.»

«Zum Beispiel?»

«Daß Hortensia ihre richtige Mutter ist.»

Rhonda gab ein hohles Gelächter zum besten. Sie betete, daß sie nicht so durchsichtig aussah, wie sie sich fühlte. «Lächerlich. Sie könnte sich in dieser Stadt nicht mehr sehen lassen, das weißt du genau.»

Lottie war halb überzeugt. Trotzdem sagte sie: «Na ja, Rhonda, die Reichen dürfen sich auf dieser Welt kolossal viel erlauben. Sie war vor ungefähr zehn Jahren unnatürlich lange weg.»

«Vor zehn Jahren hat sich Carwyn bei uns, bei euch und bei Minnie Rue wie ein verdammter Idiot aufgeführt. Ich wette, sie ist abgehauen, um's ihm zu zeigen. Er ist ruhiger geworden.»

«Daran hab ich nie gedacht. Aber die Welt ist voll von offenen

Geheimnissen. Du weißt doch, diese Dame in Mobile, Royal Pumpelly, die hat einen jungen schwarzen Liebhaber. Das weiß die ganze Stadt. Er schleicht bei Morgengrauen aus der Hintertür, aber wen täuscht er schon? Und sie stolziert aufgeblasen herum, und keiner traut sich ein Wort zu sagen. Ihrer Familie gehört die verdammte Stadt.»

«Und ihr Mann ist seit Jahren tot, und sie war immer zartbesaitet.» Rhonda fiel noch rechtzeitig eine logische Erklärung ein. «Hortensia hat einen Ehemann, wenn auch mit Fehlern. Es wäre gegen alle Vernunft, wenn sie so etwas tun würde, und außerdem würde er's ganz bestimmt rauskriegen.»

Das erschien Lottie mehr als wahrscheinlich. Aber sie ließ nicht locker. «Ich dachte, sie haßt ihn. Und Männer sehen nicht, was sie nicht sehen wollen.»

«Lottie, das ist zwar eine hübsche Geschichte, aber es ist wie das Gerede vom Mann im Mond. Alle behaupten, sie sehen oben im Mond sein Gesicht, aber wenn du durch ein Teleskop guckst und nahe rankommst, ist nichts da.»

Lottie türmte das frische Gemüse auf die Waage. Sie mußte zugeben, daß Rhonda recht hatte. Rhonda wußte, daß Lottie, von der Logik des Gehörten überzeugt, es weitererzählen würde, als wäre sie selbst darauf gekommen. Rhonda fühlte sich Hortensia eng verbunden. Sie fand die Schönheit dieser Frau berauschend, und das machte ihr Geheimnis vielleicht um so tragischer. Rhonda hütete selbst ein Geheimnis, und deshalb beschützte sie Hortensia und Catherine mit List und Leidenschaft. Sie bedauerte, daß sie wahrscheinlich nie wieder ein gutes Gespräch mit Hortensia würde führen können, aber sie lebten nun einmal auf entgegengesetzten Enden des Lineals: Rhonda saß auf der Eins und Hortensia auf der Zwanzig. Dank Catherines besonderer Umstände konnte Rhonda sie ein wenig kennenlernen. Sie sah das Mädchen hier und da. Einmal hatte Placide sie vorgestellt, und Rhonda hatte Catherine zum Lachen gebracht.

«Du siehst krank aus, Rhonda.»

«Das ist nur vorübergehend. Der Tod heilt alles.»

Lottie nahm sie ins Gebet. «Du bist schrecklich. Ich weiß, daß du beim Arzt warst. Haste 'n Tripper?»

«Nein. Du weißt ja eine ganze Menge.»

«Ich mach mir Sorgen um dich.»

«Ich hab ein paar weiße Blutkörperchen mehr als rote, das heißt, ich neige dazu. Das ist alles. Ich brauch Unmengen Eisen.»

Lotties Augenbrauen, dünn wie Schnakenbeine, schnellten über ihrer Nase in die Höhe. «Eisen?»

«Das bringt die roten zurück.»

«Ach so. Da helfen Rüben. Du mußt viele Rüben essen.»

«Davon krieg ich stumpfe Zähne.»

«Rhonda, du kannst nicht alles haben.»

Als Lottie Zwiebeln aussuchte, pellte Rhonda geistesabwesend ein bißchen von der papierdünnen Schale ab. «He, ich hab heute 'nen guten Witz gehört. Was kommt raus, wenn man eine Zwiebel mit 'nem Esel kreuzt?»

«Was?» Lottie war gespannt.

«Meistens eine Zwiebel mit langen Ohren, aber alle Jubeljahre einmal kommt ein Esel raus, da treibt's dir die Tränen in die Augen, wenn der 'ne Nummer abzieht.»

Als er die Treppe hinaufsauste, stolperte Paris über Catherines Stoffpuppe. Sie hatte sie achtlos fallen gelassen. Paris stieß einen Fluch aus, hob die Puppe auf und klopfte den Staub ab. Sein Zimmer lag am Ende des langen Flurs im zweiten Stockwerk. Catherine und Amelie wohnten in den Dienstbotenräumen im dritten Stock auf der anderen Seite des Hauses; ein Gang führte zu ihren Zimmern. Paris setzte die Puppe vor seine Tür, ging hinein und öffnete seinen Kleiderschrank. Ein Verbindungsbruder veranstaltete eine große Party zum Sommerausklang. Eine weiße Hose wäre angebracht. Er wühlte in seinen Hemden. Als es leise an der Tür pochte, unterbrach er die Inspektion seiner Kleidungsstücke keineswegs.

«Herein.»

Catherine trat ein, die Puppe in der Hand. «Ich hab meinen Andy verloren. Danke, daß Sie ihn gefunden haben.»

«Du hast ihn auf der Treppe ausgesetzt.»

«Oh. Ich bin zu spät zum Unterricht gekommen.»

«Was war's denn heute, Latein oder Geschichte?»

«Latein. Wissen Sie was?»

«Was?» Er entschied sich für ein leichtes blaßblaues Baumwollhemd mit minzgrünen Nadelstreifen.

«Mrs. Jinks und ich unterhalten uns auf lateinisch.»

«Amo amas amat?»

Catherine schlenkerte mit ihrer Puppe. «Erst haben wir mit der Wiederholung von dem ganzen Zeug angefangen, aber dann meinte Mrs. Jinks, wir sollten uns unterhalten. Wiederholen und lesen könnte ich später. Wenn man sich unterhält, ist es wie eine Geheimsprache.»

«Bei mir gab es nichts als büffeln, büffeln, büffeln. Ich fand es saumäßig langweilig.»

«So? Mir gefällt's. Besonders, wenn Mrs. Jinks mir von Perikles und Augustus und all den Burschen erzählt.»

Catherine mochte Paris, weil er spaßig war. Sie kam nur gelegentlich mit ihm zusammen, aber sein mangelndes Interesse für die Tätigkeiten der Erwachsenenwelt stellten ihn in mancher Hinsicht mit ihr auf eine Stufe. Edward war liebenswürdiger, aber er ging nie aus sich heraus. In den letzten Sommerferien hatte Paris Catherine beigebracht, auf einem ungesattelten Pferd zu stehen. Er ritt gut, wie seine Mutter. Catherine hatte diese Veranlagung ebenfalls geerbt. Es hieß, das komme von den Duplessis, Lilas Familie; Bartholomew und alle anderen Reedmullers mußte man auf einem Pferd festbinden. Catherine hatte erfahren, daß man sich auf Paris nicht verlassen konnte, aber wenn man ihn in der richtigen Stimmung erwischte, überstrahlte er alle anderen. So klein sie auch war, sie spürte diesen Nimbus der Gewalt. Da diese Eigenschaft sich nicht gegen sie wendete, hatte sie keine Angst vor ihm, aber sie konnte es beinahe riechen, wenn er mit seinem Bruder oder seiner Mutter in einem Zimmer war.

«Wo gehen Sie heute abend hin?»

«Auf eine Party.»

«Ich war letzte Woche auf einer Party. Kinderkram.»

Paris lachte. «Ganz schön eingebildet für dein Alter.»

Catherine stand auf einem Bein. Sie wollte ausprobieren, wie lange sie das aushalten konnte. «Piggy Latham hat geheult, weil er die Kerzen auf seinem Geburtstagskuchen nicht alle auf einmal ausblasen konnte. So ein Schlappschwanz.»

Paris ließ sich in einen dunkelgrünen Ohrensessel neben dem Kamin fallen. «Ah. Schieb mir mal das Fußkissen rüber.»

Sie schob es unter seine Füße.

«Danke. Ich brauch 'ne Verschnaufpause, ehe ich mich den Strapazen der feinen Gesellschaft aussetze.»

«Was haben Sie heute nachmittag gemacht?»

«Neun wüste Durchgänge Baseball, Beta Theta Phi gegen Phi Delta Theta.»

«Wer hat gewonnen?»

«Die anderen, dank unserer beschissenen Würfe. Was kann man schon erwarten, wenn jeder von 'ner anderen Schule kommt? Wir hätten trainieren müssen.»

«Wer war Werfer?»

«Ich.» Paris deutete anklagend auf seine Brust.

Catherine kicherte hinter vorgehaltener Hand.

«Am ersten Schlagmal bin ich besser, aber –»

«Erzählen Sie mir eine Geschichte über Baseball.»

«Eine kurze. Ich hab nicht viel Zeit.» Er bedeutete ihr, sich auf seinen Schoß zu setzen. Sie hüpfte auf die Armlehne und warf ihre Puppe in seinen Schoß. «Schon mal was von Mighty Casey gehört, dem Schläger?»

«Nein.»

«Ich auch nicht. Nehmen wir was anderes.»

Er ließ eine Geschichte von den Meisterschaftsspielen von 1919 vom Stapel. Catherine beugte sich gespannt zu ihm hinüber und plumpste in seinen Schoß.

«Catherine, bist du schwer! Jetzt sitz still.»

Sie kuschelte sich in seinen Schoß. «Der Spieler zwischen dem zweiten und dritten Schlagmal wußte nichts von dem Plan, aber . . .»

Ihre Körperwärme bewirkte bei ihm eine leichte Erektion. Angenehm erregt, schob er Catherine mit dem linken Arm geschickt zur Seite und legte die Puppe auf seinen Schritt. Zwischen dem Weiterspinnen der Geschichte schlug er vor, sie solle mit ihrer Puppe spielen. Sie hatte keine große Lust dazu. Er müßte seinen Penis auf irgendeine Weise in die Puppe stecken. Nicht, daß er etwa ein rasendes Verlangen nach Catherine verspürte, aber ihn reizte die Vorstellung, von einem kleinen Mädchen gestreichelt zu werden, das keine Ahnung hatte, was es tat. Vielleicht würde er später auf diese Phantasie zurückkommen.

«Okay, das ist genug. Ich muß mich fertig machen.»

«Das war aber keine lustige Geschichte.»

«Morgen denke ich mir eine bessere aus. Vielleicht fühle ich mich heute nacht einsam. Laß mir Andy da.»

«Okay.» Sie gab ihm die Puppe und hopste aus dem Zimmer.

Es war, als sei jedem Jahr eine Karte zugeordnet, dachte Hortensia. Alle Karten zusammen stellten die letzten 52 Jahre dar. Dieses Jahr müßte das Jahr des Jokers sein. Ihr Gespräch mit Carwyn ging ihr ebenso nach wie Catherines Ausbruch und Sugars Fauxpas. Vielleicht waren es die Heuschrecken, jedenfalls lag etwas in der Luft.

Paris schlenderte an ihrem Wohnzimmer vorbei. «Gute Nacht, Mutter.»

«Was für eine Verwüstung gedenkst du heute anzustellen?»

Er trug eine blendend weiße Hose, das blaßblaue Hemd ohne den steifen Kragen. Mit dem flachen Strohhut, den er verwegen über ein Auge gezogen hatte, sah er wie eine Zeichnung aus einem Modemagazin aus. «Ein Herrenabend. Uns fällt bestimmt was ein.»

«Darauf möchte ich wetten.»

Er trat ins Zimmer, auf eine Litanei seiner Sünden gefaßt.

«Paris, Mary Bland Love ist schwanger.»

«O nein.»

«Es heißt, du bist der Vater. Ihr Vater hat im Club mit Carwyn gesprochen.»

«Woher will sie wissen, daß ich es bin? Ich bin vermutlich nicht der erste.»

«Du weißt, ein Mädchen wie sie würde nie –» Vor Zorn fehlten Hortensia die Worte.

«Rumficken.»

«Du bist vollkommen herzlos.»

«Das ist deine Meinung. Ich werde sie nicht heiraten, falls du darauf hinauswillst.»

«Sie sagt, du hättest es versprochen.»

«Sie lügt.» Natürlich hatte er es versprochen. Er hätte alles gesagt, um zu bekommen, was er wollte.

«Mr. Love wird seine Tochter auf jeden Fall rächen. Ich glaube, er wird dich töten.»

«Welch eine Erleichterung für die Welt.»

«Ich weiß nicht, warum du das getan hast, aber ich sehe keinen Ausweg. Das Mädchen ist geradezu lächerlich vornehm.»

Von dieser Spitze gegen seinen Geschmack aufgestachelt, spöttelte Paris: «Ehrliche Entrüstung, Mutter, oder ist sie einfach nur nicht die Schwiegertochter, die dir vorgeschwebt hat? Die Loves gehören zu uns. Es wäre eine standesgemäße Partie. Nach dem Liebesspiel, aber ohne Liebe im Spiel.» Paris grinste.

«Sie ist schrecklich langweilig, Paris, aber du hast sie nun mal geschwängert, und du wirst die Konsequenzen tragen. Dein Vater ist auf dem Weg hierher, und er wußte, daß nichts dich von deiner Party abhalten würde, wenn ich dir nicht sagte, was passiert ist. Du sollst hier auf ihn warten.»

«Ich denk nicht daran. Mir wird speiübel von seinem Gequatsche.»

«Sprich nicht so von deinem Vater.»

«Warum nicht? Du kannst ihn genauso wenig ausstehen wie ich.»

Zwielicht sickerte langsam ins Zimmer. Hortensia fehlten die Worte, um zu erklären, wie alles auseinanderfiel. Vielleicht ist das ganze Gewebe morsch, dachte sie, das ganze verdammte gesellschaftliche Gewebe. «Ich habe gelernt, mit ihm auszukommen. Ich kann nicht lügen, was unsere Ehe betrifft, die alles andere als perfekt ist, aber wir haben gelernt, uns gegenseitig zu akzeptieren.» Sie blickte in dieses unglaubliche Gesicht, als sähe sie in einen Spiegel. «Das hat nichts mit dir zu tun.»

«Hier hat überhaupt nicht viel mit mir zu tun. In diesem Haus dreht sich alles um den Erben.»

«Sei kein Dummkopf.»

«Ist doch wahr. Edward liebst du, und mich liebst du nicht.»

«Für die Mutterrolle war ich nie begabt. Das weiß ich so gut wie du, und es tut mir leid. Ich glaube, ich habe deinen Bruder genauso vernachlässigt wie dich. Als ihr älter wurdet, konnte man mit ihm leichter reden. Du warst ... du warst ...»

«Ein unausstehlicher Scheißdreck.»

«Ja, wenn du es unbedingt so ausdrücken willst. Aber das führt uns nicht weiter. Du steckst in einem schlimmen Schlamassel, mein Junge, und du ziehst deine ganze Familie mit hinein. Du wirst Mary Bland Love heiraten.»

«Du hast deinen Nigger auch nicht geheiratet.» Feuer sprühte aus den eisblauen Augen.

Hortensia starrte ihn bestürzt an.

«Wenn du dir das erlauben kannst, meine liebe Mutter, dann kann ich es auch.»

Sie schlug ihn mit aller Kraft. Hortensia war groß und stark. Sie hätte wissen müssen, daß sie nicht auf seine kindliche Ehrfurcht bauen konnte. Er schlug sie kurzerhand zurück.

«Biest!»

«Hure!»

Eine geballte Faust traf seine Kinnlade. Blut tröpfelte seitlich an Paris' Mund herab. Er war fünfzehn Zentimeter größer als seine Mutter, gut siebzig Pfund schwerer und fast zwanzig Jahre jünger. Blitzschnell packte er ihre Handgelenke und stieß sie unter gewaltiger Anstrengung an die Wand. Hortensia war nicht so leicht zu überwältigen. Er hielt sie an die Wand gedrückt, und blindlings, unbeherrscht, küßte er sie und preßte seinen Körper gegen sie. Sie biß ihn, seine Lippe riß noch weiter auf. Als er zurückwich, hob sie ihr Knie und traf ihn mitten in der Erektion. Heulend ließ er los, und sie trat ihn mit solch urwüchsiger Kraft, daß er quer durchs Zimmer schlitterte und unterwegs alles umstieß. Sie ergriff einen Schürhaken und fletschte die Zähne wie eine Wölfin. «Ich habe dich in diese Welt gebracht, und ich kann dich wieder hinausbefördern.»

Entsetzt über sich selbst und über sie, wischte er sich mit der Hand über den Mund. «Um Gottes willen, schlag mich nicht. Ich weiß nicht, was in mich gefahren ist.» Auf einen Ellbogen gestützt, sah er sie scharf an. «Nein, ich werd's nicht wieder sagen, aber es ist wahr. Ich weiß, daß es wahr ist, Mutter. Du liebst dieses Gör mehr, als du mich je geliebt hast.»

Hortensia war plötzlich erschöpft. Sie blinzelte heftig. Sie hatte das Gefühl, daß sie auf der Stelle einschlafen würde. «Ich sagte, Schluß damit.»

«Was machst du, wenn ich es Vater erzähle?»

«Bitte, wenn du willst.» Sie sorgte sich weit weniger wegen

Carwyn als wegen Catherine. Es fuhr ihr durch den Kopf, daß Paris versuchen könnte, sie durch das Kind zu verletzen.

Er stand auf. «Ich werde nichts sagen.»

Nein, du wirst nichts sagen, dachte sie. Du wirst es in einem grausamen Moment gegen mich verwenden. «Warum hast du mich geküßt?»

«Weil ich es wollte.» Er trat neben sie. Sie hatte keine Angst vor ihm, der gefährliche Moment war fürs erste vorüber. «Ich will dich.»

«Wozu? Ich kann die Vergangenheit nicht wiedergutmachen.»

«Ich will *dich*.»

Sie verstand. «Du bist wahnsinnig!»

«Vielleicht, aber bevor ich sterbe, werde ich mit dir schlafen, das schwöre ich.»

Sie schauderte, von Abscheu erfüllt. «Da mußt du mich zuerst töten.»

«Nein, ich werde dich kampflos haben. Ich weiß nicht wann, aber ich werde dich haben.»

Die Haustür fiel ins Schloß. Edward und Carwyn riefen von unten herauf.

«Wir sind oben im Wohnzimmer», rief sie hinunter, erleichtert, daß sie gekommen waren.

Sie schienen zwei Jahre zu brauchen, um die geschwungene Mahagonitreppe hinaufzusteigen. Hortensia tat den Schürhaken an seinen Platz zurück. Paris versuchte hastig, das Zimmer aufzuräumen. Es war wie ein stillschweigendes Abkommen.

Carwyn trat als erster durch die Tür, dicht gefolgt von Edward.

«Was zum Teufel geht hier vor?» wollte Carwyn wissen.

Hortensias Frisur war ein wenig zerzaust. Paris blutender Mund verriet ihn, und hätten sie den Fußabdruck auf seinem Schritt bemerkt, so hätte es noch mehr Scherereien gegeben. Zu seinem Glück sahen die beiden Männer nur seinen Mund.

Carwyn trat zu Hortensia. «Alles in Ordnung?»

«Ja.»

Wie vom Donner gerührt grollte Edward: «Hast du sie geschlagen?»

«Nein, sie mich.» Paris lächelte.

Wie eine Katze krallte sich Edward an sein Hemd und schüttelte ihn. Paris versetzte ihm einen Stoß in den Magen. Er sehnte sich nach einem Vorwand, diesen Lackaffen zu verdreschen. Der Lackaffe verspürte den gleichen Wunsch und schlug umgehend zurück.

«Genug!» Carwyn trat zwischen sie.

Überaus widerwillig brachen die Brüder ab. Bis zu diesem Augenblick hatte Edward nicht gewußt, wie sehr er seine Mutter liebte, so unnahbar sie auch war. «Wenn du ihr was antust, bringe ich dich um, Paris. Ich bring dich um und verrotte dafür mit Freuden im Gefängnis.»

«Das reicht. Mein Gott, was ist denn bloß los? Setzt euch! Alle hinsetzen.» Carwyn war außer sich. «Ich weiß nicht, was in der Welt vorgeht. Heute hat jemand vor dem Club auf Toddy Brittingham geschossen.»

Toddy Brittingham, einer von Edwards Chefs, trug teure Anzüge, die wie eine Toga an ihm schlotterten. Er gehörte zu den Menschen, bei deren bloßem Anblick man lachen muß. Das hinderte ihn aber nicht daran, der beste Staatsanwalt von Montgomery zu sein.

«Auf Toddy?» Hortensia war erschüttert, falls sie überhaupt noch etwas erschüttern konnte.

«Ja. Irgendein Kerl, den er vor fünfzehn Jahren ins Gefängnis gebracht hat.»

«Ist er tot?» fragte sie.

«Nein, aber seine Kniescheibe ist zerschmettert. Er wird das Bein nicht verlieren, aber vermutlich wird er es nicht mehr gebrauchen können.» Carwyn, was seine Kleidung anging, sonst immer korrekt, zog das Jackett aus und knöpfte die Weste auf. Die Neuigkeit von Mr. Love und von dem Schuß hatten ihn aus der Fassung gebracht. Obendrein belastete ihn, daß sein Sohn Hortensia womöglich geschlagen hatte; er war regelrecht verstört. «Paris, hast du deine Mutter geschlagen?»

Sie antwortete statt seiner. «Er hat den Kopf verloren, Carwyn. Die Neuigkeit von Mary wurde, sagen wir, nicht eben freudig begrüßt. Jetzt ist alles überstanden.»

Unschlüssig, was er tun sollte, musterte Carwyn seine Frau eindringlich; dann sah er ihr Ebenbild an. «Nimm ihn nicht in Schutz.»

«Ich hab sie nicht verprügelt.» Das stimmte. Er hatte sie ge-ohrfeigt. «Ich hab sie nur ein bißchen geschüttelt.»

Carwyn sprang auf und schlug ihn so fest ins Gesicht, daß Paris die Tränen kamen. Carwyn wollte ihn gerade mit der anderen Hand ohrfeigen, als Hortensia sein Handgelenk ergriff. «Nicht, Carwyn – bitte nicht. Das ist keine Lösung.»

Edward, vor Entsetzen starr, rührte sich nicht vom Fleck.

«Hast du mich verstanden, Paris?» Carwyn zischte die Worte durch die Zähne.

«Ja.» Ein roter Striemen bildete sich auf Paris' Wange.

«Du wirst dieses Mädchen heiraten. Wenn nicht, wirst du ent-erbt und fliegst für immer aus diesem Haus.»

Paris bekam es mit der Angst und fing beinahe an zu weinen. «Mein Leben ruinieren! Ich will nicht an dieses alberne Mondge-sicht gefesselt sein.»

«Das hättest du dir überlegen sollen, bevor du mit ihr schliefst», hielt Carwyn ihm vor. «Wir haben uns kürzlich über verschiedene Arten von Frauen unterhalten.» Er sah seine Frau an und zuckte mit den Achseln. Die Situation war so außerge-wöhnlich, daß es ihm nicht sonderbar vorkam, in ihrer Gegen-wart darüber zu sprechen. Sie drehte die Handflächen nach oben. Er fühlte sich besser. Edward aber war schrecklich verle-gen.

«Lieber lasse ich mich enterben.» Paris' Ton klang unbewegt.

«Gut und schön, aber dann verschwindest du besser schleu-nigst aus der Stadt; Marys Vater trägt nämlich eine Achtunddrei-ßiger bei sich.»

«Ich heirate sie», sagte Edward.

Eine wilde Hoffnung flammte in Paris' Augen auf.

«Das wirst du nicht tun. Eine lieblose Ehe ist nicht der richtige Start für ein Leben.» Hortensia sprach mit strenger Stimme.

Paris hätte am liebsten gesagt: «Du mußt es ja wissen», aber er ließ es bleiben.

Edward lachte leise. «Das ist vermutlich für mich die einzige Möglichkeit, an eine Frau zu kommen.»

«Du bist in deinem letzten Jahr auf der Rechtsakademie. Du hast noch Jahre Zeit, eine passende Frau zu finden.» Hortensia strich sich die Haare aus der Stirn.

«Wer sagt denn, daß Mary Bland Love damit einverstanden ist?» Carwyn war verblüfft.

Edward ergriff für sie Partei. «Ich kenne Mary von vielen Großen Hexenjagden. Sie war schlau. Wäre sie in unserer Mannschaft gewesen, hätten wir öfter gewonnen.»

«Und so langweilig im Bett.» Paris gähnte.

Carwyn trat halb drohend, halb seufzend auf ihn zu.

Paris krächzte: «Verzeihung, Verzeihung. Edward würde den Unterschied sowieso nicht merken.»

Mit der bissigen Zunge seiner Mutter sagte Edward: «Du warst schon als Kind ein fieses Ekel. In dieser sich rasch verändernden Welt ist Beständigkeit ein Trost.»

«Edward, ich verbiete dir, das auch nur noch eine Sekunde länger in Erwägung zu ziehen.» Hortensia stand auf.

«Mutter, laß mich meine Entscheidungen selbst treffen. Ich gehe morgen hin. Wenn sie ausgesprochen unausstehlich oder eine flatterhafte Schönheit ist, dann laß ich's bleiben, aber wenn sie intelligent ist und einen guten Charakter hat, dann will ich versuchen, vernünftig mit ihr zu reden. Es ist zu ihrem Nutzen und vielleicht sogar zu meinem.»

«Ich kann darin keinen Nutzen für dich sehen.» Selbstaufopferung lag nicht in Carwyns Natur. Er bewunderte Edwards Geste. Zweifellos wäre der Familie damit geholfen, aber wenn es einen anderen ehrenhaften Ausweg gab, fühlte Carwyn sich verpflichtet, ihn zu finden.

«Ich hätte gern einen Menschen, mit dem ich reden kann», sagte Edward schlicht.

In seiner Stimme klang etwas mit, das Hortensia an Catherine auf dem Polofeld erinnerte. Ihr war plötzlich, als breche ihr das Herz.

Später klopfte Carwyn an Hortensias Schlafzimmertür. Sie bat ihn herein, und sie setzten sich aufs Bett und sprachen über die Lage. Sie gestanden sich gegenseitig, daß sie Schlimmes ahnten und zugleich einen neuen Drang zu leben verspürten. Es war, als lösten sie sich mit der einen Hand vom Leben, während sie sich mit der anderen um so fester daran klammerten. Nachdem Carwyn sich vergewissert hatte, daß mit ihr alles in Ordnung war, küßte er sie auf die Wange. Er wollte mit ihr schlafen, wagte aber

244

nicht, sie darum zu bitten. Zehn Jahre lang hatten sie es nicht mehr getan. Als er hinausging und die Tür schloß, sagte er sich, der Tag sei anstrengend für sie gewesen. Es wäre ungehörig gewesen, sie zu fragen. Er hatte befürchtet, sie würde nein sagen, aber er hoffte, bald den richtigen Moment zu finden. Er empfand heute ganz anders für sie. Als er jung war, hatte er sie dazu gezwungen. Er hatte sie sogar ein- oder zweimal geschlagen, und danach war er fast umgekommen vor Scham. An manchen Tagen konnte er ihr nicht ins Gesicht sehen. Heute abend hatte er ihr Liebe schenken wollen. Bedrückt von seiner Torheit jener Jahre ging er in sein Zimmer. Ein beklemmender Gedanke beschlich ihn: Hatte Paris seine Wildheit von ihm geerbt? War er schuld daran?

Die Frage, wer ihre Eltern waren, peinigte sie immer wieder. Während sie mit dem Foto von Hercules Jinks spielte, das in einem schweren silbernen Rahmen auf einem runden, mit einem seidenen Tuch bedeckten Tischchen stand, traf ein Gedanke Catherine mit der Wucht einer Haubitze: Wie konnte es sein, daß sie ein Mischling war, wenn Hercules und Amelie beide schwarz waren? Das Foto stand zwischen Bildern von Amelies Familie. Zuweilen fiel Catherine auf, daß jemand es ein wenig verschoben hatte, und sie wunderte sich, warum Amelie es nicht wieder genau an seinen Platz gestellt hatte. Amelie duldete derlei sonst nie. Catherine stellte das Foto genau dahin zurück, wohin es gehörte. Von der Wiege auf hatte sie gelernt, daß man unter Amelies Obhut adrett, sauber und vor allem ordentlich sein mußte. Die einzige unordentliche Person im Haus war Paris, und er beschränkte sich darauf, schmutzige Hemden auf sein Bett zu werfen. Nicht einmal seine Schuhe ließ er mitten auf dem Fußboden stehen. Catherine war erschrocken zurückgefahren, als sie zum erstenmal Piggy Lathams Fliegentür aufstieß und eine Diele vorfand, die aussah wie nach einem Taifun. Nach ihrer Erfahrung war es so: Wenn man Geld hatte, ließ man jemanden für sich putzen. Wenn man kein Geld hatte, wurde man unter seinesgleichen an seiner Reinlichkeit gemessen. Nun, der Bursche auf dem Bild wirkte durchaus reinlich. Und robust. Sie war froh, daß Hercules ihr Vater war, denn sein Aussehen gefiel ihr. Amelie erzählte wenig von ihm, außer daß er Boxer gewesen sei. Sie wußte, daß er bei einem Eisenbahnunfall umgekommen war. Bislang kannte sie nur seinen Vornamen. Das genügte ihr, denn auch in ihren klassischen Studien ging es nun um lauter Leute, die nur einen einzigen Namen hatten: Hektor, Achilles, Odysseus, Herkules. Doch er war eindeutig schwarz, und Amelie auch. Wütend begriff sie, daß jemand sie belog.

Bis zu diesem Augenblick war sie stets direkt auf ihr Ziel losgeschossen, doch mit zehn Jahren ist man nicht zu jung, um zu lernen, daß man sein Ziel manchmal im Zickzack schneller erreicht. Sie trat vor den dreiteiligen Spiegel, vor dem Amelie immer großzügig ihre Cremes auftrug. Früher hatte Catherine ihren Gesichtszügen kaum Beachtung geschenkt. Sie hätte gern ausgesehen wie Hortensia, oder wie der Mann auf der Fotografie; Amelie mit ihren olympischen Ausmaßen wollte Catherine nicht gleichen. Sie konnte ihr Gesicht voll von vorn sehen, und in den Seitenflügeln sah sie ihr rechtes und linkes Profil. Kein Zweifel, sie war eine Negerin. Soweit, so gut – aber dieser rötliche Schimmer in ihrem Haar, die zierliche Nase und die hellbraunen Augen. Da war ein Weißer im Spiel. Vielleicht eine Großmutter oder ein Großvater. Sie hielt ihre Nase dicht vor den Spiegel und verwarf diese Möglichkeit, denn Amelies längst verstorbene Mutter war sehr dunkel gewesen. Sie wußte nicht, wer Hercules' Mutter war, aber gewiß keine Weiße, das stand fest. Eine Redensart kam ihr in den Sinn: «Irgendwo steckt da ein Nigger im Holzstoß.» Sie änderte sie ab. «Irgendwo steckt da ein Milchgesicht im Holzstoß.» Ihr war, als habe sie schartiges Glas in ihrer Kehle. Sie schluckte und schluckte, aber es wollte nicht hinunter. Sie wußte, daß die Menschen sie liebten, und sie liebte sie auch, aber wie können Menschen einen lieben und doch belügen?

Eine Woche verstrich nach dem großen Knall. Mit seltener Entschlossenheit suchte Edward Mary Bland Love auf. Anfangs weigerte sie sich, mit ihm zu sprechen, aber seine Beharrlichkeit siegte. Er war so ganz anders als sein Bruder; kaum zu glauben, daß sie derselben Familie entstammten. Doch Edward glich stark seinem Vater, daran erkannte Mary, daß er ein Banastre war. Mr. Love rauchte wie der Vesuv, kam aber zur Ruhe, als Edward ihm seinen Plan darlegte. Dem Brauch gemäß unterrichtete Edward

246

den Vater, ehe er ein einziges Wort mit der Tochter sprach. Von dieser Wende des Schicksals geblendet, vergaß Horace ganz das Glück seines Kindes. Edward fiel wie Manna vom Himmel. Horace hätte das Mädchen mit Gewalt zur Ehe gezwungen, aber Edward war dagegen. Sie müsse sich selbst entscheiden, meinte er. Er versprach, sie jeden Abend nach dem Essen zu besuchen, damit sie sich kennenlernten. Frauen im Sturm zu erobern war Edward unmöglich. Er konnte sie nur als menschliches Wesen mit einem Hirn im Kopf behandeln.

Das erwies sich Mary gegenüber als betörend. Außer ihren Lehrern schenkte ihrem mehr als durchschnittlichen Verstand niemand Beachtung. Nein, sie war von Edward nicht sofort hingerissen, aber je öfter sie ihn sah, um so besser gefiel er ihr und, wichtiger noch, um so mehr achtete sie ihn. Dazu erzogen, Frauen vor heiklen Themen abzuschirmen, wollte Edward Mary zwar beschützen, aber er hatte das Gefühl, daß er mit ihr über alles sprechen, daß er bei ihr er selbst sein konnte. Mitte August, als die Stadt schmorte, die Eisenbahnschienen in der Sonne schmolzen und der Fluß dampfte, hielt Edward den Augenblick für gekommen.

«Mary, es ist dir vielleicht peinlich, aber wenn du mich nach dieser kurzen Zeit des Kennenlernens willst, sollten wir sofort heiraten. Diesen Sonntag.»

Ihre zarte Hand fuhr flatternd an ihre Brust. «Diesen Sonntag?»

«Verzeih mir, aber wenn wir jetzt heiraten und das Kind zur rechten Zeit kommt, können wir immer sagen, es sei eine Frühgeburt.»

Sie hielt den Atem an.

«Verzeih mir.» Seine Stimme war ein tiefer Bariton. «Wenn wir für den Rest unseres Lebens zusammen leben wollen, meine ich, wir sollten von vornherein aufrichtig sein und sagen, was wir denken, findest du nicht?»

Und Mary gab sich dem erregenden Kitzel der Aufrichtigkeit hin – sie stimmte zu.

«Montgomery hat sich an seiner großen Sommerhochzeit berauscht. Vielleicht können wir es schlicht machen. Hättest du etwas dagegen? Ich weiß ja, eine Hochzeit sollte der stolzeste Tag im Leben einer Frau sein.»

«Das ist mir egal», erwiderte Mary rasch. «Es ist mir auch egal, ob wir nach deinem Examen nach Montgomery zurückkehren.»

«Dann willst du mich also heiraten?»

«Beantworte mir eine Frage, da wir ja aufrichtig sein wollen: Warum willst du verdorbene Ware?»

«So denke ich nicht von dir. Vielleicht bin ich selbst verdorbene Ware.» Sein dichtes schwarzes Haar glänzte.

«Du? Du hast einen tadellosen Ruf.»

«Ja, und ich bin ein fader Kerl.»

«Das bist du ganz bestimmt nicht. Du bist der netteste Mann, den ich kenne.»

«Das mußt du nicht sagen. Ich weiß, daß ich neben Paris farblos wirke.»

«Sag das nicht. Das darfst du nicht einmal denken. Außerdem – laß uns nicht von ihm sprechen. Du bist ein Mensch und er ist keiner.» Mary wurde rot.

«Danke. Ich glaube wirklich, daß wir ein gutes Gespann abgeben, Mary.» Er sagte das mit solcher Hoffnung, daß Marys Augen feucht wurden.

«Edward, ich habe dich nicht verdient.»

«Weil du von meinem Bruder ein Baby bekommst? Hör mal, wenn ich eine Frau wäre, würde ich wahrscheinlich auch auf ihn hereinfallen. Er strahlt wie ein Leuchtturm über einem Meer gesellschaftlicher Eintönigkeit. Ich bin nicht immun gegen seinen Charme, aber ich kenne ihn. Er ist ein herzloser, vergnügungssüchtiger Schmarotzer.»

Sie erwiderte nichts.

«Ich – ich sollte das nicht sagen, aber Gott, ich hasse ihn. Wenn ich dich sehe, hasse ich ihn noch mehr.»

Sie legte ihre Hand in seine. Er hatte vorher nie ihre Hand gehalten. Sie war kühl und glatt.

«Er schaut in den Spiegel und kann sich nicht sehen.»

«Was?» Edward war verwirrt.

«Das ist eine alte Redensart. Es bedeutet, es ist niemand da; er ist blutlos.» Sie warf den Kopf zurück, hielt einen Moment inne, dann sah sie Edward mit ihren porzellanblauen Augen voll ins Gesicht. «Mich heiraten ist eine Sache. Den Rest deines Lebens

248

mit dem Kind eines anderen Mannes zu verbringen, das ist etwas anderes.»

Lächelnd sagte Edward: «Ich könnte mir vorstellen, daß wir selbst welche haben werden.» Hoffend, nicht zu weit gegangen zu sein, versicherte er ihr: «Das Kind ist zur Hälfte deins. Diese Hälfte werde ich lieben, und die andere Hälfte ist Banastre-Blut, das ist nicht durch und durch schlecht, weißt du. Wie kann ich das Kleine für seinen Vater verantwortlich machen?»

«Das! Ich werfe doch kein Junges.» Mary Bland war gar nicht so sanft, wie alle von ihr dachten.

«Also dann, für ihren Vater. Ich wünsche mir eine Tochter. Weil ich in einer Jungen-Familie aufgewachsen bin, hätte ich gern ein Mädchen.»

«Ich will sehen, was ich tun kann.» Sie drückte seine Hand. «Ich glaube, deine Mutter kann mich nicht leiden.»

«Mutter? Ach, du wirst dich an sie gewöhnen, und sie wird sich an dich gewöhnen müssen, nicht? Als ich klein war, hatte ich schreckliche Angst vor ihr, richtige Angst. Sie kam mir vor wie eine Göttin, die auf einer Wolke schwebt, unerreichbar für mich. Jetzt, da ich älter bin, habe ich sie gern, aber es ist nicht ihre Art, einen mit Zuneigung zu überschütten. Mit der Zeit wirst du sie liebgewinnen, Mary, das weiß ich. Mutter ist eine edle, starke Persönlichkeit. Natürlich wird sie dich mögen. Sagst du ja?»

«Ich sage ja.»

Edward küßte sie auf den Mund, dann erhob er sich und half ihr auf. Sie gingen in die Bibliothek, wo Mr. und Mrs. Love saßen und wünschten, sie wären Fliegen an der Wand im Zimmer nebenan. Marys Eltern nahmen die Ankündigung mit gelassenem Wohlwollen auf. Sie wußten sehr gut, daß Edward ihre liebe Mary vor einer wahren Hölle bewahrte. Eine Ehe mit Paris hätte ihren Ruf gerettet, aber ihr Leben zerstört.

Mrs. Love hatte Bedenken wegen einer so baldigen und bescheidenen Hochzeit, aber Mary meinte, sie seien eben sehr modern. Für sie und ihren Verlobten genüge eine schlichte Trauung.

Ohne daß es ausgesprochen werden mußte, verstand es sich von selbst, daß Paris nicht an der Feier teilnehmen würde.

Das Heim der Banastres hatte seit dem großen Knall gebebt, als sei ein Blitz eingeschlagen. Carwyn erklärte Paris, er habe sich bei der Hochzeit nicht blicken zu lassen, und das war Paris durchaus recht. Er ging seinem zerbrochenen Spielzeug möglichst aus dem Weg. Nicht etwa aus schlechtem Gewissen; er wollte einfach nicht mit Gefühlsresten belästigt werden. Paris lebte ohne Vergangenheit und ohne Vorstellung von der Zukunft. Ursache und Wirkung spielten in seinem Leben keine Rolle.

Hortensia benahm sich ihm gegenüber wie immer, kühl und distanziert. Er dagegen schwankte zwischen Wut und bemühter Gleichgültigkeit. Als sie eines Abends vor dem Essen an seine Schlafzimmertür klopfte, geschah dies völlig unerwartet. Er bat sie herein.

«Wir brauchen ein bißchen Zeit, damit die Lage sich beruhigt. Können wir reden?»

«Ja.» Paris führte sie zu dem großen Ohrensessel; er setzte sich auf das Polster zu ihren Füßen. «Kommt jetzt noch eine Mahnung, daß ich von der Hochzeit wegbleiben soll?»

«Nein.»

Das freute ihn.

«Ich hab dir diesen Namen gegeben, weil ich die Stadt Paris liebe. Sie ist voller Licht, Schönheit und Kultur.»

«Ein Glück für mich, daß du nicht London liebst.»

Sie stützte ihr Kinn in die Hand. «England ist ein Aquarium, keine Nation. London, nein.» Sie fuhr fort: «Paris ist dein Name, und ich fürchte, du wirst es diesem Trojaner gleichtun und unsere Familie zugrunde richten.»

«Er hat zuerst Achilles getötet, wie du weißt.»

«Dein Feind bist du selbst.»

«In einer Woche gehe ich an die Universität zurück, dann brauchst du an mich und den Trojanischen Krieg nicht mehr zu denken – oder an deine Menopause.»

«Noch nicht, Mister.» Sie überlegte, ob sie ihn wieder treten sollte. «Ich bin in einem Alter, wo man mich ‹immer noch schön› nennt, im Gegensatz zu ‹gut erhalten›.» Sie saß entspannt im Sessel, obwohl sie sich nicht entspannt fühlte. «Ich bin heraufgekommen, um dich zu bitten, nichts zu Catherine zu sagen. Eine unbedachte Bemerkung könnte sie verletzen, und das muß nicht sein.»

«Vielleicht tu ich's, vielleicht nicht.»

«Ja, vielleicht tust du's, Paris. Du bewegst dich auf dünnem Eis.»

«Du hast also mit diesem Nigger geschlafen?»

«Was ich getan habe oder tun werde, ist meine Sache. Und ich wäre dir dankbar, wenn du diesen Ausdruck in meiner Gegenwart nicht benutzen würdest. Du weißt nicht, was ich getan oder gefühlt habe, und mehr noch, mein großer Hübscher, es ist dir gleichgültig. Dir sind alle gleichgültig, außer du selbst.»

«Du gibst es also zu?»

«Ich gebe gar nichts zu.» Ihre Schläfen hämmerten. Sie hätte ihn am liebsten geschlagen, aber damit hätte sie nicht erreicht, was sie wollte, nämlich das Kind zu schützen.

Er meinte unbekümmert: «Ach ja, große Damen geben nicht mal zu, daß sie mit ihren Ehemännern ficken. Wie sollte ich auch erwarten, daß du die Wahrheit sagst?»

«Paris, warum wird die Wahrheit mit Haß ausgesprochen und die Lüge mit Liebe?»

Er blinzelte. Sie konnte ihn behexen. Verdammt, sie schaffte es immer wieder. «Wie soll ich das wissen, Mutter? Bin ich nicht ein Abbild von dir?»

«Das ist es ja, was ich befürchte. Ich bin nicht der beste Mensch auf dieser Welt; aber wohl auch kaum der schlechteste. Ich verstehe nicht, warum du uns verletzen willst. Warum du Edward haßt, mich, deinen Vater. Waren wir denn so schrecklich? Ich erinnere mich nicht, dich je geschlagen zu haben.»

«Vielleicht hättest du es tun sollen. Das wäre wenigstens eine Berührung gewesen.»

Sie fragte sich, ob er recht hatte. «Ich weiß nicht. Ich habe schon einmal gesagt, manche Frauen sollten nicht Mütter werden. Offenbar bin ich eine von denen. Das ganze Geschwätz über Instinkt ist eben nur das: Geschwätz.»

«Aber du liebst Catherine. Du bist zu ihr mehr wie eine Mutter als zu mir oder sogar zu Mister Wundervoll.» Paris konnte sich diesen Seitenhieb auf Edward nicht verkneifen.

«Ich bin älter geworden. Ich glaube, wenn wir mit Ende Dreißig oder Anfang Vierzig Kinder bekämen, würden wir alle besser mit ihnen zurechtkommen. Es fällt mir leichter, Catherine gern zu haben; ich habe mit mir selbst Frieden geschlossen. Wenn man jung ist – hm, ja, wenn man jung ist, bekommt man Babies, dabei ist man selbst noch eins.»

«Mutter, ich kann dich mir unmöglich als Baby vorstellen.»

«Bloß weil jemand zurückhaltend ist, heißt das noch lange nicht, daß er reif ist.»

«Aber du liebst Catherine. Gib es zu. Das kannst du nicht leugnen.»

«Natürlich liebe ich Catherine. Fällt dir ein Mensch ein, der sie nicht liebt? Das Kind ist eine Wonne.»

«Und ich war das nicht?»

«Um Himmels willen, Paris, das ist Jahre her. Du kannst doch einem Kind nicht grollen, weil du zu kurz gekommen bist. Sie kann nichts dafür.»

«Ehrlich gesagt, ich habe Catherine gern.» Ihre Puppe hockte auf seinem Bett. Er hätte gern einmal versucht, zu erreichen, daß Catherine mittels der Puppe an ihm herumspielte, aber er traute sich nicht recht. Es könnte Ärger geben. Er fühlte sich nicht zu Kindern hingezogen, aber wenn er Hortensia nicht so demütigen oder verletzen konnte, wie er es wollte, war er zu allem imstande.

«Versprich mir, daß du es ihr nie sagen wirst.»

«Warum ist das so wichtig? O ja, ich sehe ein, daß es für dich wichtig ist, um deinen Platinarsch zu schonen, aber was kann es schaden, wenn sie es erfährt? Schon gut, ich zwinge dich nicht zuzugeben, daß du ihre Mutter bist, aber wir wissen beide, daß du es bist. Ich bin nicht blind. Sie hat sehr viel von dir, nicht so sehr im Aussehen als in ihrer Art, und sie ist schlau. Dumme Reedmullers oder Banastres hat es bisher nie gegeben. Das halte ich auch mir zugute.»

«Du bist schlau, aber nicht klug. Warum es so wichtig ist? Das Kind ist ein Mischling. Unsere Schicht wird sie nie akzeptieren. Die Farbigen sind in dieser Hinsicht viel humaner als wir. Wenn sie ... auf dumme Gedanken kommt, versucht sie vielleicht, sich anzupassen und erntet nichts als Kummer. Kannst du das verstehen?»

«Warum zum Teufel läßt du sie dann unter deinem Dach wohnen? Amelie hätte sie überall aufziehen können.»

Da war etwas daran. «Ich wünsche, daß sie eine gute Erziehung bekommt, daß für sie gesorgt ist, und ich hoffe, daß sie aufs College gehen wird.»

«Das könnte sie alles auch auf der anderen Seite der Stadt haben.»

Hortensia sagte nichts.

«Du willst, daß sie dich kennt.» Paris' Augen verengten sich zu Schlitzen.

«Ist das so schlimm?»

«Nein, aber ich habe dich nie gekannt. Warum soll sie die Chance bekommen?»

«Mußt du jedes Ereignis auf dieser Erde und jede menschliche Verbindung auf dich beziehen? Catherine hat nichts mit dir zu tun, Paris.»

«Sie hat eine Menge mit dir zu tun, und du hast eine Menge mit mir zu tun.» Er stand auf und beugte sich über sie, beide Arme auf dem Sessel.

«Ich habe einen Schwur getan und gedenke ihn zu halten.» Sie sah nicht zu ihm auf.

«Ihrem Vater?»

«Dem Andenken an ihren Vater. Er war der liebenswerteste Mensch, den zu kennen ich die Ehre hatte.»

Paris feixte. Etwas, das einem Eingeständnis näher kam als dies, würde er nie aus ihr herausbekommen. Seine Mutter, dieses Paradies aus Fleisch, in den Armen eines Schwarzen – die Vorstellung zerriß ihn förmlich. Er konnte durchaus verstehen, daß sie Carwyn nicht liebte. Aber sie hätte jeden haben können. Die Erregung darüber, zusammen mit seiner Eifersucht auf Catherine – auf jeden, wenn es um seine Mutter ging – brachte ein hochexplosives Gemisch hervor. «Ich werde nichts sagen, aber ich verlange meinen Preis.»

Sie kannte den Preis, und sie wußte nicht, ob sie es über sich bringen konnte, ihn zu bezahlen. Doch sie hoffte, ihre Liebe zu dem Kind würde ihren Abscheu vor dem Akt überwinden. «Welchen?»

Er lächelte, beugte sich herab und küßte sie. Sie erwiderte den Kuß nicht.

«Paris, ich begreife das nicht.»

«Doch.»

«Ich begreife, was du willst, aber nicht, warum du es willst. Es ist ganz und gar gegen die Gesetze der Natur und des Menschen.» Sie saß in der Falle, aber sie ließ sich nicht unterkriegen. Hortensia hatte Hercules' Tod überlebt, sie nahm an, daß sie auch dies überleben würde, aber sie hatte ein Gefühl, als laste ein Eisberg auf ihrer Brust. Es war Paris, der seine Hand zwischen ihre Brüste legte.

«Gesetze werden gemacht, um gebrochen zu werden.» Er küßte sie wieder. Hätte jemand sie gesehen, sie hätten wie Kopien voneinander gewirkt, kunstvoll arrangiert.

Carwyn und Edward warteten unten auf das Abendessen. Hortensia wußte, solange die beiden im Haus waren, war sie sicher. Paris wußte es auch. Er küßte sie inniger. Sie stieß ihn fort.

«Vorsicht, Mutter.» Paris hatte genauso viel Angst vor der Erfüllung seines Wunsches wie davor, ihn nicht erfüllt zu bekommen. Ein ungeheures Verlangen hämmerte in seinem Körper, doch er fürchtete sich vor ihr. Die Hände noch auf den Sessellehnen, schob er sein Knie zwischen ihre Beine, um ihr das Aufstehen zu erschweren, und dann küßte er sie heftig. Hortensia wußte, lange durfte sie nicht mehr kalt bleiben, oder er würde seine Drohung wahrmachen.

Sie erwiderte seinen Kuß. Er fühlte sich wie von einem Tornado überwältigt.

«Versprich mir, daß du zu mir kommst, wenn sie aus dem Haus sind.» Er keuchte, und seine Pupillen weiteten sich bedrohlich.

«Ich verspreche es, wenn du Wort hältst.»

Er drückte seine Wange an ihre und schloß die Augen. «Ich verspreche es. Ich verspreche es. Ich verspreche es.» Er zitterte.

Einen flüchtigen Augenblick lang tat er ihr leid. Sein Verlangen nach ihr – vielleicht war es gar Liebe zu ihr – war wie ein zweischneidiges Schwert. Sie wußte nicht, in welche Richtung es zuerst losschlagen würde. Aber sie war bis zum äußersten entschlossen, daß Catherine die Klinge nicht spüren sollte. Sie betete, Hercules möge ihr vergeben, falls es einen Himmel gab und falls diejenigen, die dort hinkamen, überhaupt das Leben der Menschen verfolgen. Die Glocke rief zum Dinner, und immer noch zitternd ließ Paris Hortensia los. Sie rauschte an ihm vorbei wie eine Königin.

Payson und Grace kehrten im Triumph nach Kalifornien zurück. Europa betete sie an. Auf dem Heimweg beschlossen sie in letzter Minute, den Kanadiern ebenfalls Gelegenheit zur Verehrung zu geben. Mit der Canadian-Pacific-Bahn fuhren sie von Montreal nach Vancouver, wie alle anderen Touristen sprachlos beim An-blick der Großen Seen und der Rocky Mountains. Ein paar Tage in Vancouver brachten sie zu der Überzeugung, daß sie in naher Zu-kunft wiederkommen müßten, denn es war eine saubere, schöne Stadt. Auf einer Yacht segelten sie von Vancouver nach Seattle. In Seattle bestiegen sie den Coast-Starlight-Zug, der an der Pazifik-küste entlang nach Los Angeles fuhr. Sie waren sicher, daß sie wie Mongolen aussahen und nie wieder arbeiten würden, denn wäh-rend der ganzen Fahrt hatten sie ihre Nasen an der Fensterscheibe plattgedrückt. Beide konnten sich nicht entscheiden, ob die Küste von Washington und Oregon schöner sei oder die bei Santa Bar-bara in Kalifornien. Santa Barbara lag jedenfalls näher. Sobald der Kriminalfilm abgedreht war, blieb Payson noch eine Woche, be-vor sie mit dem Fliegerfilm beginnen würden, den Aaron ihnen als Hochzeitsgeschenk verehrt hatte. Grace drehte *Oui, Oui*, einen Film, der im Frankreich des 18. Jahrhunderts spielte, aber sie würde ungefähr zur gleichen Zeit fertig werden wie Payson. Wenn nicht, wollte sie sich wenigstens ein Wochenende freinehmen. Sie beabsichtigten, Land zu kaufen und in Montecito oder Santa Bar-bara einen Bungalow zu bauen. Das Gebiet lag 130 Kilometer von der Stadt entfernt, und die Autofahrt dorthin dauerte ziemlich lange, aber die Züge verkehrten regelmäßig, und Grace hatte be-reits entdeckt, daß neben dem Bahnhof von Santa Barbara ein rie-siger Baum wuchs. Sie deutete das als gutes Omen. Sie prüften ihre Bankguthaben und kamen zu dem Schluß, daß sie es sich leisten konnten. Was Payson und Grace einen Bungalow nannten, das bezeichneten andere als Landsitz.

Payson wollte sein luxuriöses Haus in der Nähe des Sunset Boulevard renovieren. Grace verkaufte ihr Haus in Hancock Park. Es war verflucht schwer für sie gewesen, sich in diesem Viertel niederzulassen. Filmleute wurden dort scheel angeguckt. Nur ihre vornehme Herkunft aus Montgomery hatte ihr geholfen sowie ihre Freundschaft mit der Erbin, der eines der größten Zei-tungsimperien in Amerika gehörte. Von Paysons Haus hatte man jedoch eine schöne Aussicht und es war viel größer. Grace brachte ihn davon ab, alles auf einmal tun zu wollen. Sie würden das Haus renovieren, wenn sie Zeit hatten. Payson hatte einen eleganten Geschmack. Grace gefiel das Haus so, wie es war, wenngleich sie es ein bißchen zu maskulin fand. Mit der Zeit würde sie ein paar Veränderungen vornehmen.

Payson behandelte sie wie einen zwanzigkarätigen Diamanten. Er wollte nicht, daß irgendwer seinen Fingerabdruck auf ihr hinterließ. Wenn sie versuchte, einen Gegenstand aufzuheben, der mehr als 5 Pfund wog, riß er ihn ihr schleunigst aus den Händen. Sie sagte ihm wieder und wieder, sie sei stark wie ein Pferd, doch er betrachtete sie eher wie ein Geschöpf von einem anderen Planeten, einem Planeten, der zivilisierter und edler war als die Erde. Schließlich gab sie nach und ließ sich von ihm auf Händen tragen. Selbst anfangs Skeptische gaben zu, daß die beiden prachtvoll miteinander auskamen. Payson war zu beschäftigt für neue Affären mit üppig behaarten Sportlern, aber das würde sicher wieder kommen. Ihr gegenseitiges Verständnis war grenzenlos. Diskretion hieß das Schlüsselwort.

Eines Abends kam Payson nach der Arbeit spät nach Hause. Grace war erst fünfzehn Minuten vor ihm gekommen.

«Gracie!»

«Ich bin im Badezimmer.»

«Ich sterbe vor Hunger.»

«Nigel macht gerade Lammragout. Ich habe ihn aus dem Studio angerufen. In etwa zehn Minuten ist es fertig.»

Er stürmte durch die Badezimmertür. Grace lag bis zum Hals in Milch.

«Sag bloß nicht, du bist schwanger.»

«Diesmal wird ein Stern im Westen aufgehen.»

«Weißt du, ich habe gehört, daß Frauen so was machen, aber ich habe es nie geglaubt. Machst du das oft?» Er zündete sich eine Zigarette an.

«Einmal im Monat. Unser Lotterleben in Österreich hat mir für solche Pflegekuren keine Zeit gelassen.»

Payson tauchte seinen Finger in die warme Flüssigkeit und leckte daran. «Mm. Ob das mich auch vor Falten bewahrt, was meinst du?»

«Warum nicht?»

Er zog sich aus und stieg in die Wanne. Sie quiekten und kicherten.

«Payson, in einem Milchbad darfst du nicht rauchen. Das ist eine Entweihung.»

«Ich finde, es verleiht mir einen gewissen Chic.» Er blies Rauchringe.

«Gut, wenn du schon das Ritual verdirbst, dann gib mir auch einen Zug.»

Er steckte ihr die Zigarette zwischen die Lippen. Sie inhalierte genüßlich, dann blies sie ihm eine blaue Rauchwolke ins Gesicht.

Hustend sagte er: «Du bist durch und durch Herz.»

«Und 'n Haufen Leber.»

«Im Ernst, tut das deiner Haut wirklich gut?»

«Es fühlt sich gut an. Feuchtigkeit ersetzen ist die einzige Möglichkeit, das Altern zu verzögern. Du mußt dir Cremes ins Gesicht einklopfen.»

«Ferdie bespritzt mich mit Rasierwasser.»

Grace zog eine Grimasse. «Nein, das trocknet nur aus. Du brauchst eine Creme.»

«Liebling, ich kann nicht mit Schmiere im Gesicht rumlaufen. Schminke ist schon schlimm genug.»

«Ich mixe dir ein Zaubermittel zusammen, das sofort in die Haut einzieht. Ehrlich, Lieber, das hilft. Unser Aussehen ist unser Kapital.»

Er bespritzte sie mit Milch. Die Zehen ihres rechten Fußes berührten seine Eier und er zuckte wohlig zusammen. «Hoho. Wo ist der andere Fuß, Grace? Wir könnten eine ganz neue Variation erfinden.»

«He, rate mal, was ich heute gemacht habe.»

«Laß hören», trällerte er.

«Bin in Darla Divines Garderobe eingefallen. Der Stil ist jungsteinzeitlich, und ungefähr so weich ist auch die Couch. Sie nennt es ihren Wüstenstil. Ich schwöre dir, Schatz, sie hat das Ganze, Wände und Möbel, mit einer Art Sandanstrich bekleckst – nicht bloß in der Farbe, auch in der Struktur – und die Möbel sind aus Stein gezimmert oder vielmehr gehauen. Sieht aus wie bei Höhlenmenschen.»

«Darla Divine alias Mildred Greenblatt. Welcher Blödmann von Designer hat ihr das wohl aufgeschwätzt?»

«Wenn Schmollmünder aus der Mode kommen, sitzt Darla in der Wüste. Armes Ding. Sie hat sich so gefreut, mich zu sehen, Payson. Und die Musik, die sie sich für ihre große Szene mit Rudy ausgesucht hat – Tschaikowskys *Sechste*. Sie möchte, daß sie sehr traurig wirkt. Stell dir Myrons Gesicht vor, wenn man ihm sagt, daß er ein ganzes Orchester engagieren muß, nicht bloß ein Quartett.»

Sie lachten. Der Produzent von Darlas Film wurde hysterisch, wenn das Budget auch nur um einen Cent überzogen wurde.

«Wir haben keine Musik beim Drehen.» Payson schrubbte einen Arm. «Gefällt mir aber. Weißt du, Johnny hat sie die ganze Zeit bei *The Big Parade* ständig verwendet. Es hätte ihm enorm geholfen, sagte er. Ich nehme sie für *Der Mann mit der eisernen Maske*.»

«Hast du mit jemandem darüber gesprochen?»

«Von wegen. Laß hier ein Wort fallen, und schon wird die Idee geklaut. Ich werde mich nach unserem Stück von den wagemutigen Männern am Himmel eingehend damit befassen.»

«Wir könnten es selbst finanzieren.» Die Milch rann von ihren Brüsten, und sie setzte sich auf.

«Du siehst aus wie die Nike von Samothrake. Wenn sie ein Gesicht hätte, wäre es ganz bestimmt deins.»

«Die geflügelte Siegesgöttin. Du bist ein ungeheurer Schmeichler, aber das mag ich. Im Ernst, du Süßholzraspler, wenn Douglas Fairbanks, Mary Pickford, Charlie Chaplin und D. W. Griffith United Artists gründen können, warum sollten wir dann nicht unseren Film selbst produzieren?»

Payson hatte Vertrauen zu ihr; Grace war geschäftstüchtiger als er, und er war froh darüber. «Meinst du wirklich?»

«Ja. Wenn wir ihn machen, werden die Kinoketten so scharf darauf sein wie auf dieses pappige Popcorn, das sie verkaufen.»

«Gott, was für eine Idee. Ich weiß nicht, wie ich die nächsten sechs Monate überleben soll. Ich kann an nichts anderes denken als an diesen Stoff!»

«Darla hat mir sehr aufregende Dinge erzählt. Sie sagt, innerhalb der nächsten drei Jahre wird jedes Studio – ich wiederhole: jedes Studio – sich auf Tonfilm umstellen.»

«Das habe ich auch schon gehört. Ich schätze, sie lassen synchron zu den Bildern Grammophone laufen. Den Apparat und die Lautsprecher können sie in den meterlangen Orgelpfeifen verstecken. Weißt du, ich geb's ja nicht gern zu, aber ich kann die Untermalung mit Orgelmusik nicht ausstehen. Ein Jammer, daß die Leute nicht hören können, was wir beim Drehen hören.»

«‹Leck mich am Arsch› würde in Wisconsin ein Bombenerfolg.» Sie lachte.

«Ich meine die Orchester.» Er bespritzte sie wieder.

«Payson, ich glaube nicht, daß Darla mir einen Bären aufbindet. Du weißt, mit wem sie schläft. *Jazz Singer* war kein Reinfall. Wolfie erzählt ihr alles.»

Wolfie war für Darlas Studio, was Aaron Stone für Paysons Studio war.

Payson zog einen Mundwinkel nach unten. «Ich halte das nach wie vor für Krampf und Humbug. Nächstens erzählst du mir noch, daß sie bald in Farbe drehen. Wenn es so weit ist, dürften sich meine Leberflecke im Bild recht hübsch machen.»

Graces Lachen perlte bis zur Decke. «Das dauert mindestens noch 50 Jahre.»

«Farbe?»

«Leberflecke.»

«Ah.» Er lächelte.

«Unser Metier hängt ebenso von der Wissenschaft ab wie vom Geschäft.»

«Mir fällt auf, daß du die Kunst vergessen hast.»

«Nun ja; es hat keinen Sinn, über verschüttete Milch zu jammern.»

«Grace!» Er schnitt eine Grimasse.

«Ich glaube, der Ton steht vor der Tür. Keine Tricks – richtiger Ton. Du und ich kommen da sicher gut an. Wir haben beide eine Bühnenausbildung, und haben gute Stimmen. Gott weiß, was aus dem Rest der Truppe wird. Ein gewisses Schwesternpaar schleppt den dicksten New Yorker Akzent durch die Gegend.»

«Sie könnten alle plötzlich auf dem trockenen sitzen, nicht?» prophezeite Payson mit dumpfer Klarheit.

«Wir sollten heimlich unsere Stimmen ein bißchen trainieren, um unsere Instrumente in Hochform zu bringen.» Sie sang die Tonleiter auf und ab.

Er sang mit. Dann stimmten sie *Row, Row, Row Your Boat* an. Payson rutschte platschend auf Graces Seite in der überdimensionalen, in den Boden eingelassenen Wanne hinüber. Er sang ihr *Lady Be Good* vor. Sie stimmte ein. Unentwegt singend lehnte er sich in der Milch zurück und ließ die Spitze seines erigierten Penis aus der Wanne gucken. Beide sangen *Lady Be Good*, von Kicheranfällen unterbrochen. Grace hörte zu singen auf und lutschte ihn ab. Es gab keine sexuelle Handlung, die Grace abstoßend fand, obgleich sie von ein paar mutigen Frauen, die über solche Themen tuschelten, gehört hatte, sie hätten gewürgt dabei. Oraler Sex rangierte nicht sonderlich weit oben auf ihrer Liste, aber sie machte alles mit. Außerdem entschädigte Payson sie gebührend.

Hinterher sagte sie: «Ich stelle mir Sperma immer wie tausend graue Fischaugen vor.»

Er rekelte sich bis zum Hals in Milch. «Fischaugen? Ist das schlecht oder gut?»

«Weiß ich nicht.»

«Ich stelle mir deine Säfte wie zerstoßene Perlen vor. Wie findest du das?»

«Viel poetischer.» Sie rutschte neben ihm hinunter, bis die Flüssigkeit nur noch ihren Hals und Kopf freiließ. «Du bist der Künstler von uns beiden.»

«Ach was.»

«Wirklich. Manchmal beneide ich dich.»

«Du brauchst niemanden zu beneiden. Außerdem, Schauspielerei ist kein Beruf für einen Mann.»

«Nicht das schon wieder. Du bist ein Künstler, und damit basta. Mit Jägern oder dergleichen kannst du es wahrhaftig aufnehmen.»

«Seit du mir das Kartenrangsystem erklärt hast, wende ich es täglich an. Es gefällt mir.» Er wechselte beschwingt das Thema. «Weißt du, ich denke, Johnny ist Herz. Deswegen trinkt er soviel.»

«Ja.»

«Was ist Greta?»

«Schwierig. Mal überlegen. Pik. Pik-As.»

«Greta?»

«Gesunder Menschenverstand. Und zäh. Das Geld spielt für sie keine Rolle. Sie hat ja auch ohne einen Cent angefangen.»

«Das haben die meisten, Süße. Die tun mir leid. Greta nicht. Sie wird noch aufsteigen wie Schlagsahne.» Sie spritzte ihm Milch ins Gesicht. Prustend fuhr er fort: «Sie haben den Blick für das richtige Maß verloren. Immer heißt es jetzt, jetzt, jetzt. In ihren Häusern ist das kleinste Detail von Innenarchitekten entworfen. Als wäre es nicht schon schlimm genug, daß sie in einer Kulisse arbeiten; sie brauchen auch noch eine, wenn sie nach Hause kommen.»

«Nicht jeder kann Chippendale-Möbel erben», sagte Grace.

«Aber sie könnten von denen lernen, die geerbt haben, sollte man meinen. Zum Beispiel von mir.» Seine Zähne schimmerten unter seinem dünnen schwarzen Schnurrbart.

«Payson Thorpe, der Richter des Geschmacks.» Sie stieß in eine imaginäre Trompete.

«Und ich schmecke gut.» Er legte ihr einen nassen Arm um die Schulter und drückte sie an sich.

«Zurück zu den Karten. Ich muß dabei immer denken, Payson, dir gehen die idiotischsten Dinge im Kopf herum. Ich frage mich, ob sie auch anderen im Kopf herumgehen.»

«Zum Beispiel?»

«Ich unterscheide Gespräche nach Geschmäckern: Vanille, Schokolade, Erdbeere.»

«Was ist dies für eins?»

«Vanille. Süß, köstlich, mild. Schokoladegespräche sind, nun ja, kräftiger. Leuchtet dir das ein?»

«Mach weiter, dann sag ich's dir.»

«Champagnergespräche – das ist einfach.»

«Einfach.» Sie schloß die Augen und nickte wie eine Weise.

«Wenn ich mit Aaron Stone rede, ist es jedesmal ein Limburgergespräch.»

«Wie wär's mit Schwefel.»

Er strahlte. «Wie schnell du begreifst. Und ich hab's mir anders überlegt. Das hier ist kein Vanillegespräch. Es ist reinstes Nektar und Ambrosia.» Seine dunklen Augen glühten wie Brandy. «Ich bin so glücklich. Du machst mich glücklich. So glücklich bin ich seit Please nicht mehr gewesen.»

«Seit Please?»

«Du hattest deinen Hund Bunky, als du ein kleines Mädchen warst, und als ich ein Junge war, hatte ich eine Drahtbürste von einem Airdaleterrier namens Please. Du hättest die Leute sehen sollen, wenn ich laut rief: ‹Komm her, Please!›»

Von ihrem Schönheitsritual und von Paysons Persönlichkeit erhitzt, lachte Grace so heftig, daß sie in der Milch untertauchte und sie beim Hochkommen durch die Zähne spritzte.

«Deine Haare!» sagte er.

«Du machst mich auch glücklich.» Sie tauchte mit dem Kopf wieder in die Milch. Dann tauchte sie seinen Kopf unter. Danach sprangen beide aus der Wanne und rannten um die Wette zum Swimmingpool.

Die Betriebsamkeit auf dem Bahnhof entsprach der Hitze. Ende August schmorten Mensch und Tier. Mit Ausnahme der ewig zirpenden Heuschrecken war es sogar den Insekten zu heiß, sich zu rühren.

Blue Rhonda fächelte sich im Damenwartesaal. Sie war wie gewohnt zum Bahnhof spaziert, um Leute und Züge zu beobachten. Aber sie konnte ihre Beine nicht dazu bewegen, umzukehren und nach Hause zu gehen. Verflucht, es war einfach zu heiß.

Placide Jinks schob träge einen Karren auf den Bahnsteig hinaus. In der Ferne ertönte ein Pfeifen.

Rhonda fand, Eisenbahnschienen liefen kreuz und quer durch die Wiesen wie die Narben von Frankenstein. Ab und zu griff sie zu Bananas ungläubigem Staunen nach einem Buch. Sie mochte phantastische Geschichten, und sie hatte solches Mitleid mit Frankenstein, daß sie noch tagelang, nachdem er getötet war, mit Leichenbittermiene herumlief.

Die Pfeife blies wieder, diesmal näher. Die Neugier gewann die Oberhand, und Rhonda trat an ein Fenster, um zu sehen, wer an diesem Hundstag abreiste oder ankam.

Hortensia und Carwyn verabschiedeten Edward und Mary Bland Love, jetzt Mary Bland Banastre. Der Zug rollte in den Bahnhof. Als die gigantische Lokomotive vor Rhondas Augen vorüberglitt, sah sie den Lokomotivführer, der ein rotes Halstuch trug. Glücklicherweise benötigte diese Maschine keine Heizer. Sie wären an einem solchen Tag binnen zehn Minuten gestorben. Eine riesige Förderschnecke speiste die Lok mit Kohle. Alles, was mit Zügen zu tun hatte, interessierte Blue Rhonda. Ein paar von ihren Freiern arbeiteten bei der Louisville-und-Nashville-Eisenbahnge-sellschaft, und Rhonda hatte sie beschwatzt, ihr alles zu zeigen. Ihr tollstes Erlebnis war es gewesen, als Larry Gustaffsen sie mit in seinen Lokführerstand hinaufnahm. Lange Hebel und Knöpfe, die wie Zapfen aussahen, bedeckten die ganze Vorderwand – ein gigantisches eisernes Armaturenbrett. Rhondas Vorstellung von wahrer Macht war es, eine Lokomotive zu fahren. Bunnys Vor-stellung von wahrer Macht war es, einen eigenen Senator zu besit-zen.

Rhonda beobachtete, wie Carwyn Mary hochhob, während Edward ihr aus dem Pullmanwagen heraus die Hand reichte. Rhonda wünschte im stillen dem jungen Paar Glück.

Eine bekannte, gertenschlanke Gestalt stieg aus dem Zug, Hochwürden Linton Ray. Er tippte vor den Banastres an seinen Hut und strebte der Bahnhofshalle zu. Rhonda fand, er sähe aus wie eine große Heuschrecke.

Spontan trat Rhonda in die Halle, in der Hoffnung, Linton noch zu erwischen, ehe er den Bahnhof verließ.

«Hochwürden Ray.» Er drehte sich um und erblickte seine Ra-chegöttin. Zu guten Manieren erzogen, hatte er den Hut gelüftet; als er dann erkannte, wen er grüßte, setzte er ihn rasch wieder auf den Kopf.

«Freuen Sie sich nicht, mich zu sehen?»

«Miss Latrec, ich würde Sie viel freudiger begrüßen, wenn Sie in den Schoß der Kirche kämen.»

«Tja, ich weiß.»

Seine kleinen, ausdruckslosen Augen musterten sie. «Sie sehen nicht gut aus.»

Rhonda fuhr ihn an: «Sagen Sie mir nichts, was ich schon weiß.»

«Wenn Sie mich entschuldigen wollen, ich muß eine Droschke erwischen.»

«Sie sind mir vielleicht ein guter Hirte.»

«Ich bitte um Verzeihung?» Er war von dieser Stichelei so verblüfft, daß er alle Herablassung vergaß.

«Steht in der Bibel nicht eine Geschichte von allen Schafen, die in der Herde sind, außer einem bösen kleinen Schaf?»

«Ich habe ein verirrtes Schaf in Erinnerung, kein böses.»

«Das kommt auf dasselbe heraus.» Rhondas Augen glitzerten. Sie hatte einen neuen Plan.

«Wieso?»

«Hat der gute Hirte nicht überall nach dem Schaf gesucht, und als er es fand, war seine Freude groß?»

«So war es.»

«Warum rennen Sie dann einem öffentlichen Amt hinterher, anstatt nach verirrten Schafen zu suchen?»

«Es wird Sie freuen, zu hören, daß ich mich aus dem Wahlkampf zurückgezogen habe. Nach meiner Reise zu einem Bruder in Christo, mit dem ich diese Angelegenheit besprochen habe, bin ich zu der Überzeugung gelangt, daß meine Herde mich dringender braucht.»

«Gut.» Das war eine Neuigkeit!

«Wenn Sie mich jetzt entschuldigen wollen.» Er eilte zum Ausgang.

Rhonda rief ihm nach: «Und was ist mit dem verirrten Schaf?»

Linton blieb stehen, und sie schlenderte an seine Seite. «Ich verstehe Sie nicht», sagte er.

«Bin ich nicht ein verirrtes Schaf – oder halten Sie mich vielleicht für ein schwarzes Schaf?»

«Das sind Sie vermutlich.»

«Ich gebe Ihnen eine Chance, mich zu retten.» Rhonda gab sich alle Mühe, ernst zu bleiben.

«Hm ...»

«Ich werde mir ein paar Predigten anhören. Wenn ich etwas nicht verstehe, stelle ich Fragen.»

«Aber doch nicht während der Predigt.»

«Nein. Hinterher.» Sie lächelte. «Also bis dann, Hochwürden.»

Wie versteinert grübelte Linton über diesen Vorfall nach. Draußen wartete eine Droschke. Er ging hinaus, um sie herbeizurufen. Die Sonne prallte von der Fensterscheibe und blendete ihn. Er

264

stolperte und fiel. Heftig den Kopf schüttelnd und sich die Augen reibend, rappelte er sich hoch.

Die Vision des Saulus von Tarsus, dachte er. Ja, ich war von unserem Herrn geblendet. Wie konnte ich meine wahre Mission vergessen? Dank dir, o Herr, daß du mich deinen Willen erkennen läßt. Ich werde das arme Geschöpf in deinen Schoß bringen. Das ist meine Berufung. Dank dir.

«Brauchen Sie Hilfe, Hochwürden?» Der Fahrer half Linton vollends auf.

Während der Fahrt war Linton ganz überwältigt. Er war auserwählt. Von allen Menschen war er für diese Aufgabe auserwählt, und der Lohn war derart, daß Menschen ihn vielleicht nicht sahen, aber er, Linton, würde wissen, daß er das Werkzeug Gottes war.

Das Sonnenlicht blendete dermaßen, daß noch etliche stolperten, als sie aus der dunklen Halle auf die Water Street hinaustraten. Doch statt sich einzubilden, moderne Heilige zu sein, sagten die meisten «Verdammt» und gingen ihres Weges.

Paris lebte wie ein bloßgelegter Nerv. Sobald Edward und Mary nach New Haven abgereist waren, würde Hortensia sich allein im Haus aufhalten. Bei ihrem Terminkalender voller Verabredungen, zu Polo, in Clubs und bei ihren Bürgerpflichten war er jedoch nicht hundertprozentig sicher, daß sich sein Wunsch erfüllen würde, zumal er auch noch Carwyns Termine berücksichtigen mußte. Ihm blieben noch zwei Tage, bis er den Zug nach Charlottesville bestieg, dabei hätte die Universitätsverwaltung es als Segen empfunden, wenn er nicht auftauchte. Wie ein angebundes Pferd graste er dicht beim Haus. Er packte seinen Koffer. Er brachte Ordnung in seine Bücherregale. In seiner Verzweiflung strich er sogar sein Zimmer neu. Dieser plötzliche Anfall von für ihn untypischer körperlicher Betätigung faszinierte Catherine, die ihm eine halbe Stunde dabei zusah.

Falls Hortensia es absichtlich vermied, zu Hause zu sein, ließ sie es sich nicht anmerken. Sie wußte, daß Paris mit jedem Tag unberechenbarer wurde. Am Dienstag brachte Amelie Catherine zum Unterricht zu Ada Jinks. Carwyn war entweder in seinem

Büro oder im Club. So sagte Hortensia, sehr zu Lilas Leidwesen,
Dienstag ihr Erscheinen bei der Versammlung des Gartenclubs ab.
Hortensia gehörte dem Club an, um Lila einen Gefallen zu tun.
Sie liebte Rosen und Löwenmäulchen sehr, konnte aber darüber
nicht so in Verzückung geraten wie ihre Mutter. Icellee regte sich
auf, weil Hortensia in letzter Minute absagte, und Hortensia erklärte wahrheitsgemäß, sie wäre lieber bei dieser Gartenclubver-
sammlung als irgendwo sonst auf der Welt. Icellee hielt es daraufhin für geboten, Hortensia in allen Einzelheiten von Graces
Orangenbäumen, Zitronenbäumen und Bougainvillea vorzu-
schwärmen. Nach diesem Vortrag erging sie sich in Details über
den Fliegerfilm, den Grace und Payson gerade drehten. Icellee
fesselte ihre Freundinnen mit der Eröffnung, daß Filmszenen
nicht ihrer späteren Reihenfolge nach gedreht wurden.

Hortensia ließ dies mit zerstreuter Geduld über sich ergehen.
Nachdem ihre Mutter ihr erneut gezeigt hatte, wie sehr sie dies
Benehmen mißbilligte, stieg Hortensia in ihren Duesenberg und
fuhr nach Hause. Sie war kaum im Haus, als Paris oben auf der
Treppe erschien.

«Du bist zu Hause?»

«Ja, ich bin heute nachmittag zu Hause.» Sie blickte zu ihm
hinauf, machte aber keine Anstalten, die Treppe hinaufzusteigen.
Er umklammerte das Geländer, bis seine Knöchel weiß wurden.
Vielleicht fürchtete er, er würde von der obersten Stufe bis zum
Fuß der Treppe springen.

«Kommst du nach oben?»

«Ja, Paris, ich komme nach oben.» Ihr Tritt war so leicht, daß er
nicht zu hören war. Oben auf der Treppe blieb sie 15 Zentimeter
vor Paris stehen. Keiner sprach. Er mußte sich kneifen, um glauben zu können, daß seine Zeit gekommen war. Sie versuchte zu
glauben, es sei ein Alptraum, und sie würde gleich aufwachen.
Schließlich nahm Paris ihre Hand und führte sie den Flur entlang
in sein Schlafzimmer, das noch nach frischer Farbe roch.

Er schloß die Tür. Hortensia blieb einen Moment mitten im
Zimmer stehen und beschloß dann, es hinter sich zu bringen. Sie
ging zum Bett, setzte sich auf die Bettkante und zog die Schuhe
aus. Paris sah regungslos zu. Als sie ihre Bluse aufknöpfte, er-
wachte er ruckartig zum Leben. «Laß mich das machen.» Sorgfäl-

tig entfernte er jedes Kleidungsstück. Sie war sehnig vom Reiten und mager. Ihre Haut war nicht mehr die eines jungen Mädchens, doch ansonsten hatte die Zeit keine Spur an ihr hinterlassen, oder vielmehr steigerten die Spuren, die sie hinterließ, Hortensias Reiz eher, statt ihn zu schmälern. Paris wagte nicht zu atmen.

Er legte seine Schulter an ihre und stieß sie aufs Bett. Während er sie mit der rechten Hand streichelte, versuchte er mit der linken seine Hose aufzuknöpfen. Fummelnd und plötzlich schwitzend vor Begierde, riß er sein Hemd hinunter, faßte seine teure Hose mit beiden Händen und riß sie ebenfalls hinunter. Nackt sprang er ins Bett und auf Hortensia. Er küßte ihren Hals, ihre Schultern, die Innenseite ihrer Arme bis hinab zu den Handflächen. Er lutschte jeden Finger an jeder Hand und machte sich dann daran, ihre Brüste mit seiner Zunge zu umkreisen. Er mochte verdorben sein bis ins Mark, aber er war ein guter Liebhaber. Den Impuls unterdrückend, gleich in sie einzudringen, spielte er eine halbe Stunde mit ihr. Schließlich schob er seinen linken Arm unter ihren Nacken, legte den rechten Arm eng um ihre Taille und glitt in sie hinein. Selbst jetzt zeigte er keine Eile. Vor Wonne dem Wahnsinn nahe, hielt er an sich. Körperlich waren die beiden im Einklang miteinander. Er zuckte in einem sintflutartigen Erguß. Er dachte, er würde ihren Namen mit Sperma in den Himmel schreiben.

Als sie beide wieder zu Atem gekommen waren, fragte Hortensia ihn: «Bist du fertig?»

Den Arm noch unter ihrem Nacken, flüsterte er: «Ja.»

Sie schob ihn sanft von sich und setzte sich auf. Sie schüttelte ihr Haar.

«Was machst du?»

«Ich gehe.»

Er war bestürzt; seine Stimme stieg an. «Warum?»

Noch immer sitzend, drehte sie sich halb zu ihm hin. «Du hast bekommen, was du verlangt hast.»

In dem Glauben, sie werde ihn angreifen, schlug er zuerst zu: «Sag bloß nicht, es hat dir nicht gefallen.»

«Was du machst, machst du gut.»

Von ihrem Mangel an Gefühl verletzt, ließ er nicht locker. «Aber es hat dir gefallen.»

«Körperlich ja. Wie könnte ich das leugnen?»

Er rutschte auf dem Laken hinter sie und knabberte an ihrem Nacken. Sie schob ihn weg. «Du hast die Moral einer Tarantel.»

Er biß sie fester. «Da ist es umgekehrt. Das Weibchen tötet das Männchen.»

«Einerlei.» Sie begann sich anzuziehen.

«Geh nicht.»

«Was gibt es noch zu sagen? Ich habe meinen Teil der Abmachung erfüllt.»

Er war aufgestanden. Er legte seine Arme um sie und begrub sein Gesicht in ihren Haaren. «Dich vögeln hat so gut getan. Geh nicht weg von mir. Ich will dich noch mal.»

Sie machte sich los, ohne auf sein Verlangen einzugehen, und verließ das Zimmer. Sie zog sich in sich zusammen wie eine Kreatur, die sich in eine Dichte zurückzieht, die größer als unsere und deshalb undurchdringlich ist.

Paris sank benommen aufs Bett zurück. Er hatte seine Mutter besessen, aber sie würde ihm nie gehören. Der Akt, durch den er sie an sich zu binden trachtete, trieb sie nur um so weiter fort. Als ihm das klar wurde, versuchte er, seine Sinne beisammen zu halten, indem er sich auf den Akt selbst konzentrierte. Sie war feucht, sie war weit, sie war bereit für ihn. Sie mußte ihn lieben. Er konnte nicht ahnen, daß sie seit zehn Jahren mit keinem Mann geschlafen hatte.

Paris war wie ein Stück Stoff mit einem losen Faden. Es war, als habe eine göttliche Hand jetzt an diesem Faden gezogen. Früher oder später würde er sich in Nichts auflösen.

Schultage – das bedeutete Röcke und steife Unterröcke, die in der Hitze klebten. Jeden Morgen begutachtete Amelie die Kleider, die Catherine herausgehängt hatte. Wenn sie eine getupfte Bluse mit einem karierten Rock kombinierte, wurde sie korrigiert. Inzwischen war diese Inspektion nur noch oberflächlich, weil Catherine die Finessen von Material, Muster und Schnitt allmählich beherrschte. Die Hitze hatte den ganzen Oktoberanfang hindurch angehalten, aber die Nächte waren gottlob kühl. Catherine hängte ein knisterndes blaukariertes Kleid mit einer kleinen schwarzen

Schleife an den Türknopf ihres Kleiderschranks. Sie liebte Kleider, aber sie sah nicht ein, warum man sich für die Schule herausputzen mußte. In der ersten Pause machte sie sich beim Toben schmutzig; denn sie spielte ‹Kinderbaseball›, richtiges Baseball und Fangen. Das Lieblingsspiel aller Kinder in der Schule war ‹Fahnen erbeuten›. Wenn man gefangengenommen wurde und ins Gefängnis kam, konnte man nur hinausgelangen, indem man sich flach auf den Boden legte und sich so weit ausstreckte, wie man konnte. Jeder Gefangene berührte die Zehen eines anderen Gefangenen, so daß sie eine menschliche Kette bildeten. War die Kette lang genug, um über die Grenzlinien zwischen den Mannschaften zu reichen, konnten die Gefangenen fliehen. Die einzige andere Möglichkeit, befreit zu werden, bestand darin, daß ein Mädchen von der eigenen Seite die Linie durchbrach und die Gefangenen durch Abschlagen erlöste, bevor sie selbst abgeschlagen wurde. Auf elterliche Klagen über zerrissene Kleider hin unterließen es die Lehrer, das Spiel vorzuschlagen, was die Kinder jedoch nicht davon abhielt, es zu spielen. Hätte Catherine Latzhosen tragen können, wären ihre guten Kleider geschont worden. Das war natürlich undenkbar. Die Kinder zogen beim Spielen Schuhe und Strümpfe aus, um die teuren Sachen vor übermäßiger Abnutzung zu schützen. Zum Glück litt Catherine keine materielle Not. Sie trug jeden Tag ein anderes Kleid mit passenden Haarschleifen. Hingebungsvoll putzte sie ihre zahlreichen Schuhe. Die meisten Kinder zogen jeden Wochentag dasselbe an. Wenn sie nach Hause kamen, zogen ihre Mütter ihnen die Sachen aus, wuschen Kleid oder Bluse, hängten sie zum Trocknen auf und plätteten sie mit den schweren Bügeleisen, die auf der Herdplatte standen. Die Kinder von sozialen Aufsteigern stachen in der Klasse hervor. Die Kinder, die später Tagelöhner werden würden, stachen ebenfalls hervor. Mit jeder höheren Klasse entfernten sich die zwei Kindergruppen weiter voneinander. Warum das so war, konnten sie erst ungefähr in der sechsten Klasse ergründen, als sie begriffen, daß Herkunft mehr bedeutete als Eltern, nämlich gesellschaftliche Stellung sowie zukünftige Erwartungen.

Catherine stand in dieser Hinsicht auf der obersten Stufe der Leiter, und das wurde ihr allmählich klar. Nur wenige Klassenkameraden tuschelten über ihr gemischtrassiges Erbe, aber allen

Kindern fiel auf, daß Catherine wohlhabend war. Sie konnte alles haben, was sie wollte, und sie würde aufs College gehen oder eine Privatschule besuchen. Auf Geld gegründete Überheblichkeit war ihr fremd. Die kleinen Mädchen, die sich brüsteten, zu Montgomerys schwarzer Oberschicht zu gehören, widerten sie an. Sie mochte die Söhne und Töchter der Armen, aber wenn sie auch mit ihnen spielte, gehörte sie doch nicht zu ihnen. Ihre Lehrer sahen das und förderten ihren Lerneifer, was einfach war, denn sie lernte gern. Welches Glück Catherine in diesem Leben auch beschieden war, es würde vermutlich ihrer eigenen einsamen Leistung entspringen, einer Arbeit, bei der sie sich bewähren konnte, ohne auf die Zugehörigkeit zu einer Gruppe angewiesen zu sein. Seit Ada ihre Ausbildung in die Hand genommen hatte, wurde diese Veranlagung systematisch gefördert. Ohne daß es je ausgesprochen wurde, begriff Catherine, daß sie Ärztin werden mußte. Sie wehrte sich nicht dagegen. Sie hätte jeden Weg eingeschlagen, wenn er nur schwierig war. Je schwerer eine Aufgabe, um so mehr reizte sie Catherine. Im Lesen hatte sie bereits das Niveau der elften Klasse. Als Athena einmal zu Besuch zu Hause war, nahm sie Catherine mit in den Operationsraum eines Tierarztes. Statt abgestoßen zu sein, war das Kind fasziniert. Die Vorliebe für Wissenschaft und Exaktheit war ein Markenzeichen der Jinks.

Placide hätte es lieber gesehen, wenn sie Architektin geworden wäre, obgleich es in diesem Beruf noch weniger Frauen gab als in der Medizin. Mit ihrem Sinn fürs Praktische brachte Ada ihn auf ihre Seite. Ärzte speisten besser als Architekten. Ein Kind in Catherines bedenklicher Situation muß unabhängig werden. Heirat wäre für sie keine Lösung wie für andere Mädchen. Kein weißer Mann würde sie heiraten. Und ein Schwarzer? Sie könnte an so einen Kopfjäger geraten, der auf eine hellfarbige Frau aus wäre, um seine gesellschaftliche Position zu verbessern. So ein Ehemann wäre nicht gut für Catherine. Sie brauchte einen, der ebenfalls Akademiker war und mit ihr arbeitete statt gegen sie.

In der kurzen Zeit, seit Ada Catherine unterrichtete, hatte sie das Kind regelrecht unter ihre Fittiche genommen. Einmal meinte sie zu Placide, Catherine sähe ihnen irgendwie ähnlich: dabei war Amelies Familie gewiß nicht mit den Jinks oder mit Adas Familie, den Goodwaters, verwandt. Placide nickte und tat gleichgültig, was seine Frau zu der Entgegnung provozierte, daß die Männer sich immer nur um äußere Dinge kümmerten, wo es doch auf innere Bindungen ankomme. Er murrte ihr zuliebe ein bißchen. Ada hatte von Zeit zu Zeit Spaß an einem kleinen Gerangel. Das Thema wurde bald verdrängt durch den Skandal der Loge *Brüder Hannibals*, einem Eliteclub der schwarzen Männer von Montgomery, der ungefähr dem Princeton oder Yale Club der weißen Gemeinde entsprach. Der Schatzmeister war mit der Kasse durchgebrannt. Alle waren außer sich und hatten ein schlechtes Gewissen, weil Placide in den letzten fünf Jahren diesen Posten innegehabt hatte und dann von einem Ausschuß jüngerer Männer abgesetzt worden war, die meinten, sie brauchten einen Mann mit Collegebildung. Ada ergötzte sich an den zerknirschten Gesichtern, wenn sie die Straße entlangging. Daß jemand ihren Mann alt nannte, genügte, um ihre Lava zum Strömen zu bringen; die Andeutung, daß er geistig hinter der Zeit zurück sei, löste eine Eruption aus. Stolz, Vorsicht und langfristiges Investieren waren Placides Losungsworte in der Loge und zu Hause.

Placides Ehrenrettung war erfreulich, doch eine noch bessere Neuigkeit war für Ada der Rücktritt der Schulrektorin, einer älteren Frau. Ada wurde einstimmig zu ihrer Nachfolgerin gewählt.

Das Bewußtsein, von der neuen Rektorin unterrichtet zu werden, jagte Catherine einen Schauder ein, obwohl sie Ada gern hatte. In ihrer Vorstellung war eine Rektorin jemand, der einen mit einem Riemen züchtigte.

Catherine packte sorgfältig ihre Schultasche und hopste die drei Treppen hinunter in die Küche. Speck, weiche Brötchen, Bratkartoffeln und Rührei standen auf dem Tisch. Catherine setzte sich und verschlang munter alles, was sie auf dem Teller hatte. Die Küchentür schwang geräuschlos auf, und Hortensia kam herein.

«Amelie, das riecht so gut, daß ich heute ein zweites Frühstück nehme.»

«Ist genug da.» Amelie stellte die Bratpfanne wieder auf den Herd.

Hortensia setzte sich neben Catherine an den Tisch. «Hübsch siehst du aus.»

«Danke. Du siehst auch hübsch aus.»

«Mit einer solchen Zunge im Kopf wirst du es weit bringen in dieser Welt, Liebes.» Hortensia zwinkerte ihr zu. «Hast du deine Hausaufgaben gemacht?»

«Ja, Ma'am.»

Hortensia deutete auf die Schultasche. «Darf ich mal sehen?»

Catherine öffnete bereitwillig die Tasche. Sie war stolz auf ihre Hefte. Als erstes reichte sie Hortensia ihr Rechenheft. «Guck mal, Bruchrechnungen und Prozentrechnen. Babykram.»

«Was für saubere Hefte. Sauber waren meine auch, aber da standen selten die richtigen Lösungen drin.»

«Ich wette, du warst die beste.»

«Nicht im Rechnen.» Hortensia steckte das Heft zurück und zog das kleine Lateinbuch hervor, das Ada dem Kind geliehen hatte. «Du liest ja schon.»

Catherine strahlte. «Ich kann's auch sprechen. Aber lesen ist schwerer. Man muß sich so viel merken. Für alles gibt's extra Endungen. Die sind wie kleine Manschettenknöpfe.»

«Was?» Hortensia lachte.

«Du weißt schon, diese kleinen Dinger, womit man einen Ärmel zusammensteckt. Wenn man die Endungen nicht dranmacht, hängt alles lose. Die Worte geben keinen Sinn.» Catherine holte tief Luft und atmete dann aus, wie sie es Ada hatte tun sehen. «Aber Tante Tense, ich verstehe nicht, wie jemand wie Julius Caesar, der so klug war, es nicht fertigbrachte, so zu sprechen wie wir. Wir gebrauchen keine Endungen, und es gibt doch einen Sinn.»

«Da gebe ich dir vollkommen recht. Ich verstehe nicht, wieso nicht die ganze Welt englisch spricht. Das wäre bestimmt praktischer.» Hortensia legte ihren Arm um Catherine und drückte sie an sich. «Stimmt es, daß du verliebt bist?»

«Mutter, du hast mich verraten!» Catherine verdächtigte Amelie.

Amelie, die gerade sorgfältig ein Ei aufschlug, zuckte die Achseln.

«Aha. Es ist wahr.» Hortensia kitzelte sie. «Ich wette, es ist Piggy Latham.»

Catherine schluckte. «Nein!»

«Wenn du so heftig wirst, muß es Liebe sein.»

«Ich hasse Piggy Latham. Der bohrt in der Nase und klebt die Popel unter sein Pult.»

«Catherine, mußt du beim Frühstück so drastisch sein?» Hortensia zog ein Gesicht.

«Ganz recht, junge Dame.» Amelie drohte ihr mit einem Pfannenwender und bespritzte sich mit Fett. Hortensia und Catherine lachten.

«Ich nehme an, du wirst die Quelle deiner Herzenssehnsucht nicht offenbaren?»

«Ich sag's nicht.» Catherine hielt sich den Mund zu.

«Wird auch gut sein, weil ich wette, morgen hast du's dir anders überlegt», spottete Amelie.

«Was macht Ruthie?» fragte Hortensia.

«So 'n Brechmittel. Ich mag keine Mädchen mehr. Die sind so albern.» Catherine zog einen Flunsch.

Amelie brachte Eier, Speck und noch einen Teller mit Brötchen auf den Tisch. Catherine wollte sich eines nehmen, ehe der Teller auf dem Tisch stand, und Amelie gab ihr einen Klaps auf die Hand. «Benimm dich.»

«Amelie, ohne dich würden wir alle Hungers sterben.» Hortensia ließ sich einen Bissen Speck schmecken.

«Mochtest du Mädchen, als du zur Schule gingst?»

«Nein. Ich mochte keine Mädchen, bis ich verheiratet war. Es dauert eine lange Zeit, bis man echte Freundinnen gewinnt.»

«Also, ich glaube, ich werd sie nie mögen. Wenn wir unter uns sind, tun sie ganz anders, aber wenn die Jungs kommen, dann kichern sie oder fangen Streit an. Bäh.» Sie schloß die Augen und rümpfte die Nase.

«Abwarten», meinte Hortensia. «Bist du sicher, daß es nicht Piggy Latham ist?»

«Der nicht.» Catherine schüttelte den Kopf. Um Hortensia die Neckerei heimzuzahlen, sagte sie mit aufgeregter Stimme: «Tante Tense, was ist das, was da drüben die Wand raufkrabbelt?»

Als Hortensia sich umdrehte, stibitzte Catherine ein Biskuit von ihrem Teller.

«Du kleiner Lump.»

«Catherine, leg das Biskuit auf Mrs. Banastres Teller zurück.»

«Wir spielen doch bloß, Mutter.»

«Ist schon gut, Amelie.»

Amelie sah auf die alte Bahnhofsuhr an der Wand, die Bartholomew Reedmuller seiner Tochter vor Jahren geschenkt hatte. «Jetzt aber husch, Miss, du kommst zu spät zur Schule.»

Gehorsam wischte sich Catherine den Mund ab, hob ihre Schultasche auf und sprang vom Stuhl. Sie küßte Hortensia auf die Wange und gab dann Amelie einen Kuß. Als sie die Hintertür öffnete, trällerte Hortensia: «Piggy Latham, Piggy Latham.»

Catherine quiekte vor Vergnügen und hüpfte die Stufen hinunter.

«Ach, noch einmal jung sein», seufzte Hortensia.

Die Hände auf den Hüften, schaute Amelie durch die Fliegentür nach draußen und fragte sich ebenfalls, wo die Jahre geblieben waren.

Zwei Doubles ließen für den Fliegerfilm ihr Leben. Statt die Sache zu vertuschen, spielte das Studio sie hoch. Schlagzeilen wie «Der gefährlichste Film, der je gedreht wurde» füllten die Filmzeitschriften. Payson und Grace hatten die ganze Geschichte bis obenhin satt. Ähnliche Vorfälle hatte es früher schon gegeben; der berühmteste war wohl die Seeschlacht in *Ben Hur*. Ramon Novarro weigerte sich noch immer, über die armen italienischen Bauern zu sprechen, die bei diesen Szenen starben. Während der ganzen Zeit hatte der Regisseur die Kameras laufen lassen. Er hatte die Entschuldigung, daß die Italiener gesagt hatten, sie könnten schwimmen, bevor sie als Ruderer, Soldaten und Seeleute angeheuert wurden, aber Arbeit war schwer zu bekommen, und die Amerikaner hätten erkennen müssen, daß die Männer verzweifelt waren. Damals hatte das Studio die ganze Angelegenheit vertuscht. Ein Teil von Aaron Stones Intelligenz bestand in dem Bewußtsein, daß er Zuschauer und Darsteller weiter treiben konnte, als irgend jemand für möglich hielt. Er leitete die gesamte Werbekampagne, komplett mit Fotografien von den Kindern der verstorbenen Doubles, wie sie Kränze auf die Gräber ihrer Väter legten. Die so erzeugte Erwartung sicherte den Erfolg des Films.

Die Leute wollten außerdem Grace und Payson als Paar sehen. Sie waren gut zusammen. Das Atelier bereitete bereits einen weiteren Film mit ihnen vor, der im Anschluß an *Der Mann mit der eisernen Maske* gedreht werden würde. Es sollte ihr erster Tonfilm werden, und die Reklamemaschinen liefen bereits an.

Aaron besaß zudem die große Gabe, Filme rechtzeitig und ohne Überziehung des Budgets zu produzieren. Mit dem Fliegerfilm stellte er einen Rekord auf. Aaron war peinlich genau, tüchtig und skrupellos. Es war unausbleiblich, daß er der Chef der Pacifica Studios werden würde. Die Zukunft gehörte dem Tonfilm. Aaron wollte eine neue Gattung von Stars schaffen, die von ihm abhängig waren. Er wollte diesen unerträglichen stummen Königen und Königinnen des Rückgrat brechen. Es gab ein paar, die überwechselten, aber bei Pacifica waren es nur wenige. Aaron suchte fieberhaft neue, schöne Gesichter. Er fand einen blendenden jungen Mann mit klangloser Stimme und mittelwestlichem Akzent. Genau das richtige fürs Hinterland, dachte Aaron, und ließ die Maschinerie auf ihn los: dem jungen Mann wurden die Haare gewellt, die Zähne überkront, die Augenbrauen gezupft. Er tauchte noch schöner daraus hervor, wenn auch ein wenig steril. Aarons stärkste Qualität aber war seine Fähigkeit, Frauen zu entdecken. In anderen Männern sah er Rivalen, und er haßte sie, so daß er sie nicht so aufbauen konnte, wie er Frauen aufbaute. Er ersann ein System, nach dem sämtliche brauchbare Frauen katalogisiert wurden. Zuerst wurden sie in brünett, rothaarig und blond eingeteilt, mit einer Sondergruppe für Exotinnen, zum Beispiel Chinesinnen. Als nächstes kamen ihre Augenfarbe und danach die Lebensdaten. In der oberen rechten Ecke jedes Dossiers war ein kleiner Kasten für die Bewertung von schauspielerischem Talent und Intelligenz. Diese war kodiert: TT war die höchste Note für Schauspielerei, ZI war die niedrigste Note für Intelligenz. Aaron suchte mit Bedacht Frauen, die spielen konnten, aber dumm waren; diese Geschöpfe konnte er absolut beherrschen. Er kaufte auch ihre Agenten, was relativ einfach war. Innerhalb eines Jahres sollte Pacifica mit einer Armee neuer sprechender Gesichter die Leinwände stürmen. In manchen Nächten konnte Aaron vor lauter Plänen nicht schlafen.

Grace beobachtete die Neulinge mit einer Mischung aus Sorge und Mitleid. Ihr behagte der Gedanke keineswegs, abgeschoben oder gefeuert zu werden. Wem gefiel das schon? Aber sie wußte auch, daß sie ein zäheres Naturell hatte als diese Kinder. Die wurden ausgequetscht wie Schwämme. Sie war emotional weniger abhängig von der Meinung anderer Leute. Wenn das Publikum sie als Star nicht mehr liebte, so interessierte sie das nicht die Spur. Huldigungen und Verehrung waren wunderbar, änderten aber nichts an ihrer Selbsteinschätzung. Der einzige Mensch, den sie beneidete, war Payson, der ein echter Schauspieler war. Grace war gut, und mit Payson zusammen war sie hervorragend, denn er verstand es, gute Leistungen aus ihr herauszuholen. Payson würde vermutlich sterben, wenn er nicht spielen könnte, wenngleich ihm das nicht bewußt war und er ständig über seinen Beruf maulte. Grace würde einfach etwas anderes machen. Sie war eine Deltaven, und die Sicherheit ihres Erbes stärkte sie, einerlei, wie überholt und altmodisch das andere finden mochten. Sie kannte ihre Stellung, sie kannte ihre Leute, und sie wußte, was von ihr erwartet wurde. Südstaatler besaßen von jeher die Weisheit, zu erkennen, daß Form so wichtig ist wie Inhalt. In Augenblicken der Krise oder Verwirrung kann einen die Form buchstäblich am Leben halten, bis man die Lage geklärt hat. Grace war dankbar dafür, obwohl sie die Hackordnung nach wie vor verabscheute. Jeder hochgestochene Südstaatler in Alabama behauptete, seine Familie sei mit Smith in Jamestown, Virginia, gelandet. So viele Flüchtlinge wie Virginia hätte ein einziger Staat unmöglich ausspucken können, aber der Name hatte einen Nachklang wie eine goldene Glocke. Man versuche mal, jemanden zu dem Eingeständnis zu bewegen, daß seine Familie in Wirklichkeit mit einem von Oglethorpe in Georgia abgeladenen englischen Pferdedieb begonnen hatte. Obgleich Grace das alles lächerlich fand, glaubte sie fest, daß ihre Familie sich zuerst in Virginia angesiedelt hatte.

Sie lehnte an der Rückwand eines Sessels, um ihr kostbares, unbequemes Kostüm nicht in Unordnung zu bringen. Wie jemand sich im Frankreich Ludwigs XIV. hatte bewegen können, ging über ihren Verstand. Die Beleuchter stellten die Lampen neu ein. Payson war detailbesessen; der Film mußte authentisch sein. Sie drehten erst zwei Wochen, aber schon wurde sichtbar, daß die Leistung eines jeden in diesem Werk beachtlich war. Selbst die Statistin, die eine alte Bettlerin spielte, wirkte echt. Zuweilen mußte Grace blinzeln, um sich zu besinnen, daß sie in den USA lebte, und zwar im 20. Jahrhundert.

Jeder Film läßt eine kleine Gemeinschaft entstehen. Ihre Bürger wohnen zusammen, essen zusammen, leiden zusammen und schlafen mehr oder weniger – eher mehr – zusammen. Payson schuf ein Milieu, wo jeder sein Bestes zu geben wünschte. Trotz aller Fotos in den Filmzeitschriften von Stars, die in unaufhörlichem Vergnügen herumtollten, war Filmen harte Arbeit. Payson sorgte dafür, daß seine Leute sich wohl fühlten. Keiner war ihm zu gering, um sich nach ihm zu erkundigen, einen Streit zu schlichten oder ihm einen Streich zu spielen, der die gute Laune der Leute wiederherstellte.

Da Payson eine Maske trug, mußte er Gefühle durch Gestik und Körperhaltung ausdrücken. Er spielte auch den Zwillingsbruder, den König. Ein leichtes Zucken im Mundwinkel deutete Falschheit an. Er stellte den König nicht als ausgemachten Schurken dar, sondern spielte ihn als spitzfindigen, blutlosen Mann. Mit der Maske auf Paysons Kopf wurde alles anders. Er verströmte Verzweiflung, Courage, Herzlichkeit, Anstand, ohne zu übertreiben. Die anderen, Schauspieler wie Techniker, blieben meistens da, um ihm zuzusehen, auch wenn sie nicht an der Szene beteiligt waren.

Grace kaufte ihm zu Beginn des Films eine junge Airdalehündin. Sie nannten sie Thank You, und sie wurde das Maskottchen der ganzen Truppe. Ehe sie vier Monate alt war, war sie fett. Die Leute fütterten sie ständig, und sie sonnte sich in unaufhörlicher Beachtung. Das Leben war herrlich.

Hoch auf der Kanzel agierte Linton Ray als Vertreter Gottes. Er predigte diese Woche über die Bergpredigt. Blue Rhonda hörte sich diese Episteln nun schon seit Wochen an. Eine morbide Faszination führte sie wieder und wieder her. Als Kind unter Schikanen gezwungen, die Bibel zu lesen und zur Sonntagsschule zu gehen, war sie erstaunt, wieviel sie behalten hatte. Während der vergangenen sechs Wochen hatte sie Bücher über Buddhismus gelesen, der sie anzog.

Banana Mae hätte fast zum Riechsalz gegriffen, als sie Rhonda lesen sah und dann entdeckte, was sie las. Banana Mae rümpfte die Nase über diese neueste Phase von Blue Rhonda, aber sie wußte ja nicht, daß Rhonda eine Sterbende war. Rhonda würde nie vor einem hebräischen oder christlichen Gott zu Kreuze kriechen, doch Seelenangelegenheiten, die sie bislang unbeachtet gelassen hatte, wurden ihr nun außerordentlich wichtig.

Linton verkündete, daß die Demütigen die Erde erben werden. Blue Rhonda dachte: bestimmt erst, nachdem die Reichen sie trocken gequetscht haben.

Die Gesichter von Lintons Pfarrkindern glichen kandierten Früchten. Sie hörten seinen Worten sicherlich nicht zu, sondern hielten vielmehr allein das einstündige sonntägliche Sitzen in der Kirchenbank für eine Versicherung gegen den Abstieg in die Hölle. Rhonda fragte sich, ob der Ursprung aller Religionen in der mächtigen Furcht vor dem Tod liege. Das ging ihr in diesen Tagen häufig durch den Kopf und verlieh ihr etwas Wissendes, das ihr früher gefehlt oder das sie vielleicht nicht zugelassen hatte: sie wußte nun einfach, wer glücklich war, wer sich selbst belog, und seltsamerweise auch, wer am Sterben war. Bartholomew Reedmuller war am Sterben. Ob auch er es wußte, konnte Rhonda nicht sagen, aber als sie ihn das letzte Mal aus dem Zug von Birmingham hatte steigen sehen, fand sie, er gleiche einem erloschenen Leuchtturm. Bartholomew hatte nie den Mut gehabt, die Gebäude zu entwerfen, die er hätte entwerfen sollen; Prestige und Honorar sorgten dafür, daß er nicht von der Norm abwich. Nun wirkte das alles sehr töricht, und Rhonda hatte Mitleid mit ihm. Er war ein alter Mann und führte ein vorbildliches Leben, aber was nützt ein vorbildliches Leben, wenn man seine innersten Impulse verraten hat? Rhonda hatte die ihren nicht verraten. Sie hatte sich ein amüsantes Leben gewünscht. Sie bedauerte, daß sie sich nichts Tieferes gewünscht hatte. Linton wähnte sein Dasein im Einklang mit den Erzengeln. Er hielt sich für ein edles Wesen, das sein Leben opferte, um die Menschheit zu erheben. Rhonda erkannte, daß er so nur sich selbst beschwichtigte. Für sie nahm das seinem eingebildeten Märtyrertum jegliche Erhabenheit. Sie war wenigstens ehrlich. Die schlimmsten Lügner sind die Menschen, die sich selbst belügen.

Nach jeder Predigt wartete Blue Rhonda diskret in der Sakristei, um Linton Fragen zu stellen oder ihn einfach zu quälen. Sie begriff nicht, was sie zu diesen Gefechten hintrieb, aber sie genoß es, ihm eines auszuwischen. Er hatte keinen Sinn für Humor, deshalb war er ein leichtes Ziel. Rhonda fragte sich, warum Gott nicht lachte. Das Lachen der griechischen und römischen Götter hallte durch das Firmament. Man kann einer Person nicht trauen, die keinen Sinn für Humor hat, und für Rhonda galt das auch für diese hebräisch-christliche Gottheit mit ihren eisigen Segnungen. Einmal fragte Linton sie während eines solchen Geplänkels, warum sie alles lächerlich mache, warum sie versuche, alle Welt zum Lachen zu bringen. Sie sagte: «Weil wir Angst haben.» Das ging ihm gegen den Strich. Linton lebte in einer Welt mit festen Regeln, mit klaren Systemen. Er hatte auf alles eine Antwort. Und was er nicht beantworten konnte, das erklärte er, indem er sagte, Gottes Wille sei für den menschlichen Verstand unerforschlich. Das war als Trost gemeint. Dein Kind stirbt; Gott möchte das kleine Seelchen bei sich im Himmel haben. Du wachst mitten in der Nacht auf, dein Herz rast, und fühlst eine namenlose Angst; Gott sagt dir damit, du sollst dich bessern. Millionen Menschen sterben im Weltkrieg; wir haben es verdient, wir sind übles Geschmeiß, das regelmäßig geläutert werden muß. Das alles, weil Eva den Apfel vom Baum gepflückt hat; alles Leiden ist Schuld der Frau. Die Männer sind schlecht, aber die Frauen sind schlechter. Und schlauer. Adam war ein Dummkopf. Man muß ständig vor den Frauen auf der Hut sein. Das Weibliche ist mächtig, begabt und böse.

Manchmal entstand Böses aus Gutem, und manchmal Gutes aus Bösem. Blue Rhonda wußte, daß sie kein Genie war, aber sie war leidlich intelligent und wußte, daß es keine einfachen Antworten gab.

Nachdem er seinen Schäfchen am Hauptportal nacheinander die Hand geschüttelt hatte, wandte Hochwürden Ray sich Rhonda zu, die in dem kleinen Raum neben dem Eingang wartete.

«Und wie hat Ihnen die Predigt heute gefallen?»

«Sie hätte mir viel besser gefallen, wenn der Mann vor mir nicht die ganze Zeit gefurzt hätte.»

Lintons Miene erstarrte. Schlimm genug, daß die Menschen sündigen. Schlimmer, daß sie Körperfunktionen hatten. «Die Bergpredigt ist die schönste Passage in der Bibel.»

«Im Neuen Testament vielleicht», erwiderte Rhonda, «aber meine Lieblingsstelle ist der 23. Psalm. Oder die, wo es heißt, wenn man mit Engelszungen redet, hat aber die Liebe nicht, so ist man eine klingende Schelle.»

«Erster Korinther, dreizehn.» Linton strahlte Autorität aus.

Sie hatte ihm an diesem Sonntag wenig zu sagen. «Ich nehme an, an Ihrem Gedächtnis hat noch niemand etwas auszusetzen gehabt, Hochwürden. Bis nächsten Sonntag, wenn ich Lust habe.»

«Haben Sie einen neuen Weg eingeschlagen, Miss Latrec?»

«Nein.»

Stirnrunzelnd ermahnte er sie: «Hören Sie auf, sich zu besudeln. Bedenken Sie, Ihr Leib ist ein Tempel.»

«Stimmt, und meiner steht 24 Stunden am Tag für die Andacht offen.» Sie ließ ihn wutschäumend stehen.

Während der Heimfahrt in der Straßenbahn dachte sie über ihre ständigen Streitereien mit Linton nach. Wenn sie eine Hure war, wieso war das nicht auch Gottes Wille? Aber Linton deutete das Leben so: wenn du Unrecht tust, ist es deine Schuld, und wenn du Recht tust, gebührt Gott das Verdienst. Gott trägt keine Verantwortung für das Böse. Wie dem auch sei, Rhonda konnte sich heute nicht mit theologischen Finessen plagen. Sie nahm an, daß es keine Rolle spielte, ob das, was sie glaubte, richtig oder falsch war. Es schenkte ihr den Willen zum Leben.

Sie stieg aus der Bahn und ging das letzte Stück zu Fuß nach Hause. Die Sonne funkelte auf allen Fensterscheiben. An einem hölzernen Gebäude waren die Buchstaben EIS mit blauer Farbe aufgepinselt, und über jeden Buchstaben war weißes Eis gemalt. Rhonda mußte tausendmal in ihrem Leben an diesem Haus vorbeigekommen sein, doch erst heute fiel ihr auf, wie vollendet schön es war. Alles wirkte kristallklar und lebendig.

Weiter hinten auf der Straße konnte sie Lotowana, Bunny und Banana Mae auf der Veranda sitzen sehen. Ihre Chrysanthemen, Zinnien und anderen Herbstblumen quollen ungehindert über die Blumenbeete aufs Gras. Als sie näher kam, winkten die drei. Sie beschloß, Lotowana ein bißchen auf den Arm zu nehmen, indem sie ihr die erste Frage stellte, die Buddhisten auf ihrem Pfad erfahren. Wohin der Pfad führte, war Rhonda nicht ganz klar, denn Nirwana hörte sich an wie eine Hautkrankheit, aber wer war sie, daß sie an anderer Leute Vorstellung vom Himmel, vom

Leben nach dem Tode oder vom Vergessen herumkritteln durfte? Sie hätte das alles gern für ein ewiges Leben auf der Erde ein-
getauscht. Wie schlecht die Erde auch sein mag – Rhonda liebte
sie.

«Rhonda – Minnie Rue und Leafy Strayhorne hatten heute
morgen einen Mordskrach», berichtete Bunny trocken.

«Sämtliche Fensterscheiben im Wohnzimmer sind zu Bruch gegangen», sagte Lottie.

Rhonda setzte sich. «Wieso haben die zwei Krach gekriegt? Da
ist eine so mies wie die andere.»

«Ja, die unterscheiden sich ungefähr so wie die Demokratische
und die Republikanische Partei, oder wie Syphilis und Tripper.»
Banana lächelte.

«Keiner sagt was», ergänzte Bunny, «aber früher oder später
kommt es raus. Wie alles.»

«Ja.» Lottie stimmte ihrer Chefin zu.

«Liest du immer noch diese vielen Bücher?» fragte Bunny
Rhonda.

Rhonda konnte nicht wissen, daß die drei in ihrer Abwesenheit
über sie gesprochen hatten. Sie waren schließlich nicht dumm.
Rhondas Äußeres hatte sich verändert, von Natur aus schlank,
war sie jetzt beängstigend mager. Ihr Schwung war ihr geblieben,
aber sie sah krank aus. Banana suchte heimlich Rhondas Arzt auf,
aber der wollte nicht mehr sagen, als daß Rhonda stark blutarm
sei. Als Banana den Arzt bedrängte, sagte er, was zwischen Patient
und Arzt vorgehe, dürfe kein dritter erfahren. Banana war sehr
besorgt. Sie lebte so viele Jahre mit Rhonda zusammen, daß sie
Blue Rhonda als so selbstverständlich empfand wie den Sonnenschein. Bunny und Lottie plagte ebenfalls quälende Besorgnis.
Bunny behielt Rhonda still im Auge, während Lottie unentwegt
mit ihr scherzte, ihr Geschichten erzählte, alles tat, um Rhonda
zum Lachen zu bringen.

«Lottie, ich hab was für dich. Dies ist die erste Frage, die einem
Buddhisten gestellt wird. So eine Art erstes Gebot, aber anders.
Willst du's hören?»

«Ja.» Lotties Schultern strafften sich; sie war begierig, sich zu
beweisen.

«Wie klingt es, wenn eine Hand klatscht?»

Lottie schlug sie ins Gesicht. «So, du dumme Nuß.»

Rhonda blinzelte und brach dann in Lachen aus. Lottie hatte recht.

Beim halbjährlichen Großreinemachen stellte Ada ihre Familienfotos neu auf. Der Frühjahrs- und der Herbstputz hatten in ihrem Kalender so viel Gewicht wie Weihnachten in den Kalendern anderer Leute. Gewöhnlich bewahrte sie die Bilder von ihren Kindern oben auf, doch in einer Laune brachte Ada sie nach unten und verteilte sie im Wohnzimmer. Nachdem sie die Zierrahmen einen Nachmittag lang poliert hatte, stellte sie die Bilder im Halbkreis auf.

Vor einigen Monaten hatte sie begonnen, ihr Portemonnaie mit ins Bett zu nehmen. Placide machte deswegen ein Mordsspektakel, daraufhin legte sie die Geldbörse unters Bett, steckte aber das Geld vorsichtig in ihren Kopfkissenbezug. Placide erzählte sie nichts davon. Er verstand nicht, warum sie mit ihrem Portemonnaie schlafen wollte, aber Ada meinte, das sei sehr vernünftig; wenn sie in der Nacht beraubt würden, wer würde im Bett nach einer Geldbörse suchen? Placide versicherte ihr, sie würden nicht mitten in der Nacht beraubt.

Catherine beendete ihre Lektion, rührte sich aber nicht. Sie konnte nicht gut aufstehen, solange Ada sie nicht entließ, und Ada nahm sich viel Zeit, um ihr Heft durchzusehen. Draußen in der frischen Herbstluft hörte Catherine Kinder einander zurufen. Es zog sie nach Hause zu ihrem Pony.

«Hier hast du den Akzent falsch gesetzt. Schau.» Ada deutete auf einen kleinen Strich auf der Seite.

«Kommt nicht wieder vor.»

«Also hast du nur 99 statt 100 Punkte.»

Catherine hätte enttäuscht sein müssen, aber sie war zu sehr aufs Spielen versessen. «Nächstes Mal mach ich's besser. Ist das alles für heute, Mrs. Jinks?»

Ada sah auf ihre Armbanduhr, ein Jubiläumsgeschenk von ihrem Mann. «Du warst eine Stunde hier. Hast du die heutige Lektion verstanden?»

«Ja.»

«Gut.» Ada stand auf und holte Catherines Mantel.

«Haben Sie Ihre Möbel umgestellt?» fragte das Kind.

«Ja. Seid ihr noch nicht auf den Winter vorbereitet? Wird Zeit, die Sommergardinen wegzuhängen.»

Ein bekanntes Gesicht zog Catherine zur anderen Seite des Wohnzimmers. Sie ging hin und betrachtete das Bild von Hercules. Seine Haltung war anders als auf Amelies Fotografie, aber der Mann war eindeutig Hercules. Catherine achtete darauf, daß sie nichts anrührte.

«Mrs. Jinks ... heißt er Hercules?»

Ada schichtete gerade ihre Bücher aufeinander und sah nicht auf. «Ja. Er ist 1918 gestorben.»

«Er war Boxer?»

«Catherine, wer hat dir von meinem Sohn erzählt?» Sie seufzte. «Nun ja, ich nehme an, er ist in dieser Gegend immer noch ein Held. Er war der beste Sportler, den es je gab und vermutlich je geben wird.»

«Er ist mein Vater», sagte Catherine schlicht.

«Was?» Ada ließ beinahe ein Buch auf den Boden plumpsen.

«Mutter hat sein Bild auf einem Tisch stehen. Wie kommt es, daß Sie das nicht wissen?»

Ada mußte sich setzen. Natürlich, Catherine sah wie eine Jinks aus. Aber Amelie? Irgendwas stimmte da nicht. «Wer hat dir gesagt, daß Hercules dein Vater war?» Ihre Stimme war freundlich. Sie wollte das Mädchen nicht erschrecken. Auf diese Weise zu entdecken, wer die eigene Großmutter ist, war schon hart genug.

«Mutter. Sie spricht nicht viel über ihn. Aber er war ein guter Mann ... nicht wahr?»

«Er war ein sehr guter Mann.» Es fiel Ada schwer, ihn sich als Mann vorzustellen. Für sie würde er immer ihr Junge bleiben.

«Dann sind Sie meine Großmutter, nicht?»

«Es sieht allerdings so aus.» Ada winkte sie zu sich heran.

«Ich hatte nie eine Großmutter, die Rektorin war.»

Ada umarmte das Kind. Sie hatte ein Stück Leben gefunden, das sie vor langer Zeit verloren zu haben glaubte. Hercules kehrte mit einem Schwall zu ihr zurück. Sie konnte ihn in diesem Kind sehen und wunderte sich, daß sie so blind gewesen war und den Zusammenhang nicht früher hergestellt hatte. Auf der Stelle begriff sie, daß Amelie nicht Catherines Mutter war, und sie ahnte, daß Placide mehr wußte, als er sagte. Das würde sie mit ihm klären, wenn er nach Hause kam.

«Catherine, wer weiß sonst noch von Hercules?»

«Ach, wir sprechen nie darüber. Mutter sagt, die Leute sind so neugierig, deshalb hält man am besten den Mund, egal, worum es geht.»

«Amelie ist sehr vernünftig.» Ada fragte leichthin: «Weiß es Mrs. Banastre?»

«Ich weiß nicht.»

«Sie ist nett zu dir, nicht wahr?»

Catherines Augen leuchteten auf. «O ja, Mrs. Jinks. Sie ist der allerbeste Mensch, den ich kenne. Sie guckt sich meine Hefte an und fragt immer, wie ich mit Latein zurechtkomme. Sie reitet auch mit mir, und eines Tages reite ich genauso gut wie sie.»

«Ganz bestimmt.»

«Mrs. Jinks?»

«Liebes, nenn mich Großmama. Das möchte ich furchtbar gerne hören.»

Schüchtern sagte Catherine: «Großmama, ich mag dich leiden. Du bist sehr klug. Kann ich dir ein Geheimnis erzählen? Etwas, das ich nie, nie zu jemand gesagt habe. Nicht mal zu meiner Mutter.»

«Natürlich kannst du es mir erzählen, und ich verspreche, daß ich es nicht weitersage.»

«Jemand belügt mich.»

«So?» Ada war nicht sicher, was jetzt kommen würde.

«Die Leute sagen, ich bin halb und halb. Das sehe ich selbst. Ich hab helle Augen. Wie kann ich halb und halb sein, wenn Hercules schwarz war und Mutter auch schwarz ist? Hab ich was Unrechtes getan?»

Ada drückte das Kind fester an sich. «Nein, Schätzchen, du hast gar nichts Unrechtes getan. Das Unrecht haben andere getan. Mach dir deswegen keine Gedanken.»

«Aber du meinst, man hat mich belogen, ja?»

Ada wollte das Kind nicht noch mehr beunruhigen, aber es entsprach auch nicht ihrer Natur, einer Sache aus dem Weg zu gehen. «Ja, Catherine, ich glaube, es gibt eine ganze Menge unbeantwortete Fragen. Ob das bedeutet, daß man dich belogen hat, weiß ich nicht. In dieser Welt glauben ältere Menschen oft, sie würden Kinder beschützen, indem sie ihnen nicht die Wahrheit sagen, oder indem sie damit warten, bis die Kinder größer sind. Ich glaube nicht, daß jemand dir weh tun will.»

«Ich bin alt genug. Wenn ich Latein kann, bin ich alt genug.»

«Ja, das denke ich auch. Aber manchmal erfährt man im stillen mehr als durch Fragen stellen.»

Catherine sah Ada an. «Vielleicht.»

«Catherine, wir wollen vorläufig nichts überstürzen. Ich denke, wenn wir beide schweigen, können wir das Geheimnis lösen, ohne, nun ja, ohne einer Menge Menschen weh zu tun.»

Catherine begriff nicht ganz, wieso es anderen weh tun konnte, daß sie ihre Abstammung entdeckte, aber sie hatte Vertrauen zu Ada und stimmte ihr fürs erste zu.

Ehe Ada sie heimgehen ließ, vergewisserte sie sich, daß Catherine nicht zu verstört war. Die Zähigkeit des Kindes verblüffte sie, doch dann besann sie sich auf ihre eigene Kindheit. Nicht zu wissen war immer schlimmer als zu wissen. Catherine war stark. Mit den Erwachsenen in ihrer Umgebung war es etwas anderes.

Als Placide pfeifend durch die Tür marschierte, wartete Ada mit verschränkten Armen auf der Chaiselongue.

«Placide, ich möchte mit dir reden.»

«Das sehe ich.» Er hängte seinen Mantel auf. «Alles fertig für den Winter?»

«Ja. Catherine Etheridge war heute zum Unterricht hier.»

«Fein.»

Mit noch immer verschränkten Armen fragte Ada ihn: «Warum hast du es mir nicht gesagt?»

Er bemerkte die Bilder im Zimmer und schwieg.

«Ich bin die Großmutter dieses Mädchens. Ich habe ein Recht, es zu wissen. All diese Jahre. Wie hätte es den Schmerz gelindert, wenn ich gewußt hätte, daß Hercules etwas hinterlassen hat.»

«So einfach ist das nicht.» Ermattet setzte er sich in den Sessel ihr gegenüber.

«Blut ruft nach Blut. Was gibt es da sonst noch?»

«Das Blut ihrer Mutter ist auch noch da.» Er wollte sich nicht auf einen Streit mit ihr einlassen.

«Amelie? Ha!»

«Ich hab nicht Amelie gesagt.»

«So, wer dann? Wer ist wichtiger als du und ich? Wir hätten sie aufziehen können, und wir hätten sie aufziehen müssen.»

«Nein. Wir haben unsere Kinder gehabt.»

«Was hat das mit Catherine zu tun?»

«Ein Kind gehört zur Mutter.»

«Nun, verdammt, wer ist denn ihre Mutter?»

«Hortensia Banastre.»

Ada ließ sich schwer in ihren Sitz zurückfallen. Hätte sie nachgedacht, dann hätte sie auf ihre vagen Vermutungen längst geachtet, aber sie hatte nie darüber nachgedacht. Derartige Paarungen kommen meist umgekehrt vor, und Frauen wie Ada waren es gewöhnt, den Nachwuchs daraus aufzuziehen. «Ich kann es nicht glauben», sagte sie, obwohl sie wußte, daß es wahr sein mußte.

«Wenn du sie im Bestattungsinstitut gesehen hättest, wäre es dir schmerzlich leichtgefallen, es zu glauben.» Placide schluckte.

«Mein Junge, mein süßer Junge, was um Gottes willen hat er getan? Was hat er sich dabei gedacht?»

«Gedacht hat keiner von beiden», sagte Placide.

Ein Schauer der Entrüstung wallte in ihr auf. «Sie hat selbst zwei Söhne. Das Kind hätte zu uns gehört.»

«Nein, das Kind gehört zu seiner Mutter.» Placide blieb fest.

«Was für eine Mutter? Catherine glaubt, Amelie ist ihre Mutter.»

«Ich weiß», seufzte er. «Diese Dinge kommen mit der Zeit ans Licht oder bleiben für immer im dunkeln. Das geht dich nichts an.»

«Und ob es mich was angeht.»

«Ada, die Frau hatte nichts. Alles und nichts. Sie tut mir leid. Sie tat mir damals leid, und sie tut mir heute leid. Catherine ist ihr Leben.»

«Und was ist mit ihren Söhnen?»

«Du weißt so gut wie ich, daß Paris nichts taugt. Edward, nun ja, der ist in Ordnung – aber Catherine ist ihr Leben.»

Ada wußte von den Entfremdungen bei den Banastres. In Montgomery flüsterten sogar die Bäume, und die Schwarzen wußten viel mehr über die weißen Familien, als die weißen Familien jemals hoffen konnten, voneinander oder über die schwarzen Familien zu wissen. Der Kampf ums Überleben schärft die Sinne.

«Du hättest es mir sagen sollen.»

«Ich hab getan, was ich für richtig hielt.» Placide starrte auf das Foto von Hercules.

«Wir teilen alles, du und ich. Ich – ich bin erschüttert, daß du mich betrogen hast.» Adas Augen füllten sich mit Tränen.

«Ich habe dich getäuscht; ich habe dich nicht betrogen. Es tut mir leid, Ada. Ich glaube, ich habe das Richtige getan. Ich wußte nicht, daß Hortensia schwanger war, bis sie so lange in Chicago blieb. Es gehörte nicht viel dazu, zwei und zwei zusammenzuzählen. Ich fürchtete, du würdest versuchen, ihr das Baby wegzunehmen. Und ich bin zu dem Schluß gekommen, daß sie das Baby mehr brauchte als du.»

Ada saß lange Zeit schweigend. Dann flüsterte sie: «Sie müssen wahnsinnig gewesen sein, die zwei. Vollkommen wahnsinnig.»

«Sie haben sich geliebt.»

Ada zitierte ihren altgriechischen Lieblingsdramatiker: «‹Wen die Götter zu zerstören suchen, den berauben sie der Sinne.›»

«Schatz, wir wissen beide, daß mehr Menschen die schmale Grenze zwischen Wahnsinn und gesundem Verstand, zwischen schwarz und weiß überqueren, als irgend jemand zugeben will. Wer darf sagen, daß sie unrecht tun? Wenn Hercules noch lebte, würden wir ihm sagen, er hat unrecht getan, aber hat er das wirklich? Hat er wirklich unrecht getan?»

Geistesabwesend schlug Ada die Arme um sich. «O Gott, ich weiß es nicht.»

Er kam auf Zehenspitzen zu ihr und setzte sich neben sie. «Was gibt es da zu wissen? Der Mensch stellt eine Reihe von Gesetzen auf, und das menschliche Herz stellt eine andere Reihe auf. Die Menschen werden gleichzeitig in zwei Richtungen gezogen. Ich versuche gar nicht mehr, es zu verstehen.»

Ada mit ihrem scharfen Intellekt würde sich mit einem solchen Standpunkt nie zufriedengeben, aber im Augenblick hatte sie dem nichts entgegenzusetzen.

Placide fragte sie: «Glaubst du, Catherine wird es verkraften?»

«Ja. Catherine wird es gut verkraften.»

Paris erstickte in dem Gefängnis seines Charakters. Der rotgoldene Herbst von Albemarle County machte ihm keine Freude. Seine wöchentlichen, dann allabendlichen Besuche bei Marguerita verschlimmerten seine Sehnsucht. Keine Prostituierte konnte ihm geben, was er sich wünschte.

Er begann abzunehmen und besuchte kaum eine Vorlesung. Das war nichts Neues, wohl aber sein gehetzter Blick. Seine Kommilitonen vermuteten, er nehme Rauschgift. Das war leicht zu bekommen, zumal wenn man Geld hatte und mit einem Arzt der Oberschicht Fühlung aufnahm. Die Gesetze schränkten nur die Mittelklasse und die Armen ein. Die Reichen konnten immer bekommen, was sie wollten.

Er schrieb Hunderte von Briefen an seine Mutter, und er zerriß sie oder warf sie in den winzigen Kamin seines Zimmers hinter den gewundenen Mauern. Einmal dachte er daran, nach New Haven zu gehen und diesen verhaßten Spießer von einem Bruder zu töten, aber das hätte ihm nichts Gutes eingebracht, und das letzte, was er wünschte, war erwischt zu werden, oder am Ende gar für sein Kind sorgen zu müssen. Warum die Menschen nicht ficken konnten ohne zu empfangen, war ihm ein Geheimnis. Empfängnis hatte für ihn die Bedeutung eines Übels, das die Menschheit befällt. Es müßte einen Knopf geben, den man drückt, wenn man Kinder haben will. Kinder sollten absolut nichts mit Sex zu tun haben. Paris hatte nie darüber nachgedacht, bis Mary Bland Love schwanger wurde, wie man eine Krankheit bekam. Wieso er jemals näher als drei Meter an diesen Bücherwurm herangegangen war, das quälte ihn jetzt. Und schlimmer noch, sein Bruder war ausgesprochen glücklich mit diesem immer fetter werdenden Geschöpf. Edward war glücklich, während er litt. Nein, Edward war zu fade, um glücklich zu sein; er war vermutlich bloß zufrieden. Dieser Gedanke befriedigte ihn nicht sonderlich. Er konnte es nicht ertragen, daß Edward überhaupt etwas hatte.

Er stellte sich Hortensia vor zwei Jahrzehnten vor, wie sie ihn, Paris, empfing. Sie hatte wahrscheinlich die Augen geschlossen gehalten und gewünscht, Carwyn würde endlich von ihr ablassen. Sie war zu schön, um mit Carwyn verheiratet zu sein; sie hätte keusch bleiben sollen, wie Artemis oder Athene. Der Gedanke, daß ein anderer Mann mit seiner Mutter geschlafen hatte, trieb ihn zu Spaziergängen in die Nacht hinaus. Er schritt vor Edgar Allan Poes einstigem Zimmer auf und ab und fragte sich, ob dem armen Teufel jemals so elend zumute gewesen war wie ihm. Hätte Poe davon träumen können, mit seiner Mutter zu schlafen? Was war Ulalume im Vergleich dazu?

Paris lebte in neonblauen Lichtern, in schattigroten Träumen. Er würde nicht lange durchhalten.

Im Halloween-Zwielicht weit aus dem Fenster ihres Schlafzimmers gebeugt, beobachtete Catherine die weißen Kinder auf ihrem Weg zum Court Square. Sie sahen aus wie Ameisen auf einer Honigspur. Die Große Hexenjagd war nur für Weiße. Keiner sprach es aus; es war eben so, punktum. Der Duft sich verfärbender Blätter wirkte erregend auf Catherine. Ein Abend wie dieser war zu schade, um ungenützt zu bleiben. Sie war nicht durch und durch schwarz. Sie war sich vielmehr ziemlich sicher, daß sie halb weiß war. Also müßte sie eigentlich die halbe Hexenjagd mitmachen dürfen.

Ein kurzer Blick in Amelies Kleiderschrank überzeugte sie, daß er nichts enthielt, was sie als Kostüm tragen könnte. Außerdem war Amelie so breit wie ein Haus. Catherine lief zum Spiegel und beschloß, lieber ihr Gesicht zu maskieren. Zu diesem Zweck hüpfte sie zum Wäscheschrank und zog ein abgenutztes Laken heraus, weil sie wußte, daß ihre Mutter sie umbringen würde, wenn sie ein gutes nahm. Sie schnitt Löcher für die Augen hinein, malte mit Wasserfarben ein schiefes Lächeln darauf, faltete dann das Laken zusammen und klemmte es sich unter den Arm. Auf Zehenspitzen schlich sie die Hintertreppe hinunter. Sie hörte Amelie in der Küche vor sich hin singen. Catherine mußte zur Hintertür hinausschlüpfen, und dazu mußte sie durch die Küche. Amelie hantierte mit den Bratpfannen. Catherine wartete und wartete, doch Amelie machte keine Anstalten, die Küche zu räumen. Schließlich begab sie sich in die Vorratskammer. Catherine ergriff blitzschnell die Gelegenheit. Sie flitzte zur Tür hinaus und schloß sie geräuschlos hinter sich.

In sicherer Entfernung vom Haus streifte sie ihr improvisiertes

Kostüm über und rannte den ganzen Weg bis zu dem großen Brunnen mitten auf dem Court Square. Die Kinder wurden gerade in Mannschaften aufgeteilt. Catherine hörte, wie Namen aufgerufen wurden. Gerade fiel der Name einer Zehnjährigen, Gretchen Sommerfield. Catherine meldete sich und wurde der Mannschaft der Orangefarbenen zugeteilt. Gretchen wohnte ein paar Häuser von Catherine entfernt, und Catherine wußte, daß Gretchen Mumps hatte. Als ein Kind sagte, wie froh es sei, daß es ihr besser gehe, spürte sie einen Klumpen in der Kehle, und sie flüsterte: «Danke.»

Die beiden Mannschaften erhielten den ersten Hinweis. Randolph Baker, Anführer der Orangefarbenen, las ihn laut vor. Die Aufgabe war einfach. Als sie von einem kleinen Laden zum andern rasten, war Catherine überglücklich. War das ein Spaß! Die Kinder kicherten, quietschten und tollten. Der nächste Hinweis lautete: «Sterne fielen auf Alabama 1833. Doch wo ich steh, gibt es für mich nur einen Stern.»

Die älteren Kinder schwiegen, wie es die Regel verlangte. Catherine wollte etwas sagen, aber sie fürchtete, jemand könnte ihre Stimme erkennen. Obgleich sie die Schule für die Schwarzen besuchte und alle Kinder in ihrer Umgebung Weiße waren, spielten sie manchmal zusammen. Die Kleinen waren ratlos. Schließlich faßte Catherine sich ein Herz und sprach fest: «Es ist Jeff Davis' sechszackiger Stern.» Ein Murmeln lief durch die Menge. Randolph schlug eine Beratung vor. Es schien eindeutig die Lösung zu sein, nachdem Catherine es einmal ausgesprochen hatte. «Gut gemacht, Gretchen», lobte Randolph. «Gehen wir zum westlichen Säulengang nachsehen.» Eine Meute von Orangefarbenen polterte zum Kapitolsgebäude, wo der Stern auf sie herabschien. An dieser Stelle hatte Jefferson Davis den Amtseid geleistet, als er Präsident der Konföderation wurde.

Ein weißer Umschlag war an den Stern geheftet. Randolph riß ihn herunter und las den nächsten Hinweis. Mehrere Häuserblocks entfernt hörten sie die Schreie der Schwarzen. Das spornte die Mannschaften stets zu größerem Einsatz an. Harold Richards führte die Schwarzen an, und Randolph wollte ihn in dieser Großen Hexenjagd unbedingt schlagen. Harold hatte Randy jüngst seine Herzensdame abspenstig gemacht.

Catherine spürte einen Schauder, als sie die Rufe hörte. In ihrer Aufregung hopste sie auf der Stelle auf und ab. Ein Zehnjähriger nahm ihre Hand. Sie blickte rasch hinunter, aber das andere Kind sagte nichts. Er hat nicht gemerkt, daß meine Hand dunkler ist als seine, dachte sie. Ihre Angst verschwand mit der Lösung dieses Hinweises, und sie zogen weiter.

Mit jeder Lösung wurden die Hinweise schwieriger. Der achte bewirkte, daß die Mannschaft der Orangefarbenen sich im Kreis hinsetzte und sich die Haare raufte. Randolph las noch einmal verzweifelt vor: «Ich bin alt wie Ägypten und doch nagelneu, meine Männer tragen Röcke, den Rätseln getreu.»

David Hutter, ein Sechzehnjähriger, rief: «Was für Rätsel? Hier gibt's doch gar kein Juxhaus in der Nähe.»

«Ich kenne keinen Mann, der einen Rock trägt», jammerte eine andere Stimme.

Catherine überlegte. Sie konzentrierte sich auf Ägypten. Sie spürte, daß der Hinweis wichtiger war als die Röcke. Die Orangefarbenen mußten gewinnen, sie mußten einfach. Sie besann sich vage, daß sie vor etwa zwei Jahren einmal in Bartholomew Reedmullers Büro gewesen war. Das ist eine sehr lange Zeit, wenn man zehn ist, doch sie erinnerte sich an eine Zeichnung. Auf einem riesigen schrägen Tisch waren Zeichnungen mit ägyptischen Motiven, und Bartholomew hatte ihr freundlich erklärt, was alle die Symbole bedeuteten und warum er sie verwendete. Verwendete – wofür? Ein Gebäude. Jetzt lag es ihr auf der Zunge. Sie sah die ganze Zeichnung vor sich. Wo war das und wie hieß es?

Ein Aufschrei der weit entfernten Schwarzen vertiefte die gedrückte Stimmung der Orangefarbenen.

Catherine schoß hoch und brüllte: «Es ist ein Gebäude. Ein Tempel – der Scottish Rite-Tempel!»

Randolph starrte sie an, die Kinder ihres Alters starrten sie an. Sie klang nicht wie Gretchen Sommerfield, und überdies war Gretchen unter ihresgleichen als dumm bekannt. Wie war jemand so Doofes nur darauf gekommen? Aber sie waren zu eilig, sich über die Herkunft der Antwort Gedanken zu machen.

«Es ist unsere einzige Chance. Hoffentlich hast du recht, Gretch.»

In Verwirrung, Besorgnis und Hoffnung zog die Mannschaft zu

dem neuen Kalksteingebäude hinüber. An das große Portal war der nächste Hinweis geheftet. Von der Bewältigung dieser schwierigen Hürde angefeuert, lösten die Orangefarbenen ihren neunten Hinweis im Nu und fanden den zehnten ungefähr fünf Minuten, bevor die Schwarzen den identischen zehnten Hinweis empfingen. Ihre Späher berichteten ihnen, daß sie einen leichten Vorsprung hatten. Nach hastiger Beratung beschlossen sie, der episkopalische Friedhof sei das Ziel.

Gegen Ende der Suche spähte Randolph, der an der Spitze lief, als erster in den Friedhof und erblickte eine Gestalt, die an einem Seil von einem Baum baumelte. Bestürzt scheuchte er seine Mannschaft vor das Pfarrhaus und nahm zwei große Jungen mit sich. Ein Posten wurde aufgestellt, um Harold Richards zu warnen, falls die Schwarzen zu fix aufholten, was sie prompt taten. Harold schimpfte und schäumte, bis der Posten ihm etwas ins Ohr flüsterte. Daraufhin nahm er zwei von seinen besten Freunden mit und ließ seine Mannschaft zurück, die die Orangefarbenen argwöhnisch beäugte. Inzwischen waren die Nerven zum Zerreißen gespannt. Wer würde gewinnen, und was war los?

Harold ging zu Randolph und sah, was sein Gegner gesehen hatte: Einen Menschen, am Hals aufgehängt, in einem Hexenkostüm. Kein Hinweis, keine Botschaft. Das war nicht das Ende der Suche, und es war kein Scherz. Der Mensch war echt und tot, seine Zunge fiel mit jeder Sekunde weiter hinaus.

«Wir holen am besten die Polizei», sagte Randolph.

Harold war sogleich einverstanden. Ihm war speiübel. «Ich geh zurück und halte die Mannschaften in Schach.»

Randolph und seine Freunde läuteten beim Pfarrhaus. Als Hochwürden Fitzhugh die Neuigkeit hörte, mußte auch er hinlaufen und nachsehen. Er rannte sogleich zurück und rief die Polizei an. Als er den Hörer aufgelegt hatte, fragte Randolph ihn, ob dies das Ende der Jagd sei. War die Große Hexe hier? Die Inhaber des letzten Ziels, sei es ein Haus, ein Friedhof oder ein Eisenbahnschuppen, wurden immer von dem Große Hexenjagd-Komitee ins Vertrauen gezogen. Der Pfarrer sagte, die Große Hexe sei nicht auf seinem Friedhof.

Wieder draußen, berieten sich Randolph und Harold abermals. Ein paar Neugierige aus den Mannschaften wurden ernstlich ermahnt, weil sie versucht hatten, auf den Friedhof zu schleichen. Kaum einer wußte, was los war.

Harold sprach laut zu den Mannschaften: «Es scheint, wir haben beide den falschen Schluß gezogen. Wir müssen den Hinweis noch mal studieren und sehen, wer gewinnt. Hier sind wir nicht richtig.»

«Orangefarbene, hier rüber», rief Randolph.

Während sie sich noch einmal berieten, kam Cedrenus Shackleford mit dem Unfallwagen der Polizei angefahren. Die Kinder waren schrecklich neugierig. Nur um sie hier wegzulocken, rief Randolph: «Ich hab's. Mir nach!»

Harold fiel darauf herein und stürmte mit den Schwarzen hinterdrein.

Ob mit Glück oder himmlischem Beistand, Randolph führte seine Mannschaft auf den lutheranischen Friedhof, wo sie eine sehr lebendige Große Hexe, Icellee Deltaven, in ihrer ganzen Pracht vorfanden. Die Schwarzen lagen nur um Haaresbreite zurück.

Randolph und Harold berichteten Icellee, was vorgefallen war. Darauf tat sie etwas Außergewöhnliches. «Jungen und Mädchen, Ruhe bitte. Heute war ein sehr ungewöhnlicher Abend. Ihr seid alle im Abstand von einem Bruchteil einer Sekunde hier angekommen. Als Große Hexe und mit der Macht, die mir gegeben ist, erkläre ich beide Mannschaften zu Siegern von 1928.»

Mützen und Masken flogen in die Luft. Die Kinder tanzten. Kostüme wurden heruntergerissen. In der Begeisterung des Augenblicks vergaß Catherine sich und streifte ihr Laken ab. Niemand merkte etwas, bis Icellee und die Begleiter begannen, den Kindern die Abzeichen anzustecken. Ein kleiner Junge sagte, ohne grausam sein zu wollen: «He, die ist ja gar nicht weiß.» Keiner achtete besonders darauf, weil sie immer noch jubelten. Eine andere Stimme piepste: «Große Hexe, Große Hexe, hier ist 'n Nigger.» Das Wort ließ die Gruppe im Nu erstarren.

Randolph ging zu dem Ziel der forschenden Blicke hinüber. «Warst du das kleine Gespenst, das gesagt hat, es ist Gretchen Sommerfield?»

Verängstigt antwortete Catherine: «Ja.»

Randolph sagte zu den Feiernden: «Wir Orangefarbenen verdanken einen Teil unseres Erfolgs – wie heißt du?»

«Catherine Etheridge», kam es schwankend zur Antwort.

«Sie hat eine Medaille verdient, und damit basta.»

Schweigen. Dann rief eines von den größeren Mädchen fröhlich: «Orange ist orange. Danke, Catherine.» Halbherzige Beifallsrufe folgten, aber die Kinder waren verstört. Gegen irgendwas war verstoßen worden, und sie waren in einem Netz verheddert, das sie nicht selbst gesponnen hatten. Die meisten wollten für Catherine sein, vor allem die Orangefarbenen, aber einige waren empört. Doch auch diejenigen, die auf ihrer Seite sein wollten, fragten sich: Warum hat sie das getan? Oder: Warum überläßt sie das nicht uns? Oder: Sie haben ihre Bräuche und wir haben unsere.

Kurz darauf wurde die Feier abgebrochen, und Catherine stand am Rand der Gruppe und unterdrückte ein großes Verlangen zu weinen und gleichzeitig die Bande zu verprügeln. Icellee, Gott segne sie, trat zu ihr und sagte: «Komm, Herzchen, ich bring dich nach Hause. Es ist zu dunkel, um eine junge Dame allein gehen zu lassen.» Catherine zog ihr Laken wieder über.

Sie schob ihre Hand in Icellees juwelengeschmückten Handschuh, und die große Hexe und ein kleines Gespenst huschten durch die Straßen von Montgomery. Catherine weinte leise. Icellee wußte es. Und sie wußte auch, daß es nicht das mindeste gab, was sie tun oder sagen konnte.

Die erhängte Hexe entpuppte sich als einer von Alabamas erfolgreichen Rumschmugglern.

Rhonda wagte sich nun nicht mehr so oft aus der Water Street hinaus. Sie wahrte den Schein und machte ihren täglichen Bummel zum Bahnhof. Einmal steckte sie ein Fünf-Cent-Stück in einen der neuen Münzfernsprecher und rief zu Hause an. Als der Hörer abgenommen wurde, gurrte Blue Rhonda fröhlich: «Ich liebe dich.»

«Was?» antwortete eine unbekannte Stimme.

«Ist da Banana Mae Parker?»

«Nein, hier ist Annie McNeary.»

«Falsch verbunden?»

«Das kann man wohl sagen», lautete die ungehaltene Antwort.

«War es nicht trotzdem nett, ‹ich liebe dich› zu hören?» Blue Rhonda hängte den Hörer ein.

Ihre Ausflüge zu Lintons Kirche wurden ebenfalls seltener. In einem Anfall seelsorgerischer Verantwortung kam er einmal in der Woche ins Haus. Banana Mae verließ meistens das Zimmer, weil sie den Mann nicht ertragen konnte. Einmal stieß Linton auf der Treppe mit einem ihm bekannten Priester zusammen und erkundigte sich eifersüchtig bei Blue Rhonda nach ihm. Rivalisierende Propheten des Christentums interessierten Rhonda nicht, und das sagte sie ihm rundheraus. Erst Tage später wurde Linton klar, daß der gute Vater sich dort Erleichterung von körperlichen Nöten verschafft hatte. Linton war sicher, daß der Mann sich durch die Beichte von jeglichem Schamgefühl befreien würde. Nach Lintons Auffassung war eine Sünde eine Sünde, und wer sündigte, war für immer mit dem Makel behaftet. Selbst wenn die Menschen von der Welt unbefleckt im Mutterleib bleiben könnten, war der Geschlechtsakt, der zu ihrem Leben führte, dennoch eine Sünde. Rhondas Halsstarrigkeit in bezug auf Sünde, Schuld und andere Arten des Jammers erweckte in ihm überraschend heftige Gefühle.

Ihre Nummer mit dem Priester veranlaßte ihn zu zwölfstündigem ununterbrochenem Gebet. Es war ein finsterer Augenblick für Linton; würde er nie zu dieser Seele vordringen? Rhonda sagte, der Priester sei ein Mann im geistlichen Gewand, während sie eine Frau auf dem Bettuch sei. Ihre Bemerkung an sich war nicht so schlimm; schlimm war für Linton der neuerliche Beweis, daß er es mit einer übermächtigen Herausforderung zu tun hatte.

Der Mann mit der eisernen Maske kam zur Erntedankzeit heraus. Wegen seines Vertrags mit Pacifica hatte Payson wenig Zeit, sich an den Lobeshymnen zu erfreuen. Aaron trieb die Dreharbeiten zu seinem ersten Tonfilm voran, den er fast gleichzeitig mit *Der Mann mit der eisernen Maske* herausbringen wollte. Niemand außer Aaron und dem Regisseur durfte die Musterkopien sehen. Hinter Paysons Rücken bestach Aaron den Tonmeister und den Regisseur mit erklecklichen Summen. Die Tonaufnahmetechnik war primitiv, aber nicht so primitiv, als daß sie sich nicht hätte manipulieren lassen. Paysons Stimme, ein voller Bariton, quäkte wie die eines Kastraten.

Weder Payson noch Grace waren auf den donnernden Spott gefaßt, der auf *Talk of the Town* niederging. Graces Stimme klang großartig, aber wenn Payson den Mund aufmachte, brüllten die Zuschauer jedesmal. Binnen zwei Wochen wendete sich Paysons Karriere um 180 Grad.

Zuerst versuchten die beiden, noch einen Stummfilm wie *Der Mann mit der eisernen Maske* zu finanzieren, doch die Zeit der Stummfilme war vorüber. Ein paar Studios hatten noch welche in der Produktion, aber schon sprach man von Stummfilmen in der Vergangenheitsform, so wie es die Angehörigen tun, wenn ein Patient stirbt, aber noch nicht im Jenseits ist.

Grace überstand das Ende der Ära besser als Payson. Als er sich schließlich damit abfand, meinte er beim Tonfilm eine Chance zu haben, wenn er fieberhaft daran arbeitete, seine ohnehin tiefe Stimme noch mehr zu senken. Keiner konnte ahnen, daß die Schuld bei Aaron Stone lag. Alle nahmen an, daß Paysons Stimme aus einem unerfindlichen Grund nicht «rüberkam». Da er bei Pacifica unter Vertrag stand, konnte er nicht zu anderen Studios überwechseln. Er versuchte sich aus seinem Vertrag freizukaufen, doch Aaron lehnte aus purer Boshaftigkeit ab. Um Payson noch mehr zu kränken, bot er ihm in neuen Projekten Nebenrollen an.

Nach außen hin zahlte Aaron bei *Talk of the Town* drauf, aber der Sieg war sein. Endlich hatte er Payson ruiniert; er hatte an einem Star ein Exempel statuiert und seine übrigen Beschäftigten eingeschüchtert. Es gingen genügend Leute in den Film, weil sie gehört hatten, daß er schrecklich sei, weshalb Aaron nicht so viel Geld verlor, wie er behauptete. Etliche «stumme» Schauspieler und Schauspielerinnen zogen sich sogleich zurück, obwohl sie jung waren. Das Metier hatte sich verändert, und sie wollten oder konnten sich nicht mit verändern.

Grace überlebte den Übergang. Der Ton steigerte eher noch ihre Anziehungskraft. Um Payson noch mehr zu demütigen, bot Aaron ihr eine Riesenrolle an, *Worldly Woman*. Sie erklärte Payson, zum Teufel damit – sie würde verzichten. Doch er wollte nichts davon wissen und ermunterte sie zur Arbeit. Ein wahrer Jammer war es, wenn sie auf Parties gingen und die Leute ihm auswichen, weil sie fürchteten, er würde sie um eine Filmrolle anbetteln. Niemand verstand, wieso seine tiefe Stimme auf der Leinwand so anders klang, aber kaum jemand ahnte, was Payson angetan worden war.

«Schatz, laß uns für eine oder zwei Wochen heim nach Montgomery fahren.»

Payson blickte von einem Drehbuch auf. «Was ist mit deinem Drehplan?»

«Den kann sich Aaron in den Arsch stecken.»

«Grace, du brauchst das nicht meinetwegen zu tun.»

«Wir erzählen ihm, ich bin schwanger und möchte für eine Woche nach Hause zu meiner Mutter, um über die Zukunft nachzudenken.»

Mit leuchtenden Augen fragte er schlicht: «Bist du's?»

«Nein, aber die Ausrede ist so gut wie jede andere.»

Er sank in seinen Sessel zurück und seufzte: «Ich wollte, du wärst es.»

«Bemüh dich nur weiter.» Grace lächelte. Sie nahm das Telefon und wählte die Nummer des Großen Vorgesetzten. Seine Sekretärin führte das übliche leidige Abwimmel-Manöver durch. Niemand, absolut niemand ging in Hollywood selbst an sein Telefon; von der bloßen Berührung mit dem Ding würde man ja Lepra bekommen und die Hand würde einem abfallen. Nach einer Wartezeit verkündete die tonlose Stimme, Mr. Stone werde zurückrufen, er sei in einer Konferenz.

«Konferenz, Scheiße! Mabel, sagen Sie dem Schweinehund, ich nehme mir eine Woche oder zwei frei, und zwar ab heute.»

Mabel murmelte etwas und verband sie weiter. Sogleich war Mr. Stone am anderen Ende der Leitung. «Wie denken Sie sich das, mitten beim Drehen abzuhauen? Das können Sie mir nicht antun. Das können Sie Rock nicht antun. Das können Sie –»

«Verdammt, ich kann machen, was ich will.»

Payson saß aufrecht in seinem Sessel und genoß das Geplänkel.

«Das wird uns ein Vermögen kosten, Grace», schimpfte Aaron.

«Mr. Stone, würden Sie die Güte haben, den Mund zu halten. Ich sage Ihnen, warum ich nach Hause gehe. Ich bin schwanger.»

«O nein», kam es betrübt zur Antwort.

«Ich möchte meine Mutter besuchen und darüber nachdenken. Es ist vielleicht nicht angebracht, ausgerechnet jetzt ein Kind zu bekommen.»

Es wurde zwar nie offen darüber gesprochen, aber Abtreibung war bei den oberen Zehntausend durchaus an der Tagesordnung. Aaron wurde merklich heiterer. «Vielleicht haben Sie recht, Grace. Ich verstehe Ihren Wunsch, Ihre Familie zu sehen. Es ist ein wichtiger Entschluß. Ein Kind zu dieser Zeit würde natürlich Ihre Karriere zerstören. Wir drehen vorerst die Szenen, zu denen wir Sie nicht brauchen.»

«Genau darüber möchte ich nachdenken.» Grace ignorierte seinen Hinweis auf die Drehfolge.

«Sehen Sie zu, daß es möglichst weniger als zwei Wochen werden. Tschüß», säuselte Aaron in das Sprechgerät auf seinem Schreibtisch. Die kriegt das Kind bestimmt nicht, dachte er. Nicht jetzt, wo sie völlig erledigt sind und sie die Brötchen verdienen muß.

«Los, Koffer packen.» Grace klopfte ihrem Mann auf den Rücken.

Icellee war selig, ihre zwei Zuckertörtchen, wie sie die beiden nannte, bei sich zu sehen. Es dauerte nicht lange, bis ihr auffiel, daß Payson nicht so schwungvoll war wie früher. Bei einem wohl bedachten Bummel durch ihren Garten, dessen Pflege Icellee sich ein Vermögen kosten ließ, ohne selbst eine Hand zu rühren, hakte sie ihre Tochter unter. «Er trinkt ein bißchen, nicht?»

«Nicht ernstlich, Mutter.»

«Hmm.»

«Du hättest ihn kennen sollen, bevor ich ihn geheiratet habe.» Dann dachte Grace, Gott nein, du wärst vor Entsetzen gestorben.

«Wieso?»

«Damals hat er eine Menge getrunken. Das gehörte zum Image des maskulinen Filmstars. Er hat aufgehört, als wir heirateten. Ich kann es ihm nicht verdenken, wenn er in dieser schweren Zeit mal ein Schlückchen trinkt.»

«Das ist wirklich merkwürdig – das mit seiner Stimme, meine

ich. So eine tiefe Stimme, und dann dieses gräßliche Gequäke auf der Leinwand.» Icellee trat ins Fettnäpfchen.

Grace straffte ihre Schultermuskeln, dann entspannte sie sich. Es war ja wahr. «Wir beten, daß sie den Ton vervollkommnen. Er ist ein großer Schauspieler, Mutter.»

«Ja.» Icellee streichelte einen Buchsbaum. Obgleich noch mitten am Nachmittag, war es recht kühl. Der Winter kündigte sich an. «Ich erinnere mich noch an das Ehegelöbnis, das ich deinem Vater gab: ‹In Reichtum oder Armut, in Gesundheit und Krankheit, in guten wie in schlechten Tagen, bis daß der Tod uns scheidet.› Es ist so leicht zu sagen, und so schwer, danach zu leben.» Sie sah ihre Tochter an, deren schwarzes Haar das milde winterliche Licht einfing. «Du liebst ihn, nicht wahr?»

«Zuerst als Freund, dann als Ehemann. Die eheliche Liebe kam später.»

Iceys Augen flackerten. «Ich wollte, das könnte ich auch sagen. Dein Vater starb, ehe du ihn richtig kanntest. Du warst noch so klein. Ich habe einen gutaussehenden Mann in einer Liebeswolke aus Engelsgefieder geheiratet. Eines Tages wachte ich auf und entdeckte, daß mir ein echtes, lebendiges, mit Fehlern behaftetes menschliches Wesen am Tisch gegenübersaß. Ich war entsetzt.»

«Du?»

«Ja, ich. Wo war die Romantik? Wo war der Märchenprinz? Ich hatte einen ganz gewöhnlichen Mann geheiratet. Erst da lernte ich, ihn wirklich zu lieben. Nach den Flitterwochen, sozusagen. Es war klug von euch, zuerst Freunde zu werden.» Ihre Stimme wurde brüchig. «Es ist schrecklich schwer, mit Männern befreundet zu sein.»

«Ja.» Grace hielt inne, dann machte sie kehrt. «Aber weißt du, ich glaube, für sie ist es noch schwerer, miteinander befreundet zu sein.»

Icellee tätschelte Graces Arm, und sie gingen zum Haus, unverkennbar Mutter und Tochter.

Es geschah selten, daß Hortensia in sich hineinhorchte. Das kam ihr narzistisch vor. Als Hercules gestorben war, hatte sie einen heftigen Sog verspürt, als woge das Meer rückwärts. Als Paris sein krankhaftes Ich vollends offenbart hatte, und dann neulich, als

Catherine bei der Großen Hexenjagd entlarvt worden war, wurde Hortensia auf sich selbst zurückgeworfen. Für wieviel von alldem war sie verantwortlich? O nein, nicht für Hercules' Tod, aber für Paris. Hatte sie dem Kind bewußt die Liebe verweigert? Sie glaubte es nicht, aber sie hatte sich ihm nie nahegefühlt, nicht ein einziges Mal. Vielleicht sah er ihr zu ähnlich. Das wirkt angeblich anziehend, aber Hortensia fühlte sich zu denen hingezogen, die anders waren als sie. Paris hatte ihren Esprit, ihre Fähigkeit, mit allen Gesellschaftsschichten auszukommen, aus welchem Anlaß auch immer, und er besaß ihre enorme Anziehungskraft. Er war ihr Sohn. Aber dieses Verlangen nach ihr? Diese Geringschätzung für jedermann außer sich selbst? Als der Schock überwunden war, empfand sie eine lose Bindung zu ihm, eine leichte Rührung über seine unendliche Einsamkeit. Der Akt an sich war gar nicht so schlimm. Ehrlich gesagt, ein Liebesakt war ein Liebesakt. Vielleicht war sie selbst ein Ungeheuer, weil sie von der Tatsache, daß sie mit ihrem eigenen Sohn geschlafen hatte, nicht übermäßig angewidert oder gar vernichtet war. Was an ihren Nerven zehrte, war ihre Angst um Catherine. Ja, Paris hatte recht. Sie liebte das Kind auf eine Weise, wie sie ihn oder seinen Bruder nie geliebt hatte. Sie hatte Edward zu bewundern und zu achten gelernt, aber Paris würde sie niemals lieben können. Um ihr Sohn zu sein, war er der falsche Mensch, oder sie war zur falschen Zeit seine Mutter geworden, oder es war eine Art kosmische Grausamkeit im Spiel – aber er gehörte nicht zu ihr, wie ein Sohn es sollte. Mit Catherine war sie durch das Band des Blutes vereint. Wie oft wünschte sie, daß dieses Kind wüßte, daß sie seine Mutter war! Sie liebte Catherine.

Als sie in den Stall schlenderte, den Lamamantel lässig über die Schultern geworfen, blickte sie zum Heuboden hinauf. Zum erstenmal versetzte sie sich in Catherines Lage. Wie würde es mir gefallen, wenn ich belogen würde? Was würde ich empfinden, wenn mir gesagt würde, wer meine richtigen Eltern sind? All die Jahre der Täuschung, natürlich zu meinem Besten. Könnte ich danach je wieder jemandem trauen? Könnte ich meiner Mutter mit Achtung in die Augen sehen?

Hortensia erkannte, daß sie den Menschen verlieren konnte, den sie auf dieser Welt am meisten liebte, und zwar durch eben das, wodurch sie Catherine hatte schützen wollen: Gutgemeinte Unehrlichkeit. Was sagt man einem Kind, und wann? Wie kann man ihm die Rassen erklären und das Dornengestrüpp der Verstrickung? Ach was, die Rassen, wie kann man ihm die Geschlechter erklären?

Als sie zum Heuboden hinaufsah, erinnerte sie sich an ihren Geliebten: an seinen Mund, seinen glatten, festen Rücken und sein dicht gelocktes Haar – sie erinnerte sich an alles. Was haben wir getan? Wußten wir, was wir taten? Welches Vermächtnis haben wir unserem Kind hinterlassen – oder im Grunde jedem Kind?

Sie stand ganz still, und dann dachte sie, ich würde es wieder tun, alles, denn ich würde nicht wissen, was ich jetzt weiß. Das Wissen war den Schmerz wert, den es gekostet hatte.

Was Catherine betraf, so wußte Hortensia zwar nicht, wie oder wann, aber daß sie ihr die Wahrheit sagen mußte. Was sie selbst anging, so fürchtete sie niemanden, nicht einmal Paris, den sie näher kriechen fühlte wie einen tückischen Nebel. Sie hatte Angst um Catherine, aber welche Eltern fürchten nicht um ihr Kind? Wir alle möchten unseren Kindern den Garten Eden bewahren und geben ihnen am Ende harte Nüsse zu knacken.

Die Flanken ihres prachtvollen Braunen streichelnd, des Nachfolgers des längst verblichenen Bellerophon, begriff Hortensia, daß sie nicht mehr jung war, aber sie wußte endlich, wer sie war.

Noch während seines Aufenthalts in Montgomery beschloß Payson nach reiflicher Überlegung, es mit einem Theaterstück zu versuchen. Icellee redete ihm zu, und Grace betete, daß ihn das Publikum, wenn es erst seine Stimme gehört hatte, wieder auf der Leinwand sehen wollte. Sollte der eine oder andere Kritiker sich herablassen, Notiz davon zu nehmen, um so besser. Ein alter New Yorker Freund kam auf der Durchreise vorbei, und Payson erhielt die Hauptrolle in einem neuen Stück, das mit einigem Glück am Broadway herauskommen sollte.

Edward und Mary Bland Banastre sahen sich in New Haven

die Probeaufführungen an. Payson war großartig, aber das Stück war ein Reinfall. Es wurde abgesetzt, bevor Manhattan es zu sehen bekam.

Payson fühlte sich unendlich erniedrigt. Sie hatten hart an diesem Stück gearbeitet; wochenlange Proben, wenig Schlaf, Hektik und Zwischenfälle, die das Theater so aufregend machen, ein aufreibendes Leben. Payson empfand den Schock um so stärker, weil all das unmittelbar auf seinen größten Triumph folgte. *Der Mann mit der eisernen Maske.* Noch vor einem Jahr hatte er die Welt geblendet. Vielleicht war das alles zuviel, zumal ihm auch sein mittleres Alter zu schaffen machte. Er war jetzt fast einen Monat von Grace getrennt; wie sehr er sie brauchte, war ihm nie bewußt gewesen. Junge Statisten waren vergnüglich, aber Grace, Grace war der Polarstern, der Stern des Nordens. Er konnte sie nicht bitten, in den Osten zu kommen. Aaron hatte einmal nachgegeben. Zweimal, das wäre wie die Teilung des Roten Meeres. Und überhaupt, welche Frau will schon einen Mann, der aufs Kreuz gefallen und erledigt ist? Er war schwach. Er fühlte es, und seine Selbstverachtung wuchs mit jedem verstreichenden Tag. Er hatte Grace nicht verdient. Sie müßte einen richtigen Mann haben, keinen ausgedienten Schauspieler. Er trank wieder stärker. Noch war er stolz genug, es zu verheimlichen, aber wie lange läßt sich eine Ginfahne verheimlichen? Hätte Payson weniger Stolz besessen, er hätte diese Prüfung vielleicht besser ertragen.

Aus seinem halberleuchteten Hotelzimmer rief er zu Hause an. Der Butler meldete sich und eröffnete ihm, Grace sei im Studio. Niedergeschlagen hängte Payson ein.

Da er dem Alkohol so lange entsagt hatte, war ihm einiges von seiner berühmten Standfestigkeit abhanden gekommen. Die Flasche Gin katapultierte ihn in eine ernste Depression und rief gleichzeitig die typischen unangenehmen Begleiterscheinungen hervor.

Er riß sämtliche Schubladen des Schreibtischs in seiner Suite heraus, bis er Briefpapier fand, und zwar genau dort, wo er es hätte vermuten sollen, in der langen mittleren Schublade. Er nahm auch die Bibel aus der unteren rechten Schublade, versuchte darin zu lesen, konnte sich aber nicht konzentrieren. Dann begann er einen Brief an Aaron zu schreiben; er beschimpfte ihn auf jede mögliche Weise, mit der Anrede «Sperma von Juda» beginnend. Als sein Vorrat an Schimpfworten erschöpft war, griff er auf das Alte Testament zurück. Doch die Wut verflog rasch und machte tiefer Verzweiflung und einer unbekannten, entsetzlichen Furcht Platz. Er zerknüllte den Brief.

Dann klingelte er nach dem Zimmerkellner und ließ sich noch eine Flasche bringen. Er würde seinen Körper peinigen, um seine Seele reinzuwaschen, ging ihm durch den Kopf. Danach dachte er überhaupt nicht mehr viel.

Stunden später, mitten in der Nacht, weckte ihn das Telefon aus seiner Betäubung. Er stieß es um, als er danach greifen wollte. Schließlich brachte er den Hörer an sein Ohr.

«Payson?»

«Gracie», murmelte er.

Sie wußte, was er getan hatte, und es wäre sinnlos, ihm noch Vorwürfe zu machen. Grace beschloß ihn am Reden zu halten, koste es, was es wolle.

«Wie war die letzte Vorstellung?»

«Ganz gut. Ich wünsche wirklich, wir hätten es geschafft.»

«Es gibt bestimmt noch mehr Vorstellungen.»

«Ich weiß nicht.»

«Ist alles in Ordnung mit dir?»

«Ja, einigermaßen. Fühle mich nicht so gut. Muß mich erkältet haben.»

«Ich komm zu dir.»

«Hmm?»

«Der Film kann zwei Wochen warten.»

«Nein, nein, Grace, tu das nicht. Es reicht, wenn einer von uns in Ungnade ist.»

«Liebling, du bist nicht in Ungnade. Wir müssen beide Geduld haben, bis der Ton perfektioniert ist. Du hast eine wundervolle Stimme.»

Er antwortete nicht. Er hatte das Gefühl, ohnmächtig zu werden. «Ich ruf dich morgen früh an. Ich fühl mich miserabel.»

Verzweifelt rief Grace: «Payson, ist alles in Ordnung?»

«Ja, ja, hab ich doch gesagt. Ich hab eine Erkältung. Morgen geht's mir wieder prima, dann fahr ich nach New York.»

«Ruf mich vorher an. Versprich's mir.»

«Ich versprech's dir.» Er hängte ein und sackte weg. Als er am nächsten Morgen aufwachte, sah er elend aus und fühlte sich auch so. Er rief Grace an und bekam sie in ihrem Bungalow am Drehort an den Apparat. Sie war erleichtert, als sie ihn verkatert hörte und nicht etwa immer noch betrunken. Er duschte warm, packte seine Koffer und nahm den Zug nach New York. Die Fahrt durch die Landschaft von Connecticut wirkte beruhigend, auch wenn es draußen klirrend kalt war. Unterwegs trank er nicht einen Schluck.

Er liebte die Grand Central Station, seit er sie zum erstenmal gesehen hatte. Die Konstruktion sog die Geräusche zur Decke empor, und der Klang der Stimmen hatte in seinen Ohren etwas Frommes. Fahles winterliches Licht fiel durch das gewölbte Glas über den Passagen. Payson bedeutete dem Gepäckträger, ihm zu folgen, und begab sich an den Schalter, um sich nach den Abfahrtszeiten nach Savannah, Georgia, zu erkundigen. Dann fiel ihm ein, daß er von der Pennsylvania Station abfahren mußte, und der Träger lud sein Gepäck in ein Taxi. Als sie über die 42nd Street fuhren, kam Payson sich verloren vor. Einst hatte diese Stadt ihm gehört – jede Stadt. Er war unter Blitzlichtgewittern, Frauengekreisch und knallenden Champagnerkorken aus Zügen gestiegen. Heute stahl er sich aus dem Zug wie ein Dieb. Sicher, die Werbeabteilungen der Studios halfen bei dieser Zurschaustellung von Massenliebe beträchtlich nach, und Payson hätte vermutlich etwas Derartiges auf die Beine stellen können, wenn er es wirklich gewollt hätte. Doch jetzt erschien ihm die Stadt finster und öde. Payson wollte seine alten Freunde nicht sehen, und er wollte keine neuen gewinnen. Er wollte nach Savannah. Nicht so sehr, um seine Mutter zu besuchen, sondern vielmehr, um durch die Parks zu wandern, den Klang seiner Heimat zu hören und das Wasser zu riechen. Der Winter in Savannah war äußerst angenehm. Eigentlich war alles in Savannah angenehm. Payson fragte sich, wieso er jemals fortgegangen war.

Glücklicherweise bekam er ein Privatabteil, das, kurz bevor er an den Schalter trat, abbestellt worden war. Er machte es sich bequem, um die Fahrt zu genießen. Schon in Philadelphia war er wieder zutiefst deprimiert. Er klingelte nach dem Schaffner, gab ihm ein reichliches Trinkgeld und ließ sich Eis und zwei Flaschen hochprozentigen Gin bringen. Er redete sich ein, es sei nur, um seine Nerven zu beruhigen. Nur ein Gläschen.

Ein Gläschen führte zum zweiten, und nach einer Weile konnte er nicht mehr zählen, fühlte sich aber noch immer deprimiert. Er hatte an diesem Tag nichts gegessen, und der Gin traf ihn wie ein Medizinball. Er saß da und starrte aus dem Fenster. In Washington zog er das Briefpapier heraus, das er aus dem Hotel in New Haven mitgenommen hatte, und schrieb an Grace. Er schrieb nur einen Satz:

> Liebe Grace,
> Beim Schach sind es nicht die Züge, die den König töten;
> es sind die Spielregeln.
>
> In Liebe,
> Payson

Danach fing er richtig zu trinken an. Er hielt es für seine Pflicht, Grace zu beschützen. Hätte er seinen abgrundtiefen Kummer nur mit ihr geteilt, es wäre für sie beide besser gewesen. So spielerisch, ausgelassen und phantasievoll Payson sonst war – wenn es um Grace ging war er konventionell. Wie konnte sie ihn achten, wenn er flennte, jammerte und in Selbstmitleid versank? Er kannte die Grenze zwischen Selbstmitleid und echtem Schmerz nicht, daher war es besser, die ganze Gefühlsduselei zu ertränken. Schlimm genug, daß er daran gehindert wurde zu tun, was er am meisten liebte – und er war jetzt zu fertig, um zu erkennen, daß es vielleicht nur vorübergehend war. Er konnte immer noch Theater spielen. Aber das Gelächter des Kinopublikums hatte sich ihm eingebrannt wie das Brandzeichen einem gefesselten Stier. Und für einen Wechsel in eine andere Karriere – Immobilien, Börse – war er nicht geeignet, das wußte er. Geschäftemachen widersprach seiner Natur. Er war Schauspieler, und etwas anderes würde und wollte er nie sein, so sehr er es auch haßte, Anweisungen von Regisseuren entgegenzunehmen, und so sehr ihm das ganze Drumherum zuwider war. Was sollte er tun? Zu Hause herumsitzen und warten, daß ihm die Stücke in den Schoß fielen? Wenn er nach New York zöge, wo die Theater waren, wäre er von Grace getrennt, und das konnte er nicht ertragen. Wie könnte er sie guten Gewissens bitten, ihre Karriere aufzugeben, eine Karriere, die Millionen einbrachte? Grace sagte, sie würde sie hinschmeißen. Und sie würde es tun, doch Payson fürchtete, sie könnte sich eines Tages ärgern, weil sie alles für ihn aufgegeben hatte. Er glaubte nicht, daß er das wert war. Aber Grace war nicht wie er. Ihr lag die Schauspielerei nicht so am Herzen. Er konnte nie begreifen, wieso sie das Spielen nicht wirklich liebte, wieso sie ihn liebte, auf ihre Art.

Als der Zug durch den Süden von Virginia brauste, war Payson betrunken; ihm war übel, und er war am Ende. Er schrieb zwei Briefe und steckte den einen außen an seine Abteiltür. Darin wies er den Schaffner an, ihn zu wecken, wenn der Zug in Savannah einfuhr. Der andere Brief war an seine Mutter. Dann schluckte er eine Handvoll Tabletten und leerte die zweite Flasche Gin.

Eine brandrote Morgendämmerung weckte die schöne südliche Stadt. Der Schaffner klopfte an die Tür. Er bekam keine Antwort. Er beriet sich mit seinem Vorgesetzten, dann öffneten sie die Tür, die nicht verriegelt war, und fanden Payson tot, aufrecht auf seinem Platz sitzend, zum Fenster hinausblickend.

Der Brief an seine Mutter lautete:

> Liebe Mutter,
> Ich kann nicht mehr. Verzeih mir, und kümmere Dich um meine Gracie. Bitte beerdigt mich neben Please.
>
> In Liebe,
> Payson

Tannenduft zog durch sämtliche Räume des Hauses Banastre. Girlanden wanden sich die Treppe hinauf bis in die zweite Etage, zierten jeden Kaminsims und hingen sogar an den Porträts der Gründerahnen – selbstverständlich alle aus Virginia. Ein riesiger, makellos gewachsener Baum stand mitten im Salon. Hortensia, Amelie, Lila und Catherine schmückten ihn. Bartholomew, der sich nicht wohl fühlte, sah von der Couch aus zu, war aber guter Laune. Carwyn hatte noch spät zu arbeiten.

Lila überprüfte die Kugeln auf Bruchstellen. «Icellee ist heute morgen nach Savannah gefahren.»

«Wie geht es ihr?» fragte Hortensia.

«Gut, wenn man die Umstände bedenkt. Sie bringt Grace nach der Beisetzung mit hierher.»

Catherine hatte zugehört. «Was für eine Beisetzung?»

«Ach, eine Freundin hat einen Verlust erlitten. Deswegen brauchst du dir dein Weihnachten nicht verderben zu lassen», antwortete Hortensia.

«Wäre es nicht schrecklich, Heiligabend zu sterben?» Catherine hielt das für den traurigsten aller möglichen Abgänge.

«Ich fände es jederzeit schrecklich zu sterben», rief Bartholomew von der Couch herüber.

«Wechseln wir das Thema», verlangte Hortensia.

«Ich finde wirklich, Edward sollte nach Hause kommen. Mary Bland wird frühestens in drei Monaten niederkommen. So zart ist sie doch gar nicht.» Lila klappte die kleine Trittleiter auf und bestieg sie.

«Sie tun, was sie für richtig halten», sagte Hortensia.

«Wir wissen alle, warum sie nicht nach Hause kommen.» Lila hängte eine rote Kugel an das Ende eines Zweiges.

«Ich weiß es aber nicht», bemerkte Catherine unschuldig.

Lila musterte Catherine. Sie war in einem Alter, wo sie nicht nur Fragen stellte, sondern auch Antworten zu finden begann. «Nun ja, Liebes, es hat keinen Sinn, es zu verheimlichen. Edward und sein Bruder vertragen sich nicht.»

«Oh.» Sie saß mit gekreuzten Beinen auf dem Fußboden und sortierte die Kugeln nach Farben.

«Wann kommt Paris nach Hause?» Bartholomew nahm die Abendzeitung zur Hand.

«Morgen», antwortete Hortensia.

Lila hängte immer mehr Kugeln auf. Da keiner wußte, was man wegen Paris unternehmen sollte, hatten sie es aufgegeben, über ihn zu sprechen.

Catherine öffnete eine Schachtel und zog einen großen goldenen Stern heraus. «Der Stern von Bethlehem?»

«Falls er es nicht ist, sollte er es aber sein.» Hortensia nahm ihn ihr aus der Hand. «Mutter, kannst du ihn auf die Spitze stecken, oder soll ich das machen?»

«Du bist größer. Ich denke, ich überlasse dir die Ehre.» Lila kletterte hinunter, und Hortensia stieg auf die Leiter. «Geh nicht ganz hinauf. Das ist gefährlich.»

«Mutter, ich mache das seit Jahren und bin noch nie heruntergefallen.»

«Es gibt immer ein erstes Mal.» Lila lächelte, aber nicht ohne Autorität.

Die Hände auf den Hüften, beobachtete Catherine den Vorgang. Ihre Frage galt allen: «Glaubt ihr, den Stern von Bethlehem hat es wirklich gegeben?»

«Ja», sagte Lila.

Amelie betrachtete Catherine aus dem Augenwinkel. Was würde sie als nächstes von sich geben?

«Es steht so in der Bibel.» Hortensia beugte sich vor und wand den Bindfaden geschickt um die Unterseite des Sterns und die Spitze des Baumes.

«Mag schon sein», sagte Catherine. «Aber in der Bibel steht auch, daß Loths Frau zur Salzsäule erstarrt ist, und das glaube ich nicht. Salz würde einfach auf die Erde rieseln. Es kann nicht aufrechtstehen.»

Bartholomew lachte. «Aha, die Saat des Zweifels und der Vernunft.»

Lila überhörte das. «Manche Dinge erscheinen zuweilen seltsam, aber der Stern von Bethlehem gehört nicht dazu.»

«Oh.» Catherine nahm ihren Platz auf dem Fußboden wieder ein und sortierte weiter Christbaumkugeln.

Stunden später steckten sie sorgsam die Kerzen an die Enden der Zweige. Sie würden erst am Heiligen Abend angezündet werden.

«Schön», rief Lila aus.

«Ich glaube, das ist bisher unser schönster Baum.» Hortensia trat zurück, um ihr gemeinsames Werk zu bewundern.

«Ich kann's nicht mehr abwarten bis Weihnachten. Es dauert so lange, bis es da ist.» Catherine leckte sich die Lippen.

«Nur noch ein paar Tage, Miss.» Amelie legte ihre Hand auf Catherines Rücken und schob sie auf die Treppe zu. «Jetzt sag gute Nacht.»

«Muß ich ins Bett?»

«Ja.» Amelie schob kräftiger.

«Gute Nacht, Mrs. Reedmuller. Gute Nacht, Mr. Reedmuller.» Sie gab beiden einen Kuß. «Gute Nacht, Tante Tense.» Sie umarmte und küßte sie. Halb auf der Treppe, rief sie hinunter: «Glaubt ihr wirklich, Jesus ist ohne, hm, ohne einen richtigen Vater zu uns gekommen?»

«Catherine!» Amelie, die vorausgegangen war, zog sie die Treppe hinauf.

Die kleine Versammlung unten sah amüsiert zu. Als Catherine in ihrem Zimmer war, fuhr Amelie sie an: «Warum sagst du solche Sachen? Eine anständige junge Dame spricht nicht über Religion.»

«Na ja, ich hab eigentlich nicht über Religion gesprochen.»

«Wie nennst du es dann?»

«Ich hab mich über Jesus gewundert. Er ist ohne Vater auf die Welt gekommen, ohne menschlichen Vater. Ich hab gedacht, vielleicht bin ich auch auf so 'ne komische Art hierhergekommen.»

«Unsinn. Du weißt, wer dein Vater ist.»

«Ich hab sein Bild gesehen.» Catherine kniff die Lippen zusammen. Sie glaubte, daß Hercules ihr Vater war, aber es quälte sie die Frage, wie es kam, daß sie so aussehen konnte, wie sie aussah.

«Ich will nichts mehr davon hören, Catherine. Ich bin müde, und du auch.»

«Ich bin nicht blöd, Mutter.»

«Na so was!» Amelie fuchtelte gereizt mit den Händen in der Luft.

«Wenn mein Vater schwarz war und du schwarz bist, kann ich unmöglich aussehen, wie ich aussehe. Ich bin nicht blöd.»

Amelie unterdrückte ihren Wunsch, dem Kind eine runterzuhauen, und sagte: «Du redest Unsinn. Menschen können in so vielen Abwandlungen rauskommen wie ein Wurf Kätzchen.»

Nicht überzeugt, aber müde sagte Catherine: «Schon.» Sie ging ins Badezimmer, um sich das Gesicht zu waschen.

Amelie zog sich erschöpft die Schuhe aus und dachte bei sich, Catherine sei schlauer, als ihr guttue.

Paris war lange genug zu Hause, um den Baum zu bewundern, und so lange, daß alle, die ihn sahen, sich fragten, was mit ihm los sei. Er machte den Eindruck, als ob sein Herz ständig raste. Hortensia behandelte ihn wie immer.

In der ersten Nacht konnte er nicht schlafen, und Carwyn hörte ihn durch die Flure streichen. Er stand auf und zog seinen Schlafrock an.

«Wer ist da?»

«Ich bin's.»

Als er die Stimme seines Sohnes erkannte, sagte Carwyn: «Was ist?»

«Ich kann nicht schlafen.»

«Geh hinunter in die Küche und trink ein Glas Milch.»

«Hab ich schon gemacht.» Paris kam seinem Vater nicht zu nahe.

«Geh lieber zu Bett. Du weckst sonst das ganze Haus auf.»

Paris tappte in sein Zimmer zurück und schloß die Tür.

Heiligabend hatte jeder alle Hände voll zu tun. Carwyn in seinem Büro war der einzige, der keine häuslichen Pflichten hatte. Als am späten Nachmittag die meiste Arbeit erledigt war, gingen Catherine und Amelie in den dritten Stock hinauf, um ein Schläfchen zu machen, und Hortensia zog sich in ihr kleines Wohnzimmer zurück. Sie nahm ein Buch zur Hand, legte es aber wieder hin. Sie konnte sich nicht konzentrieren. Sie hüllte ihre Beine in eine Wolldecke und schloß für einen Moment die Augen.

Paris öffnete leise die Tür und küßte Hortensia sanft.

Erschrocken, dann wütend, funkelte sie ihn an. «Was gibt dir das Recht, hier einfach so hereinzukommen?»

«Ich war einsam.»

«Sei woanders einsam. Ich bin müde.»

«Zu müde, um deinen dich liebenden Sohn zu küssen?»

«Werde nicht widerlich, Paris.»

«Und werde du nicht hochnäsig, Mutter. Ich kann immer noch dein Leben ruinieren – oder schlimmer noch, das Leben deines geliebten Töchterleins.»

«Dein eigenes hast du offensichtlich schon ruiniert.»

Seine Hände zitterten. «Blut ist dicker als Wasser.»

«Ja, man kann daran ersticken.»

Er überhörte das. Er setzte sich ihr gegenüber und steckte seine Füße unter die Wolldecke.

«Ich habe dich gebeten, mich in Ruhe zu lassen. Ich möchte ein bißchen schlafen.»

«Ich kann dich nicht in Ruhe lassen.»

Sie zog die Füße unter sich, um weiter von ihm weg zu kommen. Er stand vom Sessel auf und kniete sich neben sie. Er legte ihr die Arme um den Nacken, und sie nahm sie weg. «Um Gottes willen, laß das.»

«All die Monate an der Universität konnte ich an keine andere denken.» Er wollte wieder nach ihr greifen, und sie stieß seine Hände weg.

«Du bist ein gefährlicher Irrer.»

«Ich will dich haben, und ich nehme dich, wann immer es mir paßt.» Er stieg rittlings auf sie.

Mit einer raschen Bewegung stieß sie ihn von sich. «Schluß jetzt!»

Er gab nicht so leicht auf und machte sich wieder an sie heran. Als sie miteinander rangen und aufeinander fluchten, hörten Amelie und Catherine das Getöse. Geistesgegenwärtig lief Amelie die Hintertreppe hinunter in die Küche, von wo sie Carwyn anrief. Als der Lärm stärker wurde, rief sie Cedrenus Shackleford an. Sie wußte, daß sie womöglich ihre Kompetenzen überschritt, aber Paris hatte etwas an sich, das ihr eine Gänsehaut machte. Lieber war sie nachher verlegen, als daß sie etwas bereuen müßte. Erst nachdem sie die Telefonate erledigt hatte, merkte sie, daß Catherine nicht bei ihr war.

«Catherine!» rief Amelie. Keine Antwort.

Catherine war die Haupttreppe hinuntergelaufen. Als sie den Kampf zwischen Hortensia und Paris sah, sprang sie Paris an wie ein Terrier. Wütend versuchte er sie abzuschütteln. Hortensia schlug ihm ins Gesicht. Schließlich zerrte er das Kind herum und hielt es vor sich hin.

«Vorsicht, Mutter. Du wirst doch deinem Liebling nicht weh tun wollen.»

Catherine trat nach hinten aus und erwischte ihn am Schienbein.

«Verdammt!» heulte er und schlug sie ins Gesicht.

«Laß das Kind in Ruhe!» brüllte Hortensia.

«Dein kostbarer Bankert. Warum bringe ich sie nicht einfach um und nehm dir das, was du am meisten liebst?»

Bei seinem augenblicklichen Zustand war Hortensia nicht sicher, daß er es nicht tun würde. Sie ging wieder auf ihn los, aber er packte

Catherine um den Hals. Catherine war zu wütend, um Angst zu haben, und sie biß ihn bis zum Knochen in den Daumen. Er zerrte sie aus dem Zimmer und begann auf sie einzuschlagen. Hortensia fegte hinter ihm her, aber sie kam nicht nahe genug an ihn heran, um ihn zu zwingen, von Catherine abzulassen. Carwyns 38er fiel ihr ein, die er in der oberen Schublade seines Sekretärs aufbewahrte, und sie raste den Flur entlang. Voller Angst, sie würde sie verlassen, schrie Catherine: «Komm zurück!»

Paris fauchte ihr ins Ohr: «So ist sie eben, deine Mutter. Läßt dich im Stich, wie sie mich im Stich gelassen hat.»

Amelie war vorn in der Eingangshalle und wußte nicht recht, was vorging, aber als sie sah, wie Paris das Kind schlug, packte sie eine Vase, lief die Treppe hinauf und warf die Vase nach ihm. Er war so besessen, daß es ohne Wirkung blieb. Außer sich warf Amelie mit allem, was sie in die Finger bekam, Familienporträts, Briefbeschwerer, alles.

Hortensia sauste aus dem Schlafzimmer ihres Mannes. Paris zerrte das Kind die Treppe hinunter, während Amelie von hinten auf ihn einschlug.

Ganz ruhig ging Hortensia nach oben. «Amelie, geh aus dem Weg.»

Amelie blickte auf, und trotz ihrer Leibesfülle sprang sie auf die andere Seite der Treppe.

Auch Paris sah die Pistole, aber er glaubte nicht, daß Hortensia sie benutzen würde.

«Paris, laß das Kind los.»

«Du dreckige Hure. Du Nigger-Liebchen. Du –»

«Laß das Kind los.»

«Von wegen. Ich bring die Göre um. Ich bring sie um, weil du sie liebst!» Er würgte Catherine fester.

Hortensia hob die Pistole, drückte auf den Abzug und traf Paris in die Schulter. Er schlug rückwärts hin. Catherine rangelte sich los. Amelie sprang, zwei Stufen auf einmal, die Treppe hinauf, hob das Kind auf ihre Arme und rannte wieder hinunter. Paris stand auf und sah sich nach Catherine um. Hortensia feuerte noch einmal und schoß ihm den Hinterkopf weg. Er fiel auf der Stelle um. Catherine schrie und barg ihren Kopf an Amelies Busen. Hortensia bedeutete ihr mit einer Geste, sie möge das Kind aus dem Flur bringen, dann ging sie die Treppe hinunter, um Paris zu betrachten. Er war tot. Blut ergoß sich über das Treppengeländer. Sie setzte sich neben seinen Leichnam, ließ den Kopf zwischen die Knie sinken und atmete tief durch. Als ihre Sinne wieder klar waren, flog die Haustür auf, als ob dahinter ein Hurrikan wütete, und Carwyn stürmte herein. Er eilte zu Hortensia. Er nahm ihr sanft die Waffe aus der Hand und setzte sich neben sie. Binnen fünf Minuten kam auch Cedrenus Shackleford zur Tür herein.

Carwyn stand auf. «Er ist total verrückt geworden. Ich habe ihn erschossen.»

Ohne die Stimme zu heben, widersprach Hortensia: «Cedrenus, hören Sie nicht auf ihn. Ich hab's getan.»

Cedrenus blickte vom einen zum anderen und beugte sich dann über den Leichnam. Man konnte Catherine aus der Küche schluchzen hören. «Erzählen Sie mir, was passiert ist.»

«Er wollte Catherine umbringen», sagte Hortensia.

Cedrenus nickte. «Entschuldigen Sie mich.» Er ging in die Küche, stellte Amelie ein paar Fragen, erschien dann wieder. «Lassen wir's gut sein. Er hat sich beim Reinigen der Pistole erschossen.»

Hortensia öffnete den Mund. Den Blick noch immer auf den Leichnam gerichtet, sagte Cedrenus schlicht: «Ich bin Catherines Vater noch was schuldig.»

Nachdem der Leichnam fortgeschafft war, setzten sich Hortensia und Carwyn in die Bibliothek.

«Ich habe dir eine Menge zu erzählen», sagte sie zu ihm.

«Nein, nicht.» Er hatte vor Kummer Ringe unter den Augen. «Was auch geschehen ist, mich trifft ebensoviel Schuld wie dich.»

«Verzeihst du mir?»

«Dir verzeihen! Ich wollte, ich hätte ihn selbst erschossen.» Ein Wutanfall durchfuhr ihn wie ein plötzlicher Windstoß.

Hortensia begriff, daß er es vorzog, nicht zu verstehen. Falls er es je wissen wollte, würde sie es ihm sagen, aber bis dahin wollte sie diesen Pakt des Schweigens respektieren.

«Wenn du mich bitte entschuldigen möchtest – ich muß nach Catherine sehen. Sie hat einen schrecklichen Schock erlitten.»

«Ja, ja, natürlich, die arme Kleine.» Er stand auf, als Hortensia sich erhob und den Raum verließ.

Amelie streichelte Catherine. Sie lag unter der bis ans Kinn hochgezogenen Bettdecke. Als Hortensia hereinkam, ging Amelie diskret hinaus.

«Wie geht es dir?»

«Besser», sagte Catherine.

«Du warst sehr tapfer, und ich bin stolz auf dich.» Hortensia strich ihr über die Stirn.

Catherine sah sie an. «Danke, daß du mich gerettet hast.»

Hortensia küßte sie und sagte: «Ich glaube nicht, daß er dich töten wollte, Catherine. Er war schon eine Weile nicht ganz bei sich. So etwas kommt vor. Ich weiß nicht, warum.»

«Ist es wahr, was er gesagt hast? Daß du meine Mutter bist?»

«Es ist wahr.»

Catherine lag lange Zeit schweigend, dann sagte sie: «Ich bin froh, daß du meine Mutter bist, aber ich weiß nicht, ob ich dich so sehen kann.»

«Es tut mir leid, Catherine. Ich habe ein Gesetz gebrochen, und es scheint, daß du dafür büßen mußt. Ich würde es dir nicht übelnehmen, wenn du mich nie als deine Mutter anerkennen würdest.»

«Ich würde dir einen Haufen Scherereien machen, wenn ich dich Mutter nennen würde, nicht?» Ihr Kiefer war straff gespannt.

«Das nehme ich an, aber es macht mir nicht viel aus.»

Catherine setzte sich in ihrem Bett auf und stopfte sich zwei Kissen in den Rücken. «Tante Tense.» Sie hielt inne, als wolle sie Hortensia anders anreden, dann fuhr sie fort: «Ich hab das Gefühl, daß ich zu niemand gehöre außer zu mir selbst.»

Hortensias Augen füllten sich mit Tränen. «Du kannst zu mir gehören, wenn du willst.»

«Ich weiß nicht», meinte Catherine nachdenklich.

«So lange du dich selber magst, ist es vielleicht ein Vorteil, wenn du nur dir selbst gehörst.»

«Ich mag mich.» Catherine lächelte, dann legte sie sich hin und schlief auf der Stelle ein.

EPILOG

Blue Rhonda lebte bis März 1929. Banana Mae ließ eine Krankenschwester kommen, die sie pflegte, und die Frau hatte es nicht schwer mit ihr. Wenn es um sie selbst ging, war Rhonda immer noch überaus schamhaft. Obgleich sie ans Bett gefesselt war, bemühte sie sich, sich allein mit dem Waschlappen abzureiben.

Linton stattete seine Visiten ab. Rhonda freute sich darauf. Schon die Feindseligkeit ihrer Gespräche belebte Rhonda.

Bunny und Lotowana verbrachten so viel Zeit bei ihr, wie sie konnten. Lottie war immer den Tränen nahe, aber Rhonda ließ nicht zu, daß sie zum Ausbruch kamen.

«Wo ist mein behaarter Liebling?» wollte Rhonda wissen.

«Ich hole ihn.» Lottie ging hinaus, um Attila zu suchen.

Die Krankenschwester, eine Frau von junoischen Proportionen, mißbilligte das. «Miss Latrec, Sie sollten die schmutzige Katze aber nicht im Schlafzimmer haben. Wie können Sie da erwarten, daß Sie wieder gesund werden?»

«Ich erwarte gar nicht, daß ich gesund werde.»

«Aber, aber. So was dürfen Sie nicht sagen», lautete die professionelle Antwort.

Bunny und Banana Mae saßen jeweils auf einer Seite von Blue Rhonda. Lotowana kam mit Attila zurück, der fröhlich zu Rhonda hinaufsprang und seinen Kopf an ihrem Kinn rieb.

«Süßer Tillie.» Sie streichelte ihn.

«Hat Linton dich heute mit seiner Anwesenheit beehrt?» fragte Bunny.

«Ja. Ich habe mich seiner Freundschaft ausgesetzt.» Sie flüsterte: «Und ich hab ihn fuchsteufelswild gemacht, als ich sagte, es gibt nur einen Gott, und das ist die Zeit.»

Lotowana wiederholte den Satz laut, bemüht, ihn zu verstehen.

Blue Rhonda sagte: «In meinen besten Tagen konnte ich einen blasen, daß die Fetzen flogen, stimmt's?»

«Das kann man wohl sagen», bestätigte Banana.

Rhonda döste ein. Als sie wieder aufwachte, saßen sie immer noch bei ihr. Wenn sie so lange blieben, wußte Rhonda, daß das Ende nahe war. Sie lächelte ihnen zu und streckte ihre Hand nach Banana aus.

«Hättest du irgendwas anders gemacht?» fragte Banana.

«Ich weiß nicht», hauchte Rhonda. «Wenn ich als Kind gewußt hätte, was ich jetzt weiß, dann vielleicht. Ich glaube nicht, daß ich irgendwem weh getan habe, oder?»

«Nein», beruhigte sie Banana.

«Du bist das ulkigste Stück, das je gelebt hat», sagte Lottie. «Du hättest keinem weh tun können.»

Die Krankenschwester eilte geschäftig herbei. «Sie müssen jetzt ruhen, Schätzchen. Das viele Reden strengt Sie zu sehr an.»

Rhonda blickte zu der über sie gebeugten Gestalt auf und sagte: «Hergott, was für Titten», und starb.

Getreu dem, was sie immer sagte, hatte Rhonda eine letzte Überraschung parat. Als sie den Leichnam für das Begräbnis vorbereiteten, entdeckten sie, daß sie ein Mann war. Ihre Geschlechtsteile waren ungewöhnlich klein, aber nichtsdestoweniger die eines Mannes.

Zunächst erschüttert, erkannte Banana rasch die Komik, die darin lag. Gemäß Rhondas Bitte las sie einen Brief vor, den Rhonda geschrieben hatte, als sie dazu noch imstande gewesen war. Rhonda hatte Banana gebeten, ihn nach ihrem Tod Lotowana und Bunny vorzulesen. Banana Mae schlitzte den versiegelten Umschlag sorgfältig mit einem Brieföffner auf, entfaltete den Brief und begann:

> Liebe Freundinnen,
> Ich bin nicht der Mann, der ich einst war (Lacht gefälligst!)

Lottie schluchzte laut. Bunny tätschelte ihr beruhigend die Hand. «Nicht doch, Lottie, sie wollte, daß du lachst.»

«Oh.» Lottie schluckte.

Banana Mae begann von neuem.

Ich wurde als James Porter geboren, mit sehr wenig, wie Ihr wißt. Ich habe mich nie als Junge gefühlt und wollte nie einer sein. Gott hat sich mit mir einen Scherz erlaubt und mich in den Körper eines Mannes gesteckt, aber in einen, an dem nicht viel dran war. Ich lief mit vierzehn von zu Hause weg und gab mich als Mädchen aus. Ich habe Euch alle getäuscht, also habe ich meine Sache wohl gut gemacht. Ich wollte eigentlich niemanden reinlegen. Ich wollte einfach eine Frau sein, und ich glaube, das war ich auch.

Banana Mae, hör auf zu saufen. Ich weiß, das klingt komisch, wo ich mich doch selbst schamlos mißbraucht habe. Das bereue ich. Das Leben ist zu schön, als daß Du es von Dir fernhalten solltest. Keine Sauferei mehr. Und kümmere Dich um Attila.

Bunny, ich hoffe, wenn Du stirbst, bist Du so reich wie Midas, und Lottie, ich hoffe, Du findest jemanden zum Lieben.

Gebt Hochwürden Ray 30 Silberlinge.

Während ich dies schreibe, weiß ich, daß ich bald sterbe. Ich sollte von Ehrfurcht erfüllt sein, oder von Reue, oder von großen Fragen, aber das bin ich nicht. Ich wünsche, ich könnte ewig leben. Wenn nicht ewig, dann ein bißchen länger. Alles, was ich in letzter Zeit gelesen habe, und alle meine Reibereien mit Linton haben mir keine Antworten gebracht. Ich nehme an, man darf nicht nach der Antwort suchen; man muß die Antwort sein.

Ich liebe Euch.

Blue Rhonda Latrec

Rita Mae Brown

«**Rita Mae Brown** trifft überzeugend und witzig den Ton ihrer Protagonistinnen und schreibt klug ein Stück Frauengeschichte über Frauen, die ihr Leben selbst bestimmt haben.» Die Zeit

Herzgetümmel *Roman*
(rororo 12797 und als gebundene Ausgabe)
Als Geneva heiratet, ist die Welt noch in Ordnung. Sie liebt ihren Mann, und Nash verwöhnt sie wie es sich für einen Südstaaten-Kavalier gehört. Doch der Bürgerkrieg trennt das traute Glück und Geneva macht sich in Männerkleidern auf die Suche nach ihrem Mann...

Jacke wie Hose *Roman*
(rororo 12195)
Schrullig sind sie geworden, ungezähmt geblieben – die beiden Hunsenmeir-Schwestern in Runnymede, Pennsylvania. Seit 75 Jahren lieben und hassen sie sich, sind «Jacke wie Hose». Ein aufregendes Leben zwischen Krieg und Bridgepartien, Börsenkrach und großer Wäsche.

Die Tennisspielerin *Roman*
(rororo 12394)
«Rita Mae Brown schafft lebendige Wesen, mit denen wir grübeln und leiden, hoffen und triumphieren, erlöst und vernichtet werden. Es geht dabei um viel, viel mehr als um Tennisstars, egal ob echte oder fiktive. Rita Mae Brown ist eine große Charakterzeichnerin geworden.» Ingrid Strobl in «Emma»

Rubinroter Dschungel *Roman*
(rororo 12158)
«Der anfeuerndste Roman, der bislang aus der Frauenbewegung gekommen ist.» New York Times

Wie du mir, so ich dir *Roman*
(rororo 12862)
In Montgomery scheint die Welt zwar in Ordnung, aber was sich da alles unter der puritanischen Gesellschaftskruste tut, ist nicht von schlechten Eltern...

Im Rowohlt Verlag ist außerdem lieferbar:

Bingo *Roman*
Deutsch von Margarete Längsfeld
416 Seiten. Broschiert.
Louise und Julia Hunsenmeir, beide in den Achtzigern und mehr als selbstbewußt, setzen alle Tricks und Kniffe ein, um einen attraktiven Endsiebziger zu umgarnen. «... ein Glückstreffer der Unterhaltungsliteratur.» Westdeutsche Zeitung

rororo Unterhaltung